四川三农新闻作品选

作品选

2021—2022

四川省农业宣传中心　编

中国农业出版社

北　京

目 录

• 2021 •

• 2022 •

端牢全川百姓饭碗　四川省粮食产量再上700亿斤

刊播：四川广播电视台《四川新闻联播》（2021年1月11日）

作者：程伟　李默　杨兆

【正文】

四川省是农业大省，农业的基础地位在任何时候都不能被忽视和削弱，手中有粮、心中不慌在任何时候都是真理。夯实生产基础、提升综合产能，四川省在2020年，这个疫情与灾害叠加的多灾之年，实现粮食产量705.4亿斤*，同比增加5.7亿斤的好成绩，这也是时隔20年，四川粮食产量再次突破700亿斤大关。

这几天，在眉山市洪雅县新庙村，几台挖掘机正隆隆开动，将一块块"巴掌大"的零散土地改造成相连成片的"宜耕田"。

【同期】眉山市洪雅县洪川镇新庙村村民　王义川

高标准农田建成以后，我们的土地变好了，从种到收所有的机械都可以下地了，我们算了一下，每亩**产量可以提高15%左右，相当于每亩增加收入200元。

---

*　斤为非法定计量单位，1斤＝0.5千克。——编者注

**　亩为非法定计量单位，1亩≈0.067公顷。——编者注

【正文】

要想稳定增加粮食产量，保障粮食安全，关键在于落实"藏粮于地、藏粮于技"战略。2020年，四川省下达年度高标准农田建设任务383万亩，为历年新高。眼下，全省各地正抓住冬春农田水利建设的时机，全面启动高标准农田建设，大力提高农田质量和种粮效益。

大春粮食产量占全年粮食产量的八成以上，去年年初，四川省在全国率先提出，大春粮食要扩种增产100万亩，并将任务层层分解下达到地方，扩种哪一块地，大概能增产多少，细化的任务让基层农业主管部门人员心里都有了数。

【同期】四川省农业技术推广总站站长　王金华

通过代耕、助耕等多种形式，整治撂荒地复耕，做到应种尽种、种满种尽。经过上下的共同努力，粮食生产完成了面积扩大50万亩、产量增加5亿斤的任务。

【正文】

四川省每年都会筛选一大批主推农业科技，暗化育秧、集中育秧、无人机防治病虫害等一批轻简化栽培管理技术，陆续走进巴蜀田间地头。除了各种先进农业科技的广泛应用，良种的推广同样功不可没。

【同期】四川省农业技术推广总站站长　王金华

我们坚持良种、良法、良壤、良制、良机"五良"配套。在良种上，育种单位经过多年的努力，育成一大批优质品种，比如水稻，我们进行了两次"稻香杯"评选，共评审出48个品种，取得了很好的效果。

【正文】

2020年，四川省全年粮食种植面积达到9 519万亩，产量突破700亿斤。统计显示，一粒良种对粮食产量的贡献率能达到45%以上。目前，四川省已开始全面布局种质资源的保护和利用，近日，四川省种质资源中心库在成都邛崃开工建设，涵盖农林牧渔草领域，集收集保存、研究利用与科普展示3种功能于一体，将于2023年建成投用。

【同期】四川省农业科学院副院长　杨武云

农业上，一粒种子改变一个世界，一个基因推动一个产业。资源库建成后，将成为全国唯一一个门类齐全的省级库，将促进种质资源的保护、创新和利用，对我们四川及西南地区种业的发展和农业竞争力的提高具有重要意义。

获中央批复！四川"稻香杯"评选规格升级，今后将以省委、省政府名义表彰

刊播：川观新闻（2021年1月14日）

作者：史晓露

1月14日，记者从四川省农业农村厅获悉，日前，全国评比达标表彰工作协调小组对四川省申报的关于设立"四川省'稻香杯'暨农业丰收奖"项目进行批复，同意以四川省委、省政府名义设立"四川省'稻香杯'暨农业丰收奖"。

据悉，该奖项主办单位为四川省委、四川省人民政府，周期为5年，奖项设置为"稻香杯"和农业丰收奖，表彰名额为"稻香杯"优质水稻品种25个，农业丰收奖先进集体150个、先进个人300名。

具体启动时间和评选要求等事项，将出台文件进行细化明确。

自2008年起，四川省就设立了四川粮食生产"丰收杯"，该表彰奖励项目已连续开展多届，有力调动了各市（州）、县（市、区）地方政府重农抓粮积极性，促进粮食生产持续稳定发展。

在"稻香杯"评选方面，1985年四川省首次举办优质米评选活动，1992年、1999年、2002年、2005年、2016年、2019年分别以"稻香杯"命名开展了6届优质米评选活动，先后向粮食生产者和加工企业推介优质稻品种100余个，对促进四川省水稻育种技术进步、稻米品质改良和重塑川米品牌形象起到积极推动作用。

近年来，中央对四川农业农村工作作出重要指示，要求"带头做好农业供给侧结构性改革这篇大文章""农业大省这块金字招牌不能丢""加快由农业大省向农业强省跨越"。

四川省农业农村厅相关负责人表示，深入推进"稻香杯"和农业丰收奖评选活动，将进一步提升川米整体品质和品牌形象，打造一批区域特色优质稻米品牌。

奏响振兴路上的"大小协奏曲"
四川眉山农业产业发展观察

刊播：《农民日报》（2021年2月18日）
作者：江娜　张艳玲　李鹏

一碟泡菜，年销售额突破200亿元大关；一粒藤椒，香飘到全国百姓的餐桌；一片竹条，编织出国家级现代产业园；一家合作社，引领现代粮食产业经营新模式；一个项目，带动生猪产业迈入欧盟标准新时代……

在四川，有这样一个地方，既有粮油、生猪等坚实的主导产业基础，又有领跑全国的泡菜、晚熟柑橘等产业基地，还有葡萄、枇杷、蜂蜜、鹌鹑等一大批叫得响的特色产业，有"中国特色农副产品之乡"之称，是全国地理标志农产品最集中的地区之一。

这就是东坡故里，四川眉山。

近年来，眉山充分挖掘比较优势，在"特色"与"规模"间找准接口，走出一条"大园区拉动小产业，大平台搭载小产地，大项目带富小农户"的产业兴旺之路。近日记者来到眉山，去聆听那生动的产业发展"大小协奏曲"……

大园区拉动小产业

冬季虽寒，眉山市东坡区的"中国泡菜城"内却是一派热火朝天的景象。万亩蔬菜基地里，碗口粗的白萝卜被拔出地面，忙碌的菜农在菜地和运输车辆之间穿梭；纤尘不染的泡菜加工厂里，腌好的萝卜在自动流水线上装袋、过检，"摇身一变"成为鲜脆可口的泡菜；电商园和物流中心里，一箱箱泡菜被扫码贴签，奔向千家万户的餐桌……

眉山泡菜的历史已有3 000多年，原本只是点缀餐桌的辅菜，何以成为品牌价值超百亿元的主导产业？

"我们始终把现代农业园区建设作为乡村振兴的'牛鼻子'。"眉山市市长胡元坤介绍，现代农业园区是发展现代农业的载体和引擎，具有强劲的引领带动作用，眉山市按照"集约高效、转型发展、全域覆盖、园区先行"的思路，锲而不舍地抓好现代农业园区打造工作。

现代农业园区的优势在于能"集中力量办大事"，眉山如何凝聚起澎湃的产业动力？

机制是纲，纲举则目张。眉山做好"管"和"奖"两手文章——一方面，成立园区管理委员会，推进"园区＋国有农业投资公司"组建融资、土地、改革、治理的联合体；另一方面，出台《园区产业发展扶持资金使用管理办法》《现代农业园区建设考评激励方案》，加强政策奖补，强化人才、科技、信息等要素保障。

一年好景君须记，最是橙黄橘绿时。冬季是丹棱县最美的季节，站在丹棱县丹橙现代农业示范园区的山坡上举目远望，黄澄澄、金灿灿的柑橘挂满枝头。与普通品种相比，这些晚熟柑橘每斤可以增收1元以上。

时间退回到六七年前，眉山正处于柑橘"扩种"的粗放阶段，各区县大大小小、新老不一的品种加起来超过50个，"多而不精"的弊端逐渐显现。

眉山市委、市政府重新审视眉山的自然禀赋条件，找准发展晚熟柑橘的比较优势，按照"强园区、提品质、创品牌、促增收"的工作思路，以"不与两湖抢早、不与赣南争中"为要求，引导各区县建立晚熟柑橘产业园，全面启动产业提升行动——构建了集"政、产、学、研、用、资"于一体的园区生态体系，柑橘交易中心、柑橘研究院、种植技术服务中心等配套设施建设齐头并进。

金灿灿的晚熟柑橘带"火"了眉山。2019年，眉山市被农业农村部、财政部等九部委认定为晚熟柑橘中国特色农产品优势区。

"现代农业产业园，核心在'现代'，关键在科技，全环节升级、全链条增值主要靠科技创新驱动。"眉山市农业农村局局长熊英介绍，眉山始终重视引导园区与中国农业科学院、四川农业大学等高校和科研院所合作，博士工作站、专家大院等遍地开花。

在东坡区国家现代农业产业园内，有个专门为泡菜服务的"中国泡菜产业技术研究院"。研究院的科研项目曾获中国轻工业联合会科学技术进步一等奖1项、四川省科学技术进步奖3项、国家发明专利26项，为推动眉山牵头制定泡菜国际标准作出了重要贡献。

"我们为30多家企业提供从咨询到建立生产线的'一条龙'技术服务。"院长助理张伟介绍，研究院已累计转化推出120多个泡菜新产品，每年为泡菜产业转化经济效益数亿元。

眉山市好味稻水稻专业合作社是西南地区粮食生产"两主体、四中心"之一，在眉山市东坡区岷江现代农业示范园区流转土地3 000亩，全部进行土地整理，建成旱涝保收、高产稳产、宜机作业、生态友好的高标准农田。合作社理事长李相德被评为"全国种粮售粮大户"，还曾作为基层代表之一，在李克强总理主持召开的座谈会上对粮食生产建言献策。

"我从事粮食生产20多年，最大的体会和愿望是让想种田的人能种田，让会种田的人能赚钱。"李相德说，"目前，合作社每年种植水稻4.1万亩，提供农机社会化服务面积8万亩。下一步将重点推广托管模式，扩大生产和服务规模，更注重在粮食质量上下功夫。"

以泡菜、柑橘、粮油产业为代表，眉山创建现代农业园区的"组诗"篇篇属佳作——青神竹编产业园被认定为"国家林业产业示范园区"，岷江现代农业示范园区获评"国家农业产业化示范基地"和"中国农业公园"……

在园区带动下，眉山优势主导产业勃兴，已建成泡菜、晚熟柑橘、平面竹编3个全国最大的特色产业基地；打造各级现代农业园区27个，2019年总产值达301亿元，园区土地生产率均高于当地平均水平20%以上。

大平台搭载小产地

"想见青衣江畔路，白鱼紫笋不论钱。"苏轼的一句诗，道出了眉山的物阜民丰。位于成都平原西南部的眉山，自古便被誉为"坤为上腴，岷峨奥区"，意为"天地间最肥沃的土地，岷峨间最神奇的地方"。

眉山地势西高东低、南高北低，境内最低点和最高点的垂直落差约

3 000 米，立体气候特征明显，小气候更是多样，往往转过一个山头，种植的作物便不同了。

3 万亩葡萄基地，2.8 万亩无公害藤椒生产基地，10 万亩枇杷基地，1.75 万头奶牛养殖……对于一个人口超过 300 万的农业大市来说，这样的产业规模算不上大，但众多"小而精"的产业却生机勃发，获得一个又一个国家地理标志认证。

在山地丘陵区搞农业，"上规模"面临先天不足。规模有限的农产品如何对接市场，是道由来已久的难题，眉山在做强主导产业的同时，又是如何让其他特色产业"遍地开花"的呢？

眉山的答案是用"开放"和"品牌"构建大平台，搭上大平台的"高速列车"，小产业、小规模的农产品也能在市场上飞奔起来。

"眉山紧扣'环成都经济圈开放发展示范市'战略定位，坚持'融入成都、全域开放'战略部署，用好国际和国内两个市场、两种资源，形成农业立体开放发展格局。"胡元坤说，产业发展要"跳出眉山看眉山"，以"大开放"促进对接"大市场"，为眉山特色产业发展带来更多机遇。

立足一域，眉山抱成都、倚乐山，是连接成都平原与川南、川西南、川西的黄金走廊；放眼全局，眉山与成都共享天府新区、中国（四川）自由贸易试验区的成长红利，共享机场、中欧班列与世界的互联互通，区位优势和市场优势明显。

在彭山区观音街道果园村，一栋栋钢化大棚沿着主路铺向远方，大棚内的葡萄藤仿佛在弯腰招手，迎接着爱吃、爱玩、爱休闲的成都客人。"这里的葡萄品种多、味道好，每年我都会带着孩子来园里采摘。"成都市民张铭正拿着剪刀挑选葡萄。

设施葡萄的采摘期大大延长，迎合了旺盛的市场消费需求，彭山区成了成都市民采摘观光、旅游休闲的好去处。

眼下，眉山已建成 86 万亩直供成都市场的绿色农产品配送基地，10 余种特色农产品不用落地即可直达成都商超。

驽马十驾，功在不舍。近年来，眉山巧用优势，久久为功发展外向型农业，已连续举办 12 届中国泡菜食品国际博览会，连续 3 年承办中国食品安全大会，成功举办和参加中国国际竹产业交易博览会、香港国际美食博览会等一系列重大节会活动，省内外来眉山落户的农企不断，农业开放平台不断完善。

"小产地农产品影响力有限，要想在市场上卖出好价钱，还须变'一盘散沙'为抱团发展，形成合力谋出路，把品牌做大做强，向大品牌要效益。"熊英介绍，眉山市正在积极推进农产品品牌化战略。

2018年，眉山市委、市政府出台《眉山市"味在眉山·香飘世界"行动计划（2018—2021年）》，以"味在眉山"品牌统揽包括调味品、粮油、泡菜、茶叶、乳制品、畜产品等在内的13个产业发展，已建立起系统的产品体系，有效期内的"三品一标"农产品总量达261个，有规模以上企业70余家。2020年，"味在眉山"产品销售收入达到1 030.95亿元。

无论是在北京、上海还是广州，消费者随意走进一家大超市，都能在琳琅满目的货架上寻到"味在眉山"产品。

"借力政府组织的品牌推介活动，我们的特色菜已经出口到印度、尼泊尔了。"四川省川南酿造有限公司行政主管陈彦汐说。除了食品，眉山其余小产地农产品也不断在国际市场开疆拓土，东坡区的3万亩蔺草基地这几年成了"香饽饽"，用蔺草编织的榻榻米、凉席等生活用品漂洋过海，装点着日本百姓的家庭。

如今，除了泡菜、生猪、粮油几大主导产业之外，眉山的鹌鹑、水产种苗、东坡蜂蜜、彭山设施葡萄、仁寿枇杷、洪雅茶叶、洪雅藤椒等一批特色产业也走在全省前列。眉山先后创建"中国特色农副产品之乡"13个、全国地理标志农产品20多个，特色产业可谓交相辉映、活力无限。

大项目带富小农户

长期以来，种养等农业产业税收低甚至零税收的状况，让全国不少地方出现"重工轻农、重城轻乡"的发展观，但将同一问题辩证地看，农业产业是"藏富于民"的重要途径，农业农村蕴藏着城乡发展的最大潜力。

"问题的核心在于要在'强市'与'富民'之间找到平衡，实现二者共赢。"熊英分析，要兼顾县域发展与农民致富，就要构建起大园区、大项目与家庭农场、小农户之间的利益联结机制。

近年来，眉山引进了中法农业科技园、中德通内斯—德康（眉山）高端肉制品屠宰加工、德康200万头生猪、正大300万只蛋鸡、蒙牛二期等39个重大农业项目。在加紧项目落户的同时，通过订单农业、股份合作等模式完善"园区＋项目＋企业（合作社）＋基地＋农户"的利益联结机制，对小农户的带动率超过80%。

在仁寿县始建镇，几个蓝墙白顶的现代化生猪代养场依山而建，高低错落，周围山坡上的柑橘林郁郁葱葱。山腰的监控室里，养殖户侯元德正盯着屏幕查看猪舍内的情况。

"这是育肥区，圈里的猪已经长到200多斤了，下个月就能出栏。"侯元德指着屏幕向记者介绍。监控镜头里，产房、猪舍、保温箱等区域的情况一目了然。

侯元德的代养场是德康集团在建的1 700个代养单元中的一个。去年，仁寿县政府与德康集团签订合作协议，投资20亿元新建祖代种猪场，按照"大项目＋小业主"的发展模式，德康集团为小养殖户统一提供仔猪和技术，小养殖户则为德康"代养"。

"县里为鼓励农户代养，为每个代养单元提供20万元建设奖补，并协调金融机构为代养户提供每个单元50万元的信用贷款，代养户只需出资30万元就能建起一个存栏量1 200头的代养单元。"仁寿县农业农村局局长赖利军介绍，代养单元按德康集团的标准建设，实现了"圈舍标准化、管控数字化、粪污资源化、经营代养化"。

"按照今年的猪肉行情，一个代养单元大概能赚30万元，我还承包了附近的山地种植柑橘，采用'种养循环'模式，施的是用猪粪做成的有机肥，明年果子应该也能卖个好价钱。"在侯元德看来，"大项目＋小业主"的模式，不仅帮养殖户解决了养猪无资金、无标准、缺技术的难题，还规避了疫病和市场波动的风险。

将目光转移到"竹乡"青神县，这里半城山水半城竹。在翠竹的见证下，青神富庶了千年，进入新时代，这一古已有之的产业焕发了新活力。

近年来，青神依托竹编产业园区引进项目集群，打造了国际竹会展中心、竹艺培训基地、竹业研发基地、竹企孵化基地等平台及竹文化旅游路线，推进一、二、三产业深度融合，形成了全国最大的竹产业交易博览综合体。

川西田园上阡陌纵横；竹掩水乡处游人如织。从会展中心到竹林湿地公园，一条竹林风景线串起了一处处竹编工坊、一间间乡村民宿、一片片川西林盘，这条路线不仅是产业路、景观路，更是农民的致富路。

"这两年，来参观的游客越来越多，手工竹编产品很受欢迎，我家每月的零售收入在7 000元左右。"西龙镇的竹编艺人刘前兴说，他已经把女儿、儿媳妇召集来办起了加工厂，准备扩大产能接订单。

在项目集群的牵引下，竹编走出国门，远销欧美。据统计，青神县总人口仅20万人，却有3.5万人从事竹相关产业，细细的竹条"编"出了村民的幸福生活。

山再高，高不过攀登的脚步；路再长，长不过抵达的决心。迈着奋进的步伐，眉山已经找到产业兴旺的要诀，在审时度势中强主导，在协调发展中兴特色，在不忘初心中扶弱小，奏响了振兴路上的"大小协奏曲"！

聚焦目标　擦亮招牌　绘制巴蜀乡村振兴新蓝图

刊播:《四川日报》(2021年2月19日)
作者:王成栋　史晓露

"今年每人3 400元！"2月4日,阿坝州(全称阿坝藏族羌族自治州)汶川县威州镇双河村举行分红仪式。这一次,村里"端"出来的,是史无前例的260万元集体经济利润"大蛋糕"。

品尝到农业农村发展红利的不只是双河村。去年全省农村居民人均可支配收入15 929元,比2015年增长55.5%,增速跑赢全国平均值。

2021年是"十四五"开局之年。站在新起点回望"十三五",四川省委、省政府始终把"三农"工作摆在突出位置,坚决打赢脱贫攻坚战、持续擦亮农业大省金字招牌、统筹实施乡村振兴战略,加快建设现代农业园区。其间,面对两次洪涝灾害、新冠疫情等大考,始终保持重要农产品供给稳定、农民收入持续增长。

2021年是巩固拓展脱贫攻坚成果同乡村振兴有效衔接的起步之年。站在新起点展望新蓝图,四川全面开启农业农村现代化建设新征程,推动巩固拓展脱贫攻坚成果同乡村振兴有效衔接,保障重要农产品有效供给,统筹推进农村公共基础设施改善和环境治理……一幅蜀乡振兴的新图景徐徐展开。

聚焦一个目标
扛起最大的政治责任、筑牢最大的民生工程、抓住最大的发展机遇,坚决打赢脱贫攻坚战

"吃了杀猪菜再走嘛！"2月8日,看着客商在生猪收购合同上签字盖章后,昭觉县三岔河镇三河村村民郑吃合拉住了对方。

穷了半辈子的郑吃合，如今是当地有名的"致富新星"。2018年年底，在县、乡、村三级的帮助下，他建成村里第一个标准化养猪场。去年，他家生猪存栏160头，年销售额突破40万元。

摘帽、致富——过去5年，巴蜀大地上无数个"郑吃合"的命运之轨悄然转动。2016年以来，特别是省委十一届三次全会召开后，四川始终坚持把脱贫攻坚当作最大的政治责任、最大的民生工程、最大的发展机遇，尽锐出战，集中力量决战决胜脱贫攻坚。

2016—2020年，全省累计投入农业产业扶贫资金268.24亿元。仅去年，四川共投入中央和省级财政专项扶贫资金199.52亿元，同比增加44亿元。

"输血"能否变成"造血"？现实响亮作答：2016—2020年，全省农业产业累计带动351万贫困人口摘下"穷帽子"，占全省总脱贫人口近六成。

决战决胜、不胜不休。2018年，四川省委、省政府制定出台《关于打赢脱贫攻坚战3年行动的实施意见（摘要）》。同年6月，选派5 700多名干部组成综合帮扶工作队下沉到凉山帮扶一线，以钉钉子精神推动各项政策措施落地见效。去年年初，战"疫"、战"贫"两不误、两推进，再次派出7个工作组赶赴凉山，挂牌督战7个未摘帽贫困县和300个未退出贫困村。

贫困户的腰包鼓了。去年，全省贫困家庭人均纯收入达到9 480元，为2013年年底的3.46倍。

去年11月17日，四川省政府批准凉山州（全称凉山彝族自治州）普格县等7个县退出贫困县序列。至此，四川88个贫困县全部摘帽。

擦亮一块招牌

以现代农业园区建设为抓手，不断激活"人、地、钱"，念好"六字经"，让"川字号"更优更强

"价格要涨啰！"从今年年初开始，面对求购的茶商，北川县禹露茶业有限公司董事长冯涛的"要价"始终居高不下。

去年年底，该企业获得"天府龙芽"地理标志的使用授权。

"天府龙芽"是川茶品质的"证明书"，更是"川字号"农产品乘风破浪的最佳见证。

绘制擦亮农业大省金字招牌的蓝图，从构建现代产业体系开始。从2018年起，四川省加快建设现代农业"10＋3"产业体系，为做强"川字号"定下方向。

目标清晰，何处着手？四川的选择是：以现代农业园区建设为抓手，推动现代农业"10＋3"产业体系落地。

园区建设成效几何？四川目前已累计创建各级园区900余个，梯级提升、竞相发展格局初步形成。

"样板区"引领农业高质量发展。聚焦解决耕地和种子问题，四川一边以更大力度建设高标准农田，一边改关种业"卡脖子"技术。过去5年间，新建高标准农田2 168万亩，审定培育农业品种400余个。去年，在邛崃开建国内唯一的省级综合性种质资源库。

改革注入发展活水。2016年，率先试水农产品价格指数保险等保险改革。2019年，基本完成农村集体资产清产核资。在成都，已建成全国最大的农村产权交易平台。

绿色护航质量更优。2017年，围绕念好"优、绿、特、强、新、实"六字经，全面启动农业供给侧结构性改革。同一时间，以农产品质量安全追溯体系建设为重点，坚决守卫群众舌尖上的安全。

一个细节值得关注：从2016年起，全省化肥使用量连续5年负增长。

抓手更准、机制更活、质量更优，"川字号"农产品产量更稳、品牌更响。去年，全省粮食产量时隔20年再次突破700亿斤大关，茶叶等产量稳居全国前3。迄今，全省共创建"三品一标"产品5 422个，培育区域公共品牌212个。

开启一段征程

衔接脱贫攻坚与乡村振兴，统筹农村公共基础设施改善和环境治理，勾勒村美、民富、业强、人和新蓝图

"已经摘帽，还要致富！"2月12日，八尔湖边，南部县纯阳山村王正润家的农家乐前人头攒动。5年前，时年69岁的老党员靠农家乐摘掉穷帽。眼下，他盘算着再开一家民宿，为日子再添一把火。

不只摘帽，还要致富。开启全面建设社会主义现代化国家新征程的第一个5年，美好的愿景正在绘制：坚持农业农村优先发展，巩固拓展脱贫攻坚成果，推进乡村全面振兴。

蜀乡农村的美好愿景，加速从梦想走进现实——

农村更美。2018年开启的农村人居环境整治三年行动收官，"美丽四川·宜居乡村"建设接过战旗。战旗所指，是"一张蓝图绘到底"的整治提升农村人居环境，补齐乡村公共基础设施建设短板。

农民更富。抓手当然是围绕构建现代农业"10＋3"产业体系，建设现代农业园区，让"川字号"农产品产量、质量和口碑"更上一层楼"。

产业兴旺的"蛋糕"如何惠及更多老乡？突破口是农村集体产权制度改革。纸上的规划蓝图正在变成大地上的"施工图"：探索更多新型集体经济有效实现形式，推动"资源变资产、资金变股金、农民变股东"。

治理水平更高。起手式是坚持和加强党对农村工作的全面领导。当头炮则为强化五级书记抓乡村振兴工作机制。最终的目的是形成上下贯通、精准施策、一抓到底的工作体系。

如何把责任压实？答案是逗硬考核"指挥棒"——省级层面的乡村振兴战略考评激励、农业农村优先发展落实机制、乡村振兴考核落实机制等已经"在路上"。

今后5年，农业农村优先发展、农民全面发展、乡村全面振兴，这些庄严承诺，必将不断转化为全省上下万众一心的生动实践！

今后5年，更美、更富、更强、更和谐的蜀乡大地，这些内心渴望，必将不断转化为人民群众实实在在的幸福感和获得感！

历史性转移！从脱贫攻坚到乡村振兴
四川省委农村工作会议传递出新信号

刊播：《四川日报》（2021年2月20日）

作者：王成栋　史晓露　邵明亮

进入"十四五"，全国脱贫攻坚取得胜利后，要全面推进乡村振兴，这是"三农"工作重心的历史性转移。

2月19日，四川省委农村工作会议召开，传递出哪些新信号？

加强政策、机构和力量衔接
巩固拓展脱贫攻坚成果

党的十八大以来，四川累计让625万建档立卡贫困人口"摘帽"。接下来，脱贫成果如何巩固拓展？会议给出答案：加强政策、机构和力量衔接。

"这三招的针对性极强。"凉山州副州长向贵瑜坦言，尽管所有贫困户都脱贫了，但仍有少数脱贫户的脱贫基础还不牢靠，需要精准施策，"扶上马、送一程"。

针对性如何体现？先看政策。"重点还是看各地需求，特别是贫困县的需求。"四川省政府副秘书长、省扶贫开发局局长降初举例，从各地反映情况来看，过渡期内，不少已脱贫的贫困地区补齐农业农村发展短板的资金缺口仍然较大，真金白银仍然是已脱贫的贫困县需求清单中的重中之重。

再看机构。与会代表认为，四川是西部农业大省，有几千万老乡生活在农村，这里又是脱贫攻坚战的主战场。因此，必须按照中央要求，保持机构队伍总体稳定。

三看力量。四川省委组织部相关负责人介绍，经过多年摸索和实践，在脱贫攻坚战中，四川已形成一整套的帮扶机制，而且行之有效、成效显著。在巩固拓展环节，无论是第一书记和工作队制度，还是东西部协作、省内对口帮扶、定点帮扶、社会帮扶机制，都可以优化、延续、深化。

补齐现代农业体系支撑性短板
推动农业高质量发展

产业振兴是乡村振兴的基础和关键。会议提出，要坚决守住粮食安全这条底线，抓紧补齐"10+3"现代农业体系的支撑性短板。

如何守？压实责任势在必行。"把责任担起来，不能只算经济账，还要算政治账、长远账。"内江隆昌市委书记尹忠认为，全面落实粮食安全党政同责，才能提高基层党委政府对粮食安全的重视程度，立足自身解决吃饭问题。

如何补？首先必须打好种业翻身仗。"四川是种业大省和种质资源大省，有条件也有优势变成种业强省。"四川省农业科学院副院长任光俊认为，通过建设四川省种质资源中心库、现代种业园区，加大攻关力度，四川一定能为国家种业安全贡献更多力量。

装备和烘干冷链物流必不可少。"不仅要产得好，还要成本低、卖价高。"眉山市青神县委书记肖巍透露，接下来，当地将和相关企业联手，研发推广适应当地地形的晚熟柑橘灌溉设备。

无独有偶，同样是种植晚熟柑橘，成都市农业农村局局长张俊国介绍，下一步，成都要拿出真金白银，确保每个种植区域都有冷库和初加工系统，扩大晚熟柑橘的销售半径，延长销售时长。

做好"加减法"
绘好蓝图留住乡愁

会上，一组数据引起与会者高度关注——刚过去的牛年春节，成都近郊接待了1 400万人次游客。蒲江明月国际陶艺村、崇州竹艺村等40余个乡村游热门景点是当仁不让的客流量大户。

下一步，四川如何才能拥有更多的"网红村"和"打卡地"？会议给出答案：深入实施"美丽四川·宜居乡村"建设行动。

怎么建设？首先，要高起点规划。"必须综合考虑土地利用、产业发展、居民点布局、生态保护和历史文化传承等因素。"雅安市相关负责人深有感触：近年来，当地在布局茶园、建设大熊猫国家公园时，将各项规划衔接，实现"一张蓝图绘到底"，避免不少"折返跑"情况的出现。因此，唯有增强规划的系统性和前瞻性，"规划图"才能变成高质量的"施工图"。

其次，要注重扬长补短。"有留得住的乡愁，还有不亚于城里人的基础设施。"四川省委农办（全称四川省委农村工作领导小组办公室）主任、农业农村厅厅长杨秀彬说，扬长，就是要保护传统村落和乡村特色风貌，不搞"千篇一律"；补短，就是推动农村基础设施提档升级，不断推进城乡基本公共服务均等化。

最后，要保护乡村良好的生态环境。"做好'加减法'，保护好农村的绿水青山。"四川省林业和草原局局长刘宏葆说，"加法"，就是统筹山水田林湖草系统治理，保住农村生态"基本盘"；"减法"，就是继续做好"厕所革命"、污水治理和垃圾处理，让乡村环境更美、生态更优。

稻渔综合种养 "鱼"粮丰收可兼得
粮食增产、农民增收背后的秘诀

刊播：《四川日报》（2021年3月12日）
作者：邵明亮

"起来捞虾了！"3月11日凌晨4点刚过，廖泽芳叫醒还在睡梦中的丈夫周长春，快步向门外走去。作为隆昌市上好水产养殖农民专业合作社理事长，廖泽芳每年三四月经常早起。

内江隆昌市通过大力发展稻渔综合种养，在保证粮食连续多年增产的同时，让农民收入也持续增长。近日，记者前往隆昌，探究那里的促农增收之道。

错峰上市
春耕时节捞虾忙，直接销往北上广

尽管隆昌当地的水稻栽插尚未开始，但从3月开始，隆昌很多农户就已早早进入一年中最忙碌的时节。因为当地很多农户不仅是种粮的农民，还是小龙虾养殖户。当下正是包括隆昌在内的川南地区小龙虾上市的季节。

当天空开始泛白，周长春和工人们就已完成当天的小龙虾捕捞工作，准备往城区发货。

"30克以上规格的虾，这几天捞出来就能卖116元／公斤*，基本上都销往北上广的高端市场。"周长春介绍，自家120多亩的冬水田全部养殖小龙虾，大虾分拣出来到市场销售，小虾可以作为虾苗卖给周边的养殖户。

如今，小龙虾已成为隆昌农业的一张靓丽名片。隆昌市农业农村局相关

---

* 公斤为非法定计量单位，1公斤＝1千克。——编者注

负责人介绍，每年4月中下旬到8月是湖北等小龙虾主产区的小龙虾集中上市的旺季，这期间价格会持续走低，而川南地区的小龙虾提前至3月至4月上旬上市，正好错峰。

为进一步发挥稻虾综合种养示范带动作用，当地农业部门从去年10月开始实施稻虾产业基地高质量发展项目。项目将持续至今年10月，计划新建2 000亩标准化稻虾示范基地，示范带动稻虾产业基地1万亩以上，园区内实现水稻、小龙虾优质品种覆盖率100%。

周长春最近意识到一个问题，自2017年从湖北潜江引进虾苗开始养殖后，自家水田一直没补充新虾苗。为防止近亲繁殖导致的小龙虾品质退化，他准备今年五六月到湖北、江苏等地新引进一批虾苗，改善自家小龙虾品质。

筛选良种

选择稻种先试验，确保优良再推广

3月5日，惊蛰。隆昌市云顶镇方田村村民曾贤荣和老伴在自家田里播撒稻种。

这块10平方米的小块田地，被整齐分割成9个育秧厢。曾贤荣在隆昌市农业农村局粮油股专家的指导下，用一上午就完成了整个地块的播种和搭建保温棚等工作。

"1厢播2个水稻品种，总共18个水稻品种。我们要对稻种进行编号，开展对比试验。"隆昌市农业农村局粮油股股长魏林介绍，隆昌每年春播开始后都会组织对比试验，通过对市场上的水稻品种进行追踪观察，发现更适合当地种植的优良水稻品种，进而向广大农户推荐、推广。

参与试验的曾贤荣出力出田，却不要工钱。"收获很多，划得来！"曾贤荣告诉记者，之前他通过参与水稻种植对比试验，第一时间发现适合自家土地的水稻品种。"去年我家10亩地都种了内6优107水稻，每亩与过去相比，可增收近百元。"今年，曾贤荣决定继续种植该品种。

离曾贤荣的试验田仅几百米，一场旱育秧的试验也在开展。

"前两天温度低，不知道秧苗出来没。"3月5日，隆昌市农业农村局的专家掀开一个塑料保温棚，嫩绿的秧苗已从土壤里冒出来。

魏林介绍，这几年隆昌一直在全市范围内推广旱育秧技术。因为旱育秧是在旱地条件下进行，相比水田育秧更省力、省水、省秧田。

"通过筛选优良稻种、积极推广先进育秧技术，我们对今年粮食播种面积和产量及农民增收有信心、有底气。"隆昌市农业农村局相关负责人表示，今年隆昌粮食种植面积将达76.7万亩，同比增长0.25%；粮食产量预计达到32.98万吨，同比增长0.11%。

同步播报

今年在10县整体推进"鱼米之乡"建设

3月11日，记者从四川省水产局获悉，四川省已启动2021年度"鱼米之乡"建设项目申报工作，今年将在10个县整体推进"鱼米之乡"建设。

四川省稻田和冬水田资源丰富，稻田养鱼历史悠久，建设以稻渔综合种养为产业基础的"鱼米之乡"有着得天独厚的条件和基础。

去年，四川省在4个县10个乡（镇）开展"鱼米之乡"试点，取得较好成效。根据规划，今年四川省将对批准"鱼米之乡"建设项目的县，一次性给予1 000万元建设资金。与此同时，通过整合涉农项目资金向"鱼米之乡"建设集中靠拢，大力推进稻渔基础设施改造和建设。

生产优质产品是重要指标。项目实施区内的水产品和稻谷要求优质、特色鲜明，水产品质量安全产地抽检合格率达到98%以上，稻谷良种覆盖率达到100%，水产良种覆盖率达到80%以上。

四川省农业农村厅相关负责人表示，每个试点县都将集中连片建设稻渔综合种养基地，坚持以稻为主、以渔促稻、稻渔共生，实现一田多业、一水多用，提高粮食生产效益，努力打造"鱼米产业兴旺、乡民生活富足、生态环境宜居、文化特色鲜明"的公园式美丽"鱼米之乡"。

四川出台推进乡村振兴战略实绩考核办法

刊播：《四川日报》（2021年3月18日）
作者：王成栋

近日，四川省委办公厅、省政府办公厅印发了《四川省市县党政和省直部门（单位）领导班子领导干部推进乡村振兴战略实绩考核办法（试行）》（简称《办法》）并发出通知，要求各地、各部门认真遵照执行。

《办法》明确，考核对象是各市（州）、涉农县（市、区）党委、政府和省直涉农部门（单位）的领导班子和领导干部，考核工作在省委、省政府领导下，由省委农村工作领导小组统筹负责，每年开展1次。

《办法》规定，考核内容主要包括落实农业农村优先发展、推进巩固拓展脱贫攻坚成果同乡村振兴有效衔接、推进农业现代化、实施乡村建设行动、深化农业农村改革、推进惠农政策落实等的情况，考核采取日常抽查督查、年中交叉检查、年终部门评分相结合的方式。

《办法》强调，要强化考核结果运用，将考核结果纳入省委、省政府综合目标绩效考核，并作为对市（州）、涉农县（市、区）党委、政府和省直涉农部门（单位）主要负责同志、有关负责同志综合考核评价的重要依据。同时，《办法》还明确了考核程序、考核纪律等内容。

四川乡村频道扬帆起航

刊播：四川乡村频道（2021年3月20日）

3月20日，牛年春分，万物生长。四川广播电视台公共·乡村频道迎来了崭新的一天。公共·乡村频道更名为四川乡村频道暨上星播出正式启动！

四川广播电视台公共·乡村频道于2019年5月6日正式开播，是全省唯一的服务"三农"的专业电视频道。近两年来，频道一直致力于成为省委、省政府发布"三农"政策的"好平台"，各级政府和涉农部门开展农村工作、推进实施乡村振兴战略的"好帮手"，全川农民朋友脱贫致富奔小康、共创美好新生活的"好伙伴"。

时光荏苒，品质接力。频道先后共推出21档"三农"节目，露水盈盈，情怀满满；一共制作播出了18万分钟内容，乡音乡情，倾心陪伴。

公共·乡村频道正式更名为四川乡村频道后，将带着更加专业的节目内容，以更加简约的包装风格全新亮相，展示天府田园之美、服务四川"三农"工作，助力乡村全面振兴。在更名的同时，四川乡村频道通过直播卫星实现了四川全域覆盖，成为四川广播电视台除四川卫视外，全川覆盖范围最广的电视频道。

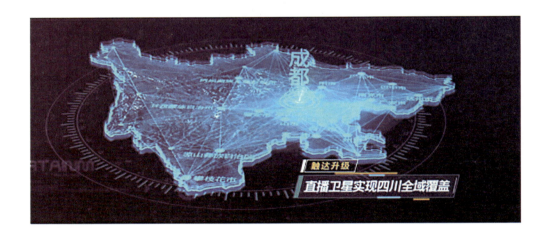

四川乡村频道在原有的节目基础上，推出了一档全新的服务类专题栏目《问你所"？"》，于每周一至周五19：50播出。栏目的口号是"行路乡村，问计田园"，栏目定位为"在行走中发现四川农业的勃勃生机，在追问中展现乡村振兴的旖旎画卷，在解惑中见证四川农民的勤劳面孔"。

　　"走进美丽乡村，体验诗与远方。"《美丽乡村》是一档行走乡村的体验类栏目。节目编导变为乡村体验员、用脚步丈量巴蜀大地、用心灵感受田园之美、用镜头记录乡村之变，全景展示"宜居四川、美丽乡村"的旖旎画卷。每周四、周五的20：05，《美丽乡村》与您美美与共，感受诗与远方。

　　"提升品牌价值，点亮'川字号'。"按照习近平总书记擦亮四川农业大省金字招牌的指示精神，助力四川省"培育壮大'10+3'产业体系"，频道量身定制了一档专题栏目《金字招牌》。每周一至周三20：05，《金字招牌》聚焦"川字号"农产品和区域品牌，发掘"川字号"的品牌特质、产品价值；围绕农产品的生长环境、生长条件，从历史维度、地域特点入手，讲述品牌"是怎样炼成的"；着眼品牌的打造，放眼品牌的发展，展望"川字号"品牌的美好前景。

主力军挺进主战场，四川乡村频道整合各种媒介资源，构建起多维度的全媒体矩阵。目前，频道已成功搭建起由四川乡村App、频道微信公众平台、头条号、抖音号、快手号、微信视频号等平台构建的新媒体矩阵。并在四川观察App上开通四川乡村频道专栏，还入驻学习强国App，与腾讯网、今日头条、抖音等平台开展深度交流合作。截至目前，四川乡村频道的新媒体产品累计曝光超过千万次，直播活动单场次观看人次接近100万。并联合阿里巴巴等网络平台在线销售农特产品，积极试水直播带货公益活动，探索"广电＋农产品＋互联网"助力"擦亮四川农业金字招牌"的营销路径。

未来，四川乡村频道将紧紧抓住国家全面推进乡村振兴、加快农业农村现代化的历史机遇，积极融入四川省委、省政府"全面实施乡村振兴战略，开启农业农村现代化建设新征程"的新发展格局，推进"频道专业化"和"乡村内容全媒体服务运营平台"建设，力争通过3～5年的努力，以体制机制创新为突破口，深耕乡村、服务"三农"，整合开发各级政府、市场、社会、院校及传媒资源，打造"四川乡村内容联动生产、供应、服务、传播"的全媒体运营平台，推动形成乡村内容"全链条系统开发，全产业深度融合，全媒体互动传播"的新发展格局，闯出一条乡村信息"内容产业化、产业内容化"的双效价值裂变之路。

2021年四川省委1号文件新闻发布会

刊播：四川发布（2021年3月24日）

【导语】

3月24日9时，四川省人民政府新闻办公室在成都举行2021年四川省委1号文件新闻发布会。发布会邀请省委农办主任、农业农村厅厅长杨秀彬，省委农办专职副主任、农业农村厅副厅长毛业雄，农业农村厅副厅长肖小余介绍有关情况，并回答记者提问。

【同期】 **主持人　黄怡**

女士们、先生们，媒体朋友们，大家上午好！欢迎出席四川省政府新闻办公室新闻发布会。大家关心的四川省委1号文件《关于全面实施乡村振兴战略开启农业农村现代化建设新征程的意见》已经公布。为了帮助大家准确理解这份文件，今天我们邀请四川省委农办主任、农业农村厅厅长杨秀彬先生向大家介绍相关情况，四川省委农办专职副主任、农业农村厅副厅长毛业雄先生，四川省农业农村厅副厅长肖小余先生，将共同回答大家的问题。首先请杨秀彬先生介绍相关情况。

【同期】四川省委农办主任、农业农村厅厅长　杨秀彬

女士们、先生们，新闻界的朋友们，大家上午好。今天召开2021年四川省委1号文件新闻发布会。今年的省委1号文件是21世纪以来四川指导"三农"工作的第18个1号文件，也是进入新发展阶段、落实新发展理念、构建新发展格局，正确把握"三农"工作新的历史方位，作出全面部署的一个重要文件。文件共7个部分、41条，概括起来有5个方面的特点。

第一，鲜明一个主题：全面实施乡村振兴战略，开启农业农村现代化建设新征程。

党的十八大以来，我们坚持把解决好"三农"问题作为全党工作的重中之重，把脱贫攻坚作为全面建成小康社会的标志性工程，组织推进人类历史上规模空前、力度最大、惠及人口最多的脱贫攻坚战，启动实施乡村振兴战略，推动农业农村发展取得历史性成就。

党的十九大第一次提出实施乡村振兴战略，党的十九届五中全会和中央农村工作会议提出全面推进乡村振兴，加快农业农村现代化，今年省委1号文件坚决贯彻中央决策部署，结合四川实际，鲜明了全面实施乡村振兴战略，开启农业农村现代化建设新征程的时代主题，也是我们进入新发展阶段在巩固拓展脱贫攻坚成果基础上"三农"工作重心的历史性转移。

从实施乡村振兴战略到全面推进乡村振兴，深度、广度、难度都不亚于脱贫攻坚。推进社会主义现代化四川建设，迫切需要补上"三农"短板，推进现代化建设，最艰巨、最繁重的任务依然在农村，重点和难点依然在"三农"；构建新发展格局，"三农"领域潜力巨大，城乡经济的良性循环是确保国内国际双循环比例关系健康的关键因素；应对各类风险挑战，"三农"工作担负着重要使命，无论是从全国还是从我省来看，只有把农业生产搞好、把农村社会管好、把农民的事情办好，让农民有地种、有饭吃、有事干、有钱挣，才能牢牢稳住"三农"基本盘，这是我们应对各种风险挑战的回旋余地和特殊优势。

今年省委1号文件明确指出，要做好乡镇行政区划和村级建制调整改革"后半篇"文章，核心是改革赋能，推动优化资源配置、提升发展质量、增强服务能力、提高治理效能，全面推进乡村振兴。"1+24+1"专项工作方案涵盖了乡村产业振兴、人才振兴、文化振兴、生态振兴、组织振兴和乡村建设、农业农村改革的方方面面，是乡村振兴的施工图、任务书，是全面推进乡村振兴的先手棋、加快农业农村现代化的关键招。

第二，坚决守住两条底线：坚决守住防止规模性返贫底线、坚决守住粮食安全底线。

一是坚决守住防止规模性返贫底线。脱贫攻坚虽然已经圆满收官，但巩固拓展脱贫攻坚成果的任务依然很重。文件落实中央有关要求，专门用一个部分对实现巩固拓展脱贫攻坚成果同乡村振兴有效衔接作出安排。文件提出，对摆脱贫困的县，从脱贫之日起设立5年过渡期，过渡期保持现有主要帮扶政策总体稳定，并要求省直有关部门抓紧完善政策优化调整的具体实施办法。提出健全防止返贫动态监测帮扶机制和农村低收入人口常态化帮扶机制，优化调整帮扶工作机制，加强扶贫项目资产管理和监督，对易返贫致贫人口及时发现、及时帮扶。针对我省易地扶贫搬迁量大面广的实际，要求完善易地扶贫搬迁后续扶持政策体系，持续加大就业和产业扶持力度，巩固易地搬迁脱贫成果，分类研究解决有关问题。为继续推进脱贫地区乡村振兴，文件提出要推动明确一批国家乡村振兴重点帮扶县，确定一批省级乡村振兴重点帮扶县，出台政策支持凉山州做好巩固拓展脱贫攻坚成果同乡村振兴有效衔接示范工作。下一步，省委、省政府还将出台实现巩固拓展脱贫攻坚成果同乡村振兴有效衔接的实施意见，召开现场推进会，作出进一步部署安排。

二是坚决守住粮食安全底线。粮食安全是国家安全的底线，是"三农"工作的头等大事。文件要求，各级党委、政府要切实扛起粮食安全政治责任，实行粮食安全党政同责，提升粮食主产县综合生产能力，划定非主产县粮食面积、产量和自给率底线，分类压实粮食生产责任，确保粮食播种面积和产量只增不减，今年全省粮食播种面积达到9 500万亩以上，粮食产量达到700亿斤以上。并且明确提出，未能完成粮食生产目标任务的县（市、区）不得参加涉农工作评优。

耕地是粮食生产的命根子。文件深入贯彻中央有关要求，强调要采取"长牙齿"的硬措施，落实最严格的耕地保护制度，坚决守住耕地红线，坚决遏制耕地"非农化"、防止"非粮化"，对有令不行、有禁不止、失职渎职的严肃追究责任。保耕地不仅要保数量，还要提质量。文件要求规范耕地占补平衡，严格新增耕地核实认定和监管，占优必须补优；提出加强农村水利设施建设、实施高标准农田建设等工程，明确今年新建470万亩、"十四五"期间新建1 000万亩以上高标准农田，实现旱涝保收、能排能灌、宜机作业、高产稳产的目标。文件还要求开展农村撂荒地专项整治，对"非粮化"和耕地撂荒趋势恶化的市县按规定进行通报约谈。深入落实"菜篮子"市长负责制，确保生猪出栏量稳定在5 800万头左右，确保市场供应充足。

第三，补齐三大短板：种业、现代农业装备、烘干冷链物流。

一是补齐种业短板。种业是农业的"芯片"，种业强不强，不仅关系农业竞争力，更关乎国家安全。四川是种业大省和种质资源大省，水稻、油菜种子生产在全国具有比较优势和重要战略地位，但种业短板明显，大而不强。文件提出要打好种业翻身仗，实施新一轮现代种业提升工程，加快推进四川省种质资源中心库建设，大力培育现代种业园区，支持一批省级优势种业基地加快发展，扶持一批领军型种业企业。围绕现代农业"10+3"产业体系筛选科研项目，面向科研院所和企业揭榜挂帅，组织联合攻关。

二是补齐现代农业装备短板。现代农业装备是延长产业链条、提高生产效率的关键。目前我省农业装备有效供给不充分、农机农艺融合不密切、农业机械化作业配套不到位等问题比较突出，是制约现代农业发展的一个短板。文件提出，要实施农业机械化和信息化技术创新工程，实施新一轮农机购置补贴政策，以丘陵地区宜机化攻关改造为重点，开展以良田、良种、良法、良制、良机"五良"融合为牵引的全程机械化技术集成行动，推广应用现代化农业新装备、新技术，到2025年，全省主要农作物耕种收综合机械化率达到70%以上。

三是补齐烘干冷链物流短板。烘干冷链物流直接关系农产品的销售价格和运输半径，在现代农产品流通体系中发挥着基础平台重要作用。我省农产品烘干冷链物流体系起步晚、基础弱，短板明显。文件提出，要推进田头小型仓储保鲜冷流设施、产地低温直配中心建设，加快构建农产品烘干冷链保鲜设施体系；加快发展乡村现代物流业，开展电子商务进农村综合示范工作，推进农产品产地市场体系建设，发展农产品从产地到销地的直销和配送，实施"互联网＋"农产品出村进城工程，解决好农产品产地"最先一公里"和城市配送"最后一公里"问题。

第四，突出抓好四大重点：现代农业"10+3"园区、新型农村集体经济、宜居乡村建设、农业安全。

一是突出抓好现代农业"10+3"园区建设。近年来，省委、省政府把现代农业园区建设作为推动农业高质量发展的"牛鼻子"，以此为载体推动构建"10+3"现代农业体系，取得了很好成效。文件衔接既定工作部署，提出实施现代农业产业提升工程，建设农业产业强镇、优势特色产业集群、特色农产品优势区，加强现代农业园区建设，到2025年，创建国家和省级现代农业园区300个以上、市县级园区3 000个以上；因地制宜发展现代林竹产业，推进美丽乡村竹林风景线建设，加快建设一批现代林草产业园区；实施农产品产地初加工惠民工程、农产品加工企业提升行动，建设一批省级特色农产品加工园区，培育农产品加工产业集群；推进现代农业园区景区化建设，建设一批乡村旅游特色景区和重点村，培育省级农业主题公园和休闲农庄，丰富乡村经济业态。文件还要求，要加快建设成渝现代高效特色农业带，联合重庆市共同编制规划，启动实施一批重大工程项目，建设优质粮油、生猪、蔬菜等特色农业产业带。

二是突出抓好新型农村集体经济。发展壮大新型农村集体经济对推动农业农村改革向纵深发展具有重要牵引作用。文件单列一条，对创新发展新型农村集体经济作出系统安排，要求按部署完成农村集体产权制度改革任务，全面规范建立农村集体经济组织，依法赋予市场主体资格，建立健全法人治理机制，建立农村集体经济运行新机制。同时，明确提出以县（市、区）为单位，建立工作机制，完善政策举措，支持农村集体经济组织通过多种方式与各类经营主体开展合作，共同开发利用集体资产资源，探索新型集体经济有效实现形式。并且要求推动出台四川省农村集体经济组织条例。

三是突出抓好宜居乡村建设。党的十九届五中全会首次提出实施乡村建设行动，并明确要求把乡村建设摆在社会主义现代化建设的重要位置。文件立足我省实际，就实施"美丽四川·宜居乡村"建设行动作出安排，要求加强乡村规划编制工作，今年基本完成县级国土空间规划编制工作，全面加快乡镇国土空间规划编制，积极有序推进"多规合一"实用性村规划编制，加强乡村建设规划许可管理；加强乡村公共基础设施建设，有序推进较大人口规模自然村组通硬化路建设，实施农村供水保障、乡村电网巩固提升、天然气供气设施向农村延伸、数字乡村建设发展等工程；实施农村人居环境整治提升五年行动，继续抓好厕所、垃圾、污水"三大革命"，推进村庄清洁行动常态化，加大农村危旧房屋排查和改造力度。

四是突出抓好农业安全。全面推进乡村振兴，农业安全是前提。重点是抓好森林草原防灭火、长江十年禁渔、农业面源污染防治、耕地污染防治、农产品质量安全、农业生态环保、动植物疫病防控和农机农船农能安全。文件提出，要保障农产品质量安全，健全农业投入品减量使用制度，严格落实农产品质量生产经营主体责任；抓好农业生态环保，强化农用地土壤污染风险防控，深入推进畜禽粪污、秸秆和废旧农膜等资源化利用，落实长江十年禁渔制度；抓好非洲猪瘟等动物疫病防控和草地贪夜蛾、沙漠飞蝗等病虫害防治；抓好农业安全生产，推进森林草原防灭火专项整治，深入开展农村安全专项整治，强化农村道路交通安全监管等。

第五，强化五项保障措施：坚持和加强党对农村工作的全面领导、强化农业农村优先发展投入保障、强化人才支撑、全面深化农业农村改革、健全乡村振兴考核落实机制。

一是坚持和加强党对农村工作的全面领导。文件提出，深入贯彻落实《中国共产党农村工作条例》，强化五级书记抓乡村振兴工作机制，建立健全上下贯通、精准施策、一抓到底的乡村振兴工作体系，全面实行市县党委、政府主要负责人和农村基层党组织书记抓乡村振兴责任制，把市县党委、政府主要负责人和农村基层党组织书记抓乡村振兴工作情况作为经济责任审计的重要内容，加强党委农村工作领导小组和工作机构建设，强化党委农办决策参谋、统筹协调、政策指导、推动落实、督促检查等职能。还提出建立乡村振兴联系点制度，要求市县党委、政府负责人及部门（单位）都要确定联系点。

二是强化农业农村优先发展投入保障。文件围绕增加乡村振兴投入提出不少硬措施。明确提出，把农业农村作为一般公共预算优先保障领域，持续加大公共财政对乡村振兴的投入；实施财政乡村振兴资金专项库款保障管理，确保专款专用；提高土地出让收益用于农业农村比例，确保到"十四五"期末比例达到50%以上；要求各地按规定逐步提高一般债券支出中用于支持乡村振兴的比重，有序扩大用于支持乡村振兴的专项债券发行规模；支持市县以市场化方式设立乡村振兴基金等。

三是强化人才支撑。文件强调，要加强党对乡村人才工作的领导，将乡村人才振兴纳入党委人才工作总体部署，健全适合乡村特点的人才培养机制，强化人才服务乡村振兴激励约束。要求加快建设政治过硬、纪律过硬、作风过硬的乡村振兴干部队伍，把乡村振兴作为培养锻炼干部的广阔舞台，对在艰苦地区、关键岗位工作表现突出的干部优先重用。并且提出将农民工、高素质农民和在岗基层农技员纳入高职扩招范围，实施卓越农林人才教育培养计划2.0，积极探索职业农民制度，完善回引优秀农民工返乡创业政策等具体举措。

四是全面深化农业农村改革。改革是乡村振兴的法宝。文件围绕激发农村资源要素活力、加快形成新型城乡关系，对深化农村改革作出进一步安排。在农村土地制度改革方面，提出深入推进第二轮土地承包到期后再延长30年试点，稳慎推进农村宅基地制度改革试点，依法有序推进农村集体经营性建设用地入市；要求各地县乡级国土空间规划应安排不少于10%的建设用地指标，土地利用年度计划应安排至少10%新增建设用地指标，保障乡村产业发展和村民住宅建设用地。

在培育多元化农村市场主体方面，提出开展农民合作社发展质量提升行动，实施家庭农场、农业产业化联合体、农业社会化服务主体等培育行动，持续深化供销合作社综合改革。在城乡融合发展方面，提出把县域作为城乡融合发展的切入点，加快打通城乡要素平等交换、双向流动的制度性通道，把乡镇建成服务农民的区域中心，深入开展省级百强中心镇培育，持续推进成都西部片区国家城乡融合发展试验区建设。

五是健全乡村振兴考核落实机制。为推动各项部署落实落地，文件就健全乡村振兴考核落实机制作出安排，要求各市（州）党委、政府每年向省委、省政府报告实施乡村振兴战略进展情况，严格落实《四川省市县党政和省直部门（单位）领导班子领导干部推进乡村振兴战略实绩考核办法（试行）》，开展实施乡村振兴战略考评激励。提出建立乡村振兴荣誉制度，按规定适时申报表彰为乡村振兴作出突出贡献的集体和个人，积极引导社会力量共同推进乡村振兴。

我就先跟大家作这些解读。欢迎大家提问，谢谢大家！

【同期】主持人 黄怡

谢谢杨秀彬厅长的介绍，下面请各位记者提问，提问前请通报自己所在的新闻机构名称。

【同期】新华社记者

我是新华社记者，今年省委1号文件提出要实施农村人居环境整治提升五年行动，我们知道"十三五"期间省委提出了农村人居环境整治三年行动，请问今年提出的五年行动和过去的三年行动相比有哪些变化？谢谢。

【同期】四川省委农办专职副主任、农业农村厅副厅长　毛业雄

这个问题我来回答，谢谢记者的提问。过去3年，我们以农村厕所、污水、垃圾"三大革命"为重点，实施了"美丽四川·宜居乡村"建设行动。从直观上来看，大家也能看到农村发生了很大的变化，可以用面貌焕然一新来形容，农民群众的生活条件也得到明显的改善。我用一组数据来说明过去3年"美丽四川·宜居乡村"建设的成就。

到2020年年底，全省92%以上的行政村生活垃圾得到有效治理，58%的农村生活污水得到有效治理，农村卫生厕所普及率达到86%，畜禽粪污综合化利用率达到75%，规模养殖场粪污处理设施装备配套率达到98%，行政村基本配备了保洁员。

今年，省委1号文件明确提出要实施农村人居环境整治提升五年行动，从过去的三年整治过渡到现在的五年提升。记者朋友问有什么变化，可以这样说，不变的是锚定的方向，继续久久为功，变化的是工作的提档升级、提质增效，实现农村人居环境公共基础设施的大大提升，为全面深入实施乡村振兴"筑巢引凤"。

要完成这些工作，总体来说要抓好5个方面的工作。

一是实施农村"厕所革命"的专项提升行动。我们将在目前农村卫生厕所普及率86%的基础上，力争在5年内完成改造提升全覆盖，工作重心聚

焦到厕所粪污的无害化处理和资源化利用，以及建立健全后续长效管护机制上，在常态化管护方面下更大功夫。

二是实施农村生活污水治理专项提升行动。我们将加强农村生活污水"千村示范工程"建设力度，进一步完善农村河（湖）长体系，加快推进农村河湖"清四乱"，全面控制入河、湖污染物，持续巩固治理成果。根据各地区域位置、人口居住聚集程度等情况，对农村生活污水采取纳入城镇污水管网、联户、单户、人工湿地等不同的处理方式。力争通过5年努力，将行政村生活污水得到有效治理的比例由58.37%提高到75%以上。污水治理可以说是我们"三大革命"中最艰巨的任务、最难啃的硬骨头，在污水处理上还要持续加大力度。

三是实施农村生活垃圾治理专项提升行动。我们将进一步着力加强农村生活垃圾分类收运体系建设，推广"政府出一点、集体补一点、群众筹一点"的常态化、长效化村庄保洁模式，力争到2025年实现行政村生活垃圾收集设施全覆盖。与前3年相比还有一个变化，就是要实现村民小组专职保洁员全覆盖。

四是实施农业生产废弃物资源化利用专项提升行动。大力推进农业生产废弃物"减量化、资源化、无害化"处理工作，力争到2025年，全省畜禽粪污综合利用率达到80%以上，规模化养殖场粪污处理设施装备配套率达到100%，秸秆综合利用率、废旧农膜回收率以及粮经作物主产区农药包装废弃物回收率均稳定在80%以上。

五是实施村容村貌专项提升行动。我们将持续推进村庄清洁行动常态化和水美新村建设，进一步加大农村危旧房屋排查和改造力度，加大地质灾害避险搬迁政策支持力度，逐步推行农村住房建设全过程管理，推进"数字农房"建设，提升农房建设质量和乡村宜居水平，加快提升村容村貌，全面确保5年后全省农村人居环境在现在的基础上再上一个新的台阶。

回答完毕，谢谢大家！

【同期】主持人　黄怡

请记者朋友继续提问。

【同期】农民日报社中国农网记者

我是农民日报社中国农网的记者。我的问题与粮食安全有关。最近国际粮价暴涨，粮食安全成为全世界关注的问题。四川是全国13个粮食主产省之一，去年粮食产量时隔20年再次登上700亿斤的台阶，做到饭碗一起端、责任一起扛。我们了解到不久前国家给四川下达了今年粮食播种面积9 485万亩、产量705.4亿斤的任务，请问四川是否觉得有压力，会采取什么举措来保障这一目标的完成？

【同期】四川省农业农村厅副厅长　肖小余

这个问题我来回答，感谢记者朋友关心关注粮食生产。四川作为农业大省、人口大省和粮食主产省份，有条件且必须立足自身来解决9 100多万人口的吃饭问题。今年为了确保完成国家下达的任务，四川力争粮食播种面积达到9 500万亩、产量达到708亿斤，要完成的任务量比国家下达的多，我们经研究并报省政府同意，自加压力。要抓好这项工作，全面完成国家的任务，我们重点要抓好以下工作。

一是压紧压实各方责任。过去我们的粮食安全由行政首长负责，去年年底召开的中央农村工作会议和今年的中央1号文件都非常明确地要求粮食安全实行党政同责。我省将研究落实粮食安全党政同责具体办法，继续开展粮食安全行政首长责任制考核，探索建立粮食主产县党委、政府逐级述职制度，压紧压实各方责任。同时，经省政府领导同意，我们向市（州）政府下达了粮食面积、产量的目标任务，组织开展"1+5"工作调研指导，督促各地将任务分解到乡村、落实到田块。

二是强力推进扩面增产。落实好总书记"粮食面积、产量只增不减"的重要指示，今年我省将重点组织开展"四大行动"。

第一，组织开展"深挖潜力扩面积"行动。我们要开展撂荒地专项整治攻坚，大搞增、间、套、围，做足田坎文章，大力发展粮经复合、稻渔综合种养，千方百计深挖粮食扩种潜力。

第二，组织开展"强化服务攻单产"行动，深入实施粮油绿色高质高效创建，组织开展农资、农技、农机和助耕帮扶"四个服务"，加强技术指导和培训，着力提高稳产增产、绿色高效关键技术的到位率和覆盖率。

第三，组织开展"调优结构提品质"行动，发挥好21个国家级、省级粮食园区的示范引领作用，大力发展优质粮食生产，突出抓好200万亩酿酒专用粮生产基地、600万亩玉米粮饲兼用高效示范区、700万亩"稻香杯"优质稻生产示范区、严格管控类耕地种植结构调整示范区建设等工作。

第四，组织开展"科学防灾减损失"行动，重点做好小麦条锈病和赤霉病、水稻"两迁"害虫和稻瘟病，以及草地贪夜蛾和蝗虫等暴发性、迁飞性、流行性病虫害的监测防控，做到"防病"保粮、"虫口"夺粮；同时，要密切关注天气变化，科学有效应对可能出现的干旱、洪涝和低温冻害等自然灾害的影响，努力减少灾害损失。

三是认真落实激励政策。一要不折不扣落实好耕地地力保护补贴、稻谷目标价格补贴、稻谷最低收购价等惠农政策，保护和调动农民种粮积极性。二要启动"稻香杯"和农业丰收奖评选活动。经中央批准，今年四川将以省委、省政府名义对为粮食生产作出突出贡献的集体、个人和优质稻品种进行表彰激励，充分调动粮食主产区地方政府重农抓粮、农技人员助农和农民群众务农种粮的积极性。三要加大对项目的支持力度，整合现代农业园区建设、农业生产社会化服务、国家轮作休耕试点和现代农业发展工程等项目，重点支持粮食扩面增产和提质增效。

总之，我们通过以上的工作和措施，有信心也有能力再夺今年粮食丰收、超额完成国家下达的目标任务，为确保国家粮食安全作出四川贡献，以优异的成绩迎接党的百年华诞！

回答完毕，谢谢。

【同期】主持人　黄怡

请记者朋友继续提问。

【同期】四川日报社川观新闻记者

我是四川日报社川观新闻的记者。此前中央经济工作会议强调，要开展种源"卡脖子"技术攻关，立志打一场种业翻身仗，请问四川作为种业大省、全国三大育种基地之一，应该如何打赢这场翻身仗？谢谢。

【同期】四川省委农办主任、农业农村厅厅长　杨秀彬

谢谢记者的提问，我来回答这个问题。习近平总书记在2020年中央经济工作会议上对"三农"工作提出两个要点，一个是种子，第二是耕地，在中央农村工作会议上再次强调种子是农业现代化的基础。种业"卡脖子"问题，如果解决不好就会一剑封喉。

就全国总体来讲，有三大育制种基地，一是海南省，有国家南繁科研育种基地。二是甘肃，主攻玉米制种。三是四川，主攻杂交水稻制种。

省委、省政府非常重视种业问题，几年前就提出了发展现代农业"10+3"产业体系，"3"的第一个就是种业，我们已经采取一系列措施，走在全国前列。清华书记也高度重视种业问题，最近他再次调研农口的科研单位，要求组织农口科研力量集中攻关解决"卡脖子"的问题。

下一步，具体来说有五大举措。

第一是搞好普查。搞好种质资源的普查是打好种业翻身仗的第一仗，也是前提和基础。我们搞过登记、搞过征集，但不是很全面。今年我们主要对畜禽和水产种质资源进行普查，因为农作物的资源普查我们走在全国前列，已经基本完成。现在主要是进行畜禽和水产普查，要弄清楚家底，知道我们究竟有多少资源。

第二是搞好保护。种质资源搞清楚之后就是保护工作，我们将加快建设四川省种质资源中心库，把邛崃种质资源中心库建成西南、中国乃至全球的种质资源保护利用中心。各市、县要分别制定规划，对种质资源进行保护，形成保护体系。

第三是加强"2+10"种业集群园区建设。"2"就是聚焦粮食和生猪。一是建设粮食种业集群，在成都的西边精华灌区，包括邛崃片区，建设采用育繁推一体化模式的种业集群。二是在绵阳建设生猪种业集群。"10"就是10个省级现代种业园区，去年我们培育了9个，今年计划再培育1个，以示范引领带动全省现代种业高质量发展。

第四是围绕"10+3"产业体系培育大型育繁推一体化种业龙头企业。我们四川是种质资源大省，但不是种业强省，最大的弱点就是缺乏有带动能力的大型种业龙头企业。比如，农作物种业龙头企业全国前10强，四川没有一家，所以今年省委决定，省委1号文件也写了，清华书记也讲了，我们要系统谋划四川种业发展，目前正在制定具体方案。

第五是组织种业科技攻关。我们要筛选一批育种项目，特别是生物育种项目，组织在生命科学研究方面有优势的科研院所和高校，比如中国农业科学院、中国农业大学，以及川内的科研院所和高校，如四川农业大学、四川省农业科学院、四川省畜牧科学研究院、四川省草原科学研究院、四川省林业科学研究院、四川省农业机械科学研究院、西南大学、西南民族大学、四川大学，一起进行攻关。另外，据说电子科技大学也在利用自身优势进行生物育种研究。总之，我们要从生物育种的2.0时代向4.0时代迈进，解决"卡脖子"的问题。

我就回答这些，谢谢。

【同期】主持人　黄怡

请记者朋友继续提问。

【同期】中央广播电视总台记者

我是中央广播电视总台记者。我的问题是，习近平总书记多次强调，耕地是粮食生产的命根子，要像保护大熊猫那样保护好耕地，严防死守18亿亩耕地红线。当前四川人均耕地仅为1.1亩，低于全国平均水平，耕地资源十分有限。四川省委农村工作会议提出，要坚决守住四川的9 400多万亩耕地红线，请问今年四川将出台哪些政策、措施来保护耕地？谢谢。

【同期】四川省农业农村厅副厅长　肖小余

我来回答这个问题。万物土中生，耕地是农业之根本，我回答前面的问题时也提到，四川作为全国13个粮食主产省份之一，必须立足自身来解决好吃饭问题，这是一个政治任务。要解决好四川人民的吃饭问题、确保粮食安全，最根本的问题就是要保护好耕地，坚决守住耕地的红线。刚刚记者朋友问到如何守住这条红线，主要从两个方面着手。

第一，保护数量是基础。四川有9 448万亩耕地，要压实耕地保护主体责任，落实最严格的耕地保护制度，深入贯彻国家《基本农田保护条例》，全面加强对耕地数量、质量、生态"三位一体"的保护。要规范耕地占补平衡，严格新增耕地核实认定和监管，占优必须补优，确保新增和补充耕地的数量和质量，坚决杜绝"占优补劣""占近补远""占水田补旱地"等问题发生。坚决防止永久基本农田"上山下河"，要通过采用系列举措让永久基本农田回归本源。

要坚决制止耕地"非农化"，防止耕地"非粮化"，认真落实国务院"非农化"8项禁令、"非粮化"12项措施，严禁违规占用耕地和违背自然规律绿化造林、挖湖造景，以及超标准建设绿色通道，要严格控制非农建设占用耕地，严格控制耕地转为林地、园地等。深入推进农村乱占耕地建设问题整治行动，加大对违规占用耕地的查处力度，对有令不行、有禁不止、失职渎职的，要严肃追究责任。要开展耕地撂荒专项整治，引导农村集体经济组织、农民群众、新型农业经营主体通过推广粮经、粮经饲等复合种植模式提高耕地利用率，禁止闲置、荒芜永久基本农田。

第二，坚守耕地红线，质量是关键。要大力实施高标准农田建设工程，因地制宜、分区分类确定建设重点和内容，提高标准、集中投入、统筹实施、连片治理、整体推进，保质保量完成今年新建470万亩、"十四五"时期新建1 000万亩以上的任务，建成一批旱涝保收、宜机作业、高产稳产的高标准农田。

要加大高标准农田建设补助力度，确保中央、省、市、县财政资金补助每亩共计不低于3 000元；推动发行高标准农田建设专项债券，推动地方将高标准农田建设中的新增耕地作为占补平衡补充耕地指标在省域内调剂，所得收益主要用于高标准农田建设。要实施耕地质量保护和提升行动，坚决落实"一控两减三基本"，推广保护性耕作模式，持续推进15万亩退化耕地治理，确保耕地土壤生态质量，守护好绿水青山。

要强化高标准农田管护利用，将已建成的高标准农田划定为永久基本农田，实行特殊保护，重点用于粮食特别是口粮生产，大力推广粮经饲复合、稻渔综合种养模式和"五良融合"，真正确保"良田粮用"和实现高效率管理、高水平利用、高水平产出。

回答完毕。

【同期】主持人　黄怡

请继续提问。

【同期】四川广播电视台全媒体新闻中心记者

我是四川广播电视台全媒体新闻中心的记者。我的问题是，今年省委1号文件中提到要创新发展新型农村集体经济，我们在下一步推进工作的过程中将采取哪些具体举措？谢谢。

【同期】四川省委农办专职副主任、农业农村厅副厅长　毛业雄

这个问题我来回答，谢谢记者对新型农村集体经济的关注。发展新型农村集体经济，对我们农村的改革、发展、稳定都具有十分重要的意义。习近平

总书记在中央农村工作会议讲话中就明确指出要发展壮大新型农村集体经济，省委1号文件中也专门讲到要创新发展新型农村集体经济。下一步推进新型农村集体经济发展，就是要贯彻省委1号文件精神，高质量如期完成农村集体产权制度改革，规范建立农村集体经济组织，培育发展新型农村集体经济。具体是做好6个方面的工作。

一是持续深化农村集体产权制度改革。中央在2016年就部署了农村集体产权制度改革，从2017年开始，用5年左右完成。四川根据中央的部署和要求，制定了《四川省农村集体产权制度改革试点方案》，我们将按照方案进一步把握时间节点，完成集体资产的清产核资、集体经济组织成员的身份确认、经营性资产的股份量化和新型集体经济组织登记赋码。按照安排，这项工作要在今年10月完成，从目前的情况来看还需要进一步抓紧。农村集体产权制度改革可以说是我们发展新型农村集体经济的制度基础，只有明晰了产权，才能有效进行市场交易。这项基础性工作我们将做扎实、完成好。

二是推进合并村集体经济融合发展。我省开展了乡镇行政区划和村级建制调整两项改革，现在建制调整改革已经完成，接下来要做好"后半篇"文章，就是巩固改革成果，推动农村经济发展。概括为4个方面：优化资源配置、提升发展质量、增强服务能力、提升治理效能。在做好"后半篇"文章方面，形成了"1+24+1"的工作方案，探索推进合并村集体经济融合发展也在其中，是重要的内容。为了落实这个举措，我们将在21个市（州）五大经济区选择1 292个合并村开展集体经济融合发展试点，合并村已经选定，工作方案已经印发，很快就要全面启动这项工作。试点村要率先完成集体产权制度改革，建立集体经济组织，实现集体经济的完全融合，总结形成一批典型的模式，在这个基础上最终实现全省合并村集体经济融合，集体经济组织治理能力持续增强，政策支持体系进一步健全完善，构建起集体经济收入稳定增长的机制。

三是积极探索新型农村集体经济发展路径。新型农村集体经济发展什么？过去几年各地形成了一些好的做法和经验，比如形成了股份合作自主经营，以及资源合作联合发展、资金入股借力发展、租赁经营稳健发展、托管代理服务发展、扶贫资产经营发展，还有盘活撤并村闲置资产、"三权"分置所有权分红等模式，我们已经根据集体经济前期发展路径完成了案例和政策汇编。下一步，我们将继续指导农村集体经济组织立足于自身的资产、资源和区位等条件，通过持续深化农村集体产权制度改革，完善集体资产所有权、经营权和收益权的实现形式，推动"资源变资产、资金变股金、农民变股东"，以低风险和可持续的方式获得稳定收入，因地制宜发展新型农村集体经济。

四是召开专题工作推进会。昨天省委农办、农业农村厅联合省委组织部、财政厅召开了全省合并村集体经济融合发展工作推进视频会，下一步要以省委农村工作领导小组的名义召开全省发展新型农村集体经济现场会，通过会议方式持续推动工作，同时，对1 292个合并村的集体经济组织负责人开展分期分批、分层分级、全覆盖的专题培训。

五是开展实地蹲点调研。省委农办、农业农村厅已经成立推进合并村集体经济融合发展工作专班，省委农办、农业农村厅主要负责同志任总召集人，相关负责同志任副总召集人，设立了由省内外专家组成的专家指导组，还成立了专门工作推进办公室，建立了蹲点联系制度，由1名厅领导定点联系1～2个市（州），组建蹲点调研指导组，每个市（州）选择1个村开展蹲点调研指导工作，在村里通过"解剖麻雀"的方式完成工作，边试点边推动，同时还要推动面上工作，推动集体经济融合发展，带动所在市（州）圆满完成各项任务。

六是推进农村集体经济组织地方立法。目前我们已经形成了《四川省农村集体经济组织条例（草案代拟稿)》，未来将持续做好研究工作，做好代拟稿的修改完善工作，把农村集体产权制度改革的实践成果、政策成果、理论成果上升为地方性法规。

以上工作都围绕一个目标展开，即真正推动新型农村集体经济进入良性有序的发展轨道，真正助推乡村振兴。

回答完毕，谢谢。

【同期】主持人　黄怡

我们还有时间，记者朋友还有没有想要了解的问题？如果没有问题，会后可以向省委农办、农业农村厅的负责同志再了解，也可以跟省政府新闻办联系，我们将做好联络服务工作。今天的新闻发布会到此结束，谢谢各位！

四川省委1号文件让"三农"工作定位更精准

刊播：四川在线（2021年3月24日）
作者：林伟

近日，四川省委、省政府出台了《关于全面实施乡村振兴战略开启农业农村现代化建设新征程的意见》，作为2021年省委1号文件，对全面实施乡村振兴战略，促进农业高质高效、乡村宜居宜业、农民富裕富足，开启农业农村现代化建设新征程进行全面部署。

贯彻新发展理念，构建新发展格局，基础支撑在"三农"，潜力后劲在"三农"。今年是"十四五"开局之年，也是全面推进乡村振兴的第一年。正如今年中央1号文件指出的，新发展阶段"三农"工作依然极端重要，须臾不可放松，务必抓紧抓实。作为西部农业大省，四川与全国各地一样，"三农"工作重心正在实现从脱贫攻坚到乡村振兴的历史性转变。在此背景下，四川发布21世纪以来第18个省委1号文件，既立足当前，又兼顾长远，既突出年度性、时效性任务，也突出战略性、方向性思路，提供了今年乃至今后5年"三农"工作的"任务书""路线图"，让"三农"工作定位更加精准。

新起点，新使命。从脱贫攻坚到乡村振兴，实现两者的有效衔接，是具有里程碑意义的重大转换，也是一项艰巨复杂的系统工程。四川省委1号文件明确要求，坚定不移贯彻新发展理念，坚持稳中求进工作总基调，坚持加强党对"三农"工作的全面领导，坚持农业农村优先发展，做好巩固拓展脱贫攻坚成果同乡村振兴有效衔接，以园区建设为抓手加快构建"10+3"现代农业体系，实施"美丽四川·宜居乡村"建设行动，深化农业农村改革，促进农民全面发展，推进乡村全面振兴，加快农业农村现代化，为推动治蜀兴川再上新台阶提供有力支撑。这表明，解决好"三农"问题仍然是全省工作的重中之重，巩固拓展脱贫攻坚成果，全面推进乡村振兴，加快农业农村现代化，让广大农民群众过上更加美好的生活，始终是全省工作的重中之要。

四川要发展，乡镇必振兴。近年来，四川省农业农村发展取得了新的历史性成就，但与快速发展的工业化、城镇化相比，农业农村现代化步伐总体仍然滞后，农业质量效益和竞争力还不强，城乡要素交换不平等、基础设施和公共服务差距明显。因此，应持续巩固拓展脱贫攻坚成果，接续推进脱贫地区乡村振兴，进一步强化以工补农、以城带乡，加快形成工农互促、城乡互补、协调发展、共同繁荣的新型工农城乡关系，投入更多的资源和力量优先发展农业农村，确保农业农村在现代化进程中不掉队，其深度、广度、难度都不亚于脱贫攻坚，直接关系到夺取全面建设社会主义现代化四川新胜利的进度和质量成色。

"三农"工作历来是"一把手工程"。四川省委1号文件强调，要坚持和加强党对农村工作的全面领导。强化五级书记抓乡村振兴工作机制，加强党委农村工作领导小组和工作机构建设，健全乡村振兴考核落实机制，引导社会力量共同推进乡村振兴。只有把这些要求、举措落到实处，推动各级党委、政府把更多的注意力和兴奋点转向农业农村，拿出超常规的办法，出台超常规的举措，更加自觉、主动地做好"三农"工作，不断激发乡村发展的内生动力，才能为建设美丽乡村铺就阳光坦途，在全面推进乡村振兴、加快农业农村现代化的新征程上不断取得新的更大成就。

解码2021年四川省委1号文件

五大关键点 "三农"工作这么干

刊播：《四川农村日报》（2021年3月25日）
作者：刘佳　周颖昳

昨日召开的2021年四川省委1号文件新闻发布会，让乡村振兴再度成为社会关注热点。全面实施乡村振兴战略开启农业农村现代化建设新征程，是今年四川省委1号文件的鲜明主题。同时，今年的四川省委1号文件细化了乡村产业振兴、人才振兴、文化振兴、生态振兴、组织振兴和乡村建设、农业农村改革的方方面面。可以说，今年四川省委1号文件是四川乡村振兴的"施工图"和"任务书"。《四川农村日报》即日起推出专栏《解码2021年四川省委1号文件》，从各个层面宣传报道四川省委1号文件给出的全面推进乡村振兴战略的先手棋、加快农业农村现代化的关键招。

四川省委、省政府日前出台《关于全面实施乡村振兴战略开启农业农村现代化建设新征程的意见》，连续18年聚焦"三农"。如何读懂今年的四川省委1号文件？ 3月24日，四川省政府新闻办公室召开2021年四川省委1号文件新闻发布会。会上，四川省农业农村厅相关负责人就文件进行解读。

文件全文共1万余字，分为7个部分41条。文件主题鲜明：全面实施乡村振兴战略开启农业农村现代化建设新征程。"从实施乡村振兴战略到全面推进乡村振兴，深度、广度、难度都不亚于脱贫攻坚。"四川省委农办主任、农业农村厅厅长杨秀彬表示今年的四川省委1号文件结合了四川实际，是进入新发展阶段在巩固拓展脱贫攻坚成果基础上"三农"工作重心的历史性转移。

接下来，四川"三农"工作如何做？文件明确了5项重点工作，即：巩固拓展脱贫攻坚成果同乡村振兴有效衔接；保障粮食和重要农产品安全；以园区建设为抓手构建"10+3"现代农业体系；实施"美丽四川·宜居乡村"建设行动；全面深化农业农村改革。

关键点
巩固拓展脱贫攻坚成果同乡村振兴有效衔接

"脱贫攻坚虽然已经圆满收官，但巩固拓展脱贫攻坚成果的任务依然很重。"杨秀彬表示，今年的文件落实了中央有关要求，专门用一个部分对实现巩固拓展脱贫攻坚成果同乡村振兴有效衔接作出安排。

文件提出对摆脱贫困的县，从脱贫之日起设立5年过渡期，过渡期保持现有主要帮扶政策总体稳定，并要求省直有关部门抓紧完善政策优化调整的具体实施办法。提出健全防止返贫监测帮扶机制和农村低收入人口常态化帮扶机制，优化调整帮扶工作机制，加强扶贫项目资产管理和监督，对易返贫致贫人口及时发现、及时帮扶。

针对四川省易地扶贫搬迁量大面广的实际，文件要求完善易地扶贫搬迁后续扶持政策体系，持续加大就业和产业扶持力度，巩固易地搬迁脱贫成果，分类研究解决有关问题。

为接续推进脱贫地区乡村振兴，文件提出要推动明确一批国家乡村振兴重点帮扶县，确定一批省级乡村振兴重点帮扶县，出台政策支持凉山州做好巩固拓展脱贫攻坚成果同乡村振兴有效衔接示范工作。"下一步，省委、省政府将出台实现巩固拓展脱贫攻坚成果同乡村振兴有效衔接的实施意见，召开现场推进会，作出进一步部署安排。"杨秀彬说。

关键点
保障粮食和重要农产品安全

"粮食安全是国家安全的底线，是'三农'工作的头等大事。"杨秀彬说。根据文件，各级党委、政府要切实扛起粮食安全政治责任，实行粮食安全党政同责，提升粮食主产县综合生产能力，划定非主产县粮食面积、产量和自给率底线，分类压实粮食生产责任，确保粮食播种面积和产量只增不减，今年全省粮食播种面积达到9 500万亩以上，粮食产量达到700亿斤以上。并且明确提出，未能完成粮食生产目标任务的县（市、区）不得参加涉农工作评优。

耕地是粮食生产的命根子。文件强调要采取"长牙齿"的硬措施，落实最严格的耕地保护制度，坚决守住耕地红线，坚决遏制耕地"非农化"、防止"非粮化"，对有令不行、有禁不止、失职渎职的严肃追究责任。保耕地不仅要保数量，还要提质量。

同时，文件要求规范耕地占补平衡，严格新增耕地核实认定和监管，占优必须补优；提出加强农村水利设施建设、实施高标准农田建设等工程，明确今年新建470万亩、"十四五"期间新建1 000万亩以上高标准农田，实现旱涝保收、能排能灌、宜机作业、高产稳产的目标。文件还要求开展农村撂荒地专项整治，对非粮化和耕地撂荒趋势恶化的市（县）按规定进行通报约谈。

关键点
突出抓好"10+3"现代农业体系建设

"近年来，省委、省政府把现代农业园区建设作为推动农业高质量发展的'牛鼻子'，以此为载体推动构建'10+3'现代农业体系，取得了很好成效。"杨秀彬说，文件衔接既定工作部署，提出实施现代农业产业提升工程，建设农业产业强镇、优势特色产业集群、特色农产品优势区，加强现代农业园区建设，到2025年，创建国家和省级现代农业园区300个以上、市（县）级园区3 000个以上。

文件提出要因地制宜发展现代林竹产业，推进美丽乡村竹林风景线建设，加快建设一批现代林草产业园区；实施农产品产地初加工惠民工程、农产品加工企业提升行动，建设一批省级特色农产品加工园区，培育农产品加工产业集群；推进现代农业园区景区化建设，建设一批乡村旅游特色景区和重点村，培育省级农业主题公园和休闲农庄，丰富乡村经济业态。文件还要求加快建设成渝现代高效特色农业带，联合重庆市共同编制规划，启动实施一批重大工程项目，建设优质粮油、生猪、蔬菜等特色农业产业带。

关键点
实施"美丽四川·宜居乡村"建设行动

"党的十九届五中全会首次提出实施乡村建设行动，明确要求把乡村建设摆在社会主义现代化建设的重要位置。文件立足四川省实际，就实施'美丽四川·宜居乡村'建设行动作出安排，要求加强乡村规划编制工作。"杨秀彬介绍，文件已明确今年基本完成县级国土空间规划编制工作，全面加快乡镇国土空间规划编制，积极有序推进"多规合一"实用性村规划编制，加强乡村建设规划许可管理。

同时，文件提出要加强乡村公共基础设施建设，有序推进较大人口规模自然村组通硬化路建设，实施农村供水保障、乡村电网巩固提升、天然气设施向农村延伸、数字乡村建设发展等工程；实施农村人居环境整治提升五年行动，继续抓好厕所、垃圾、污水"三大革命"，推进村庄清洁行动常态化，加大农村危旧房屋排查和改造力度。

关键点
全面深化农业农村改革

"改革是乡村振兴的法宝。"杨秀彬表示，文件围绕激发农村资源要素活力、加快形成新型城乡关系，对深化农村改革作出进一步安排。

在农村土地制度改革方面，文件提出深入推进第二轮土地承包到期后再延长30年试点，稳慎推进农村宅基地制度改革试点，依法有序推进农村集体经营性建设用地入市；要求各地县（乡）级国土空间规划应安排不少于10%的建设用地指标，土地利用年度计划应安排至少10%的新增建设用地指标，保障乡村产业发展和村民住宅建设用地。

农田"减肥"又增收　一亩地实现"千斤粮、万元钱"

刊播：人民网（2021年3月27日）
作者：朱虹　王洪江

清晨，四川荣县鼎新镇西堰村，蔬菜地里传来音乐声，大棚里的露水被晨光唤醒。

3月，川内不少地方的蔬菜还未大面积上市，西堰村的菜农已经开始"数票子"了。这个季节，村民一早摘下两兜近百斤的花菜，就能换来200多元的收入。

"上个月，价钱还要高些。我们的蔬菜错季上市，收入自然就高。"西堰村党支部书记、种植大户陈万洪说，这里作为万亩生态蔬菜示范区，"靠的是'人无我有'，再加上生态种植，让蔬菜'不愁卖、不愁价'"。

西堰村依山傍河、田少坡多，是荣县境内众多丘陵农村中的一个。就是这样一个土地优势不明显的村庄，8年前开始推广"稻菜轮作"模式后，不仅地里粮食有了保证，1年还多收一季菜，1亩地实现了"千斤粮、万元钱"的好收益。

"春季蔬菜收完后，利用蔬菜地余肥，灌水不施任何肥料，就能直接种水稻。"西堰村的种植大户曹莲君笑呵呵地说，"按今年市场价，预估1亩地能创造2万多元的收入。"

"我家的番茄基本不施化肥了，用绿色有机肥，品相好，产量也不低，价钱自然高一些。"讲起自家的蔬菜，曹莲君打趣道，"我们村的地和人一样，先'减肥'又'增肥'，而且要吃'绿色食品'，越来越健康了。"还有10余天，曹莲君家的20亩茄子就要上市销售，已经有不少采购商与她签订订单。

"'稻菜轮作'模式使土壤里的厌氧、有氧微生物交替繁殖，有利于土壤理化性质的改良，更适宜绿色蔬菜和无公害蔬菜的生产。"四川省农业科学院研究员唐丽说，鼎新镇的示范基地集成了耕地质量保护与提升、冬春促成夏秋避雨减药增效技术、水肥一体化减肥增效技术等十大蔬菜绿色生产技术。"鼎新蔬菜种得好，得益于农户和当地政府的积极性，各种技术推广到位。"

荣县鼎新镇蔬菜种植面积达5万亩（含复种），是川南最大的茄果种植基地，全县蔬菜种植面积已达30万亩。"有机肥推广使用后，土壤板结情况得以改善，土质疏松、团粒结构明显，抗旱保水能力明显增强。"荣县农业农村局总农艺师吴文忠说，农户所说的"减肥"和"增肥"，其实就是在政府的引导下，当地农户逐步减施化肥，增施有机肥，提升地力肥力，改善土壤，从而提高作物品质。

穿行在田间地头，吴文忠透露了另一个"秘密武器"，那就是荣县农业大数据平台的数据采集基站。他说："建在菜地里的基站能够采集土壤温度、湿度、pH等多项指标数据，并实时传输到大数据平台进行系统分析，实现与荣县'9S'智慧农业管理系统的对接，可以为农田科学作业支招。"

"开展耕地质量保护与提升行动，荣县是动真格的。"据荣县农业农村局局长朱和能介绍，从2019年开始，荣县地方财政已累计投入2 350万元，实施耕地质量保护与提升3万亩，实现区域耕地土壤有机质年提升达1克／千克以上，化肥较往年使用量减少1/3以上。

2021年四川省委1号文件也提到，要健全化肥、农药减量使用制度，保障农产品质量安全，助推农业绿色高质量发展的号角在四川大地吹响。

"落实省委1号文件，全县会继续大力发展绿色、有机和地理标志优质特色农产品，培育壮大'川字号'农产品品牌。"朱和能说，1亩地"千斤粮、万元钱"的效益会越来越明显。

走进鼎新镇果蔬集散交易中心，这两日，村民张义加从农户那里收购来的近万斤花菜正在打包外运。去年年底到今年3月是花菜需求量最大的时候，张义加1天发货20万斤，销售至省内外多个城市。如今，花菜"收尾"，茄子"尝鲜"，他又开始忙碌，但忙得不亦乐乎。他说："用有机肥养大的蔬菜，咋会不好卖，只愁不够卖！"

在新农村创造田园新生活

刊播：《光明日报》（2021年4月1日）
作者：周洪双
讲述人：宋建明（成都返乡创业者）

我是成都都江堰市石羊镇人，以前外出创业，经过20年的摸爬滚打，赚取了"第一桶金"。这几年，家乡发展越来越好，在浓浓的乡愁中，我下定决心返乡创业。

我返乡创业的第一步是经营家庭农场、开农家乐，后来又开了咖啡馆。这是一家具有乡村特色的咖啡馆——以竹栅栏和石块为围墙，将废旧的锄头、镰刀、竹筐、磨盘、鸡公车等农具、小物件进行创意搭配，形成以农耕文化、农村庭院文化为核心的展示体验消费场景。

在咖啡馆，客人可以寻找儿时记忆、感受梦里乡愁。喝口田园咖啡、品尝天然茗茶、观赏多彩野花，极大地满足了都市居民新的消费需求。咖啡馆营业后，很快成了"网红打卡地"，每天都能卖出几百杯咖啡，我的心里充满了喜悦，同时有许多感慨。

当然，能让一杯西部农村的咖啡火起来，不是凭我的一己之力就能做到的，这得益于党建引领基层治理，得益于当地越来越美的环境、越来越火的乡村旅游、越来越丰富的业态。

我家乡的村庄是由一个个林盘组成的，几户或者几十户农家院落和周边的高大乔木、竹林、河流及外围耕地等自然环境有机融合。这本应是非常优美的居住环境，但过去的川西林盘却备受"脏乱差"问题的困扰。

前些年，党员干部带头示范，引导群众共同参与。一个个林盘院落整合在一起，构建了院落党小组和院落议事会、院落管理委员会、院落监事会

"一组三会"治理架构，形成问题收集化解、网络化管理服务、利益联结、生态保护的治理机制。群众看到治理效果很好，都积极参与，主动拿起扫把，整治出一个个"最美院落"。

这不仅改善了人居环境，也为建设美丽乡村提供了良好的生态环境。一个个林盘摇身一变，成为一个个景点，乡村旅游快速发展起来了。

现在，"一组三会"中又增加了乡村旅游联盟，形成"一组三会一联盟"的林盘治理架构，实行"以社会资金投入为主，政府补贴部分，农户自筹自改"的多元资金保障机制，调动了老百姓的积极性。我们还通过开展主题党日、党员公开承诺、争当旅游标兵等主题品牌活动，发挥党员干部带头作用，引导老百姓参与川西林盘打造，共享林盘产业发展的成果。

这几年，乡村治理成效显著。我想，何不用路网、水网、林网的独特优势，把音乐、休憩等符号植入林盘，探索永续利用资源的转化路径，让文化熏陶心房，让艺术点亮乡村。于是，我动员当地农户以农房、土地、林盘等资源入股，共同打造"川西音乐林盘"。

通过林盘修复、水系疏浚、文脉梳理、院落提升，"川西音乐林盘"与咖啡馆融为一体。音乐林间绕、溪水欢畅流、秧歌主客跳的场景，常常让游客流连忘返。

2020年上半年，面对新冠疫情冲击，我们通过重塑林盘经济，打造夜经济消费场景，实现乡村旅游"逆势突围"，营业总收入达1 500万元，带动当地农民就业120人、当地农民人均固定资产入股分红增收6 000元。

在基层社区，治理是发展的基础，发展为治理增添活力，这一点我深有感触。作为一名党员，我要增强为人民服务的本领，进一步发挥模范带头作用，力所能及地帮助农户增收，积极融入和服务基层治理，为乡村振兴添砖加瓦。

优化改良老杏林　采摘旅游成产业

刊播：《光明日报》（2021年4月12日）
作者：周洪双　李晓东

"一根枝条上结8个果，每个果2两*半，总计就有2斤。""杏花国际一号家庭农场"农场主张学智数着树上的硕果，开心地测算着今年的收成。下个月，这批杏果逐步成熟，将迎来络绎不绝的采摘游客。

这里是成都市青白江区福洪镇杏花村，该村所在片区种有杏树约2万亩，是四川最大的优质杏种植基地，也是成都及周边地区唯一的杏花观赏旅游区。每到杏花盛开和杏果成熟的时节，这里的游客摩肩接踵，杏果在树上就被采摘卖完了。

"几年前可不是这样的。"今年72岁的村民欧国洲说，村里的土壤、气候都很适宜种植，以前村民也种柑橘、柚子、黄金梨、丰水梨等水果，但各种各的，不成规模，产量不高，也卖不上价钱。

村党支部开始系统谋划，带领群众"走出去""请进来"，邀请成都农业科技职业学院、成都市农林科学院的专家到村里考察指导。根据土壤、日照、气温等自然环境条件，村里引进了凯特杏、金太阳杏和红味杏等全新水果品种，首批试种200亩。

欧国洲是第一批种上新品种的村民，3年后挂果，效益很好。其他村民纷纷跟进，到2006年，杏花村的杏树种植面积扩大到5 000亩，还有桃、梨、柑、柚、葡萄、樱桃等水果上千亩，全村水果年产量达100多万斤，农家乐也有了好几家。这一年，全村甩掉了贫困村的帽子。2011年，杏花村成功创建为国家AAA级旅游景区。

---

*　两为非法定计量单位，1两=0.05千克。——编者注

　　"90后"张学智就是在这片果林里长大的。他大学毕业后一直心系家乡的这片果林。2018年，张学智回到家乡，与企业合作，开启对家庭农场的新探索。

　　张学智接手的10多亩土地是从村民手中流转过来的，种满了杏树，但树龄已达20年，产量早已不如盛果期。

　　"砍掉重来吗？不！"在全省青年农场主培训中学到的知识让张学智意识到，可以有更好的解决办法。他请来四川省农业科学院的专家进行现场调查、研究指导后，决定对这片老林进行优化改良。

　　张学智经过仔细观察研究，发现老树高达七八米，只有阳光充足的树冠上能开花结果，产量很低，同时也不利于游客采摘。他做的第一项工作就是老树矮化。把树截断容易，可光秃秃的树干已进入休眠状态，若不采取措施，将只有断面一圈能长出新梢，怎样才能让树干再长出新芽呢？

　　"破眠，就是采用一定的技术手段，让树干结束休眠；刻芽，就是在新芽上方刻断皮层，让营养主要输向新芽……"最初一段时间，张学智日日蹲在果林里做实验，边学边干，终于让老树长出了丛丛新芽，成功实现矮化。

　　接下来的难题是保证新芽结果、改善果实品质。张学智说，破解这个难题的关键在于保证营养充分、均衡，并保证营养精准输送给果实。他分析土壤成分，按需补充肥料；在林下撒下草籽，长出茂盛的青草；精心修枝剪叶，仔细研究树形，根据光照方向、枝叶密度、预期挂果位置等因素综合考虑剪枝……

　　2020年，矮化后的老树成功挂果，果实个头均匀、糖度高，结果量也更多了。今年，记者看到，粗壮的老树干上枝条横溢，累累硕果伸手可及。张学智说，今年疏果去掉了4/5，剩下的挂果量也达到改良前的2倍多，未来有望超过盛果期水平。

　　四川省农业科学院园艺研究所4月7日发布的农业科技成果说明指出，张学智与该所密切合作，运用土壤肥力提升、长枝简化、抗重茬砧木等技术，将20年树龄的老杏树从8米矮化至3米，实现老树挂果量在原有基础上增加2～3倍，果实品质也得到提高，成效显著。

　　如今，这个家庭农场已经挂牌成为四川省农业科学院现代农业科技示范农场，村民见着张学智也都钦佩地叫他"张老师"。他们期望在"张老师"及其家庭农场的示范引领下，杏花村漫山遍野的杏花越开越旺盛。

一座资源库 筑起安全岛

四川加强种质资源保护，推动实现共享利用

刊播:《人民日报》(2021 年 4 月 14 日)

作者: 王永战

对育种而言，优异的种质资源尤为关键。早在 2018 年，四川省就启动农作物种质资源系统调查与抢救性收集行动，征集和收集到几千份资源。如今，在成都市邛崃天府现代种业园，一座大型种质资源中心库正在建设。

资源中心库建成后，将更多、更好地保存种质资源，还将推动信息共享，建立起种质信息网络系统，助力企业获利、农户受益、科研机构成果转化。

种质资源中心库是什么？

"就好比种子界的'安全岛'！"

在四川省成都市邛崃天府现代种业园，每逢有人好奇地提出疑问，园区管理委员会副主任李平都会这样介绍。这时，他常常还要补充一句："如果说种子是农业的'芯片'，种质资源就是'芯片'中的'芯片'。"

为更好、更多地保存农业种质资源，在天府现代种业园，一座大型种质资源中心库正在建设。

难题

育种需大量优异种质资源，现有保存方式落后

走进天府现代种业园，看着眼前正在建设的四川省种质资源中心库，四川省农业科学院作物研究所品种资源保护中心主任余毅露出了会心的笑容。

"我们农科院现在光水稻就保存有1万多份种子，就像一座水稻品种宝库。"然而，余毅的目标不止于此，由四川省农业科学院与天府现代种业园合作建设的四川省种质资源中心库，建成后可以保存各类种子52.4万份，同时还将保存畜禽和水产基因资源130多万剂。

"对育种而言，优异的种质资源尤为关键。"余毅说，以水稻育种为例，育种专家通过采用杂交等手段，将不同优质基因集中到一个品种上，才能形成一个新品种，这一过程需要经过几年甚至十几年。食用稻米需要具备口感好、适宜机械化种植等特点，专用稻则在蛋白质含量、淀粉含量等方面有特殊要求，这些都需要对水稻品种进行定向的选择培育才能实现。

育种需要更多种质资源，但四川省现有的种质资源保存方式还比较落后。余毅介绍，现有大量的种质资源，分散保存在科研院校和部分育种家手中，存放在干燥器、冰柜或冰箱里，有的存放容器不能满足容量、温度和湿度等方面的要求，保存数量少而分散、资源种类不全、发掘利用效率低等问题较为突出。

因此，急需建立种质资源中心库来更好地保护种质资源。实际上，早在2018年，四川省就启动农作物种质资源系统调查与抢救性收集行动，征集和收集到几千份资源。"中心库建成后，将涵盖农、林、牧、渔、草，集收集保存、研究利用与科普展示于一体，将对四川乃至西南地区种质资源保护与利用、推进现代种业育种创新、保障粮食安全和主要农产品供给产生重大影响。"四川省农业农村厅种业发展处处长杨春国介绍。

破题
根据不同物种分区分类，实现资源长期保存

"去年12月31日，四川省种质资源中心库项目开工建设，整个项目总投资9 000多万元，占地面积将超过10亩。"走在一派繁忙的工地上，李平信心满满地说，资源中心库建成后，将成为全国首个省级综合性种质资源库。

选址于此，四川省看中的是天府现代种业园的综合优势。立足于建设"中国西南种业中心"，天府现代种业园与四川省农业科学院将搭建起国家品种测试西南分中心、西南种业创新孵化中心、四川省种质资源中心库和四川

省水稻产业技术应用研究院等重大功能平台。

"种子在保存过程中会自然衰老，所以要通过采用先进技术手段让种子持续保持活力。"四川省水稻产业技术研究院院长李旭毅说，不同物种的种质资源保存方式存在差异，因而需要建设长期库、中期库、试管苗库、超低温库、DNA库等进行分区分类保存。具体而言，长期库要满足未来50年的保存需求，中期库要考虑满足未来30年的保存需求。"温度、湿度的控制都很重要。"李旭毅说，库内的温度和相对湿度越低，种子的安全储藏期越长。

有了种质资源，经过育种专家的悉心栽培，新品种要实现审定上市，就离不开余毅目前正在做的另一项重要工作：品种检测。余毅和同事们要为需要进行审定、登记的品种提供鉴定报告。

品种经鉴定后，李旭毅要做的便是品种资源的生产试验。在种业园内，300亩水稻试验田是李旭毅的舞台。"就一个水稻新品种而言，经过育种和检测，在审定上市的前后，生产试验就是种子从育种试验到生产转化的关键步骤。"李旭毅说。

"实际上，种业园是在构建覆盖种业保、育、测、繁的产业集群。"杨春国说。

解题
建立种质信息网络，推动资源充分利用

"种质资源保存的目的是充分利用，服务于农业生产。"杨春国介绍，受信息共享机制不完善、科研投入不足等因素影响，很多种质资源没有得到充分利用。

"鉴于此，中心库建成后，先要对入库种质资源进行一次大规模品种筛查和鉴定评价。"余毅说，通过对农作物种质资源基因组进行测序，摸清各个品种特性，才能为育种专家开展育种工作提供基础支撑。

未来四川省种质资源中心库还将实现信息共享，建立一个种质信息网络系统。"到时候，每个种质资源的性状表现、特征特性、优良基因等信息，都可以在网上查询、下载。"余毅说，对于符合条件的从事科研或育种的单位和个人，种质资源中心库还会为申请者提供适量种质材料。

同时，通过让有实力的种子企业和科研机构入驻种业园，可以实现聚集效应，推动种质资源得到充分利用。李平说，在天府现代种业园，西南种业创新孵化中心会定期发布种业大数据，并为入驻企业提供双创孵化、金融、电子商务等服务。

四川荃银生物科技股份有限公司种子业务部经理程德虎已经和同事在孵化中心办公大半年。最近，他们正忙着新建种子生产厂房和新的办公中心。程德虎介绍，选择来到天府现代种业园，就是看中了这里的品种检测和生产试验等条件，而未来建成的种质资源中心库，也将为公司的长远发展提供资源支撑。

如今，已有数十家种企入驻或正在筹划入驻种业园。李平说，为推进就近制种，邛崃市进行了土地整治，建设高标准农田，同时对参与制种的农户给予每亩400元的资金补贴，"让农户从生产制种中受益"。

让企业获利、农户受益、科研机构实现成果转化，让种质资源从育种检测到上市生产形成良好的生态循环，是余毅、李旭毅、程德虎等人对未来共同的期许。

四川：多措并举确保粮食丰收

刊播：《农民日报》（2021年4月29日）
作者：张艳玲

为落实粮食主产省政治责任，3月初，四川省委农村工作领导小组下达了全省扩大粮食播种面积的任务，要求今年粮食作物播种面积扩大100万亩，总产量增加5亿斤。目前，四川省已将粮食播种面积和产量任务分解落实到县到乡。为确保目标任务完成，四川还采取了一系列措施，主要包括以下3个方面。

多途径扩种。创新开展农资、农技、农机、助耕帮扶"四个服务"，积极动员农户，通过增、间、套、围，做足田坎文章，推进撂荒耕地复耕复种，大力发展粮经复合模式，启动创建"鱼米之乡"，千方百计落实扩种任务。

多项目支撑。整合省级粮食园区培育、现代农业发展工程、轮作休耕试点等项目资金超过4亿元，开展现代农业（粮食）园区建设、绿色高质高效示范区创建、酿酒专用粮基地建设、大豆扩种、"稻香杯"优质水稻生产等，着力稳面积、稳产量。

多手段推动。严格开展粮食安全行政首长责任制考核。全覆盖开展春耕生产督导，持续开展工作调研指导，努力确保春耕生产应播尽播、应种尽种。

据农情调度，截至4月16日，四川全省大春粮食已播栽大田面积2 664.3万亩，进度达33.9%，比去年同期快0.4个百分点，同比多播栽65.4万亩，全省已落实粮食扩种面积37.3万亩。

此外，今年四川全省小春粮食播种面积较上年增加6.4万亩，小麦一、二类苗占比超过九成，苗架基础好于常年，中后期病虫害防治到位，有效降低了病虫害危害损失。目前，全省小麦处于灌浆成熟期。据典型调查，小麦理论测产产量较上年有所增加。

荒地变良田　农民心里甜

四川遂宁一年来复耕13.89万亩撂荒地

刊播：《人民日报》（2021年5月10日）

作者：王永战

铺平的新土，一层层叠在山坡上。远处，拖拉机的轰鸣声回荡在山间谷地。"好啊，撂荒地又用起来了。"范华风瞧着眼前的景色，心里乐开了花。

77岁的范华风家住四川遂宁市射洪市金华镇伯玉村，跟土地打了一辈子交道。"农家人最见不得地荒，这两年一看见满是杂草的撂荒地就恼火。"

伯玉村党总支副书记冯勇说："全村一共600多人，2/3左右外出务工，加之地块零碎、效益低，就撂荒了。"他说，最多的时候，撂荒的耕地约有800亩。

遂宁市农业农村局总农艺师张羽也颇感棘手。"遂宁是外出务工大市，外出务工人员占农村劳动人口近七成。截至2020年年初，撂荒地超过21万亩。"这些数字，他越算心里越急。

2020年3月2日，遂宁市出台关于撂荒地复耕工作的意见，给出解决方案：发展集体代耕、业主代耕等多种复耕模式，鼓励土地流转，引导农户前3年免除土地租金和分红，接下来2年土地租金和分红减半。当年遂宁定下一个目标：复耕20%以上的撂荒地。

伯玉村请来了美来源合作社代耕，可一开始村民的工作并不好做。

"很多村民不相信代耕能挣钱，有的甚至不在乎耕地是不是撂荒。"冯勇和村干部跑遍家家户户，又挨个给在外务工的人打电话，前后组织村民开了12次会，还带着在家的村民到外村参观撂荒地复耕。去年10月，这件事终于落定。

"坡上这片地，路边的还好，里面的那一片不平，实在不好种。"范华风说，两个儿子在外务工，自己就和老伴在家种点儿菜。听说有合作社愿意代耕，3年以后还有租金收入和分红，他第一个站出来支持。

美来源合作社理事长徐波介绍，撂荒地复耕要经过打草、旋耕机旋耕、生土翻犁、施肥等多个环节，前后要花上两三个月，平均每亩地需要投资300～500元。

那到底划不划算呢？

"复耕1亩撂荒地，种植玉米、小麦和高粱等作物，一年能挣700元，参与撂荒地复耕还能享受农机作业补贴。"徐波掰着指头算账，美来源合作社已经参与流转3 000多亩撂荒地并加以复耕，"政策好，未来有经济效益，后续农户也有分红和土地流转收益，一举多得。"

"在大英县和安居区等地，我们还探索出由村集体代耕撂荒地的模式。"张羽介绍，由村集体代耕，既能壮大集体经济，也能解决土地撂荒问题。当地还积极引导农户自主复耕，为其免费提供优质良种，并签订购销合同，解除后顾之忧。一年来，遂宁已复耕撂荒地13.89万亩，占比达64.93%，远超20%的设定目标。

奋斗新起点　快马加鞭未下鞍

四川持续推进巩固拓展脱贫攻坚成果同乡村振兴有效衔接

刊播：《四川日报》（2021年5月12日）

作者：王成栋　侯冲

"滴滴！"5月11日，清脆的喇叭声打破山谷的寂静，一辆黄色客运小型巴士驶入凉山州布拖县拉果乡阿布洛哈村。有了"小黄车"，村民去县城所需的时间从大半天缩短为1个多小时。

阿布洛哈村是全国最后一个通公路的行政村。去年6月底，阿布洛哈村通往外界的客运班线开通，这也是凉山州首条"金通工程"乡村客运班线。

道路通达让阿布洛哈村不仅摆脱了绝对贫困，更为下一步全面实施乡村振兴积蓄了动力。党的十八大以来，四川同全国一道完成了消除绝对贫困的艰巨任务，创造了又一个彪炳史册的人间奇迹。阿布洛哈村正是奇迹的生动注脚。

脱贫摘帽不是终点，而是新生活、新奋斗的起点。快马加鞭未下鞍，四川持续推进巩固拓展脱贫攻坚成果同乡村振兴有效衔接，在新起点上续写新的奇迹。

打"组合拳"
持续巩固脱贫攻坚成果

"很焦人（四川方言，意为着急）。"今年3月，广元市旺苍县白水镇勇敢村村民何光善不慎摔伤脊椎，无法下床完成水稻育秧一事让他十分焦急。与此同时，作为家里的壮劳力，他的受伤让全家面临返贫风险。

驻村帮扶干部很快送来"定心丸"。何家有4亩多水稻，村干部和帮扶干部一起帮忙完成了育秧。如果何光善之后还无法下床，村里的党员志愿服务队会帮其栽秧。在村"两委"的帮助下，何光善的儿子在镇上找到一份工作，暂时缓解了经济压力。

从脱贫攻坚到全面推进乡村振兴，是"三农"工作重心的历史性转移。重心之下有重任，防返贫是四川省巩固拓展脱贫攻坚成果的重中之重。

"首先要确保守住不发生规模性返贫的底线。"四川省扶贫开发局负责人介绍，四川省将持续健全防止返贫动态监测和帮扶工作调度机制。具体来说，就是健全防止返贫动态管理、预警监测、精准帮扶机制，合理确定监测标准，拓宽农户线上申报渠道，完善防止返贫大数据平台，不断优化监测帮扶步骤。

防止返贫动态监测和帮扶，让脱贫群众有了持续奔小康的底气。而部分帮扶措施的延续，更让他们对未来充满信心。

"如果产业发展得好，我准备再借一笔小额信贷。"凉山州金阳县天地坝镇马依足中心村村民子克只日曾是全省扶贫小额信贷的受益者，如今听说可以继续申请，他准备再"大干一场"。

不仅是小额信贷，四川明确，今后5年将严格落实"四个不摘"要求，筑牢全面实施乡村振兴的新起点。

4月27日，"职在民企，就在未来"民营企业专场招聘会在凉山州喜德县彝欣社区拉开大幕。仅半天，84家企业就在这个凉山州最大的易地扶贫搬迁安置点招募员工上千人。

"十三五"期间，四川省易地扶贫搬迁人口规模达到136万人，位居全国第2。如何确保稳得住、能致富？

四川已有谋划：持续加大就业和产业扶持力度，巩固易地扶贫搬迁脱贫成果；完善集中安置区配套基础设施、公共服务设施等，以加强易地扶贫搬迁后续扶持。

强化"衔接"
迈入乡村振兴新征程

"休息一晚，明天一早回家。"5月8日傍晚，播完最后一垄荞麦，阿侯日果把农具收到地头的空砖房里。这位凉山州美姑县典补乡莫吉村村民，把15平方米大小的空砖房称为"过渡房"。

去年6月，莫吉村96户建档立卡贫困户搬到20多千米外的牛牛坝社区。较远的耕作距离让村民不愿意将老房子拆旧复垦，但拆旧复垦又是政策红线。在此背景下，美姑县为易地扶贫搬迁的贫困户修建生产性过渡设施用房3 447栋，老房子拆旧复垦问题迎刃而解。

脱贫攻坚目标任务完成后，对摆脱贫困的县，四川省从脱贫之日起设立5年过渡期。过渡的方式是加强政策、机构和力量的衔接。

"根据脱贫地区的实际需要，把过去好的做法延续下来。"四川省委农办相关负责人透露，今后5年，四川将聚焦脱贫地区乡村特色产业发展壮大、脱贫人口稳定就业、改善基础设施条件和提高公共服务水平等重点，持续强化财政投入、金融服务、土地和人才智力支持等领域的衔接力度。

强化衔接力度，让不少脱贫地区有了更大的梦想。

"把集体经济'蛋糕'做大，率先实现乡村振兴。"5月9日万福村召开的村民大会上，第一书记苏毅雄心勃勃。遂宁市船山区唐家乡万福村曾是名副其实的"穷窝窝"，如今，万福村在当地率先完成村集体资产股权量化和村集体资产经营管理平台组建，实现"资源变资产、资金变股金、农民变股东"。

培育壮大农村新型集体经济之外，建好现代农业园区，提升农业农村现代化水平，同样是四川全面推进乡村振兴的一大抓手。

从4月初开始，内江市威远县农业农村局局长夏年方就把技术员带到田里办公。此前，威远县农村产业融合发展示范园入围第3批"国家队"创建名单，这让夏年方有了更多的想法。"不只是造'盆景'，还要把周边乡村带动起来。"

四川省谋划围绕现代农业"10+3"产业体系布局，不断推动现代农业园区串点成线、连线成片、扩片成带、集带成面，最终实现全域覆盖，以助推四川省现代农业整体实力迈入全国第一方阵。

旺苍百亿茶产业链助力乡村振兴
诠释"绿水青山就是金山银山"

刊播：中国日报网（2021年5月26日）

5月25日，在四川省星级农业园区——旺苍县东凡现代农业园区的核心区青龙村，园区茶叶翠绿一片，一梯梯茶园错落有致，村民们正在忙着采茶，欢声笑语打破了山间的宁静。

"如果没有茶叶，就没有园区的建设，更没有我们的幸福生活。"提起茶叶产业的发展，青龙村6组村民邓会兰一边采茶一边介绍：采摘的黄茶鲜叶，300元1斤，1亩差不多能采50斤，每亩就能挣1万多元，比传统种植收入高多了！

从20世纪90年代至今，茶叶一直是旺苍县农业支柱产业，仅茶叶产业单项收入就带动茶农人均增收4 000元以上。该县目前已建成全国最大黄茶生产基地，是地地道道的中国"茶叶新势力"。

旺苍县城往东30千米的木门镇，三合现代农业园以茶叶为主导产业，以四川米仓山茶业集团有限公司和龙山村茶叶专业合作社为龙头带动，建成有机茶叶标准化生产基地1.1万亩。

龙山村茶叶专业合作社负责人石义良说，合作社集茶叶基地、生产加工、销售于一体，还融合发展农家乐，带动发展3家合作社、5家家庭农场和2 000多亩茶叶微庭园。

"后年茶园进入丰产期，年收入能达40多万元。"该村4组的脱贫户何全仁带动发展了3亩微庭园，他测算了一下收入，笑开了花，但提到以前，他直摇头说："完全没法比，现在娃儿有学上，家属看得起病，关键是致富在望。"

去年，三合现代农业园区助力700户脱贫户人均增收9 000元。

旺苍农业农村局相关负责人说，该县已建成现代农业园区19个、"一村一品"产业示范园137个、户办特色微庭园2.8万余个。

近年来，旺苍释放出大量的政策红利，制定并出台了《推进米仓山茶产业高质量发展建设全链条百亿产业集群的意见》《推进米仓山茶产业高质量发展建设全链条百亿产业集群发展三年规划》等系列文件。政策红利的不断释放让旺苍县域茶产业的发展跑出"加速度"。

旺苍创新提出了"突破性发展黄茶、优先发展有机茶、巩固提升绿茶、全面开发夏秋茶"的工作思路；成功创建为国家有机产品认证示范区，茶园面积达到20.4万亩（黄茶1万亩），四川米仓山茶业集团有限公司成功创建为农业产业化国家重点龙头企业，广元黄茶、广元纯黄茶成功注册为地理标志证明商标，米仓山茶创建为中国驰名商标。

"种业是农业的'芯片'，旺苍坚持种业优先，做大黄茶产业。"旺苍县茶产业技术研究所所长鲜勇介绍，近年来，旺苍县开始繁育黄茶种苗，成立了以中国农业科学院茶叶研究所茶树资源与改良中心副主任王新超、四川省农业科学院茶叶研究所研究员罗凡等专家为首的科技创新联盟及院士专家工作站，构建了"1+N"茶叶种业科技创新联盟的合作机制，重点培育了米仓山茶业、广茶集团和木门茶业3家育繁推企业，建成商品化育苗基地200亩、工厂化育苗基地2个共2 500平方米，年培育优质黄茶种苗3 100万株以上。

近几年，旺苍县以茶业为本底，因地制宜开辟出符合全县各镇、村特色的农业产业发展之路。目前，全县共建立220个村集体经济组织，集体经济收入达到641.024 7万元，84个贫困村集体经济经营性收入达到498.81万元，人均收入达到61.76元。全县9个村集体经济组织收入达到10万元以上。全县集体经济的迅速发展，为促进全县人民增收致富、推动与乡村全面振兴的有效衔接打下了坚实基础。

"三园联动"发展模式让青山变"金山"

"去年把3亩土地流转给专合社，并在园区务工，收入已达到5 000多元。"该县东河镇凤阳村4组脱贫户冯鸿这两年尝到了甜头。他告诉记者，前两年他还办起了农家乐，收入增加了4 000多元。

近年来，旺苍按照全省加快建设现代农业"10+3"产业体系的决策部署，加快构建现代大农业"1+3"产业体系，着力提升特色农业产业脱贫能力，创新形成了"三园联动"发展模式、"五联五带"减贫增效机制，走出一条"各环节升级、全链条增值"的产业脱贫奔小康、乡村产业振兴有效路径。预计到2021年年底，全县农业增加值增长4.5%，农民人均可支配收入增长10%。

曾经的旺苍因煤而兴，一度是"一煤独大"的"光灰城市"。

面对产业转型升级的宏观经济形势，旺苍县决定实施由"黑"转"绿"的产业转型工程。旺苍立足生态禀赋，构建以茶叶、优质核桃、道地药材、生态养殖为支撑的"1+3"现代农业绿色产业，创新了"万亩亿元现代农业园区＋千亩千万元'一村一品'产业示范园＋每亩万元户办特色微庭园"联农带农的"三园联动"模式，走出了一条贫困山区产业扶贫、精准到户的高质量特色发展路径。

巴山深处景象新

四川巴中以脱贫攻坚统揽老区振兴发展全局

刊播：《经济日报》（2021年5月30日）

作者：钟华林　刘畅

5月的四川巴中，每天都有数以千计的游客从全国各地赶到这片红色的土地接受红色教育。如今，绿水青山已成为当地百姓脱贫致富奔小康的"金山银山"。

80多年前，川陕革命根据地在巴中诞生，12万巴山儿女参加红军。红色精神时刻鼓舞着巴中儿女。近年来，巴中以脱贫攻坚统揽老区振兴发展全局，一个个美丽的新村犹如散落在巴山大地上的明珠，生动展现着革命老区群众的幸福生活。

决战决胜脱贫攻坚

地处秦巴山集中连片贫困地区的巴中市，是四川省脱贫攻坚任务最重的地方之一。可喜的是，截至2020年年底，巴中五县（区）均已实现脱贫摘帽，699个贫困村全部退出，累计减贫49.9万人。绝对贫困和区域性整体贫困问题彻底解决。

"'红土地绽新颜，好生活似蜜甜，门前葡萄甜，屋后梨子甜……'就像我们这首村歌唱的那样，这日子过得巴适！"说起今天的生活，巴中通江县民胜镇鹦哥嘴村村民闫华平的口中"甜"字成串。闫华平告诉记者，他开办的农家乐每年纯收入8万多元。

"鹦哥嘴本是个穷村。"村党支部书记黄吉祥说。按照农村土地整治、地质灾害避险搬迁等政策，鹦哥嘴村77户村民在享受一定补贴的基础上，于2014年3月集中搬迁安置。其中，村里住得最远的李蓉一家从20多千米外的偏远山村搬迁而来，住在120多平方米的房子中，仅花费不到3万元。

在相关政策支持下，"十三五"期间，巴中累计完成5.4万户18.9万人易地扶贫搬迁任务，改造危旧土坯房17.3万户，群众"住房难"问题得到根本解决。

解决了住房问题，鹦哥嘴村集思广益，一改过去主要种植土豆、玉米的传统产业模式，引入产业化龙头企业，重点发展葡萄产业。现在全村葡萄种植面积已达3 000余亩。

"村民可以通过入股合作社定期分红、在葡萄园里打工挣钱、流转土地按年收取租金等方式获得不错的收入。"四川省鹰歌葡萄酒业有限公司副总经理任华告诉记者，如今，鹦哥嘴村已经形成集葡萄种植、采摘、深加工于一体的完整产业链。

协力建设美丽新村

脱贫攻坚和乡村振兴政策激发了当地百姓的内生动力，吸引了一大批外出打工的能人回乡参与家乡建设。

巴中市恩阳区下八庙镇万寿村虽然山清水秀，但不通公路。脱贫攻坚战打响之后，在社会各方的帮扶下，水、电、气、路等相继进村入户，多位在外打工的村民回到家乡。张云生就是其中之一。他联合村里在外务工的几个老乡筹资7 000多万元，对全村进行整体规划和改造，村里传承百年的土坯房成为古色古香的"巴山民宿"，这个"没有煤炭矿山，但有绿水青山"的美丽小山村成为远近闻名的"桃花源"。2018年，万寿村获评国家AAAA级旅游景区。通过发展乡村旅游，万寿村村民人均年收入去年已突破3万元，村集体年收入突破30万元。

近几年，巴中先后以"巴山新居"、幸福美丽新村建设为抓手，把改善农村人居环境作为社会主义新农村建设的重要内容，加快建设美丽宜居乡村。

截至2020年年底，巴中累计建成聚居点2 174个、扶贫新村1 125个，成功创建四川省级"四好村"317个。

加快文旅融合发展

4月26日上午，在通江县沙溪镇王坪村川陕革命根据地红军烈士陵园铁血丹心广场上，由共青团通江县委组织的"纪念'五四运动'102周年暨建团99周年"活动正在举行。"今天是我加入共青团的第一天，和同学们来到川陕革命根据地红军烈士陵园接受教育，很有意义。"参加活动的通江县第二中学高2020级2班的程香同学告诉记者。

川陕革命根据地红军烈士纪念馆副馆长李坤蓉说，今年前4个月，烈士陵园已接待来自全国的数十个团队，共计3万余人前来参观学习。

丰富的红色资源为巴中红色旅游品牌建设奠定了坚实的基础。近年来，巴中坚持融合发展，持续擦亮"红色""山水""人文"等金字招牌，推动红色旅游、生态观光旅游、休闲度假旅游有机结合，打造一系列红色旅游核心景区。通江县通过打好"红色"和"扶贫"两张牌，立足乡村振兴，坚持一、二、三产业融合，整体规划建设了"红色旅游融合发展示范带""红色旅游连片扶贫示范带"；恩阳区依托恩阳古镇丰富的绿色生态资源、古镇文化资源、特色民俗资源，开发了"提糖麻饼"等美食，延伸红色旅游产业链，提升综合效益。

"绣花功夫"擦亮天府农业"金字招牌"

刊播：《农民日报》（2021年6月9日）

作者：张艳玲

"益州险塞，沃野千里，天府之国。"《隆中对》道出了蜀地自然地理和经济地理的双重特性。治蜀必先兴农，由此代代传承。

习近平总书记3次来川视察、5次发表重要讲话，每次都对四川"三农"工作作出重要指示。"四川农业大省的金字招牌不能丢。"这是对四川农业为新中国建设发展所作历史贡献的充分肯定，更是对新时代四川农业再接再厉不松劲的殷殷期许。

没有"绣花功夫"，哪来"金字招牌"。回望百年，四川农业的发展历程也是中国共产党带领人民群众不断进行社会主义革命和建设、努力探索社会主义现代化进程的一个注脚，是下足了"绣花功夫"的久久为功。

"绣"出一幅农林牧渔丰收图

四川省农业科学院党委书记吕火明认为，四川作为我国农业资源最丰富的省份之一，为全国国民经济的稳定发展作出了重大贡献。在改革开放前，四川农民艰苦奋斗，不仅解决了自己的吃饭问题，还向国家提供了大量粮食、油菜籽、猪肉、禽蛋、茶叶、烤烟等农副产品，为国家创造了外汇收入；改革开放后，四川坚持"稳粮调结构，增收奔小康"的发展思路，不断调整农业结构，优化粮经比例，农业产值持续增长。

从规模看，1978年，四川农林牧渔总产值95.7亿元；经过30年的发展，总量达到3 370.2亿元；2019年，进一步增长到7 000多亿元，仅次于河南、山东两省。

从结构看，改革开放初期，种植业在一产中居绝对优势，占农林牧渔总产值的77.2%，牧业产值占19%，而林业和渔业所占比例不到5%。这种产值结构显示，四川大量的山地、水面及种植业的副产品没有被很好地利用起来。

1980年以后，农村改革对四川农业发展的影响进一步凸显——农民在住房周围开山垒石、平整土地、栽上果树，拉开了庭院经济的序幕。群众编出顺口溜："要致富，分开住，房前屋后栽果树，猪鸡鸭兔一大路，3年就当万元户。"

这之后，四川抓住国家西部大开发的战略机遇，立足市场需求，分析省内地貌气候多样、生物资源丰富的特点，发挥区域比较优势，以名优特新品种为基础，大力发展优势特色农业。

四川农民精耕细作，通过水旱轮作、稻渔轮作、林下养殖等各种方式，提高土地产出效率，农林牧渔产业不断优化组合，种养循环生态友好模式大面积推广。尤其是近10年来，四川畜牧业生产全面升级，散户饲养逐步退出，规模化养殖发展迅速，现代化的畜牧产业正加速形成。

经过百年奋斗，四川农业经济实现了从种植业一家独大向多元化发展的转变。到2019年，全省农业产值占农林牧渔总产值比重降至55.7%，比1949年下降了29.3个百分点；畜牧业产值占总产值比重上升至33.6%；渔业产值占总产值比重从1978年的0.4%提升到2019年的3.3%，全省水产养殖品种发展到40多个，产量和规模效益不断提高。

目前，四川农业优势特色产业与区域化布局逐渐形成。据统计，如今四川至少有25种农产品产量在全国位居第1：每10杯茶，就有1杯来自四川的茶山；每10斤菜籽油，就有2斤榨取自四川的油菜籽；每10只兔子，就有4只来自四川；每10袋泡菜，就有7袋来自四川；每10个柠檬、血橙，就有8个摘自四川的枝头……

"绣"出一篇现代农业大文章

一个强大的现代化国家需要强大的工业来支撑。近百年来，在中国共产党带领中华民族走向复兴的伟大进程中，寻求国家的工业化、城市化是一条主线。伴随着我国工农城乡关系的发展变化，四川农业的现代化在曲折中不断突破发展。

改革开放后，我国探索建立社会主义市场经济，城市化、工业化加速。作为人口大省，四川每年有超过2 000万农村劳动人口进入城市，精耕细作的小农生产关系被解构，而新的生产关系还未形成，进入21世纪，谁来种地成为四川农业最急迫的问题。

以2003年党的十六届三中全会为标志，我国从农业支持工业、农村支持城市的城乡二元发展阶段迈入以工哺农、以城带乡的城乡统筹发展阶段。四川抓住国家政策重大调整机遇，锚定补齐农业现代化短板这个目标，持续加大第一产业投资力度，农业机械化、农业科技化水平不断提高，同时各级、各地不断探索建立新型农业经营体系，陆续涌现出一大批好办法、好模式。如成都探索建立农业职业经理人制度，培育了一大批既懂经营又懂管理的高素质农民；崇州探索建立农业共营制，使粮食适度规模经营快速推进，实现了从谁来种田到竞争种田的巨大转变；位于川北山区的苍溪县结合自身气候资源条件，探索以"大园区＋小庭园"发展模式推进基地建设，其推行的"群园联动"模式，初步奠定了红心猕猴桃、中药材、健康养殖"三大百亿产业"集群发展格局……

以党的十九大提出乡村振兴战略为标志，我国转入农业农村优先发展阶段。乡村振兴，产业兴旺是首要任务。2018—2019年，四川省委、省政府经过反复调查研究和论证，确定了以现代农业园区为引领，建设现代农业"10+3"产业体系（10，即川粮油、川猪、川茶、川菜、川酒、川竹、川果、川药、川牛羊、川鱼十大特色产业；3，即现代农业种业、现代农业装备、现代农业烘干冷链物流三大先导产业支撑），标志着四川农业现代化迈入新的征程。

"从产业规模、综合产值、区域特色、全国地位等指标来看，这10个产业在全国发展基础好、竞争能力强、前景空间大，而这10个'川字号'特色产业都需要3个先导产业作为支撑。"四川省农业农村厅相关负责人表示，支撑强度决定了农业现代化程度。

三分部署，七分落实。近年来，四川陆续出台13个工作推进方案，作为主抓手的现代农业园区建设加快推进。自2019年起，四川省级财政每年安排资金超过10亿元用于星级园区培育和奖补。截至目前，四川全省累计建成各级园区超过1 000个，除认定的76个省级星级园区外，还建成和创建国家级产业园11个，由点及面，串联起四川省现代农业"10+3"产业体系的四梁八柱。

"绣"出一幅农民增收新画卷

"近几年，农业连年丰收，但不少农产品出现卖难现象，农民增产不增收现象突出。""过去10多年，改革让农民生活显著改善，但这种增长的势头在近年大为减弱，扣除物价上涨因素，许多农民实际是增支减收。"这是1994年由原农业部组织编撰出版的《中国农业全书：四川卷》中的分析。这一年，四川城乡居民收入差距达到了3.48∶1的峰值。

千方百计增加农民收入已经刻不容缓。为了增加农民收入，四川一方面大量转移农村富余劳动力进城务工；一方面按照中央部署，不断向农业的深度和广度进军，大力促进农业的产业化发展和多功能性探索。

作为我国"农家乐"的发源地，四川乡村旅游不仅民间起步早，而且各级政府都十分重视，打造出一大批农业大地景观和精彩纷呈的农业节会。四川不仅在全国较早设立了支持休闲农业和乡村旅游发展的专项资金，还高位规划了成都平原、川西北高原、川东北山区、川南丘区、攀西干热河谷区五大休闲农业发展区。目前，全省乡村旅游年接待游客量已突破3亿人次，年乡村旅游总收入已跨入2 000亿级别。

与此同时，农产品加工业规模不断扩大。截至目前，四川全省有规模以上农业及附属产品加工企业约3 000家，实现营业收入超过7 000亿元。

四川泡菜的产业化是一个典型。1986年7月，眉山市东坡泡菜首个商品性生产厂创办。经过30多年的发展，眉山泡菜已经成为一个年产值超过200亿元的现代产业，更创造了6个"全国第一"——全国第一个泡菜产业园区、全国第一个国家级泡菜质量监督检验中心、全国第一个泡菜产业技术研究院、全国第一家泡菜博物馆、全国第一份泡菜行业标准、全国第一个泡菜行业ＡＡＡＡ级景区，可以说是中国食品加工业的一朵奇葩。

四川是全国贫困人口最多、贫困县最多以及深度贫困县最多的6个省份之一。精准脱贫攻坚战打响以来，四川将全省产业扶贫规划与"10+3"产业培育深度对接，带动贫困地区特色产业发展——在大小凉山彝区重点发展特色水果、烟叶、马铃薯等特色产业；在高原藏区重点发展高山蔬菜、牦牛、藏药等特色产业；在乌蒙山区重点发展热带水果、蚕桑、特色养殖等特色产业；在秦巴山区重点发展茶叶、道地药材、特色干果等特色产业。

事实证明，产业撑起了四川脱贫攻坚的"半壁江山"——全省约360万贫困人口依靠产业和就地产业务工脱贫，占脱贫总人口的近60%。产业已成为脱贫攻坚的"助推器"和长效稳定脱贫的"稳压器"。

近年来，尤其是党的十八大以来，随着农业供给侧结构性改革、脱贫攻坚、乡村振兴各项政策措施在川的落地落实，四川农民增收持续保持"两个高于"（即四川农民收入增速高于全国平均增速、高于城镇居民收入增速）的良好态势。2020年，四川农村居民人均可支配收入为15 929元。城乡居民收入比由上年的2.46下降为2.40，城乡居民收入差距进一步缩小。

回顾四川百年农业发展，伴随着我国农产品供给从长期短缺向总体平衡结构性过剩的历史转变，四川特色农业发展并非一帆风顺，一个又一个的农业特色产业历经兴衰更迭，一个又一个激励人心的农村创业故事滋养蜀乡大地，千万农民在激烈的市场竞争中拼搏成长，"绣"出了四川农业百年创业史的壮丽画卷，成就了四川农业的"金字招牌"。

迈向乡村全面振兴新征程

四川奋力做好巩固拓展脱贫攻坚成果同乡村振兴有效衔接

刊播:《四川日报》(2021年6月10日)

作者: 王成栋　王代强

　　红绸落下,掌声响起。6月6日,凉山州乡村振兴局挂牌成立,这是全省最后一个挂牌的市(州)级乡村振兴局。自5月28日四川省乡村振兴局揭牌亮相后,不到10天,从省级到市州层面,四川各级扶贫开发局均已重组为乡村振兴局。

　　再见,扶贫开发局;你好,乡村振兴局。

　　8年鏖战,完美交卷;承担重任,重新出发。一个机构的挂牌重组,寓意一次完美转身:在"十四五"开局之年,农业大省四川"三农"工作重心发生了历史性转移。

　　这是历史性的跨越,更是新奋斗的起点。步入"十四五",天府大地全面推进乡村振兴新征程已经开启。

织密"安全网"

动态监测、常态化帮扶,坚决守住防止规模性返贫底线

　　去年,决战脱贫攻坚奋力冲刺"最后一公里",省委、省政府就提出,要持续推进全面脱贫与乡村振兴有效衔接,让脱贫基础更加稳固、成效更可持续。今年年初的省委农村工作会议进一步明确,把做好巩固拓展脱贫攻坚成果同乡村振兴有效衔接作为整个"十四五"时期农村工作最重要的任务。

4月，四川省脱贫攻坚总结表彰大会再次重申，脱贫摘帽不是终点，而是新生活、新奋斗的起点，并部署巩固拓展脱贫攻坚成果、平稳衔接过渡期、全面推进乡村振兴等工作。

奋斗新起点。首要之责就是巩固已有的脱贫攻坚成果。

6月5日一大早，昭觉县沐恩邸社区脱贫户沙马日科收到社区干部的招工信息：当地政府正在组织劳务输出，随时可以走。这距沙马日科结束上一份工作，还不到10天。

沙马日科务工增收机会不断的背后，是一张不断筑牢织密的防返贫"安全网"。

去年年初，四川在53个县（市、区）开展建立解决相对贫困长效机制试点。今年4月，四川省又聚焦农村低收入群体、低保边缘户和脱贫户，全面开展易返贫致贫户风险清零行动。同时，动态调整完善农村低收入人口认定办法，依托现有社会保障体系，确保低收入群体动态识别监测"一个不能少"，做到"早发现""早帮扶"和贫困户动态清零。

持续"练内功"，帮扶"常态化"。坚持育产业、促就业，四川因人施策、精准帮扶，持续巩固脱贫攻坚成果。1月8日，四川省提前下达中央财政农业生产资金68.3亿元，重点支持脱贫地区培育产业。随后首次实施就业促进专项等农民工服务保障十大专项行动，力争全川每户脱贫户至少有一人就业。

锁定搬迁户，确保稳得住、能致富。从年初开始，四川以136万易地扶贫搬迁脱贫人口为对象，从省上到地方持续给政策、促增收。重点之一是对县城安置、场镇安置、跨村聚居点安置等搬迁群众"急难愁盼"问题分类施策，不断提升安置区基层设施和公共服务水平，让搬迁户既"摘穷帽"又"拔穷根"。

接好"接力棒"

无缝衔接政策、机构和力量，过渡期内责任不落空、工作不断档

"明天接着做。"6月3日傍晚，美姑县典补乡莫吉村搬迁户阿侯日果忙完农活，把农具放进地旁一间15平方米的空砖房角落里。

在田间地头修"过渡房"，是美姑县破解搬迁户耕作距离过长问题的主要方式。

放眼全省，越来越多的过渡政策出台。年初，省委便明确：对脱贫县设立5年过渡期，实现政策、机构和力量三大领域平稳过渡，用"思想不乱、工作不断、队伍不散、干劲不减"将脱贫县扶上马、送一程。

优化"大礼包"。"平稳过渡，逐步调整。"年初印发的四川省委1号文件信号清晰：过渡期内，主要帮扶政策保持稳定。接着，"四个不摘"、用地、金融等倾斜政策延续清单出炉。与以往不同，这些延续的帮扶政策都设置了实施节奏、力度、时限，并明确了逐年递减标准、最终退出时限和替代性举措"上线"时间。

稳住"指挥部"。"没少一个工作人员，没减一个基层机构。"5月28日，四川省乡村振兴局挂牌前，原四川省扶贫开发局拿出一份纪念品：全省各级扶贫开发机构人员花名册。这份花名册显示，打赢脱贫攻坚战后，全省相关机构队伍整体稳定。接下来，他们将聚集在全面推进乡村振兴的旗帜下重新出发。

派好"生力军"。对内，优化帮扶举措。从4月开始，凉山综合帮扶队员和驻村第一书记进入轮换时段，随着一支支队伍的"换防"，帮扶力量不断注入新鲜血液。随后全省向乡村选派的2 099名科技特派员和140个科技特派员服务团陆续启程，奔向以脱贫县为主的"新战场"。对外，深化东西部扶贫协作、配合中央单位开展定点帮扶。就在5月底，浙江和四川携手开启新一轮浙川东西部协作，结对帮扶县从40个增至68个。

跑出"加速度"
绘制"规划图"，全面推进乡村振兴驶入快车道

"等于咱们又搞了一次脱贫攻坚。"6月2日，在金阳县特普洛村村民大会上，村支书尔古解法做群众动员。尔古解法说，过去几年，村里不少人靠种青花椒脱了贫。趁着势头不错，村"两委"决定组建村级专合社，鼓励村民通过土地入股建设青花椒园区。"这事很难。可一旦成了，咱们村会大变样。"

全面推进乡村振兴，深度、广度和难度都不亚于脱贫攻坚，如何找准突破口？四川的答案是围绕产业、人才、文化、生态和组织振兴五大重点绘制"规划图"，从顶层设计入手，变困难为机遇、变动力为压力，助推四川驶入全面推进乡村振兴"快车道"。

《四川省市县党政和省直部门（单位）领导班子领导干部推进乡村振兴战略实绩考核办法（试行）》首次厘清各级党委、政府和职能部门的权与责。随后印发的《四川省贯彻〈中国共产党农村工作条例〉实施办法》，提出进一步压实各级党委抓"三农"工作的职责任务和奖惩方式。

"指挥棒"越来越严——年内，四川省级乡村振兴地方法规、村集体经济地方条例等涉农法规将出台实施，全面推进乡村振兴将进一步迈向法制化轨道。

细化"施工图"。四川省首次明确将农民工纳入高职扩招范围，为乡村振兴培育更多"明白人""领头羊"。同时，锁定留得住乡愁、绿水青山和产业兴旺，四川全面启动乡镇国土空间规划编制，实现"一张蓝图绘到底"。锚定年底前交出答卷，全省县级国土空间规划不断加速。

加速！迈向乡村全面振兴新征程。

希望的田野　崭新的征程

全省巩固拓展脱贫攻坚成果同乡村振兴有效衔接工作推进会议侧记

刊播：《四川日报》（2021年6月12日）

作者：侯冲

这是一次不寻常的大会。

6月10—11日，全省巩固拓展脱贫攻坚成果同乡村振兴有效衔接工作推进会议在凉山召开。这是继省委农村工作会议、省脱贫攻坚总结表彰大会后，短短半年内，四川省召开的第3个全省性部署"三农"工作的大会。

2天、4组线路、29个点位……与会代表们进园区、下车间、问农户，寻找巩固拓展脱贫攻坚成果、推进乡村全面振兴的"密码"。

"规模之大、线路之长、点位之多，均创近年全省之最！"农业农村厅厅长杨秀彬透露。

"在'三农'工作重心历史性转向推进乡村全面振兴的关键时期，四川召开这次会议，深入研究、系统部署、高位推进，为全国做了榜样。"专程到会指导的中央农村工作会议领导小组办公室领导这样说。

刚刚打赢脱贫攻坚战的巴蜀儿女乘势而上、乘胜而追，朝着2050年乡村全面振兴的宏伟蓝图，重整行装再出发！

一种清晰全面的认识

脱贫攻坚战虽然打赢，但巩固脱贫成果任务仍然繁重

"大会是对凉山脱贫攻坚工作的检阅，更提醒我们巩固脱贫攻坚成果的

任务仍然繁重。"凉山州乡村振兴局局长王永贵透露一组数据，截至 5 月 20 日，全州今年被纳入全国防止返贫监测系统的边缘易致贫户仍有 2 965 人，脱贫不稳定户 4 392 人。

全省范围内的最新监测数据显示，所有脱贫不稳定户中，因大病存在返贫风险的有 13 408 户，因残存在返贫风险的有 5 449 户。防止发生规模性返贫，全省上下不敢有半点松懈。屏山县委书记代军深知防止发生规模性返贫的重要性，"部分脱贫地区自我发展能力较弱，部分脱贫户收入来源比较单一。如果骄傲自满，所有工作将前功尽弃。"

"还有诸多短板亟待补齐。"凉山州人大常委会副主任、甘洛县委书记陈建生掰着手指头数，首先要巩固的是安全饮水成果，以及每年汛期被冲毁的农村公路。

巩固之余，如何拓展脱贫成果？与会代表们也有思考。大家认为，在完成脱贫任务的同时，其他群体、其他区域、其他事业的均衡扶持和协调发展问题越来越突出，这就需要不断拓宽、外展帮扶政策，逐步实现由集中资源支持脱贫攻坚向推进乡村全面振兴平稳过渡。

一份坚定无比的信心
脱贫攻坚筑牢产业基础，为衔接乡村振兴提供动能

"一朵石榴花！"眼尖的与会代表发现，建在山顶上的会理现代农业园区展示中心，宛如一朵盛开的石榴花。现场负责人介绍，会理石榴产量占全国石榴产量的 26%，吸附 5 万余名劳动力就近务工。

一路走来，产业之"花"处处盛开——德昌县的巨星智慧生猪养殖园建成后，年出栏生猪百万头；越西县现代农业（苹果）产业园区种出来的苹果远销粤港澳大湾区；昭觉县现代农业园区年销售收入 1.2 亿元……

越看越兴奋，越看越期待。"这几年，凉山建成了 118 个产业园区，以前想都不敢想。"参观期间，作为"东道主"，王永贵逢人便讲，自豪之情溢于言表。

信心既来源于产业发展，也来自改革驱动。近年来，四川省启动乡镇行政区划和村级建制调整改革，政策红利不断释放。

"'收租'216万元！"广元市利州区委书记李昱隆的底气正来自"两项改革"。针对"两项改革"后闲置的办公用房、校舍等资产资源，利州区23个合并村通过开展租赁经营，最大限度实现集体资产保值增值。

一股时不我待的干劲
既要有等不得的冲劲，也要有急不得的定力

"回去就传达落实会议精神，组织大家学习兄弟市县的好经验、好做法。"大竹县委书记李志超认为，乡村振兴最关键的3个要素是产业、人才、土地，要引来资本、盘活资产，为乡村振兴添加动力。

上个月才从浙江考察回来的广安市委书记李建勤，正抓紧研究下一步东西部协作。"把东部的项目、产业转移到西部，携手共赢。"

多位参会代表谈道，巩固脱贫成果、衔接乡村振兴，既要有等不得的冲劲，也要有急不得的定力。

看似矛盾的观点，蕴含着理解乡村振兴的历史视角。

会东县烟叶复烤厂，一片片散发清香的棕色烟叶通过传送带传送、打包，发往全国16个省份，这里的烟叶产量连续5年位居全国第1。"大家都看到会东烟叶的成功，但很少有人注意到1976年这里就开始引种烤烟，用45年发展一门产业。"在机器轰鸣声中，四川省政府副秘书长降初高声说道，必须持之以恒、久久为功，既要有"功成不必在我"的精神境界，更要有"功成必定有我"的历史担当。

这份清醒的认知已成共识。

参观的29个点位长啥样？

一天半时间，一路走、一路看、一路想……

刊播：《四川日报》（2021年6月12日）

作者：王成栋　唐子晴

6月10日至11日上午，攀西大雨转晴。

一天半的参观时间里，每到一处，阿坝州委书记刘坪总是快人一步。他说，阿坝有13个脱贫县，迈向全面推进乡村振兴新征程时，有许多做法需要找寻答案、借鉴经验。比如，脱贫成果如何巩固拓展？又该如何与乡村振兴有效衔接？

不只是刘坪，在一天半的时间里，参加全省巩固拓展脱贫攻坚成果同乡村振兴有效衔接工作推进会议的4组代表，参观了凉山、攀枝花的29个点位。在代表们看来，这些点位侧重点不一，从不同侧面提供了巩固拓展脱贫攻坚成果同乡村振兴有效衔接、全面开启乡村振兴新征程的路径和做法。

那么，让与会代表们在一天半的时间里参观的这些点位，到底长啥样？

辐射兴产业、联农促增收
现代农业园区展示"致富经"

作为现代农业的"样板区"和推进农业农村现代化的重要抓手，13个现代农业园区是本次29个考察点位中的"重头戏"。

"带动作用太大了。"参观攀枝花市仁和区芒果现代产业园时，遂宁市农业农村局局长徐建军不由得感慨：四川省"五星级"园区名不虚传。截至去年，通过新技术、新品种等的示范，园区辐射带动仁和区建成芒果种植基地

31万亩，实现芒果年产值8.75亿元。在乐山市金口河区委书记张德平看来，在巩固拓展脱贫攻坚成果同乡村振兴有效衔接上，园区同样能够起到发展产业的重要抓手作用。

先看巩固拓展脱贫攻坚成果。"这不是一锤子买卖。"张德平注意到一个细节：依托喜德县冕山洛发现代种养循环农业园区，喜德县引导农户通过土地流转、入股等形式建立83个代养点，鼓励农户参与代养或务工。去年，全县1135户脱贫户获得分红658万元，参与其中的脱贫户无一返贫。好医生集团全资子公司四川佳能达攀西药业有限公司则引领布拖县打造中药材种植基地1万余亩，每年带动7000余户农户稳定增收，并吸纳150余人务工就业。

再看衔接乡村振兴。"用园区来加速农业现代化，带动农户持续增收。"广安市广安区委书记文阁关注到一个现象：按照计划，今年投产的德昌县巨星智慧生猪养殖园不仅能实现出栏生猪100万头、吸纳数百人就地就业，还能通过沼液循环利用、沼气开发，为1万余亩农田、果园提供水肥一体化灌溉。在循环种养模式下，农户的果园每亩每年至少增产1000元。

改革注活水、加速补短板
乡村振兴之路才能越走越宽

"谋改革、补短板。"这是一路考察下来，不少代表在各点位获得的经验与感悟。

做好两项改革"后半篇"文章，以培育壮大村集体经济，探索合并村融合发展新路径，这是冕宁县复兴镇建设村的新尝试、新探索。去年6月，每年集体经济分红上千万元的建设村与隔河相望的林里乡丰收村合并，两村的人均收入相差近2万元。合并后，新成立的村"两委"忙着重新清产核资、确认村集体经济成员身份，争取把"强村"的产业发展经验"复制"到"弱村"。

"这对我们启发很大。"西充县委书记张光全介绍，通过"两项改革"，全县500多个行政村减少到200多个，合并村的融合发展将是下一步的重中之重。

盘活"沉睡"的资产正是路径之一。在盐边县昔格达村，当地从盘活94

栋闲置农房入手，实现村集体经济收入过千万元。村支书杨左元介绍，接下来，村里将进一步盘活古树名木、村集体建设用地等资产，进一步推动"资产变资金、资金变股金、村民变股东"，以增加农户收入。

还要精准聚焦补短板

"这些都是产业提质增效要打通的'最后一公里'。"宜宾市农业农村局局长罗世俊说，所有的点位中，有3个点位让他感触颇深，分别是盐边县锐华农业冷链物流中心、仁和区芒果现代产业园和西昌市玉米现代种业园区。前者让果蔬的销售时间延长2个月，销售路径拓展至欧美地区，后两者则在种业领域有不同程度的突破。"搞好产业振兴，没有这些'瓷器活'是不行的。"

乡村振兴，关键在人。"先要研究怎么培养对故乡有感情、熟悉情况的本地人才。"凉山州委相关负责人说，参观点位中，布拖县教育园区和越西县文昌教育园区等提供了相关参照。特别是后者，拥有从幼儿园到职业技能培训的6所学校，实现周边3 139名易地扶贫搬迁随迁子女"不失学"。

绘制"施工图" 直指"抓落实"

会议对推进乡村全面振兴做出部署安排

刊播：《四川日报》（2021年6月12日）
作者：王成栋　王代强　何勤华

6月10—11日，四川省巩固拓展脱贫攻坚成果同乡村振兴有效衔接工作推进会议在凉山州召开。这是今年来四川省委第3次召开专门会议，对"三农"工作特别是对推进乡村全面振兴作出部署安排。

此前四川省委农村工作会议、省委1号文件已对今后5年推进乡村全面振兴作出全面谋划部署，这次会议重点则是"抓落实"。

守住防返贫底线
让脱贫基础更稳固

昭觉县三河村扶贫产业园内，冬桃基地的果树陆续挂果；村道两侧，由贫困户庭院改造而成的民宿开门营业——这样的防返贫路径被代表们津津乐道。

从三河村延伸到更多摆脱贫困的村庄，会议提出，聚焦5年过渡期摸清底数、找准风险变量、统筹用好帮扶力量、大力发展新型农村集体经济等重点任务，让脱贫基础更加稳固、成效更可持续。

摸清底数。阿坝州乡村振兴局局长靳东提到，年初，阿坝成立了一支覆盖全州1 090个行政村的监测队，实现将脱贫户收入动态监测。

找准风险变量。茂县县委书记唐远益说，当地最大致贫因素是自然灾害和疾病。因此，在制定预案时，该县参考了历年因病、因灾致贫人口最大值以确保"早应对"。

用好"生力军"。凉山州乡村振兴局局长王永贵透露,目前当地帮扶干部已经完成轮换,接手者多是经历过脱贫攻坚考验的"精兵强将"。

培育壮大新型农村集体经济。四川省农业农村厅副厅长毛业雄说,经过脱贫攻坚的持续投入,各脱贫村形成了诸多新增集体资产。因此,必须摸清家底,实现"资产变资本、资金变股金、村民变股东"。

推进乡村全面振兴
全方位提升农业农村发展水平

会议提出,聚焦产业兴旺、生态宜居、乡风文明、治理有效、生活富裕五大重点,接续推进乡村全面振兴,全方位提升农业农村发展水平。

产业兴旺的抓手,是持续推动现代农业园区提质增效。"园区让我们脱贫县跑出了'加速度'。"南部县委书记黄波介绍,此前,南部建成以晚熟柑橘为主的现代农业产业园区25万亩。

生态宜居,重点指向乡村建设。在成都市农业农村局局长张俊国看来,绘好"施工图"后,还要综合施策,推进农村人居环境整治,让乡村环境更美、生态更优。

乡风文明和治理有效,剑指传承农耕文明、移风易俗和健全治理体系。四川省委组织部相关负责人坦言,多年实践证明,基层党组织健全的地区,在防灾减灾、疫情防控和文化保护开发等方面均表现不俗。

生活富裕,目的是让农民群众持续增收、共享发展红利。"做大蛋糕,分好蛋糕。"四川省委农办主任、省农业农村厅厅长杨秀彬透露,四川省将通过育产业、稳就业、强改革等方式,重点发挥农村集体经济组织和新型农业经营主体作用,不断完善利益联结机制,进一步提升农户获得感。

加强党的全面领导
逗硬考核,形成聚合力

"责任"二字被不少刚履新的市、县两级党委书记频频谈及。

这与会议部署有关:要健全省负总责,市、县、乡抓落实的工作机制,坚持省、市、县、乡、村五级书记一起抓，形成指挥有力、运转高效的组织领导体系。同时，做好分类指导、政策衔接和督察考核等工作。

如何分类？"四川各地农业农村发展水平差距较大。必须因地制宜，差异化施策。"四川省委农办相关负责人透露，四川省正对既有的农业进行分类并分别制定指导政策。此外，全省国家和省级乡村振兴重点帮扶县名单也基本确定，将在近期发布。

如何衔接？杨秀彬介绍，在保持既有主要帮扶政策稳定的基础上，四川省将在财政投入、金融服务等方面继续发放政策"大礼包"。

如何考核？乐山市委书记马波注意到，此前先后印发的《四川省市县党政和省直部门（单位）领导班子领导干部推进乡村振兴战略实绩考核办法(试行)》《四川省贯彻〈中国共产党农村工作条例〉实施办法》，已厘清各级党委政府、职能部门的权与责。下一步，就是要舞动"指挥棒"，使各级党委政府和部门主动作为，进而带动群众和市场主体的积极性。

打卡"奋进百年 乡村振兴"主题车厢
看四川"三农"过去与未来

刊播：四川新闻网（2021年6月21日）
作者：戴璐岭　陈淋　张进春　漆奇

在中国共产党百年华诞到来之际，2021年6月21日，中西部首列以"奋进百年"为主题的"学习强国"主题列车——"百年号"强国列车正式亮相成都地铁1号线。

本次活动由"学习强国"四川学习平台联合四川省交通运输厅、四川省农业农村厅、四川省文化和旅游厅、四川省经济合作局、国家税务总局四川省税务局和四川省总工会共同主办，四川新闻网传媒（集团）股份有限公司、成都轨道交通集团有限公司承办。

"百年号"强国列车以简约明快的大色块、浓厚的中国风、直击人心的四川发展大事件图片展，表达巴蜀儿女心中最厚重的家国情怀，向建党百年献礼。主题列车以"一车厢一主题"为设计思路，分别打造了"奋进百年 交通先行""奋进百年 乡村振兴""奋进百年 红色印记""奋进百年 税月如华""奋进百年 经合担当""奋进百年 工会答卷"六大主题车厢。

主题列车各节车厢以清新简约为主要设计风格，以线条、大色块、中国风为主要设计元素，融入四川文旅景点、巴蜀文化等四川元素装饰纹样，呈现了交通先行、乡村振兴、经济合作等"四川百年变化"。即日起，"百年号"强国列车将持续开行100天，献礼建党百年。欢迎乘客朋友们前来"打卡"！

现在记者将带您"打卡"四川省农业农村厅的"奋进百年 乡村振兴"主题车厢。

　　一走进车厢，便能被地面上的10幅胶卷画面吸引。记者了解到，这是四川省现代农业"10+3"产业体系，川粮油、川猪、川茶、川菜、川酒、川竹、川果、川药、川牛羊、川鱼十大优势特色产业和现代农业种业、现代农业装备、现代农业烘干冷链物流三大先导性产业。

　　此外，车厢车门以四川百年农史为主线，分4个历史阶段，向大家讲述四川"三农"伴随着中国共产党的诞生与发展，所作的历史贡献、取得的长足进步以及未来愿景。

　　回顾百年历史，在中国共产党的领导下，四川农业农村发生了翻天覆地的变化。站在新的历史起点，四川农业必将乘势而上、再接再厉，做好巩固拓展脱贫攻坚成果同乡村振兴有效衔接，持续擦亮四川农业大省金字招牌，全面实施乡村振兴战略，开启农业农村现代化建设的新征程。

四川出台"十条措施"稳定生猪生产和价格

刊播：中国日报网（2021年7月9日）

据来自四川省农业农村厅的消息，四川省非洲猪瘟防控与恢复生猪生产指挥部近日印发《四川省稳定生猪生产十条措施》，提出各级各部门要千方百计稳定生猪生产和价格，加强政策支持，确保全年完成4 000万头存栏任务和5 800万头出栏调度目标。

四川省农业农村厅总畜牧师李春华说，今年以来，四川省委、省政府坚决贯彻中共中央、国务院关于非洲猪瘟防控、恢复生猪生产决策部署，始终坚持一手抓非洲猪瘟防控，一手抓恢复生猪生产，密切关注生猪市场变化，不断巩固近两年来四川省恢复生猪生产成果，采取了一系列有效工作措施，取得了一定成效。

一是生猪生产稳步恢复。据统计，一季度全省出栏生猪1 537.5万头，同比增长37.8%，达到非洲猪瘟发生前2018年同期的90%。生猪存栏3 992.1万头，同比增长33.7%，其中能繁母猪存栏402.4万头，同比增长30.5%。猪肉产量120.1万吨，同比增长40%，已达到2018年同期的102%。据行业监测，二季度全省生猪生产继续稳步增长，预计上半年全省生猪存出栏量同比都将增长30%左右，存栏总量已经提前达到年末存栏目标任务标准，出栏总量略低于正常年份水平。

二是动物疫情总体平稳。上半年，四川省内没有报告发生原发性非洲猪瘟动物疫情，只在阿坝州小金县、广安市华蓥市外省违规调运生猪中排查出2起非洲猪瘟疫情。今年春季动物疫病强制免疫工作已经结束，全省免疫抗体覆盖率在90%以上，有效构筑了免疫屏障。但随着雨季到来，非洲猪瘟等动物疫情发生风险增大，非洲猪瘟有散发的可能，绝不能掉以轻心。

三是生猪和猪肉价格持续走低。据农业农村部养殖场直联直报系统监测，从今年第3周起，全国生猪和猪肉价格已连续22周下降，截至6月第4周，分别为13.76元／公斤、24.6元／公斤，较年初高点下跌61.8%、54.6%，随后止跌回升。据四川省农业农村厅监测，四川省猪价走势与全国基本一致。至6月25日，生猪和猪肉价格均低于全国水平，分别跌至13.58元／公斤和23.34元／公斤，同今年年初高点相比，降幅分别达52.3%和55.6%，猪粮比从1月高点的12.6∶1跌至6月低点的4.8∶1。6月底猪价止跌回升，截至7月2日，生猪和猪肉价格分别为15.56元／公斤和25.55元／公斤，较前1周分别反弹了14.6%和9.5%。

李春华说，中共中央、国务院高度重视生猪恢复生产和保障市场供给工作，中央农村工作会议和中央1号文件都对恢复生猪生产提出明确要求，农业农村部明确下达四川省年末生猪存栏4 000万头任务。四川省委、省政府坚持把生猪稳产保供作为重大政治任务，彭清华书记和黄强省长在省委农村工作领导小组第一次全体会议、省政府常务会议上，都专门部署了生猪稳产工作，明确全年出栏5 800万头目标。最近，生猪市场价格大起大落，挫伤养殖者信心，对四川省生猪稳产保供提出了新的挑战，为稳定生猪基础产能，四川省农业农村厅在已出台"猪九条""新八条"等基础上再添新举措，制定《四川省稳定生猪生产十条措施》，经过省委、省政府领导审定，由省非洲猪瘟防控与恢复生猪生产指挥部印发实施。

李春华说，这10条新措施具体内容是：

一是进一步强化生产服务。深入推进标准化养殖场建设，措施不变、力度不减。指导养殖场户做好生产计划，及时淘汰留作种用的三元猪等低产母猪，积极推广良种母猪。加强生猪生产监测，防止产能过度下降。支持脱贫地区新（改、扩）建一批种养循环的生猪产业园区，巩固脱贫攻坚成果。

二是进一步深化非洲猪瘟等重大动物疫病防控。立即充实各级非洲猪瘟防控与恢复生猪生产指挥部力量，把蓝耳病等其他重大动物疫病防控纳入指挥部职责范围。完善非洲猪瘟防控"3+1"网格化管理体系，落实非洲猪瘟等重大动物疫情排查日报告制度。严格生猪调运卡口管理和调运监管，落实屠宰环节"两项制度"，严格规范病死猪无害化处理，严厉打击违法违规行为。立即全覆盖开展夏季"大消毒"专项行动。严格落实24小时应急值守，规范疫情处置和报告。加强主要疫病的基础免疫和补免，确保应免尽免。

三是进一步鼓励企业开展猪肉产品加工。落实肉制品初、精、深加工扶持政策，支持肉制品加工企业在建项目尽快形成产能、已建成项目提档升级。及时破解加工产能释放受制约的难题。支持加快冷链仓储体系建设，提升猪肉及制品的商业储备能力。

四是进一步严格价格监督检查。完善生猪行业和猪肉市场监测预警机制，及时发布涉猪政策和市场价格等信息，指导养殖主体主动适应市场形势变化，调节生产计划。严厉打击低价倾销、价格串通等操纵市场价格行为，维护公平竞争的市场秩序。坚决打击"助涨助跌"等在网上散布不实消息的行为，引导养殖主体特别是中小养殖户不信谣、不传谣，避免恐慌性抛售。

五是进一步做好猪肉收储准备。密切关注生猪价格、猪粮比价等走势，及时制定实施生猪猪肉市场保供稳价方案。根据预警级别和启动条件要求，及时启动政府冻猪肉储备工作。加快构建监测精准、预警及时、响应高效、运作规范的猪肉常态化收储投放机制。

六是进一步夯实财政支撑。支持各地因地制宜用好生猪出栏激励奖补资金，统筹中央和省级财政相关资金，衔接推进乡村振兴补助资金按不低于50%的比例用于脱贫地区生猪等乡村产业发展。聚焦生猪生产、疫病防控、粪污利用、冷链冷藏等关键环节，提升财政资金使用的精准性、有效性，具体方式由各地根据实际自行确定。

七是进一步稳定信贷支持。金融机构对生猪养殖场（户）和屠宰加工企业不得盲目限贷、抽贷、断贷。要加大信贷投入，着力满足猪肉加工、储存等环节的合理资金需求。政策性农业信贷担保机构维持对生猪养殖项目0.5%的低担保费率，切实做到应担尽担。将屠宰、加工以及冷链物流等生猪全产业链环节纳入担保范围。支持各地采取贴息、担保、分险等方式，降低生猪生产主体购买饲料、良种母猪、仔猪等生产成本。

八是进一步提升保险保障能力。对符合政策、自愿投保的养殖户，做到愿保尽保。对在保险责任范围内的养殖场（户）及时足额理赔。加快落实育肥猪价格保险中央以奖代补政策，省、市、县按《四川省2020年度中央财政优势特色农产品保险以奖代补试点实施细则》要求，逐级配套财政资金。健全费率动态调整机制。鼓励有条件的地方加大财政补贴，合理提高保险金额。

九是进一步落实环保及用地扶持政策。抓紧完善新建规模猪场环评、用地等手续。继续实施生猪养殖项目告知承诺制试点。科学合理推动养殖污染防治措施落实。全面落实"新编县乡级国土空间规划应安排不少于10%的建设用地指标"和"省级制定土地利用年度计划时，应安排至少5%新增建设用地指标保障乡村重点产业和项目用地"的要求，优先保障生猪产业用地需求。乡村振兴先进县的300亩新增建设用地年度计划指标和过渡期内专项安排给脱贫县的新增建设用地计划指标，用于支持生猪等乡村一、二、三产业发展。

十是进一步加强组织领导。严格落实"菜篮子"市长负责制，将生猪生产情况与市、县领导班子乡村振兴实绩考核挂钩。县（市、区）党委和政府主要负责同志既是党委农村工作领导小组组长，又是非洲猪瘟防控和恢复生猪生产指挥部指挥长，要定期研判生猪生产形势，切实履行稳定当地生猪生产和市场价格的主要责任。各级发展改革、财政、农业农村、商务、经信、市场监督等相关部门要在党委、政府的领导下各司其职、分工协作，全力抓好稳定生猪生产和价格的各项措施落实。

李春华说，从生产形势看，虽然今年上半年猪价快速下降，和复产成效有较大关系，但经过深入分析，应清醒认识到，本轮猪价非正常持续下跌是由多种因素叠加造成的，不是简单的"猪多了"，目前四川省生猪出栏量和市场消费能力均尚未回到正常年份水平，生猪恢复生产还没到"鸣金收兵"的时候。上半年生猪价格长时间大幅下跌有可能挫伤养殖者的信心，通过2年多的努力恢复生猪生产的成果受到挑战，稳定四川省养猪的基础产能、保持生猪生产的长期稳定和健康发展是出台"猪十条"的根本目的。生猪生产真正恢复到正常水平还需要一个过程。各地要根据目标任务、消费需求、土地承载能力合理规划布局养猪场，不能不发展，也不能盲目发展，要逐步让生猪生产达到稳定运行的水平。

李春华说，从全年目标任务看，一是2年多来与非洲猪瘟作斗争的实践证明，非洲猪瘟虽然没有防治的药物和疫苗，但还是可防可控的，四川省防控非洲猪瘟的措施不减、人员不减、力度不减；二是要防止生猪养殖量出现大起大落，各地要密切分析生猪生产形势，用好政策，严防生猪养殖量出现大幅下跌，年初下达的实现年末存栏4 000万头、全年生猪出栏5 800万头的目标不变。

夯实乡村 振兴产业基础

四川西充县加快建设高标准有机现代农业园区

刊播：《经济日报》（2021年7月9日）
作者：钟华林

盛夏时节，四川西充县优质（有机）粮油现代农业园区内，四川丰森农业科技有限责任公司的水稻正茁壮成长，丰收在望。

四川丰森农业科技有限责任公司负责人谢飞说，去年公司种植有机水稻8000余亩，年产水稻320万公斤。尽管售价是普通水稻的3倍，仍供不应求，带动了近300名村民就近务工，人均增收1万余元。

西充县优质（有机）粮油现代农业园覆盖当地7个乡（镇）71个村，以粮油为主导产业，园区内有丰森、粮鑫等8家农业企业和56家专业合作社，带动237家（个）家庭农场、种植大户从事粮油经营，是西充县加快建设高标准有机现代农业园区的缩影。

近年来，西充按照"全域规划、区域布局、流域发展"原则，建成有机生产基地106个、面积23万亩，培育有机农业企业60余家，注册有机产品商标76个，拥有国家地理标志保护产品4个，有机农业年产值占农业总产值60%以上，是首批国家有机食品生产基地建设示范县、首批国家有机产品认证示范区。

近年来，有机产品呈现产销两旺的喜人势头，西充生产的各类有机农产品已进驻多家国内知名商超，销售范围覆盖北京、上海、深圳、成都等近百座城市。

产业兴旺还带活了乡村旅游。"6月中旬我们的脆李就成熟了，今年产量在7万公斤左右。每年游客入园采摘量达到总产量的50%，其余的销往西安、长沙、重庆等地，供不应求。"西充义兴镇有机村党支部书记张奇毅说，2019年，西充亚洲有机产业创新发展大会永久会址落户该村后，村里年接待游客2万人次。通过有机品牌引领、产业带动，该村已成为集有机文化博览、有机农业参观培训、有机水果采摘、有机食品品鉴、有机生活体验等于一体的新村，被评为"省级乡村振兴示范村""南充市特色村落"。

近年来，西充有机农产品附加值、带动力持续提升，有机农业年产值占农业总产值的60%以上，有机食品年加工产值超20亿元。依托有机产业基地建成中国有机生活公园、桃博园、"中国有机生态循环第一村"双龙桥村等特色旅游景点41个，全县乡村旅游年收入达到32.45亿元，带动全县农民人均可支配收入5年增长50%以上，为乡村振兴打下坚实基础。

稿可道，非常稻

夏日稻田忙什么？病虫害防治紧锣密鼓

刊播：川观新闻（2021年7月13日）
作者：周金泉　张远庆

仲夏时节，蜀乡各地的稻田绿意盎然，水稻陆续抽穗。此时亦是水稻病虫害防治的关键期，一个个种粮人起早贪黑、奋战田间，展开与水稻病虫害的斗争。

如何有效防治水稻病虫害？多年来，四川省已总结出一套行之有效的应对之策。

监测病虫手段多，病虫情报指方向

6月29日一大早，德阳市旌阳区黄许镇三合村种粮大户龚富华就起床来到田间，勾兑好药水、发动柴油机，手持喷雾器开始水稻病虫害防治。"我从水稻移栽后1周就开始打药，到今天已经打了10天了。"对于水稻病虫害的防治，龚富华颇有心得，"为了有好的防治效果，我都赶在6：00—11：00、30℃以下时打药。"

在龚富华看来，水稻病虫害防治的另一个重要节点是7月下旬，此时利用无人机植保作业可有效防治叶瘟病、稻曲病、纹枯病、二代螟虫等水稻病虫害。

德阳市旌阳区富鹏农业科技专业合作社理事长冯桂申介绍说，目前他的440亩水稻已紧锣密鼓展开病虫害防治，"我们根据每年的病虫情报，结合田间情况，酌量用药、减量增效。在我的稻田附近还有一个病虫害测报点，有专业测报员进行测报，测报结果非常准确。"

记者了解到，这个测报点配有病虫测报仪、小气候观测仪，24小时运行。

测报员邓波说："我往往每隔1周或者每隔两三天就花1个小时采集1次数据，包括3类数据。一是螟蛾数据，要从诱虫灯诱捕的很多种虫子中，把螟蛾识别出来并进行统计；二是风向、温度、湿度；三是降水量。收集的数据交区植保站进行分析。同时，我每天都会开展田间调查，随机抽查计算病株率、虫株率。"

"全区25万亩水稻，常年有6个基层测报点和基层测报员开展水稻病虫调查、监测，测报员都是请的当地懂得田间管理的种植大户或合作社工作人员。"德阳市旌阳区植保站站长李昕介绍，"测报员收集的数据，经区、镇两级农技员进行综合会商后，将发布病虫情报和病虫防治通知，宣传覆盖每个种植户。种植面积不大的散户一般自防；大户则需请专业植保队伍统防统治。"

据了解，在今年的水稻抽穗期，旌阳区将开展10万亩水稻的专业化统防统治，确保统一施药、精准施药，节省时间和成本，提高防治效果。

巧抓时机治病虫，肥水管理要得法

旌阳区的防治工作只是一个缩影，当前，四川省各地都陆续进入了水稻病虫害防治的关键期。

"全省目前有64个重点省级测报站，针对相应监测结果及时发布水稻从苗期到中后期的病虫害预警，指导各地因地制宜开展水稻病虫害防治。同时，田间设有自动虫情测报灯、性诱监测设备、物联网病虫监测设备、小气候信息采集仪等设备对病虫害进行辅助监测。"四川省农业农村厅植保站测报科科长张梅介绍说。

据四川省农业科学院植保所副所长、四川省水稻病虫害防控岗位专家卢代华研究员介绍，水稻病虫害在四川省常年发生，而且发生期长，从播种后的秧田期至大田收获期，全程都可能遭受病虫为害；四川省水稻病害主要是稻瘟病、纹枯病、稻曲病等气候性病害，水稻螟虫在各水稻种植区普遍发生，稻飞虱、稻纵卷叶螟等水稻"两迁"害虫常年发生，每年至少2种以上病虫害发生或流行。

根据四川省各地近年来水稻病虫害防治的实践，卢代华认为水稻病虫害防治前移技术应得到大力推广。这一技术有三大关键、三大好处：第一，水稻播种前进行种子处理，包括晒种、浸种或包衣等，可有效防止稻种带菌及苗期病害；第二，在秧田期及时运用绿色防控技术，包括杀虫灯、性诱剂等理化诱控技术，可有效遏止早期虫害的发生；第三，在水稻移栽前3～5天用药处理秧苗，带药移栽，可有效防止前期的主要病虫害。

卢代华认为，在水稻分蘖、拔节、孕穗、破口阶段，肥水不宜过多，尤其不宜偏施、迟施氮肥，要"浅水勤灌"、均衡施肥，可减轻病害发生。孕穗末期至破口期是病虫害的关键防治点，要根据各地植保站的预测预报，及时掌握主要病虫害发生高峰期和防控节点，结合气象预报，选择高效、低毒、低残留的药剂，及时有效防治螟虫、穗颈瘟、稻曲病等水稻穗期病虫害，实现"虫口夺粮"，从而保障粮食安全。

稻可道，非常稻

蜀乡水稻家族添新丁，"锦城优雅禾"稻种卖了650万元

刊播：川观新闻（2021年7月13日）

作者：杨都　张远庆

"优质、高产、多抗等多个优良性状在'锦城优雅禾'这个品种上得以实现。"四川水稻创新团队岗位专家、四川农业大学教授黄富向大家介绍道。7月10日，四川农业大学、成都市农林科学院与四川天宇种业有限责任公司就杂交水稻新品种"锦城优雅禾"品种权转让签约暨推广研讨会在温江举行。"锦城优雅禾"品种开发权转让签约额为650万元，它还有一个好听的商品名字：天香稻。

粮食安全是社会稳定和国家发展的"压舱石"，水稻是关键的一环。随着四川省"稻香杯"和农业丰收奖的升格，四川优质米推广速度进一步加快，优质水稻品种也不断涌现。"锦城优雅禾"（天香稻）是一个什么样的品种？开发权转让签约650万元处于什么水平？带着这些疑问，记者采访了相关专家和企业。

探品种
主研团队曾培育出全国十大优质超级稻

"'锦城优雅禾'诞生于四川农业大学和成都市农林科学院的'联姻'，这一好听的品种名取自于父本与母本的名字。"据黄富介绍，"锦城优雅禾"是其团队以自育抗病、优质、高配合力香型新恢复系"雅禾"与成都市农林科学院徐敬洪研究员团队选育的不育系"锦城2A"配组育成的中籼迟熟杂交水稻新品种。

回顾"锦城优雅禾"的选育历程：2015年初次组配、2016年品比试验、

2017年多点试验、2018年区域试验、2019年续试和生产试验、2020年通过国家级审定。仅用6年就实现了新品种的培育和国家审定，是什么加速了"锦城优雅禾"的诞生？

"'锦城优雅禾'的培育离不开各个科研单位的共同努力。"谈及"锦城优雅禾"的培育时，成都市农林科学院副院长韩庆新表示，种业的发展对农业产业发展起到基础作用，"种业芯片"对维护国家粮食生产安全至关重要。

"我们西南稻区寡照、高温、昼夜温差小的气候特别适宜稻瘟病、稻曲病发生流行，这对水稻品种的抗病性要求更高，选育优质抗病品种已成为西南稻区水稻育种的主攻方向。"黄富表示，除了地区条件的制约，消费者对优质稻米品种的需求和团队对优质抗病水稻新材料的创制与应用同样至关重要。

"'锦城优雅禾'和我们此前培育的'宜香优2115'还是'亲戚'呢！"记者从黄富的介绍中了解到，入选"2020年全国十大优质籼型超级稻"的唯一四川品种"宜香优2115"同样出自黄富的团队，而"锦城优雅禾"的父本"雅禾"是由"宜香优2115"的父本"雅恢2115"增加香味基因改进培育而成的。"'锦城优雅禾'作为新品种，其表现不亚于曾斩获四川'稻香杯'特等奖的'宜香优2115'。"

黄富进一步介绍，综合生产实际、社会效益与消费市场的反馈，该品种米质达部颁优质一级且口感好、香味浓、高抗稻瘟病兼抗稻曲病、抗倒性强、结实转色好、收获期长，区试平均产量比对照增产3.1%，实现了优质、多抗、高产等多个优良性状的聚合。

问价值
"鱼凫杯"钻石奖得主，肩负"让川米走出去"重任

当天以650万元签约额拿下"锦城优雅禾"开发权的四川天宇种业有限责任公司总经理李中华告诉记者，这是该公司近年在品种开发签约方面签下的最大金额，而650万元在四川农业品种开发权签约额中处于上等水平。

650万元值在哪？李中华分析其身价主要体现在3个方面：第一，"锦城优雅禾"在2020年以绝对的实力在成都市第七届"鱼凫杯"优质稻米品鉴活

动中获得综合成绩第一的钻石奖，优异的综合性状造就了"锦城优雅禾"一级米的品质。第二，在种植生产上，"锦城优雅禾"种子发芽率高，推广价值高。第三，"锦城优雅禾"的父本、母本制种难度和成本适宜，能够给制种农户和生产企业带来较好效益。

作为四川省自主培育的新品种，"锦城优雅禾"肩负着"让川米走出去"的重任。成都市农业农村局副局长姚光贵表示，他见证了"锦城优雅禾"在"鱼凫杯"中的出色表现。依靠种业的发展和科技的力量，才能保障好国家粮食生产安全，从而让"中国人把饭碗牢牢端在自己手中"。

"成果是过去努力的结果，科技创新无止境，新材料、新品种创制没有最好，只有更好。"黄富告诉记者，他的团队接下来将与国内科研单位及种业企业进一步开展合作，在多抗优质水稻新材料创制和品种选育的"稻"路上继续携手前行。

稻可道，非常稻

水稻栽培专家任万军讲述：一粒稻谷的成长日志

刊播：川观新闻（2021年7月14日）

作者：阚莹莹　张远庆

这是一粒生长在四川盆地的稻种，它占据了这里2 800多万亩良田。

尽管四川盆地的气候条件并不十分理想，但好在土壤肥沃、排灌条件好，它的任务就是和祖辈一样，在5月左右下田，9月可收获一串串颗粒饱满、香味十足的稻谷。

在5个月的生长期中，这粒稻谷需要经过干旱、洪水、寡照、阴雨、大风等多重考验，征途漫漫，但对于它来说，只需要抓住育秧、移栽、拔节、抽穗4个关键时期，就能够一路通关，最终完成任务。

7月12日，巴中市恩阳区柳林镇海山村优质粮油产业园内，彩色创意水稻勾画出一幅幅精美"画卷"（石青摄）

眼下正值7月，这一粒稻种已经熬过育秧、移栽前两个关键时期，它稍微缓了口气，正积蓄能量，为后期的成长做好准备。

拔节期：急需能量补充

经过移栽后的短暂修整，近段时间，四川稻田陆续进入拔节至抽穗期。所谓拔节，就是让主干快速生长，为后续孕育稻穗打下基础。此时的秧苗已经明显感到自身动力不足，急需补充能量。

"此时是农民施肥的关键期。"四川农业大学农学院教授、水稻栽培专家任万军介绍，通常氮肥能够帮助其快速补充能量。补充肥料后，秧苗可以重新获取能量，生出越来越多的分支，这在学术上被称为分蘖。但是，随着叶片增多，多数稻种却呈现出"披头散发"的状态，毫无准备抽穗的精气神。

"这是因为地处平原弱光高湿区，杂交籼稻叶片宽大，水肥配合不当使叶片披垂，这会导致后期抗倒伏能力弱。"任万军解释道。为了解决这个问题，任万军总结出一套干湿交替的灌溉方式。在灌水增加湿度、干透增加氧气的同时，提高根系活力，保障灌浆物质供应。经过多次交替，直至收获前10天开始排水，最终采用机械收割。

7月12日，2021年农业重大技术协同推广试点水稻绿色提质高效再生稻施肥现场会在荣县正紫镇窝棚湾村召开（徐振宇摄）

抽穗期：防治关键窗口

完成了前3个阶段，秧苗已经不再是"少年"，正式进入"青壮年"时期。

"就像木已成舟，此时已无能为力。"任万军解释说，"抽穗后的水稻，能否顺利收获几乎已成定局，多余的管理手段已无法发挥作用，此时就要做好螟虫、纹枯病、稻瘟病、稻曲病等病虫害的防治工作。"

防治也需要在一段关键的窗口期，即在导致经济损失之前进行。比如：分蘖期，虫卵孵化并开始为害作物；幼穗破口期，即水稻的穗子正要从最后一片叶的叶鞘中伸出时；齐穗期，也就是大部分穗子抽出后，是病虫害化学防治的最后关口。为了避免农药残留，齐穗期后不能再施农药。

经历4个阶段，一粒稻种已经变成亭亭玉立的水稻，接下来孕穗、抽穗、扬花、灌浆直至成熟，都将顺利完成，最终，一粒稻谷完成任务，收获、晾晒、脱粒、端上餐桌，成为一碗晶莹的米饭。

稻可道，非常稻

一名种粮大户"论稻"：为何从"良"字说起

刊播：川观新闻（2021 年 7 月 16 日）
作者：周金泉　张远庆

仲夏时节，田间虫鸣蛙鼓，水稻一派葱茏，种粮户们进入忙碌时候，夹江县新场镇慈影社区的海滨农场里，种粮大户、场主刘海兵也不例外。

海滨农场有 2 000 多亩稻田，其中一半达到良田标准，道路、沟渠、田形等都达到高标准农田的要求。站在田埂上，刘海兵指着绿油油的稻田开口"论稻"，从"良"字说起。

何为"良"？为何"良"？这是现代农业发展全新理念的关键字眼。

"良"字在现代农业实践中，表现为"五良"融合，良种、良法、良制、良田、良机的综合配套效益日益凸显。

在构建现代农业"10+3"农业产业体系背景下，四川省提出了"五良"融合的发展理念。这一点在水稻等粮油作物生产上表现得更为突出。

夹江种粮户的故事："五良"融合，不是坐而"论稻"

"我种粮 10 年了，很早就实施'五良'融合了。"7 月 15 日，走在自家稻田的田坎上，刘海兵一边忙着查看稻田长势，一边不忘跟记者"论稻"。

为什么先从良田说起？"因为良田是最基本的支撑，没有良田，一切都是空中楼阁。"扎根农村，刘海兵深有感悟。

好的田要实现"五良"融合，应满足一个条件，即必须适宜机械化耕作。"我现有动力机具 20 台、烘干机具 6 台、配套机具 20 台，好机具占 85%，实现全程机械化作业！"对于良机，刘海兵极为推崇。

7月15日，刘海兵（右）在稻田里查看稻情

　　此外，刘海兵选用的都是良种，粮油产品产量高、品质好。良法、良制，刘海兵也一一遵循，在他的农场，生产的各个环节都有专业人士管理，水稻还申请了绿色认证。

　　实施"五良"融合后，刘海兵受益匪浅，他说："我现在1亩地只需0.8个工，比之前节省了1.7个工，生产效率提高了，产品品质也提高了。"

　　和刘海兵一样，王涛也是"五良"融合的忠实践行者。

　　王涛是夹江县乐天农业机械化服务专业合作社理事长，专职提供农业机械化服务，对良机有自己的见解："良机，不一定要'高大上'，只要适合当地生产的就是良机。"

　　从农机服务切入，实践的还是"五良"融合。王涛的合作社长年为种植户提供农机社会化服务，集中育秧服务采用良法：秧苗带药移栽，每亩大田节约95%的农药成本；采用高密度育秧，1亩苗床的秧苗可匹配120亩大田，效率比传统育秧高出12倍。

"三农"专家的观点：脚下和远方，最后殊途同归

"五良"融合到底是什么？

农户看脚下，感受"良田是基础"；专家看远方，谈到"良机是出路"。

四川农业大学水稻研究所教授马均认为良机是"五良"融合的出路。"未来，我省良机将具有智能化、复合作业的特点。"马均说。

去年，《四川省现代农业园区"五良"融合农业装备指南及考核标准（试行）》出台。四川省农业农村厅农机化处副处长谭平介绍，文件点明，"五良"融合的一大重点就是要补齐农业装备"良机"短板，要汇集方方面面的资金、资源，在现代农业园区率先实现机械化、智能化、数字化。

为此，四川省还成立了"五良"融合专家组，即以农机专家为首席专家，结合产业专家，成立了10个专家组，以园区为平台，为"五良"融合提供智库支撑。

谭平还谈道，"五良"融合的核心是"两融两适"，即农机与农艺相融合、机械化与信息化相融合；农田建设与机械化生产相适应、农机化服务与规模化经营相适应。

从字面上理解"两融两适"，都和机械化相关，这意味着理解和推进"五良"融合，就要从良机出发，从良机切入。对此，谭平进一步解释：比如良种，就是要培育适合机械化生产的优良品种；比如良法，就是要着力探索适合农机作业的农艺；比如良田，不光要能排能灌，更要考虑宜机化作业，让农机轻松下田。

"今年，我省将在18个市（州）24个县实施8万亩农田宜机化改造项目，着力于对高标准农田进行提质、改建。"谭平说。

马均也说："推进农机化与信息化、智能化有机融合，就是要着眼于我省丘陵区面积大的稻田生产条件，要大力引进和研发应用与丘陵区地形地貌相匹配的实用性强、小巧灵活、效率较高的小型农机具。"

专家从"良机"谈出路，最后还是回到"良田"身上——无论脚下还是远方，最终归路是"五良"融合。

稻可道，非常稻

为推动企业育种创新——四川省有了水稻新品研发补贴

刊播：川观新闻（2021年7月16日）
作者：周金泉

7月16日，正是制种田扬花关键时期，四川裕丰种业有限责任公司负责人何清海像往常一样来到田间四处查看。近期他查看得更加尽心尽力，因为眉山市东坡区于本月首次推出杂交水稻新品种研发补贴，让他信心满满。

企业自主研发更贴近市场

东坡区是国家级杂交水稻制种大县，现有1万余亩水稻制种基地。为鼓励种子企业加大科研投入、加快新品种研发进程，东坡区农业农村局本月发布公告，决定利用制种大县财政奖励资金为2018—2020年独立选育杂交水稻品种并通过省级或国家级审定，且注册地在东坡区的种子企业提供杂交水稻新品种研发补贴。

"种子是农业的'芯片'，品种是种子的核心，国家当前高度重视种业发展。"眉山市东坡区种业科教站站长王攀说，"我们的目的是鼓励企业自主研发，投入更多资金开展新品种自主选育，把'芯片'做大做强。"

王攀介绍，当前部分制种企业热衷于购买品种进行生产，一方面，缺乏独立自主知识产权，另一方面，购买的品种不一定是最好的。而由企业自主选育的品种，一定是适应当前生产和发展需要的，更贴近市场，更有利于企业生存发展。

根据东坡区的杂交水稻新品种研发补贴政策，通过国家级审定、省级审定的品种，每个分别补贴20万元、10万元。何清海的企业成为当地唯一符合条件的企业，2018—2020年有3个品种通过国家级和省级审定。

预计在9月，何清海将拿到50万元补贴资金。何清海说："这点补贴远不及我多年的育种投入，但我还是认为非常有意义，一是强力支持种子企业自主科研和创新，二是有利于稳定和扩大东坡区的生产规模，三是有利于推动国家种业战略的实施。"

"自2016年中央财政制种大县奖励资金下达以来，我们都是对水稻制种信息化平台、实验室、种子烘干加工设施、基地建设等进行奖励，这次是首次对杂交水稻新品种研发进行奖励。"王攀说。

更多区县出台政策推动育种创新

国家级杂交水稻制种大县泸县在2019年已悄然开始对水稻新品种试验研究成果予以奖励，对2018—2020年通过国家级和省级审定并推广的品种，每个分别奖励10万元、8万元，迄今已奖励6个品种，总金额56万元。

"种业企业的科研实力决定其未来的发展走向。"泸县农业农村局种子站站长邓丽说，"我们的政策带着安慰和鼓励，激励企业选育优质高产杂交水稻品种，让企业觉得自己不是在孤军奋战，付出艰辛和汗水研发出优质品种，在自身获得红利的同时，国家也在感谢他们的付出。"

据四川省种子站站长沈丽介绍，除泸县、东坡区之外，今年四川省梓潼县、绵阳市安州区、邛崃市、射洪市也将陆续出台支持政策，推动企业育种创新。

敢为人先，开拓发展之路

刊播：《农民日报》（2021年7月16日）

作者：张艳玲

1986年，农科村诞生了中国第一家农家乐，近40年过去了，成都休闲农业经历多次迭代，从"赏花吃果"的农家旅游到"耕读诗书"的"乡愁经济"再到公园城市的乡村表达，每一次跃升都是一次挑战刻板印象和固有模式的开拓进取。不管是以农科村"解剖麻雀"，还是拉长时间轴、纵观成都休闲农业发展，都能给人不少启示。

一是没有好的政策土壤，就没有首创精神的生根发芽。要想让市场主体敢创新、愿创新，首先需要提供一个好的政策环境。回顾农科村的发展历程，如果没有那3次思想"破冰"，农科村可能翻不起历史的浪花。近年来，成都上下重新认识农业农村价值，以特色镇建设和川西林盘保护修复为抓手，促进乡村生态价值转化，推动乡村融合发展。几年内，一大批"岷江水润、茂林修竹、美田弥望、蜀风雅韵"的林盘聚落重焕生机，一大批精彩纷呈的乡村创业故事不断涌现，成为乡村振兴锦绣画卷中浓墨重彩的一笔。这些成绩的取得离不开一个强有力的政策支撑体系和效能监督体系。

二是尊重人民群众首创精神，"接地气"才能释放发展动能。随着城市化、工业化的推进，农业休闲功能的出现是历史必然，但为什么是农科村"第一个吃螃蟹"，取得了"农家乐发源地"的历史地位？这背后有历史的偶然性，但更可贵的是各级政府尊重人民群众首创精神，将农民的自发行动逐渐发展为自下而上与自上而下同时着力，及时总结经验、推广模式，让农家乐的种子在全国各地开花结果，农家乐、渔家乐、牧家乐、藏家乐、羌家乐等如雨后春笋般节节生长，让亿万农民找到了增收致富的新路径。

三是没有一劳永逸的成功，创新创业精神永不过时。农科村的乡村旅游发展之路并非一帆风顺，2000年后，成都城边上的"五朵金花"横空出世，与农科村的农民自发形成的发展路径不同，"五朵金花"是在吸收农科村经验的基础上，在政府指导下以高标准规划实施打造的，布局更合理、业态更精致，一下就把农科村比下去了。如今，红火一时的"五朵金花"也暗淡了，成都乡村一个又一个"网红打卡地"不断刷新着人们对乡村业态的认识。事实证明，没有一劳永逸的成功。徐家大院也在努力紧跟时代步伐，根据市场变化不断升级旅游产品形态，现在的乡村旅游酒店已经是第4代农家乐了。

以史为鉴，开创未来！站在中国共产党成立100周年这个重大历史时刻，我们回望来路，低头追寻乡村红色印记，不禁赞叹，在党的带领下，这些勤劳、聪明、勇敢、坚韧的普通农民，在历史的惊涛骇浪中，不仅书写了属于自己的精彩人生，还为中国这艘奋起直追的巨轮注入了巨大动能。

"天府龙芽"登陆北京　精制川茶抱团出川

刊播：四川广播电视台《四川新闻联播》（2021年7月19日）

作者：李默

【导语】

四川"天府龙芽　品质川茶"推介会刚刚在北京举行，川茶省级大区域品牌"天府龙芽"携50余家川茶企业组团亮相，尽显品牌实力。川茶是四川省现代农业"10+3"产业体系中的十大优势特色产业之一，各地通过良种繁育、市场拓展、品牌打造，让川茶金字招牌更闪亮。

抱团出川，"天府龙芽"香飘北京

【正文】

本次活动以"品味川茶，礼敬北京"为主题，现场重点推荐了川茶省级大区域品牌"天府龙芽"和四川工夫红茶、四川茉莉花茶等特色地方区域品牌。四川"天府龙芽　品质川茶"北京营销推广中心也揭牌成立。

【同期】四川省川茶品牌促进会执行会长　颜泽文

下一步，我们要一个城市一个城市地宣传"天府龙芽"大区域品牌，真正把品牌做深、做透，把品质川茶变成品牌川茶，让大家爱上四川茶。

【正文】

推介会上，中国茶产业的"航空母舰"——中茶集团、中华老字号"吴裕泰"等，分别与川茶集团、宜宾申酉辰等川茶龙头企业签约。

【同期】北京吴裕泰茶业股份有限公司董事长　赵书新

川茶有两个优势，第一是上市早，如宜宾春芽，第二是品质优。我们在全国有近600家门店，分布在华北、东北、西北地区。签约后要让更多、更好、更优质的川茶进入首都市场，进入全国的市场。

品质过硬，泡一杯"精制"川茶

【正文】

川茶"走出去"的底气在品质过硬，而优质的种苗是茶叶成品质量的重要保障。在米仓山茶叶核心种植基地广元市旺苍县三合村，今年茶园里新建起了智能育苗工厂，通过控制温度、水分、营养基质，让种苗实现完美生长。

【同期】米仓山茶叶智能育苗基地管理人员　王俊

智能育苗基地育苗与陆地育苗相比，最大的优势是1年能出两次苗，我们下一步打算与科研院所进一步加强合作，提高科技化水平，为整个项目园区提供更强的茶苗支持。

【正文】

除了种苗，加工制茶环节同样是影响茶叶品质的关键，就在上月底，宜宾筠连县首条年产3 500吨茶叶的标准化生产线正式投产运行。

【同期】宜宾市筠连茶业有限责任公司　王瑶琪

这里是我们的一个现代化鲜叶保鲜室，可以堆放5万多斤鲜叶，鲜叶通过全自动传输带运送到杀青环节当中。项目总投资5 000万元，主要生产绿茶、红茶、黄茶等各类精制茶，从杀青、回潮、走水，一直到成品烘干、提香等各生产环节，均能实现全自动化。

【正文】

四川省的茉莉花茶在全国赫赫有名。眼下，眉山青神县程家嘴村的茉莉花迎来盛开收获期，在茉莉花田里，花农们迎着烈日辛苦地忙活着。

【同期】眉山青神县程家嘴村茉莉花基地负责人　陈龙

每天采摘下的新鲜花蕾会在当天及时送到夹江的茶场里进行加工，直到9月茉莉花期结束，今年的产量预计在10万斤左右。

【正文】

如今，作为川茶大区域品牌的"天府龙芽"，覆盖四川省11市32区

（县），宜宾早茶、广元黄茶、巴山雀舌等一大批品牌声名远播。截至去年年底，全省茶园面积达到586万亩，毛茶年产量34.4万吨，综合产值900亿元，综合实力位居全国第2。根据规划，到2022年，全省茶叶面积将达到600万亩，年产量35万吨，综合产值达1 200亿元以上。

上半年共办理1933件！
四川省农业执法打击力度持续增强

刊播：四川广播电视台《四川乡村新闻》（2021年7月28日）
作者：吕婷　马凯

【导语】

今天上午，四川省农业综合行政执法工作与上半年农业行政执法典型案例新闻通气会在成都召开。会上，四川省农业农村厅公布了上半年全省农业行政执法十大典型案例，聚焦长江禁捕、农业投入品、非洲猪瘟防控、农产品质量安全等重点执法领域。

【正文】

记者在四川省农业综合行政执法工作与上半年农业行政执法典型案例新闻通气会上获悉，2020年，全省共办理农业行政执法案件3 692件，罚没金额3 021.03万元。今年前6个月，全省共办理案件1 933件，罚没金额1 477.13万元，农业执法打击力度持续增强。通气会上还发布了上半年全省农业行政执法十大典型案例。

【同期】 四川省农业农村厅综合执法监督局局长　牟登育

这次发布的十大典型案例，聚焦我们当前工作的几个重点，包括种子的打假、农业投入品的保障和农产品安全，以及现在作为核心焦点的长江十年禁捕等。

【正文】

记者在会上获悉，截至目前，全省共设立农业执法监督机构195个，核定编制4 549名，建立省、市、县三级贯通的农业综合行政执法队伍，构建了较为完善的农业综合行政执法体系。四川省农业农村厅梳理并向社会公开了《四川省农业综合执法事项指导目录（2021年版）》，明确四川省涉农综合行政执法事项共341项。值得关注的是，今年成都市本级、大邑县、阆中市、富顺县、自贡市大安区5个农业农村执法机构被评为第三批全国农业综合行政执法示范窗口，仪陇县、石棉县农业农村局被评为第三批全国农业综合行政执法示范单位，全省累计有14家全国农业综合行政执法示范窗口或单位。

为国家立法探索"四川经验",《四川省农村集体经济组织条例》获通过

刊播：川观新闻（2021 年 7 月 29 日）

作者：刘佳

7月29日上午，四川省十三届人大常委会第二十九次会议表决通过了《四川省农村集体经济组织条例》。

"条例"注重将人大立法决策与党为改革发展稳定作出的重大决策有效衔接，将省委的决策部署贯彻到地方性法规中，为做好两项改革"后半篇"文章、促进乡村振兴提供法治支撑，也为国家开展农村集体经济组织立法工作探索"四川经验"。其中，针对农村集体经济组织成员大会召开难的问题，根据基层实践，创造性地推出委托表决制；充实完善了农村集体经济组织收益分配相关规定，维护农村集体经济组织成员合法权益，解决群众最关心、最现实的利益问题……以上都是"条例"的创新亮点。

走进乡村看小康

刊播：中央电视台新闻频道（2021年7—9月）

　　小康不小康，关键看老乡。农业强不强、农村美不美、农民富不富，决定着全面建成小康社会的成色和社会主义现代化的质量。从2021年7月10日开始到9月底，中央电视台新闻频道推出大型直播特别节目《走进乡村看小康》。每周六、周日10：00，打开新闻频道，节目准时和观众见面，带领大家走进广大乡村地区，看全面建成小康社会的伟大历程，看脱贫攻坚取得的历史性成就，看农村生产生活发生的显著变化和群众实实在在的获得感、幸福感、安全感。农业高质高效、农村宜居宜业、农民富裕富足，赏新时代里美丽乡村的靓丽风景，听全面建成小康社会的"老乡"故事。

四川甘孜
高原藏寨美 百姓生活甜

四川甘洛
万亩梯田稻金黄 丰收在望谷满仓

四川德阳年画村
农闲时节画年画 小康生活添色彩

稻可道，非常稻

破解劳动力难题　水稻机械化制种技术又有新突破

刊播：川观新闻（2021年8月10日）
作者：范莉　阚莹莹

7月21日，记者在成都邛崃市国家级杂交稻制种基地，见证了人工"拉花"与无人机同步进行授粉的震撼场景。

人工"拉花"授粉（洪瑜摄）

8月8日，田块里的稻种已经成熟，邛崃市农业农村局组织专家对30亩杂交水稻全程机械化制种试验进行测产，这是邛崃市首次大规模进行水稻机械化制种测产。与人工制种相比，机械化制种产量究竟如何？记者再次来到现场见证。

"两种全程机械化制种试验方案，6（父本）：40（母本）和8（父本）：40（母本），亩产（含水率13.0%）分别为167.12公斤和180.46公斤，人工'拉花'制种对照组亩产177.46公斤，与人工制种的产量基本相当！"测产结果让现场专家感到欣喜。"产量基本相当，可以说明这项技术在实际生产应用上取得了成功。"专家组组长、成都市农业技术推广总站正高级农艺师冯生强说。

产量：机械化制种技术攻关难点

四川是育种大省、制种大省和供种大省，也是全国杂交稻种子主要繁育基地。邛崃市是四川省重要的制种大县，每年的制种面积达2.8万亩，生产稻种500万公斤。

长期以来，全省制种主要采用人工授粉方式，授粉效率低、人工成本高，极大制约了制种大户乃至全省制种产业的发展。因此，近年来，机械化制种逐渐成为育种专家的重点攻关方向。

机械化制种技术的关键环节在授粉，然而，相比于人工制种，机械化制种采用的无人机难以实现均匀授粉，产量难以保障，让制种大户们望而却步。

几年前，凭借20多年的制种经验，拥有1 000多亩制种基地的制种大户骆健彬也尝试过利用无人机授粉，希望在机械化制种上有突破。

但尝试失败后，骆健彬打消了这个念头。

今年年初，作为项目技术的承担方，四川农业大学水稻研究所生物技术团队找到骆健彬，受此前的失败经历影响，骆健彬不愿意拿出自己的基地做示范。

看到这种以前从没实验过的方案，骆健彬最终同意拿出30亩地"试一试"。

这次的制种效果让骆健彬感到意外。"其实在测产之前，我看长势就知道产量没有问题了。"他计划明年把机械化制种面积扩大到100～200亩。

成本：制种大户重点关注

不只是产量，机械化制种节约的人工成本也让大户们看在眼里。

"我问过多位制种大户和多家种子企业，得到的反馈是，即便产量少10%，他们也愿意尝试机械化制种。"四川农业大学水稻研究所教授李平告诉记者。

大户们看中的是机械化制种节约的人工成本。

"现在人工授粉采用拉花方式，一块田需要两个人同时协作，1天只能授粉17亩，费用在每人200元1天。用无人机授粉，每天授粉100～150亩，租金2 000元1天。"李平算了一笔账。更重要的是，人工授粉时大户需要集中大量用人，"请不到人"常常让大户们"为难"，无人机授粉则让大户们的难题迎刃而解。

考虑到之前用无人机授粉时花粉在无人机风力作用下分配不均的问题，李平团队这次设计试验方案时，一改1：10的父本母本比，采用6：40和8：40两种比例。人工授粉制种需要在授粉结束时割掉父本，无人机授粉制种则可以保留父本，成熟后每亩也能收获300斤的稻谷。

"无人机授粉改变了杂交稻制种劳动力依赖程度高的现状，节约了大量的劳动力成本，且在收获母本种子的同时额外增加了父本稻谷产值，经济效益显著增加。"李平说道。

"此次试验为推动杂交水稻机械化制种积累了宝贵的经验。建议进一步加大该技术的示范推广力度，加强杂交水稻制种社会化服务专业队伍建设，

加强四川省杂交水稻全程机械化制种的应用基础研究，促进农机农艺融合，形成涵盖宜机型水稻品种选育、耕作制度、栽培方式的智慧轻简化制种技术体系，推动四川省杂交水稻制种全程机械化标准的建立。"专家组根据测产结果提出了建议。

未来：选育更多宜机化品种

从最初的人工赶花，到人工拉花，再到最先进的无人机授粉，杂交水稻制种在四川已经走过数十年的历程。

"最开始，1亩制种田只能收获10斤种子，而且那时候有一道人工剥苞（剥开包裹不育系稻穗的一层外衣）的工序，1个人1天只能剥几分地，需要花费大量人力。后来用赤霉素等化学药剂让不育系稻穗伸出叶鞘，省掉了这部分人力，且制种产量普遍能达到300～400斤。"李平告诉记者。

未来，要继续提高制种产量，节约制种成本，还需要选育出更适合机械化制种操作的品种。"目前有一半的水稻品种不适合无人机授粉，一吹就倒伏，受粉的姿态也不理想，这也是未来科研攻关的重点。"

"目前我们的全程机械化制种示范引起省内外制种企业的高度关注，未来将通过四川种子协会进行推广。"四川省种子协会秘书长刘勇告诉记者。

汇聚乡村振兴的强劲动能

刊播：《光明日报》（2021年8月11日）
作者：周洪双　李晓东

"大山深处追逐梦想，我要与乡亲们一同致富。"刚刚大学毕业的崔俊萍回到家乡四川省凉山州西昌市，成为西昌市葡萄现代农业园区的一名技术员。她说她的根在这里，西昌市如火如荼的乡村振兴进程，给了她实现人生价值的舞台。

凉山州曾是全国贫困程度最深的"三区三州"之一。西昌市作为凉山州首府驻地，是全州从脱贫走向振兴的龙头。近年来，西昌提前谋划、深化改革，推动巩固拓展脱贫攻坚成果同乡村振兴有效衔接，已取得初步成效。

面向市场盘活闲置资源

在西昌市东南部15千米处的邛海边，一座座独具特色的新民宿错落有致，特色鲜明的茶马古道文化、丰富多彩的民族文化与绚丽多姿的自然生态交相辉映，在这里绘就一幅生动的美丽乡村新画卷。

有着数百年建村史的大石板社区如今已是游客的热门"打卡地"。谁能想到，2019年以前，这里的村民纷纷外出务工，多数房屋闲置，社区环境脏乱。

去年以来，当地推行宅基地所有权、资格权、使用权"三权"分置改革，通过宅基地完全退出、使用权流转、合作经营、自主经营、拆迁安置等改革模式，盘活大量宅基地。在此基础上，社区利用闲置集体资产和村民手中余钱，成立西昌大石板文化旅游开发有限公司，使古村走上蝶变之路。

群众的闲置房屋经过修旧如旧、修新如旧等，已变为不同档次的民宿、客栈。全社区415户参与经营，平均每户年收入3万余元，使这里成为西昌民宿、客栈最集中的地方之一。

大石板社区党委副书记尹俊说，通过改革，社区优越的区位、优美的自然环境和农民的闲置资源都变成了资产，给群众带来了实实在在的利益。改革得到群众拥护和积极参与，大石板社区实现华丽转身，形成了具有自身特色的"古村落＋新民宿"发展之路。同样的故事在西昌市域内多处上演。

"三变"改革壮大集体经济

西昌市礼州镇江管村是一个"老字号"草莓采摘地。每到草莓成熟季，这里的草莓不仅吸引当地游客体验采摘，还远销省内外各大城市。近年来，果蔬种植面积扩大，村民遇到了新的问题：有时候果蔬成熟后不能及时运出，怎么办？

自己建冻库！村民们想到了一起。村集体和村民共同出资，在14亩土地上建成标准化冻库24间，每间冻库能储藏蔬果80吨左右。冻库的建成实现了"资源变资产、资金变股金、农民变股东"的"三变"，不仅解决了本村群众的燃眉之急，还为周边乡镇的群众提供服务，使村集体经济壮大起来。

今年年初，西昌综合遴选20个村（社区）作为试点，启动"三变"改革工作，拟定每个试点一次性给予50万元财政资金补助，重点用于各试点村（社区）围绕所选择的"三变"改革创收路径，发展壮大村集体经济。

主导产业型、土地合作型、生产服务型、乡村旅游型……在不断交流学习、探索创新中，"三变"改革逐渐成熟起来，群众参与积极性高涨。目前，西昌已成立集体经济组织553个，其中股份经济合作联合社197个，股份经济合作社356个。

"'三变'改革不仅盘活了农村资源、集聚发展要素，还有效提高了资金使用效率，切实转变了农业发展方式，壮大了村级集体经济，增加了农民收入。"西昌市农业农村局相关负责人说。

特色产业助力农民增收

"快点哟，打包完了就要装车了。"6月23日下午，西昌天喜现代农业科技示范园内，花卉种植工人刘春玉跟20多名工人一起忙着将一批红掌花装箱，打包后运到成都。

"西昌日照充足，我们的花非常鲜艳。"天喜园艺负责人说，四川省内80%的玫瑰盆花产自西昌，公司的红掌花、彩色马蹄莲、大花蕙兰切花等花卉还销往国内30多个城市，出口到美国、新西兰及东南亚等国家和地区。

西昌冬暖夏凉，灌溉便利，光照充足，十分适宜花卉生长。西昌瞄准花卉企业前期资金投入大、土地流转难、品牌打造难等痛点问题，出台系列支持政策，吸引国际国内知名花企入驻。

目前，西昌现代化花卉产业园区已先后入驻20家国际、国内知名花企，带动50余家当地花卉企业发展，实现花卉年产值近11亿元；同时为群众提供就业岗位1 300余个，农民人均增收16 900元。

产业兴，则乡村富。西昌发挥独特的地理优势，构建以葡萄、蔬菜、花卉为重点产业，以玉米制种、油橄榄为特色产业的"3+2"现代农业产业体系，在推进特色产业高质量发展的同时，吸引群众主动嵌入产业链，汇聚起乡村振兴的强劲动能。

农村土地活起来　多点开花土生金

四川蓬安着力培育壮大新兴特色产业

刊播：《中国县域经济报》（2021年8月12日）

作者：戚原　彭圣洲

夏秋时节，行走在四川省南充市蓬安县乡间，宽敞平坦的水泥路，错落有致的新村聚居点，郁郁葱葱的庄稼地，规模化的现代农业产业园……处处升腾着绿色的希望。

产业兴旺是巩固拓展脱贫攻坚成果同乡村振兴有效衔接的重要内容。蓬安县坚持写好产业兴旺"大文章"，以丰富乡村经济业态为切入点，着力培育和发展壮大新兴特色产业，使农村土地"用起来、活起来"，奋力打造乡村振兴的产业支撑点。今年上半年，蓬安农村居民人均可支配收入增长14.3%。

8月4日，在新园乡吕家山村产业园行车近半个小时，记者一行看到的是一株株果树、行道树和园区里劳作的村民。"产业园里主要种植蔬果、粮油作物、药材、林木等。"新园乡党委负责人介绍，除吕家山村产业园外，当地还建有覆盖油坊坝村、玉牛坡村、麻杨河村、踏坡梁村、宽敞沟村和天兴社区的万亩桃李产业园，以及规划面积2万余亩、地跨新园、利溪、龙蚕等乡（镇）的蚕桑产业园。目前，新园乡通过以点连线、连线成片的产业发展方式，实现产业布局规模化、生产现代化、销售品牌化、群众增收渠道多元化。

"产业园建成了，促进群众增收是关键。"产业园负责人介绍，村民在产业园可以赚到"四金"，包括土地流转租金、集体经济入股分红、入园务工工资，以及正在探索的"返租倒包"模式所得收入，可进一步拓宽群众增收路子。

蓬安县农业农村局相关负责人介绍，蓬安把发展农业产业作为实施乡村振兴战略的重中之重，根据各地资源禀赋、区位条件、产业基础等，推动特色产业连片发展。

近年来，蓬安坚持突出重点、统筹推进粮油高产示范带、果蔬产业带、种植养殖基地等产业基地建设，培育"6+3"特色优势产业，连片建设优质粮油基地、柑橘基地、蔬菜（花椒）基地、蚕桑（茶桑）基地。重点抓好相如街道塔子山万亩晚熟柑橘产业园、巨龙镇合作村柑橘产业园、新园乡蚕桑花椒现代农业园区、新园乡万亩桃李产业园等农业园区的提质增效，加快推进生态养殖、有机蔬菜、木本油料、中药材、优质蚕桑等重点园区建设，建成一批产业链条完善、设施装备先进、要素高度聚集、辐射带动有力的现代农业园区。

目前，全县已建成桑海、中药材、花木、花椒、有机稻、优质柑橘6个万亩级产业基地和163个产业园。正在高标准建设正源—锦屏—塔子山—雁坪坝乡村振兴示范带和城乡统筹示范区，积极创建一批省、市星级农业庄园和重点打造一批科技含量高的现代农业园区，加快产业集群发展，努力形成全域推进的产业振兴格局。

杨家镇伏岭村和罗家镇龙滩子村在山腰种植花椒树，山下种植水稻，做到应种尽种，同时配建烘干房、冷冻库以及电商销售点，做到产业全链条发展。周口街道牛毛漩村发展柑橘、蟠桃、水产养殖产业，产业覆盖率达到70%。兴旺镇三青沟村引进德康集团发展仔猪繁育，同时配建千亩柑橘基地，实现种养循环；福德镇北斗坪村引进业主组建福顺水果种植专业合作社、荣泉种养农民专业合作社种植李子，年产值达到500万元；徐家镇蓬池坝村引进业主，建成3 200余亩农业标准化果蔬基地……

丰富多样的农业园区也带动了乡村旅游蓬勃发展。蓬安县以相如街道油房沟社区、利溪镇花房子村、正源镇红豆村等村（社区）为重点，加快建设特色村庄，做大做强乡村民宿、酒店餐饮、旅游服务、农村康养等乡村旅游产业。截至2020年年底，全县建成200个"美丽四川·宜居乡村"达标村。

眼下正值暑假，红豆村成为乡村旅游的"网红打卡地"。"趁着周末，带上家人来乡村旅游，呼吸新鲜空气。"正在景区游玩的李先生说，这里景色很美，各种花儿点缀在山野间，停车场、游乐设施、餐饮场所应有尽有。

红豆村村民也吃上了"旅游饭"。村民毛秀英将自家农房改造成农家乐，截至目前，她家的农家乐营业额已突破50万元。

用画笔描绘小康生活
四川德阳年画村勾勒出多彩新农村

刊播：央视新闻客户端（2021年8月22日）

作者：蒋林　韩民权　胡吉川　吴信鹏

【导语】

"忙时扛锄头，闲时拿笔头。"在四川德阳年画村，农闲之时也是村民的年画创作之时。有千年历史的瑰宝传承至今、源远流长，村民用勤劳的双手勾绘出岁月与回忆，也记录了今天的幸福和美好。

【同期】年画村村民、年画师　陈刚

绵竹年画的绘制分为4个步骤，第一步是画师起稿，第二步是雕刻木板，第三步是印线条，第四步是手工上色。

【同期】中央广播电视总台记者　韩民权

除了纸上的绵竹年画，我看家家户户的白墙上也画了各式各样的年画。

【同期】年画村村民、年画师　陈刚

对，因为现在在推进新农村建设，我们绵竹就把年画画上墙，增加一道靓丽的风景，可以吸引更多的游客到年画村参观。

【同期】年画村村民、年画师　陈刚

你看我们年画村的墙上，绘制了各式各样传统的年画，还有创新的年画，现在我们年画村里的很多年轻人在传承年画文化，从事年画创作。我作为第三代传承人，也在从事年画创作，把这项非物质文化遗产传承下去。

【正文】

在绵竹年画村，村民会不定期翻新创作新的年画，让来这儿旅游的游客能有新鲜感，同时大家也会把一些时髦的元素融入创作，比如《走进乡村看小康》节目，就为村民带来了新的灵感。

【同期】中央广播电视总台记者　韩民权

咱们今天画的是什么主题？

【同期】年画村村民、年画师　林代辉

主题是新农村建设、乡村振兴，我用绵竹年画的形式，用很喜庆的年画童子的形象来表现这个主题。

【正文】

白墙年画见证了村子的变迁，传递着村民对生活的热爱，诉说着大家过上小康生活的喜悦之情。

【同期】年画村村民　成寅

我们家从我爷爷那辈就开始画年画，我从小就看我爷爷、爸爸画年画，我非常喜欢年画的色彩，喜欢年画的五颜六色。

【同期】年画村村民　王东琼

画年画可以丰富我的业余生活，同时使我增加一部分收入。

【同期】年画村村民　殷坤钊

我的孙女现在5岁多，她非常喜欢年画，也能画，画得还相当不错。

【正文】

如今，绵竹年画村越来越浓的艺术氛围让村民的生活更加丰富多彩。村里不仅新建了一间间年画工作室，去年还组建了村民乐团，小康既是衣食无忧的生活，更是这里舞动的色彩与流动的音符。

四川新一轮农机购置补贴政策问答

刊播：《四川农村日报》（2021 年 8 月 27 日）
作者：刘佳

8 月 25 日，四川省 2021—2023 年农机购置补贴政策培训视频会议在成都召开。会上，四川省农业农村厅农机化处处长杨建国就四川新一轮农机购置补贴的有关问题进行解读。

据了解，《四川省 2021—2023 年农机购置补贴实施指导意见》（简称《实施意见》）已于今年 8 月初印发。

问：新一轮补贴机具种类范围新增了哪些品目？

答：四川新增了埋茬起浆机、植保无人驾驶航空器、投饲机（含投饲无人船）、大米色选机、杂粮色选机、根（块）茎作物收获机、水产养殖水质监控设备 7 个品目。

机具种类范围由上轮的 126 个品目扩展到 133 个，基本涵盖了粮食、生猪等重要农畜产业机械化生产所需的主要机具装备。《实施意见》明确，各地应在省级补贴机具种类的基础上，因地制宜合理确定当地补贴机具品目，优先保障粮食、生猪等重要农畜产品生产、丘陵山区特色农业生产以及支持农业绿色发展和数字化发展所需机具的补贴需要；可结合资金规模，将与农业产业不匹配、区域内保有量明显过多、技术相对落后的机具品目或档次剔除出补贴范围。

问：新一轮政策的补贴标准有哪些变化？

答：补贴标准"有升有降"，政策惠民性更强。总体上继续实行定额补贴，依据同档产品上年市场销售均价，按不超过 30% 的比例测算确定各档次补贴额，且通用类机具补贴额不超过农业农村部发布的最高补贴额。

推出了 4 项新举措：一是农业农村部、财政部统一制定发布了全国补贴范围内各机具品目的主要分档参数，结合四川省实际进行部分调整优化。二是补贴额测算比例原则上不超过 30%，通用类机具补贴额原则上不超过农业农村部发布的最高补贴额。为最大限度地提高政策效应，四川省能采用都采用了农业农村部发布的最高补贴额。三是选择区域内保有量明显过多、技术相对落后的轮式拖拉机等机具品目或档次，降低其补贴标准，到 2023 年将其补贴额测算比例降至 15% 以下，希望以此推动农机装备产业结构加快升级。四是明确在公开补贴产品信息表时，不再公布具体产品的补贴额，增强购机者的议价自主权，鼓励市场充分竞争，防范部分企业按照补贴额定价。

问：除补贴农业机具外，还会在哪些环节或领域落实奖补？

答：《实施意见》提出，除补贴机具外，四川还创新开展综合奖补试点，实行新产品补贴、报废更新补贴。

支持将通过农机专项鉴定的创新产品列入补贴范围。明确专项鉴定产品范围不受全国补贴范围限制，品目数量和资金规模结合实际确定。实施新产品补贴试点。重点支持暂不能开展鉴定的新型农机产品和不宜鉴定的成套设施装备等。

全面开展植保无人驾驶航空器购置补贴工作。在具体操作办法出台之前，总体上继续按有关规定实施引导植保无人机规范应用试点。

提高高端、复式、智能农机产品补贴额测算比例。围绕粮食生产薄弱环节、丘陵山区特色农业生产急需机具以及高端、复式、智能农机产品的推广应用，选择了 10 个品目的产品提高补贴额，其补贴额测算比例可提高至 35%，且通用类机具的补贴额可在一定幅度内高于相应档次中央财政资金最高补贴额。对种业急需的玉米去雄机，按 30% 的比例足额测算补贴额，并可突破 5 万元单机补贴限额。

问：按照新一轮政策要求，如何继续推进作业补贴试点？

答：四川将继续组织开展农机购置综合补贴试点，支持 31 个县（市、区）开展作业补贴试点。《实施意见》新增了马铃薯机械化播种、马铃薯机械化收获 2 个环节，加上上轮政策的 4 个环节（水稻机械化移栽、油菜机械化联合收获、农用高效植保、秸秆机械化还田离田），共有 6 个环节可享受作业补贴。奖补对象为农机合作社或家庭农场。前提是提供作业服务的机具必须安装与四川省农机化服务平台互联互通的物联网终端，确保作业轨迹、作业图片、传感器数据等信息直接传输到四川省农机化服务平台。关于补贴标准，《实施意见》进行新的调整，水稻机械化移栽、油菜机械化联合收获、秸秆机械化还田离田、马铃薯机械化播种、马铃薯机械化收获等单环节每亩不超过30元；农用高效植保每亩次不超过10元，每亩不超过30元。县（市、区）农业农村部门应依据当地市场作业价格测算确定各环节的具体补贴额，测算比例不超过30%。

问：新一轮政策启动之前，仍按照原有标准申办农机购置补贴吗?

答：8月6日，四川省农业农村厅印发了《关于启用四川省农机购置补贴申请办理服务系统2021—2023的通知》，明确提出8月6日前购买的机具（以发票日期为准），可录入四川省农机购置补贴辅助管理系统（2018—2021）；8月6日以后购买的机具不得录入上述系统，待2021年补贴系统正式启用后录入补贴申请。9月1日起，所有补贴机具按照《四川省2021—2023年农业机械购置补贴额一览表（第一批）》补贴标准执行，未在第一批公告范围内的品目待补贴额确定并公告后再录入补贴申请。

加强农村疫情防控　四川出台十一条措施

刊播：川观新闻（2021年9月7日）
作者：史晓露　王成栋

日前，四川省应对新型冠状病毒肺炎疫情应急指挥部印发《四川省农村地区新冠肺炎疫情常态化精准防控十一条措施》，要求进一步做好农村地区新冠肺炎疫情常态化精准防控工作。

"措施"主要涉及流入人员管理、重点人群排查、重点场所管控、农村坝坝宴管理、就诊流程规范等方面。其中包括：

严把输入关口，实行"四个全覆盖"。常态化抓好农村地区流动人员尤其是流入人员的管理。对流入人员，村"两委"实行信息摸排、登记造册、"四川天府健康通"申领、健康监测"四个全覆盖"，切实做到早发现、早报告、早隔离、早治疗。

抓实网格管理，建立"两台账、一张卡"。严格落实县包乡、乡包村、村包组、组包户的四级网格包干责任。充分发挥网格员的"哨卡"作用，一旦发现农户有发热、咳嗽等症状，网格员应第一时间向村支部书记报告。

紧盯重点人群，做到"三排查、四分类"。采取村组干部主动入户、群众主动报备、上级交办大数据核查3种方式，动态摸排掌握风险人员。坚持分类管理，认真落实解除集中隔离返乡人员和中高风险地区返乡人员信息登记、健康监测、核酸检测等防控措施；对"红码"人员，进行集中或居家隔离医学观察管理；对"黄码"人员，限制出行，就近开展核酸检测或查验有效核酸阴性证明后纳入健康监测管理；对在机场、交通运输、冷链食品、隔离场所、医疗机构发热门（急）诊、海关和口岸等高风险行业、地区从业的返乡人员，做好信息登记、健康监测、核酸查验和信息报告等防控措施。

控好重点场所，落实"两个责任"。农村麻将馆（棋牌室）、茶馆、网吧、农家乐（民宿）、养老机构、学校、超市、农贸市场、村委会、村活动室、药店、企业等重点场所，经营管理者应严格落实主体责任，建立消毒台账制度，每天执行消毒消杀、亮码扫码等措施。

管好农村坝坝宴，引导树立新风尚。提倡红事新办、白事简办。对农村坝坝宴实行备案制度，控制人员规模，减少人员聚集，保持合理桌距，做好场所清洁、消毒和通风。村"两委"加强督促指导和宣传教育，增强村民自我监督、自我管理能力。

规范就诊流程，发挥基层"哨点"作用。严格落实乡（镇）卫生院、村卫生室（站）、个体诊所预检分诊和首诊负责制，规范执行发热和出现呼吸道症状等患者接诊、筛查、留观、转诊工作流程。村卫生室（站）、个体诊所不得收治"红、黄码"人员，对有流行病学史的，立即就地留观，最大限度降低疫情传播风险。

结合爱国卫生运动，持续开展村庄清洁行动。各地乡（镇）、村要组织动员农民群众清理农村生活垃圾、畜禽养殖粪污、厕屋便池，清洁农村水源水体，不断改善农村卫生条件。要加强对农民群众生产、生活、经营、休闲等场所，城乡接合部，机场、汽车站、火车站等交通枢纽周边农村地区，集中隔离酒店和旅游景点周边农村地区等重点区域环境的消毒消杀，清理卫生死角，铲除病媒生物滋生环境，及时清运垃圾，做到日产日清，从源头上预防疫病传播。

用好宣传手段，营造疫情防控浓厚氛围。通过应急广播、"村村响"、横幅标语、流动宣传车等宣传渠道，将疫情防控知识宣传到家家户户。

强化属地管控，压实县、乡、村三级书记责任。各地将县、乡、村三级书记抓农村疫情防控的责任落实情况作为乡村振兴先进县、先进乡（镇）、示范村评选和市（县）党政领导班子、领导干部乡村振兴实绩考核评价的重要依据，责任落实不力、造成严重后果的取消评优评先资格。

加强调研督导，确保政策落地。各级应急指挥部及下属农村工作组要聚焦农村地区疫情防控政策宣传、责任落实、问题短板、风险漏洞等，采取"四不两直"的方式，持续开展调研督导。

四川：与主流媒体一同见证现代农业"10+3"产业体系新发展

刊播：新华社（2021年9月13日）

作者：高健钧　宋暄

13日，"走进10+3　乡村振兴看四川"中省主流媒体采风活动在成都启动。3天活动期间，10余家中央、省级新闻媒体的记者将走进8个有代表性的县，在全面实施乡村振兴战略的历史背景下，讲述农民奔向小康的好故事，见证四川现代农业"10+3"产业体系的实施与发展。

2019年9月，四川省委、省政府召开全省建设现代农业"10+3"产业体系推进会，出台《关于加快建设现代农业"10+3"产业体系推进农业大省向农业强省跨越的意见》，提出要念好"优、绿、特、强、新、实"六字经，推动十大优势特色产业全产业链融合发展，夯实三大先导性产业支撑，着力构建现代农业产业体系，加快实现四川由农业大省向农业强省跨越。

近年来，四川基于全省实际情况，建设现代农业园区，着力构建现代农业"10+3"产业体系，推进农业农村现代化。"10+3"产业体系建设开展的两年间，全省各地积极发展特色产业，大力建设现代农业园区，产业体系初步形成，力争展现农业高质高效、乡村宜居宜业、农民富裕富足的新气象。

四川省农业农村厅一级巡视员赵勇在致辞中表示，"各位媒体朋友都是'三农'信息的传播者、记录者、参与者和实践者。"在此次活动中，新闻媒体记者作为见证者，将镜头和话筒对准基层干部和农民群众，挖掘和讲述鲜活的"三农"故事，宣传四川现代农业"10+3"产业体系发展取得的新成效，讲述农民奔向小康生活的好故事，描绘四川全面实施乡村振兴战略的新实践。

"走进10+3　乡村振兴看四川"
中省主流媒体采风活动报道集锦

刊播:《四川农村日报》(2021年9月14日)

作者: 刘佳

"10+3",全称"四川现代农业'10+3'产业体系"。10,即川粮油、川猪、川茶、川菜、川酒、川竹、川果、川药、川牛羊、川鱼十大优势特色产业;3,即现代农业种业、现代农业装备、现代农业冷链物流三大先导性支撑产业。

这十大优势特色产业,是四川在全国发展基础好、竞争能力强、前景空间大的重点产业。三大先导性支撑产业,则是四川从补齐发展短板、夯实发展基础的角度考虑而确定的。

乡村振兴,产业是支撑。

以现代农业园区建设为载体,培育发展"10+3"产业体系,是四川为贯彻落实乡村振兴战略、推进农业农村现代化、加快实现由农业大省向农业强省跨越而确立的产业实践之路。

今年是"十四五"开局之年和全面实施乡村振兴的起步之年,"10+3"产业体系在基层有哪些新脉动?在推动乡村振兴中发挥了哪些新作用?收获了哪些新经验?

硕果累累的9月,四川省农业农村厅启动"走进10+3　乡村振兴看四川"中省主流媒体采风活动,10余家中央、省级新闻媒体的记者走进乡村,选定8个有代表性的县(市)为观察点,以小切口、大视野,在一线见证和记录基层农业高质高效、乡村宜居宜业、农民富裕富足的鲜活场景。

"走进10+3　乡村振兴看四川"　中省主流媒体采风活动报道集锦

《四川农村日报》作为采风活动的承办媒体，特推出"走进10+3　乡村振兴看四川"系列报道。

农报聚焦：

走进"10+3"⑨｜惹人爱的安岳柠檬大丰收
四川农村日报　2021-09-15

走进"10+3"⑧｜"黑科技"养鱼 效益暴增15倍
四川农村日报　2021-09-16

走进"10+3"⑦｜探访单体最大的杏鲍菇生产车间！煞是壮观
四川农村日报　2021-09-15

走进"10+3"⑥｜步入"转盘" 奶牛也可变"工人"
四川农村日报　2021-09-15

走进"10+3"⑤｜豆子般大小的柑橘 你见过么？
四川农村日报　2021-09-14

走进"10+3"④｜奇了！小火车开进了柑橘园
四川农村日报　2021-09-14

走进"10+3"③｜这里的香桃凭啥卖到20元/斤？采风团有机田园里寻"秘密"
四川农村日报　2021-09-14

走进"10+3"②｜全国唯一 你听说的"江团"在这里保种驯养
四川农村日报　2021-09-13

走进"10+3"①｜走进"川粮油" 广汉如何实现"稻花香里说丰年"
四川农村日报　2021-09-13

今天！"走进10+3 乡村振兴看四川"中省主流媒体采风活动启动啦
四川农村日报　2021-09-13

"走进10+3 乡村振兴看四川"中省主流媒体采风活动启动
四川农村日报　2021-09-13

"走进10+3 乡村振兴看四川" 今日出发，带你聚焦这些现代园区
四川农村日报　2021-09-13

精彩视频：

【视频】"走进10+3 乡村振兴看四川"
鸟瞰四川省长吻鮠原种场

四川农村日报　　　　　　2021-09-13

【视频】"走进10+3 乡村振兴看四川"
鸟瞰广汉市现代农业产业园

四川农村日报　　　　　　2021-09-13

【视频】"走进10+3 乡村振兴看四川"
中省主流媒体采风活动在成都启动

四川农村日报　　　　　　2021-09-13

媒体关注：

采风侧记3 | 活动收官，中新社、川
台、四川发布的记者们这样说

四川农村日报　　　　　　2021-09-15

采风侧记2 | 活动第二日看了啥？人民
日报、农民日报多家记者镜头前跟...

四川农村日报　　　　　　2021-09-15

采风侧记 1 | 首日行程结束，记者走
进广汉和崇州看变化谈感受

四川农村日报　　　　　　2021-09-14

"走进10+3　乡村振兴看四川"
德阳广汉见证"新"乡村

刊播：中国网（2021年9月14日）

作者：王昱霖

"10+3"，全称"四川现代农业'10+3'产业体系"。10，即川粮油、川猪、川茶、川菜、川酒、川竹、川果、川药、川牛羊、川鱼十大优势特色产业；3，即现代农业种业、现代农业装备、现代农业冷链物流三大先导性支撑产业。

这十大优势特色产业，是四川在全国发展基础好、竞争能力强、前景空间大的重点产业。三大先导性支撑产业，则是四川从补齐发展短板、夯实发展基础的角度考虑而确定的。

乡村振兴，产业是支撑。以现代农业园区建设为载体，培育发展"10+3"产业体系，是四川为贯彻落实乡村振兴战略、推进农业农村现代化、加快实现由农业大省向农业强省跨越而确立的产业实践之路。

9月13日，"走进10+3　乡村振兴看四川"中省主流媒体采风活动启动，来自中国新闻社、中国网、四川电视台等在内的10余家中央、省级新闻媒体的记者来到德阳广汉市，一同见证四川培育壮大"10+3"产业体系后，广汉市全面实施乡村振兴战略，农民走向富足的新故事。

广汉地处成都平原腹心地带，农业生产条件优越，农耕畜牧历来发达，主产水稻、小麦、油菜、蔬菜、水果、生猪、小家禽等，水稻、小麦、油菜等农产品单产和品质均居全省前列，素有"天府粮仓"之称，是国家级商品粮油生产基地，全国新增1 000亿斤粮食生产能力建设重点县，全国粮食生产先进县，现代农业示范县。

为贯彻落实中共中央、国务院、农业农村部关于推进现代农业产业园建设的有关部署，积极响应国家战略需求，广汉市把建设现代农业产业园作为推进农业供给侧结构性改革和乡村振兴的关键抓手，聚焦粮油、蔬菜、水果、水产等优势产业，全力推进现代农业产业园建设。截至目前，广汉全市拥有国家现代农业产业园1个（四川省广汉市现代农业产业园），德阳市级现代农业产业园2个（广汉市高坪镇稻虾综合种养现代农业产业园、广汉市金轮镇稻菜现代农业产业园），市级产业园2个（广汉市三水镇水产现代农业产业园、广汉市连山镇水果现代农业产业园）。

广汉市家庭农场发展创业联盟成立于2020年11月，由广汉市农业农村局主管，是一个以家庭农场为主，小麦和水稻专家大院、社会团体等单位多方参与、自愿结成的全市性、联合性、非营利性社会组织，主要提供农事、营销、金融、培训、信息五大服务，第1期吸纳会员168个。

广汉市家庭农场发展创业联盟综合党委书记包慧娟说："家庭农场为广大农民朋友提供了一个统一的、专有的场所，他们可以在这里交流、学习和展示，并得到相应的帮助，目前已有1 263家家庭农场被纳入发展创业联盟统一管理，其中408家为市级以上示范农场，整体上，联盟成员种植粮油作物的比重相对较高，一般维持在70%以上。"

广汉市家庭农场发展创业联盟的前身是广汉市职业农民协会，综合委员会成立于2020年8月。联盟教学设备齐全，定期组织农业专业培训，还通过承办农业专题展会、开展形式多样的交流活动加强合作沟通，是促进家庭农场健康发展的有力保障。

位于连山镇锦花村的国家现代农业产业园综合服务中心是广汉市国家现代农业产业园的综合服务机构，是全省第一个国家级粮油现代农业产业园。总建筑面积2 000平方米，由产业园管理委员会和农事社会化服务中心构成。

产业园管理委员会承担产业园监测、评价、考核和运营管理等具体工作；农事社会化服务中心则具有展示、销售农业生产资料、农产品、农业机械等功能，负责粮食生产全程机械化服务接洽，提供农业技术培训，组织开展农业科技成果展示、交流活动等。目前，中化农业集团、吉隆达集团、吉峰农机等大型涉农企业入驻中心，其建设规模、技术水平均处于全省领先水平。

"全国巾帼建功标兵"称号获得者杨萍热情洋溢地说："传统的人工播种方式不仅效率低，可控性也较差，自从农业机械走入田间地头，拿插秧来说，每亩基本苗都可以实现科学分配，按照行距株距有效栽插，为高产提供了技术保证，用于病虫害防治的大疆无人机由原来的P1更新到T30，植保无人机已经实现更新到第三、第四代了，不仅如此，现在施肥、播种我们都用上了无人机。"

位于广汉市连山镇锦花村的乐丰家庭农场，由返乡创业大学生冷辑龙创办于2013年，经营土地480亩，主要从事水稻、小麦种植和提供农机服务，是典型的机农一体型家庭农场。2019年，农场被评为省级示范场。2020年，农场产粮578吨，农机服务土地面积3 000亩，总收入229万元，利润47万元。

冷辑龙依托粮食园区内的专家大院，选用川麦104和"晶两优""C两优"系列等新品种，实现粮食产量和品质双提升。与普通种植户相比，农场亩产提高6%，亩均增收100元以上。应用测土配方、侧深施肥、生物和物理防治、水稻暗化育秧等技术组合，提高土壤肥效，减少农药使用量。

据了解，乐丰家庭农场年节约肥料、农药等生产性成本3.7万元。购置植保无人机、折叠式起浆机等农机46台（套），实现播种、插秧、植保、收割、烘干全程机械化作业，提高效率，降低成本。建立"家庭农场＋小农户"服务带动机制，每年为周边110多户农户提供农机服务，年增加收入60万元。

广汉市副市长梁筱萍表示，广汉市一直坚持以一流理念、质量、效益和技术来提升农业产业综合竞争力，下一步将加大对农业产业发展的项目、资金及政策支持力度，发挥优势，为乡村产业振兴发展提供有力支撑，作出更大贡献。

种粮老手遇上农大教授

刊播：《农民日报》（2021年9月15日）

作者：张艳玲

今年夏粮、早稻喜获丰收，夺取全年粮食丰收，大头还在秋粮。目前，全国范围内农业灾情总体偏轻，秋粮丰收的基本面较好，各地农业农村部门提前做好了防范灾害的准备工作，有信心夺取秋粮丰收。

随着200多亩玉米颗粒归仓，奉光荣这回彻底服气了。

在四川省遂宁市安居区，奉光荣在种粮方面是号人物。他种粮时间长，早在20多年前就采购了联合收割机，可以说是四川粮食机械化作业的带头人。让这位种粮老手服气的是四川农业大学农学院教授雍太文。雍太文科班出身，16年潜心研究玉米大豆带状复合种植技术。

种粮老手遇上农大教授，会擦出什么火花？时间回到5个月前。奉光荣新流转了200多亩撂荒地，正愁不知道种啥。一次与安居区农业技术推广站站长陈才贵闲聊，得知雍太文研究的玉米大豆带状复合种植技术效果很好，奉光荣动了心，想要看看教授种地的法子有啥不一样。有了陈才贵的牵线搭桥，很快，雍太文就带着团队来到奉光荣的基地。

两人一见面，雍太文就把玉米大豆带状复合种植技术的要点和盘托出："2行玉米与3行大豆，玉米一定要密植，这样就能在不减少玉米株数的情况下，给大豆留出生长空间，实现玉米不减产又多收一季豆的目标。"

"每窝玉米间隔多少？"奉光荣追问道。

"15厘米就够了。"雍太文答道。

"这么密，肯定影响玉米采光，背阴那面的苞谷长不大的。"奉光荣一听直摇头，根据他的经验，45～50厘米才是比较合适的窝距。

"你放心，绝对没问题，我们已经做了10多年的试验。"有着庄稼人一样黝黑皮肤的雍太文回答得信心十足。

奉光荣还是有些犹豫，又担心玉米大豆套作影响机播机收，差点就打了退堂鼓。没想到，雍太文团队早就考虑到机械化作业环节，而且已经通过多年试验，研制出配套的机播机收机具。

经过多番思量，这位种粮老手决定把老经验先放在一边，严格按照雍太文的法子来，把今年新流转的200多亩撂荒地都种上了玉米和大豆。

功夫不负有心人。8月初，地里的大豆已有5～6片复叶，奉光荣开着雍太文团队研制的小型玉米收割机，顺着玉米行来回穿梭。"第一年种的撂荒地，亩产近千斤干玉米籽粒，真是不赖。"奉光荣高兴得合不拢嘴。

秋天是个不得闲的季节。再等1个月，奉光荣又得张罗着收地里的豆子了。从目前大豆结荚情况来看，每亩可望收获约300斤大豆，增收上千元。

乡村振兴看四川！媒体记者集中到访眉山、遂宁等地现代农业园区

刊播：人民日报客户端（2021年9月16日）

作者：王永战

9月13—15日，四川省农业农村厅邀请中央主流媒体和四川省级新闻媒体参加"走进10+3　乡村振兴看四川"媒体采风活动。其间，媒体记者先后走进成都崇州、德阳广汉和眉山青神、南充西充、遂宁蓬溪等地，了解四川现代农业产业发展最新动态。

据记者了解，"10+3"全称"四川现代农业'10+3'产业体系"。10，即川粮油、川猪、川茶、川菜、川酒、川竹、川果、川药、川牛羊、川鱼这四川十大优势特色产业；3，即现代农业种业、现代农业装备、现代农业冷链物流三大先导性支撑产业。

四川省农业农村厅有关负责人介绍，十大优势特色产业是四川在全国发展基础好、竞争能力强、前景空间大的重点产业；三大先导性支撑产业，则是四川从补齐发展短板、夯实发展基础的角度考虑而确定的产业方向。

在眉山市洪雅县止戈镇，青杠坪万亩生态茶园是川茶发展的代表，更是茶文旅融合的典范。资料显示，青杠坪茶园面积约1.2万亩，种植了四川中小叶群体种、福选9号、福鼎大白等茶树品种。

洪雅县茶叶产业服务中心副主任刘伟介绍，为推动茶文旅融合，当地打造了"茶客空间"项目，立足青杠坪万亩生态茶园生态优势，布局了高端民宿、文化创意、研学体验等业态。"项目建成投运后，预计年收入约700万元，项目区农户年均增加租金收入约3万元，同时可提供就业岗位50余个。"刘伟说。

乡村振兴看四川！媒体记者集中到访眉山、遂宁等地现代农业园区

在南充市西充县，有机农业是当地提出的核心发展理念。截至目前，西充全县已建成有机食品生产基地23万亩，其中有机认证面积14万亩、认证品种102个，涉及粮油、果蔬、畜禽、蚕桑、笋菌、水产等产业，有机农业总产值达25.5亿元。与此同时，全县已培育"竹娃娃""充国槐树""充国香桃""航粒香"4个四川省著名商标，西充黄心苔、西凤脐橙、充国香桃、西充二荆条辣椒4个国家地理标志保护产品，成功注册76个企业有机品牌商标。

成立于2015年的四川天马山生态农业有限公司，近年新建了东太乡鱼池寺村柑橘基地，规模约1 000亩。在柑橘基地，西充县农业农村局副局长吴鹏介绍，全园柑橘栽植规范，路、池、渠及水肥一体化自动灌溉设施配套齐全，全程施用有机肥以改良土壤。"我们采用生物农药、黄板、太阳能杀虫灯等绿色防控措施防控病虫害，使用机械与人工除草，园区通过种植箭筈豌豆等绿肥作物来固氮、增肥、控制草害，栽植马甲子作隔离带，实现全过程有机化生产。"

在遂宁市蓬溪县，天红菌菜现代农业园区以杏鲍菇、虫草花、鹿茸菇等食用菌为主导产业。2020年，园区农业总产值达10亿元，其中菌菜产业9.5亿元。

四川琪英菌业有限公司2012年入驻园区，占地面积共计610余亩，是全国知名的杏鲍菇、虫草花工厂化生产企业。公司总经理宋强告诉记者，公司日产杏鲍菇120吨左右、鲜蛹虫草50吨，可实现年产值5.2亿元，为1 000余人提供了就业岗位。

当媒体记者们来到资阳市安岳县国家现代农业产业园时，一片片柠檬种植基地吸引了大家的注意。在安岳县龙台镇电商物流加工集散区，工人们正熟练地进行选果、称重和包装。安岳县农业农村局农业技术推广研究员杨朝敏告诉记者，当地构建了"龙头企业＋合作社＋物流公司"的现代柠檬物流体系，年运输柠檬鲜果40万吨以上。"我们现在在全国多个大城市建有柠檬直销点共3 500余个，培训经销商3 000余户，从业人员12.5万余人。"杨朝敏说。

杨朝敏介绍，产业园按照"深沟宽厢＋水肥一体化＋良种苗木推广＋物联网"模式统一建设标准，配套田网、路网、水网等基础设施，完成新建标准化柠檬种植基地1.87万亩。同时，园区强化田网、路网、水网、电网、信息网"五网"配套，建设柠檬园区农机通道46 000余米、生产便道41 000

余米，水肥一体化4.2万亩，节约水肥成本达50%以上，节约劳动力成本60%～80%，真正实现了智慧农业、高效生产。

此外，媒体记者们还到广汉市国家现代农业产业园综合服务中心、崇州市的四川省长吻鮠原种场、眉山市青神县农产品冷链物流园、内江市资中县的橙堡鱼乡融合发展示范园等地采访调研。

四川大力建设现代农业园区　助乡村焕发振兴魅力

刊播：中新社（2021年9月16日）
作者：陈选斌　祝欢

从海外留学归来的高才生到承包200多亩土地种植柑橘的"新农人"，30岁的四川青神县人李雪松有个目标——让果农得到更多的利润。

"以前果农们就等着贩子上门来收果，没有讨价还价的余地，利润很少。"9月中旬，青神县的柑橘进入膨大期，即将上市。李雪松正忙着检查柑橘品相，回忆起刚回乡创业的那一段时光，他说看见果农们种果、采果都是肩挑背扛，辛苦一年到手的收益十分微薄，于是决定自己销售自家以及周边农户种出的柑橘。他通过直播平台、朋友圈带货宣传，用生动、直观的短视频和照片，将青神柑橘的高品质展现出来。

在李雪松看来，青神柑橘的高品质离不开现代农业技术。青神县椪柑现代农业园区负责人刘星介绍，园区建成西南地区最大的轨道运输车示范基地，推广智能水肥一体化系统2 000多亩，耕作机械化率达90%以上。此外，园区还推出"林下种豆"模式，充实民众"米袋子"和"菜篮子"，亩均增收900元以上；推广小农利益联结机制，开展柑橘产业"5+4+1"信用托管试点，农户、合作社、集体按照5∶4∶1比例进行利益分配，农村居民人均可支配收入增长4 000元以上。

在距离青神县200多千米外的四川蓬溪县食用菌现代农业园区内，工人们正在对食用菌进行加工和包装。包装好的食用菌不仅销往北京、上海、广东等地，还将销往泰国、马来西亚等国家和地区。

据了解，该现代农业园区发展食用菌、蔬菜产业，已引进和培育多家智能化、工厂化生产厂家，形成了产业集群。如今，园区食用菌栽培规模达到

0.9万亩，年总产量达到13.5万吨，实现收入9.54亿元，栽培的双孢蘑菇、香菇、金针菇、杏鲍菇等食用菌获无公害农产品认证。

园区内的四川琪英菌业有限公司于2012年入驻，是全国最大的单体杏鲍菇工厂化生产企业。"工厂化生产就是利用高投入的温、光、气等设备模拟食用菌的自然生长环境，最大的特点是实现可控，包括技术体系、人工专业性及生产数量等方面的可控。"该公司总经理宋强表示，通过采用工厂化生产模式，企业现在日产杏鲍菇120吨左右、鲜蛹虫草50吨，可实现年产值5.2亿元，为1000余人提供了就业岗位。

"以前在家带孩子、做家务，现在在家门口就有了工作机会，每个月能挣1000多元贴补家用。"25岁的何健容今年4月来到琪英菌业工作，家门口的就业机会让她不仅有了收入，还能照顾孩子。

近年来，四川各地积极发展特色产业，大力建设现代农业园区。截至目前，四川累计认定各级园区1142个，其中创建国家级园区13个、认定7个，在全国率先形成了国家、省、市、县4级园区梯次推进的体系。2020年四川现代农业园区投入各项资金总计794.99亿元，年末从业人员816.71万人，带动310.56万农户就业增收。

乡村振兴看四川　发展现代农业园区＋电商
南充西充县迈入"农业高速路"

刊播：中国网（2021年9月16日）
作者：王昱霖

　　2019年，四川省委、省政府印发了《关于加快建设现代农业"10+3"产业体系推进农业大省向农业强省跨越的意见》，提出推进川粮油、川猪、川茶、川菜、川酒、川竹、川果、川药、川牛羊、川鱼十大优势特色产业全产业链融合发展，夯实现代农业种业、现代农业装备、现代农业烘干冷链物流三大先导性产业支撑，培育形成特色鲜明、结构合理、链条完整、全国领先的现代农业"10+3"产业体系。

　　南充市西充县从2008年提出发展以有机农业为核心的现代农业产业以来，县委、县政府坚持实现"争当有机农业排头兵"战略目标，一张蓝图绘到底，一届接着一届干，全县有机农业基地从无到有、从小到大，认证面积不断扩大，生产监管不断增强，产品质量不断提升，销售市场不断拓展。先后被评为首批国家有机产品认证示范区、国家有机食品生产基地建设示范县、国家农产品质量安全县等，"生态田园·有机西充"已成为西充一张靓丽的名片。

科学、生态、绿色擦亮西充有机品牌

　　9月14日，"走进10+3　乡村振兴看四川"中省主流媒体采风活动走进南充市西充县，中央、省级主流媒体团一行首先来到东太乡鱼池寺村，一眼望去，映入眼帘的是漫山遍野的柑橘园，走进园区，一株株柑橘树被将要成熟的柑橘压弯了枝头，惹人喜爱。

鱼池寺村的柑橘基地规模约 1 000 亩，整个园区实现标准化、规范化栽植，果园与果园、果园与外界公路相互连接，池、渠及水肥一体化自动灌溉设施配套齐全，全程施用有机肥以改良土壤。采用生物农药、黄板、太阳能杀虫灯等绿色防控措施防控病虫害，使用机械与人工除草，通过种植箭筈豌豆等绿肥作物科学固氮、增肥、控制草害，栽植马甲子作隔离带。冷链物流中心为远距离运输提供了品质保证。同时聘请柑橘专业专家团队作为技术指导，严格按照生态、绿色、优质的标准进行产业管护，种出的柑橘于 2019 年获得有机认证。

据了解，四川天马山生态农业有限公司在西充县 5 个乡（镇）9 个村打造生态有机柑橘产业园 3 000 余亩，带动周边 300 余户农民工就业，年产值达 1 000 万元以上。主要种植春见、爱媛 38 号等优质柑橘品种，所产柑橘经严格筛选、精心包装，远销北京、上海、广州、深圳等大城市，深受广大消费者认可和喜爱。

电商产业园加速农产品走向全国

位于西充县川东北有机农产品精深加工产业园内的南充农业电商产业园，是由南充市、西充县和四川充吉多电子商务有限公司共同打造的，以电子商务集群发展为主线，集电商直播、营销、培训等功能于一体的农业电商孵化园区。

自 2019 年 1 月 22 日开园以来，园区以推动地区农业电商可持续"发展、创新、创业、直播"为核心服务导向，旨在为企业发展提供一站式电商产业供应链解决方案，并依托创业孵化基地，为创业者提供生产经营场所和孵化服务，降低创业成本，减少创业风险，提高创业成功率，促进形成以创业带动就业的良性机制，最终实现农业电商人才的本地化，农业、专业合作社、企业、直播团队、创业电商团队的项目孵化以及南充辖域农产品上行。

截至 2020 年，该园区已成功孵化 5 家农业电商团队，培育本地电商人才 100 人，并招引了北京、上海、广州、深圳、成熟的电商团队，促进电商人才本地化，服务本地的农业电商让南充的农产品走出去、销出去，实现年销售额 3 200 万元。

　　此外，电商产业园还提供办公仓储、电商平台对接、人才引进和培训、金融服务、法律服务、项目1vs1孵化等服务，全力助推西充电商产业升级发展。

　　西充县副县长周小红表示，下一步，西充将坚持发展以有机农业为方向的现代农业体系，做强有机基地，做大有机品牌，做严有机标准，发展有机文化，倡导有机生活，以有机农业不断壮大引领乡村振兴。

四川稳步推进农业农村改革 "晒出"十大案例

刊播：中国新闻网（2021年9月17日）
作者：陈选斌

四川省农业农村厅17日举行四川农业农村改革十大优秀案例新闻发布会，公布党的十九大以来四川农业农村改革的十大优秀案例。

据悉，这次公布的十大优秀案例是经过市（州）择优推荐上报、农业农村厅初步筛选、专家评审打分和综合评定等环节，最终从各地上报的50余个改革案例中脱颖而出的。十大优秀案例内容涵盖了巩固拓展脱贫攻坚成果同乡村振兴有效衔接、县域内城乡融合发展、小农户与现代农业有机衔接、新型职业农民制度、乡村多元投入保障制度、新型农村集体经济发展、宅基地制度改革等重点热点农业农村改革主题。

十大优秀案例分别为成都市的"创建'农贷通'平台打通农村金融服务'最后一公里'"、泸县的"闲房荒宅变资源民富村美强支撑"、广汉市的"创新'四化'举措培育'四有'农民"、三台县的"下好闲置资产盘活棋巧变'包袱'为'财富'"、广元市朝天区的"三村联盟活资源协同发展享红利"、资中县的"强化多元投入保障'小血橙'变'大产业'"、开江县的"创新'稻田＋'产业模式打造蜀地'鱼米之乡'"、巴中市巴州区的"聚焦'三个衔接'推动'三个转变'交好脱贫攻坚到乡村振兴'接力棒'"、汉源县的"小农户'嵌入'大农业花果山变成'聚宝盆'"、青神县的"构建三个一体化机制探索县域城乡融合发展路径"。

"此次发布的案例只是我省众多农业农村改革主题的缩影。"四川省农业农村厅副厅长毛业雄介绍，近年来，四川省农业农村厅牵头推动了农村集体产权制度、土地制度、农业经营制度3个方面的重点改革任务。目前四川土地承包经营权颁证率达97.5%、土地流转率达40.5%，农村集体产权制度改革已基本完成。

在农村改革试验区建设方面，目前四川有35个改革试验区，其中5个是全国农村改革试验区，30个是省级农村改革综合试验区。毛业雄透露，目前全国农村改革试验区还有17项拓展试验任务正在实施，其他均已完成；省级试验区试点任务均已到期，正在组织验收。

乡村振兴看四川　以菌为核　产村相融
书写蓬溪特色乡村振兴之路

刊播：中国网（2021年9月18日）

作者：王昱霖

为见证四川培育壮大"10+3"产业体系，全面实施乡村振兴战略的生动实践，讲述好全省各地农民奔向小康生活的好故事，描绘四川全面实施乡村振兴战略的新实践，9月14日，参加"走进10+3　乡村振兴看四川"中省级主流媒体采风活动的10余家中央、省级主流媒体记者走进遂宁市蓬溪县。

蓬溪县菌菜现代农业园区位于绵遂高速公路红江出口和蓬红路交会处，距离县城30千米，辖区面积17.51平方千米，涵盖天福镇狮山、长坪等7个行政村、95个村民小组，总人口1.9万人，自2012年启动建设以来，园区突出发展食用菌、蔬菜产业，引进、培育了琪英菌业、骆峰菌业、鑫中宇菌业等智能化、工厂化生产厂家和万顺、民富等层架式栽培及设施栽培业主，发展食用菌及链条企业、种植大户22家，形成产业集群。食用菌栽培规模达到0.9万亩，年总产量达到13.5万吨，实现收入近10亿元。

据了解，园区的双孢蘑菇、香菇、金针菇、杏鲍菇等食用菌已获得无公害农产品认证，"天福杏鲍菇""昊宏香菇"等获评全省知名品牌。琪英菌业已打开东南亚市场大门，绿然集团也悄然进入欧盟市场，园区食用菌已进入全国23个大、中城市市场。

蓬溪骆峰菌业有限公司是一家集食用菌原种研发和生产加工于一体的现代农业企业，于2018年4月落地园区，主要生产黄色金针菇、猴头菇、香菇、茶树菇等。其中，作为四川特色农产品的黄色金针菇，已率先实现从传统种植到工厂化生产的转变。掌握国内黄色金针菇领先生产技术的骆峰菌业，进行工厂化生产后，产品的品质、品相、口感、保质期都得到大大提高，在市场上供不应求。

骆峰菌业负责人李俊杰说："公司的'骆菌子'品牌已成为行业公认的第一品牌，产品长期直供海底捞、金大洲、盒马鲜生、沃尔玛、伊藤等知名餐饮企业和商超。一期项目于2020年8月投产后，黄色金针菇日产量只有30吨，待二期项目建成后，可实现日产鲜菇60吨，年产量2.2万吨，年产值将达到2.6亿元。三期项目完工后，将建成集精深加工、农旅融合、研发等于一体的现代农业基地。下一步将加大技术创新，以做特色农产品、创名优品牌为目标，借力农业科技实现生产现代化、数字化、信息化、链条化，将品牌做实、做大、做强，让产品走向世界。"

在发展产业的同时，园区坚持以全域推进园区建设为统领，坚持"产村相融、镇园结合、绿色发展"的发展理念，以产园一体、镇园一体、景园一体建设为工作重点，聆听园区百姓心声，实现他们的迫切愿望，大力整合资源，建设长坪狮山新村综合体。

据了解，2014年建成的新村综合体占地150余亩，集合管理服务中心、党群服务中心、生态湿地公园、电商展示中心、休闲广场等生产生活配套服务功能区，安置农户222户724人。新村依托农民主体、园区引领、产业发展、回引创业、新型社区促进建设，实现能聚居、能致富、能留住。因此，长坪狮山新村被评为全省幸福美丽新村、全省首批"水美乡村"、省级"四好村"、市级乡村振兴示范村。2021年，新村农民人均收入预计达24 089元，人均可支配收入高于全县平均值36%以上。新村正积极创建省级乡村振兴示范村，为乡村振兴谱写新的篇章而不懈奋斗。

四川！四川！25个全国第一！不到全国5%的耕地养活了8 300多万人！丰饶天府，如何做到的？

刊播：中央电视台财经频道《天下财经》（2021年9月19日）
作者：柴华 易扬 阿布 王建坤 乔楠 刘宁 佳星 张伟杰
　　　程伟 李默 布日德

从9月18日起，中央广播电视总台财经节目中心推出大型融媒体系列报道《中国粮仓》，跟随秋收的脚步，带您一起走进山东、四川、内蒙古、黑龙江、浙江、安徽等全国十二大粮食主产区，为您讲述"中国粮"的故事。

今天的《中国粮仓》将走进四川，这个地处西南内陆的省份，地形以山地和丘陵为主，耕地资源极其宝贵。千百年来，当地农民因地制宜，在山区和深丘地带开垦出梯田进行水稻种植，稻作梯田也由此成为我国西南地区农耕文化的代表。

四川金石梯田：万亩良田迎丰收，云瞰梯田美如画

地处四川东北部的达州市通川区的金石梯田，就是特色农耕文化的代表，这几天，这里正举办一场盛大的丰收庆典。

位于大巴山深处的四川金石梯田，万亩梯田，千年耕耘，百人劳作，要想融入这场盛大的丰收庆祝活动中，一定要看看当地特有的割谷。

月岩村的村民用一把镰刀割下几把稻，抽出两支稻梗在中间一绕，从指尖变出的稻花扇，是农耕文化中特有的浪漫。

稻子收下来之后，有经验的农民会数数穗粒儿，像这样一支稻梗，上面

的稻穗大约是300粒，颗颗饱满，预示着今年是一个丰收年。

吃新米、送新米是当地秋收季最盛行的习俗，新米不仅带去对远方亲友的思念，也让城里的孩子惦记着家里的秋收。

这里海拔比较高，昼夜温差大，稻米成熟晚，生长时间长，因而具有独特的清香。

现在月岩村满地金黄，基本每家都有四五亩地，每年收五六千斤的粮。梯田面积最小只有两三分*，最大不过4亩，曾经有旅游企业提出要把这片梯田打造成五彩花海，但勤劳淳朴的村民还是坚持用最传统的技艺守住自己世代耕耘的家园，所以今天我们才能在这里看到他们的精耕细作，感受连片稻田的恢宏辽阔。

稻子收完后，村民要抓紧翻耕稻桩，蓄上冬水田让土地休耕，为来年的丰收做好准备。再过1个月，金灿灿的梯田将变亮莹莹的镜面，这片湿地将对调节当地农业生产发挥积极作用。昨天这里已经有几只白鹭前来探路。一行白鹭上青天，歇脚就在金石梯田。

我们在这里看到了美丽乡愁，但更希望大家能记住镜头里农民的辛苦，是他们的每一滴汗、种出的每一粒谷组成了我们无比坚实的中国粮仓。

新农人：两台收割机60万元，买！

四川省达州市宣汉县地形地貌复杂多样，田块窄小、坎高土薄，以前农户们想要规模化生产都做不到，更别提提高产量。丘陵地带的农户怎样实现增产增收？其中有哪些故事？

这个丰收季，君塘镇种植户桂刚家里添置了两个大家伙，就是集水稻收割、脱粒和稻草打捆于一体的新型收割机，2台花了60多万元。虽然60万元不是一笔小数目，但是这笔钱桂刚觉得花得值。因为自己的1 000多亩地必须配有足够的农机，才能完成收割或者耕种忙收的作业环节。

桂刚说的1 000多亩地就是村里这些年集中打造的高标准农田。打造高标准农田其实就是把小田变大田，这样机器通达率可以达到90%以上，土地利用效率和集约经营水平都会提高，这种模式在平原地区很好推广，不过当

---

*　分为非法定计量单位，1分≈66.7平方米。——编者注

地属于丘陵地带，田块窄小、坎高土薄，农机设备根本下不了地。听说要打造高标准农田，村民心里都没底。

经过1年多的改造，高标准农田正式亮相，看到收成不错，大家的心一下就敞亮了。

以前机械设备没法下地，收割1亩地，4个人需要干1天，在高标准农田里，大型收割机可以大展身手，种植户也轻松多了。

四川省宣汉县胡家镇鸭池村种植户袁军接受采访时说，1亩田10分钟左右就收完了。

"数"说四川，丰饶天府

欣赏了四川金石水稻梯田的如画美景，感受了农业现代化给农民带来的实惠，这个地处西南内陆的农业大省，还有哪些特色产业引领全国？来看"数"说四川。

天府之国，沃野千里，四川作为中国农村改革的重要发源地，面对人多地少的现状，在特色农业、高新农业上齐发力，谱写了乡村振兴的新篇章。

四川至少有25种农产品产量在全国位居第1。

每10杯茶，就有1杯来自四川的茶山。

每10头生猪，就有1头产自四川的栏舍。

每10斤菜籽油，就有3斤榨取自四川的油菜籽。

每10袋泡菜，就有6袋来自四川的工厂。

每10个柠檬、血橙，就有7个摘自四川的果树。

现代农业的种子播撒在希望的田野上，成为推进巴山蜀水农业农村现代化的重要力量。

扎根家乡的"新农人",在希望的田野上绽放

刊播:新华社（2021年9月22日）

作者:高健钧　袁波　董小红　胥冰洁

沃野如画、风拂稻浪,中国农民丰收节来临之际,在成都市邛崃天府现代种业园里,一片片水稻正在秋风中迎来成熟。

最近,四川农业大学水稻研究所科研助理代文明正忙着在试验田里打谷子。他把每天收获的50余个品种的水稻谷子分装进不同塑料袋里,一一做好记录。"一般在上百个品种中可能选出一个优秀的品种,为了培育优秀的水稻品种,我们必须抢抓丰收时机。"代文明一边打谷子,一边抹掉额头的汗水。虽然戴着帽子和面罩,常年"沉"在地里头的他仍满身是蚊虫"骚扰"的痕迹。

春雨惊春清谷天,夏满芒夏暑相连。虽已扎根田间20多年,代文明却笑着说自己是"科研新农人"。"平时我们不仅要一边观察水稻一边做记录,还要在炎炎烈日下收集水稻生长的一线数据。一个水稻品种的选育成功往往需要专业的理论支持和经历复杂严谨的选育过程,还要有足够的好运气。"代文明说。

随着我国现代农业的发展,越来越多像代文明一样的"新农人"给农村带来新变化。

在农村长大的谢春艳对土地有很深的感情,年轻时辗转多地打拼,学到新的农业理念和技术后,2014年,她回到家乡四川省宜宾县（现宜宾市叙州区）创办了一家现代化的农业企业。

"现代农业需要更多科技支撑,我们种植了1 000亩有机水稻,正在大力推广生态综合种养模式。"谢春艳说。作为一名"企业新农人",为了发展有

机水稻，她不仅跟相关科研院所合作，还注重人才的引进和培养，目前，公司已有大学本科学历员工3名、高级职称技术人员1名。

"虽然有机水稻的田间管护成本更高，但产出大米的矿物质等营养成分比普通大米高，且米粒坚实饱满、口感香糯、回味甘甜，收益更高，更能带动农户增收。"秋收时节，看着一颗颗饱满的稻谷迎来丰收，谢春艳脸上露出了满足的笑容。

在她的带领下，有机水稻种植基地的农户户均年纯收益提高近1 500元，有更多年轻人愿意留在村里种田了。

金秋稻谷香，田野收割忙。为了打通农产品销售的"最后一公里"，一些"新农人"把手机作为"新农具"，让直播成为"新农活"，给深山里的"宝贝"插上了飞出去的翅膀。

四川省广元市剑阁县东宝镇土地肥沃、物产丰富，素有"贡米之乡"之称，但由于偏远闭塞、交通不便，长期以来种植水稻并不能给当地村民带来较好的收益。2016年，邓小燕从珠海返回家乡东宝镇西阳村，成立了广元耕鑫农业有限公司，销售大米、菜籽油等当地特色农产品。

"要打开市场，就必须以品牌为核心，创新销售渠道。"看到家乡的好东西卖不出去，邓小燕下决心要改变局面。

2020年，她带领团队进入电商直播领域，在直播平台开设了名为"乡坝头小燕姐"的账号，从此成了一名"电商新农人"。

每天上午11点，她都会准时开始4个小时的直播，售卖当地特色农产品。为了让村里的农产品更具辨识度，她还将个人卡通形象印在农产品的包装袋上。

电商直播拓宽了销路，也让乡亲们看到了电商模式对农产品销售的带动力。

"广阔田野大有可为，我希望能让更多人发现农村的'宝藏'，让越来越多年轻人愿意留下当'新农人'。"邓小燕坚定地说。现在，她还经常在短视频平台上分享家乡的"乡坝头美食"，立志打造当地农产品品牌，为家乡振兴贡献自己的力量。

一场"穿越"大戏　三重丰收滋味

记中国农民丰收节（四川）庆丰收群众联欢活动

刊播：《农民日报》（2021 年 9 月 24 日）
作者：张艳玲

孕育了三星堆的鸭子河，奔流不息、绵绵不绝。回眸岁月深处，古蜀先民在这里繁衍生息。千年之后，丰收的喜悦又在鸭子河畔回荡。9 月 23 日上午，2021 年中国农民丰收节（四川）庆丰收群众联欢活动在德阳广汉市三星堆镇三星村口袋公园举行。作为中国农民丰收节主场活动之一，四川这场精心筹备的群众联欢活动不仅有极具乡土特色的民俗歌舞表演，而且充分融入长江流域和三星堆等主题元素，上演了一场"穿越"大戏，让人们体会到不同的丰收滋味。

祈盼丰收：古蜀先民的"种子保卫战"

"我们需要 5 个勇士，把珍贵的种子护送到高高的岩穴中。"在洪水来临之前，三星堆先民的大祭司在部落中发出英雄帖。以三星堆农耕文明为创作灵感的音乐舞台剧《千年稻香》，讲述了古蜀先民的"种子保卫战"，开篇就让人们"穿越"回 4 000 多年前三星堆先民的生产生活场景。

三星堆人当时已掌握农耕生产技术，这可不是人们的推测，口袋公园附近的三星堆遗址中已经发现可靠的证据。活动现场通过大屏幕连线了三星堆遗址工作站站长雷雨，他告诉大家，在最新的三星堆遗址考古发掘中，检测到稻谷植硅体遗留，这是对之前考古发掘中发现的稻谷碳化痕迹的进一步补充，说明远古的三星堆人已经将水稻作为主要粮食作物，极大地更新了世人对蜀乡大地农耕文明的认知。

"神灵造天地，天地造英雄，有英雄挺身，才有万物生……"年轻的勇士被滔天的洪水卷走，族人唱起雄壮的悲歌缅怀英雄，催人泪下。

"蚕丛及鱼凫，开国何茫然。"台下有观众擦拭着眼角涌出的泪花，不禁低声感叹。

历史的车轮碾过，将古蜀先民的生活痕迹深埋地下，也将农耕的传统与智慧嵌入这片土地，滋养着世代繁衍的中华民族。舞台周围麦浪滚滚，仿佛在诉说着千百年来天府之国对乡土的深情。

农耕文化从远古来，却透着青春的活力。活动现场，丁真珍珠身着传统服饰，现场演绎一曲《德吉》，唱出了农民丰收的幸福；专注于农耕文化短视频创作的网络红人李子柒被聘为"四川省农耕文明形象大使"，被赋予传播天府之国农耕文化的重任。李子柒表示，利用短视频为父老乡亲探索一条可复制、可持续、可传播的新农村发展道路是自己的心愿。

拥抱丰收：向阳摘牌拉开农村改革大幕

三星堆的光环掩盖不住广汉在农村改革大幕中的独特坐标。"摘下向阳公社牌匾的那一刻，您的手抖没抖？"情景报告剧《向阳而生》将人们拉回1980年9月，广汉市向阳镇成为全国第一个摘下"人民公社"牌子的乡镇，将农工商联合公司作为乡的经济组织，把生产队改为独立核算、自负盈亏的生产合作社。

农民与土地的关系始终是农村改革的主线。《向阳而生》以此为主线，通过与四代农业人进行跨越百年的对话，展示了百年来我国"三农"工作取得的巨大成就。这与活动现场的四川百年农史展互为补充。

据亲历者回忆，向阳摘牌是悄悄进行的，不敢庆祝、不敢放鞭炮，却为向阳争得了"中国农村改革第一乡"的美誉，在历史上书写了浓墨重彩的一笔。

改革的红利让人们尝到了丰收的喜悦。1978年年初，离向阳公社不远的金鱼公社（现金鱼镇）率先在全省进行"分组作业，定产定工，超产奖励"生产责任制试点。这一责任制的实施极大地调动了农民的生产积极性，当年粮食增产250万斤，农民人均增收31.2元，大大高于全国平均增长率。

改革创新的开拓精神自此更加深入四川乡土。活动现场，10个农业农村改革优秀案例获奖，这些都是四川各地最新的创新实践。广汉"创新'四化'举措，培育'四有'农民"也在10个获奖案例之中。"'敢想敢干敢担当，争先创优争一流'的新广汉精神，正是从先辈的事迹中传承而来的。"广汉市农业农村局副局长李晓军说。

共享丰收：吟唱幸福小康生活

农民诗歌朗诵和农民百人合唱将联欢推向高潮，这是来自农民的丰收礼赞。

"芒种前后麦上场，抢收抢种全家忙。上去高山望平川，平川里有一朵白牡丹。"这是庄稼人忙里偷闲的诗意；"阳光和月光，被青瓦截住，苔藓点缀其上……"这是农民诗人的目光所及。9月22日晚，以"仰望百年丰碑　诗歌丰收大地"为主题的2021中国农民丰收节诗歌大会暨"中国·罗江诗歌节"在德阳市罗江区举行。来自全国各地的诗人齐聚德阳市罗江区，用诗歌为中国农民丰收节喝彩，让农民朋友在喜获物质丰收的同时，也享受到精神的丰收。

活动现场，第二届"全国十大农民诗人"名单揭晓。来自四川巴中市恩阳区花丛镇葫芦村的雷文位列其中。他告诉记者，自己的诗歌创作灵感多来源于家乡故土，诗歌中的人物也多为村里的普通农民朋友。"能够记录乡村的巨大变化和发展，吟唱农民丰收的喜悦，这是一种时代给予的幸运。"雷文说。

"文化兴则国运兴，文化强则民族强。在乡村物质文明不断丰富的同时，加快推动乡村文化振兴、引导农民全面发展是推动乡村全面振兴的重要内容。"四川省委农办主任、省农业农村厅厅长杨秀彬表示。

开镰声起，广汉市现代农业产业园内，联合收割机启动，饱满的稻穗"哗啦啦"进袋。稻花香里庆丰年，正是一年好"丰"景。

乡村聚人气　产业添活力

四川省广安市4.31万农民工返乡创业

刊播：《人民日报》（2021年9月24日）
作者：王永战

漫山遍野的蜜梨树，昂着头随风摇曳，仿佛在诉说丰收的喜悦。远处，一阵清脆的声音传来——"这是我们推出的认养蜜梨树活动，1年花120元，就可以认养1棵，收获时来采摘。"话音刚落，人群中就有人叫嚷："我要认养！"

推荐蜜梨树的是四川广安华蓥市石堰墙村返乡创业青年李娟。得益于政策、资金、技术等多渠道支持，广安农民工返乡创业热潮涌动，如今，全市像李娟这样的返乡创业人员已达4.31万人，为乡村产业发展注入了新动力。

搭建平台，助返乡创业起好步

说起返乡创业，李娟有一肚子话。2006年，年仅17岁的她从家乡前往深圳务工，因为勤快、好学，几年间从电商平台的客服专员成长为公司负责人。

李娟每年过年回家，都发现家乡一些特产销路不畅，好东西卖不上好价钱。她下决心改变这种状况，2018年毅然返乡创业。

创业之初，李娟遇到一道道难题：钱从哪里来？基地怎么种植？物流中心怎么建？……就在她愁眉不展之际，2019年华蓥市建立返乡创业示范园，返乡农民工可通过自主建园或承包经营入园创业。

华蓥市人力资源和社会保障局局长白雪峰介绍，园区以"一分两统三免费"的方式为创业者提供支持，创业者分户经营，农投公司统一采购农资、统一销售产品、免费建设基础设施、免费提供技术服务、免费提供"广安蜜梨"品牌使用权。

"示范园搭建了一个很好的平台，大大降低了创业成本。"入驻示范园后，李娟通过"电商培训＋销售"模式，带动30多户农民销售农产品5 000多万元，发展起蜜梨和石榴红茶产业，吸纳周边60多名农民稳定就业。

白雪峰介绍，华蓥市以返乡创业示范园、产业园等为主要平台，已吸引2 600多名乡亲返乡创建市场主体621个，实现年营业收入20亿元，带动2.7万多名农民就业增收。

组织培训，扶持政策跟得上

2019年，浙江省帮扶的湖羊养殖项目落户广安市，广安区白马乡石河村村民游汉钟建起养殖场，引进了一批湖羊种羊。可是由于养殖技术不过关，不少种羊相继死去。了解到实际情况后，人社部门主动联系游汉钟，让他参加致富带头人培训，学习湖羊养殖技术。

学成回来后，游汉钟马上冲进养殖场。每天一大早，他钻进羊圈里认真清扫，紧盯湖羊身体状况，看到哪只羊状态不好便及时治疗。很快，游汉钟的养殖规模增加到200多头。"创业不容易，培训能提升创业成功率，太有必要了！"游汉钟感慨。

在广安区，有关部门已组织返乡创业培训27期，1 000余人直接受益。

培训帮游汉钟的创业步入正轨，他的姐姐游中杰则依靠政策扶持渡过了创业难关。

2014年，游中杰返乡创业，自建柠檬基地2 000余亩，与中国农业科学院柑橘研究所合作，产业发展顺利。"随着种植规模越来越大，公司的流动资金出现了困难。"游中杰说。

正在游中杰急得跺脚的时候，当地扶贫车间补贴资金及时拨付，在公司务工的7名脱贫户每人每月得到800元的补助。"这些资金帮公司解了燃眉之急。"游中杰说。

如今，游中杰的公司已打开局面，柠檬销路不愁，带动周边700余户农户种植1万余亩，白马乡也成了远近闻名的"柠檬之乡"。

第五届四川"村长"论坛暨首届乡村振兴
县委书记峰会举行

刊播：《四川日报》（2021年10月21日）
作者：史晓露　文莎

10月19—20日，第五届四川"村长"论坛暨首届乡村振兴县委书记峰会在崇州市五星村隆重举行，其间组织开展了开幕式、乡村文化振兴汇报演出暨2021年"四川杰出村官"颁奖典礼、首届乡村振兴县委书记峰会、第五届四川村长论坛暨川浙"村长"对话、闭幕式等系列活动。

四川省委常委、组织部部长、省委农村工作领导小组副组长于立军，省政府副省长、省委农村工作领导小组副组长杨兴平，省政协副主席曲木史哈等省领导出席论坛相关活动，全国"三农"专家宋洪远、唐园结、罗必良，省委农村工作领导小组有关成员单位负责同志，浙江省驻川工作组同志，"浙江名村"负责同志，各市（州）党委或政府分管负责同志，各市（州）党委农办、农业（农牧）农村局和乡村振兴局负责同志，2019年、2020年四川省乡村振兴先进县（市、区）党委主要负责同志，论坛组委会市（州）联络员，四川省乡村振兴促进会理事及会员代表，2021年"四川杰出村官"、第五届"四川省农村手工艺大师（乡村美食大师）"、"2021四川名村"及部分四川省乡村振兴示范村代表，四川省委农办、农业农村厅和省乡村振兴局相关处室负责同志参加本届论坛。

19日晚，举行了乡村文化振兴汇报演出暨2021年"四川杰出村官"颁奖典礼，四川省政府副省长、省委农村工作领导小组副组长杨兴平，省政协副主席曲木史哈出席活动并为2021年"四川杰出村官"、第五届"四川省农村手工艺大师（乡村美食大师）"荣誉称号获得者颁奖。

　　20日上午，举行了第五届四川"村长"论坛暨首届乡村振兴县委书记峰会开幕式。四川省委常委、组织部部长、省委农村工作领导小组副组长于立军出席开幕式并讲话，省政协副主席曲木史哈出席开幕式。崇州市委书记欧昭，成都市委常委、组织部部长邓涛，省乡村振兴促进会会长边慧敏，省政府副秘书长、浙江省驻川工作组组长王峻，农业农村部农村经济研究中心原主任、中国村社发展促进会副会长宋洪远先后致辞。开幕式上发布了"2021四川名村"名单，出席开幕式的领导和嘉宾为获奖代表颁奖。省委副秘书长黄传龙主持开幕式。

　　开幕式结束后，举行了首届乡村振兴县委书记峰会。中国人民大学乡村振兴研究院副院长、农民日报社原社长唐园结作演讲。四川省5位优秀县委书记，分别围绕"稳定粮食生产""推进乡村建设""创新乡村治理""促进城乡融合""全面推进乡村振兴"作交流发言。

　　20日下午，举行了第五届四川"村长"论坛暨川浙"村长"对话。省政府副秘书长、浙江省驻川工作组组长王峻，广东省政协农业和农村委员会副主任、华南农业大学学术委员会副主任罗必良作演讲。浙江义乌市何斯路村、宁波市滕头村、安吉县鲁家村负责同志与四川省崇州市五星村、泸县谭坝村、武胜县先锋岭村负责同志，共同交流分享新型农村集体经济建设、农民农村共同富裕的典型经验。

@四川农民朋友 新冠肺炎疫情怎么防？快来查收这组海报！

刊播：《四川农村日报》（2021年11月10日）

作者：刘佳

新一轮新冠肺炎疫情来袭！农村作为战略后院和"压舱石"，疫情防控不容小觑。

11月10日，四川省农业农村厅紧密结合省委、省政府"外防输入、内防反弹""人、物、环境同防"的要求，为全省农民朋友送出一组海报，以图文结合的形式，提醒广大农民朋友积极抓好农村地区疫情常态化、精准化防控，尽最大努力做到防疫生产两不误，保持四川省农业农村发展向好形势。

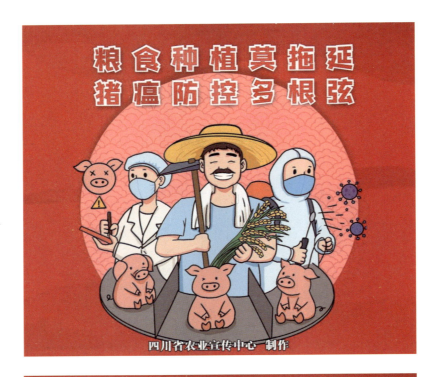

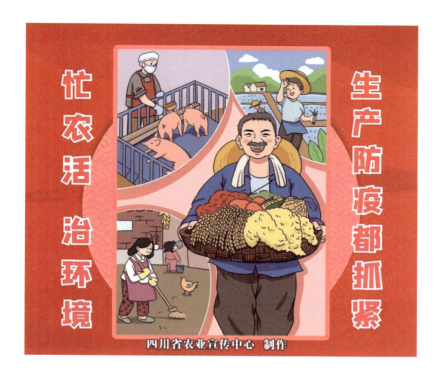

稳面积提单产 四川小春生产定下目标

刊播：四川广播电视台《四川新闻联播》（2021年11月20日）

【导语】

立冬已过，农时紧迫。眼下，小春生产正在全省全面推进。作为全国13个粮食主产省之一，2022年四川小春生产定下目标：计划种植粮食1 635万亩，油菜籽播种面积稳定在2 000万亩以上。目标如何达成？各地正紧锣密鼓抢播抢种。

【正文】

这几天，在达州万源市石窝镇金山寺村的小麦田里，农技人员正在为种植大户讲解机械播种的要领。随着机播技术的推广应用，老乡们种田更省力也更高效。

【同期】达州万源市石窝镇金山寺村村民 郑炳秀

如果是人工播种，这200亩地的种植成本最少要3万多元，机械播种最少节约1万多元，也就是节约一半的成本。

【同期】达州万源市石窝镇镇长　陈邦熬

争取在1周之内完成200余亩小麦播种，为明年的夏粮增收打下坚实的基础。

【正文】

抓好"粮袋子"的同时，"油瓶子"也要拧紧。在泸州市泸县高粱—油菜现代农业园区，高粱收割后的田块已经栽上绿油油的油菜苗。当前正是油菜管理的关键时节，老乡们在农技员的指导下，抓紧开展除草、施肥等工作。

【同期】泸州市泸县粟喻粮油专业合作社理事长　刘世超

今年我们合作社的种植规模在去年的基础上扩大了，达1 000多亩，预计产量在每亩200公斤以上。

【正文】

近年来，泸县全面推行高粱油菜轮作模式，提高土地的产出率。同时，大规模开发冬闲田，建设水旱轮作规模化基地，提升油菜种植潜力。目前，泸县已建成油菜示范基地11个，面积超17万亩。

【同期】泸州市泸县农业农村局农业技术推广中心副主任　陈应平

全县采购了10多吨油菜种子，免费发给广大农户种植，今年力争油菜种植的总面积达到26万亩以上，产值达到3.5亿，比去年增加10%以上。

【正文】

在绵阳市梓潼县潼江河谷现代化优质粮油基地，农艺师开起了"小春田间课堂"，指导种粮大户、村民推进农机农艺融合、良种良法配套，掌握科学抗旱抗寒等技术要领。

【同期】绵阳市梓潼县潼江河谷现代化优质粮油基地种粮大户　张荣鸿

在技术员的指导下抓住最佳播期，利用机播完成1 600亩小麦的播种工作，为明年粮食丰产丰收做好准备。

【正文】

保障冬春蔬菜供应，满足城乡居民的"菜篮子"，是小春生产的重要意义。这两天，在广元市苍溪县元坝镇鲜家沟村，种植户正在新建的大棚里进行越冬蔬菜育苗和管护。向科技要效益，如今，鲜家沟村建成了占地约700平方米的玻璃育苗大棚，利用智能化技术手段育苗。同时建成120多个蔬菜大棚，使过去的一季秋收变为现在的四季丰收。

【同期】广元市苍溪县元坝镇农技员　李万秀

种植大棚蔬菜的优势，第一是能够实现春提早，第二是能够实现秋延后，第三是能够抵抗恶劣天气，大棚里的蔬菜比露天种植的蔬菜增产百分之三四十。

【正文】

2022年小春生产，四川计划种植粮食1 635万亩，总产量429万吨以上。其中，小麦种植面积稳定在862万亩以上，产量稳定在243万吨以上；油菜籽种植面积稳定在2 000万亩以上，总产量稳定在338万吨以上，蔬菜播栽面积稳定在1 200万亩左右。

四川农村集体产权制度改革基本完成

刊播：川观新闻（2022年1月12日）

作者：史晓露

荒山荒地、闲置农房、乡村堰塘……这些农村资源资产如何为农民增收？村民又能分得多少收益？

近年来推进的农村集体产权制度改革正是为破解这些问题。

1月12日，记者从四川省农业农村厅获悉，截至2021年10月底，全省农村集体产权制度改革基本完成，清查核实集体资产总额2 292.8亿元，共有49 061个农村集体经济组织完成登记赋码并取得特别法人资格，实现村级全覆盖。

农村集体产权制度改革，就是在明晰集体资产产权归属的基础上，通过成员身份确认、股份量化落实权利、集体经济组织登记赋码等方式，将农村集体统一经营管理的资产折股量化到人、落实到户，推动"资源变资产、资金变股金、农民变股东"，让农民的钱袋子鼓起来。

近年来，国家和地方财政加大对"三农"的投入，特别是脱贫攻坚以来，农村形成了大量新资产。随着村级建制调整改革完成，不少村又腾出了大量办公用房、活动阵地等闲置资产。

"盘活利用好这些资产资源，让农村集体资产保值增值，对实现巩固拓展脱贫攻坚成果同乡村振兴有效衔接，做好两项改革'后半篇'文章具有重要意义。"四川省农业农村厅相关负责人表示。

2017年，四川全面启动农村集体产权制度改革，主要包括6项重点任务。"摸清农村集体资产家底是改革的第一步。"四川省农业农村厅农村合作经济指导处相关负责人介绍，四川每年开展资产清查，将资产所有权明确到各级农村集体经济组织，并录入全国农村集体资产监督管理平台，实现资产信息化管理。截至2021年10月底，全省农村集体资产家底基本摸清，其中经营性资产422.5亿元，非经营性资产1 870.3亿元，集体土地4.94亿亩。

摸清家底后，还需确认农村集体经济组织成员身份、推进集体经营性资产股份量化、完善农民集体资产股份权能、开展登记赋码、强化集体资产管理。截至2021年10月底，全省确认成员6 916万人次，以份额（股份）量化集体资产1 189.9亿元，发放份额（股份）证书516万本；97.5%的村实行"量化到人、确权到户、户内共享、长久不变"的股权静态管理模式。

为规范建立农村集体经济组织，四川率先在全国出台《四川省农村集体经济组织条例》，该"条例"自2021年10月1日起施行，是《中华人民共和国民法典》实施以来，全国第一个农村集体经济组织地方性法规，"'条例'为农村集体经济组织的建立和运行提供了法律保障，也为国家立法探索了'四川经验'。"四川省委农办相关负责人介绍。

在此基础上，四川积极探索新型农村集体经济实现形式。"为强化政策支持，四川实施了村级集体经济扶持项目，2019—2021年共扶持3 876个村，每村补助100万元。"四川省农业农村厅农村合作经济指导处相关负责人介绍，各地探索形成了股份合作自主经营、资源合作联合发展、资金入股借力发展等多种发展模式，发展壮大村级集体经济。

以"两项改革"为契机，去年，四川还选择了1 292个村探索开展合并村集体经济融合发展试点，试点村集体经济总收入达2.11亿元，比合并前的2019年增长225.7%，闲置资产盘活率达87.6%。

此外，四川还建立了激励约束机制，将农村集体产权制度改革、发展壮大农村集体经济等工作纳入对市（州）党政领导班子领导干部推进乡村振兴战略实绩考核内容。

下一步，四川将开展农村集体产权制度改革"回头看"，推动集体经济组织有效运行，盘活用好集体资源资产，让农村集体经济在乡村振兴中发挥更大作用。

祝贺！2021年度四川省乡村振兴先进县（市、区）、先进乡镇、示范村等出炉

刊播： 川观新闻（2022年1月26日）
作者： 文露敏

1月26日，四川省委农村工作会议宣读了《中共四川省委、四川省人民政府关于命名2021年度四川省乡村振兴先进县（市、区）、成效显著县（市、区）、重点帮扶优秀县（市、区）、先进乡镇、示范村、重点帮扶优秀村的决定》。

本次决定命名的先进县（市、区）共有11个，成效显著县（市、区）15个、重点帮扶优秀县10个（市、区）、先进乡镇50个、示范村500个、重点帮扶优秀村200个。

2021年度四川省乡村振兴先进县（市、区）、成效显著县（市、区）、重点帮扶优秀县（市、区）、先进乡镇、示范村、重点帮扶优秀村名单如下。

一、2021年度四川省乡村振兴先进县（市、区）（11个）

成都市新津区、富顺县、盐边县、绵竹市、绵阳市安州区、井研县、宜宾市南溪区、广安市广安区、达州市达川区、眉山市彭山区、资阳市雁江区。

二、2021年度四川省乡村振兴成效显著县（市、区）（15个）

简阳市、荣县、泸州市纳溪区、三台县、遂宁市安居区、资中县、夹江县、阆中市、西充县、长宁县、兴文县、华蓥市、渠县、荥经县、眉山市东坡区。

三、2021年度四川省乡村振兴重点帮扶优秀县（市、区）（10个）

剑阁县、峨边彝族自治县、万源市、汶川县、黑水县、康定市、甘孜

县、稻城县、昭觉县、金阳县。

四、2021年度四川省乡村振兴先进乡镇（50个）

（一）成都市（4个）
彭州市葛仙山镇、邛崃市平乐镇、崇州市白头镇、蒲江县成佳镇。

（二）自贡市（2个）
自流井区荣边镇、沿滩区黄市镇。

（三）攀枝花市（1个）
盐边县渔门镇。

（四）泸州市（3个）
龙马潭区特兴街道、泸县玉蟾街道、叙永县摩尼镇。

（五）德阳市（2个）
罗江区白马关镇、广汉市向阳镇。

（六）绵阳市（3个）
平武县平通羌族乡、北川羌族自治县曲山镇、盐亭县巨龙镇。

（七）广元市（3个）
昭化区元坝镇、旺苍县木门镇、青川县青溪镇。

（八）遂宁市（1个）
船山区河沙镇。

（九）内江市（2个）
东兴区田家镇、隆昌市胡家镇。

（十）乐山市（2个）
沙湾区太平镇、峨眉山市桂花桥镇。

（十一）南充市（3个）
嘉陵区龙蟠镇、南部县东坝镇、营山县东升镇。

（十二）宜宾市（3个）
翠屏区李庄镇、叙州区蕨溪镇、筠连县巡司镇。

（十三）广安市（3个）
前锋区观阁镇、岳池县苟角镇、邻水县丰禾镇。

（十四）达州市（3个）

通川区磐石镇、宣汉县南坝镇、开江县任市镇。

（十五）巴中市（3个）

巴州区化成镇、恩阳区柳林镇、通江县广纳镇。

（十六）雅安市（2个）

石棉县美罗镇、芦山县龙门镇。

（十七）眉山市（2个）

仁寿县珠嘉镇、洪雅县止戈镇。

（十八）资阳市（2个）

安岳县乾龙镇、乐至县东山镇。

（十九）阿坝藏族羌族自治州（1个）

红原县安曲镇。

（二十）甘孜藏族自治州（2个）

九龙县魁多镇、得荣县瓦卡镇。

（二十一）凉山彝族自治州（3个）

西昌市安宁镇、会东县铅锌镇、宁南县松新镇。

五、2021年度四川省乡村振兴示范村（500个）

（一）成都市（41个）

龙泉驿区：洪安镇红光村、山泉镇桃源村。

青白江区：姚渡镇凉水村、弥牟镇狮子村。

新都区：清流镇水梨村、军屯镇郭家村。

温江区：万春镇鱼凫村、和盛镇玉河村。

双流区：永安镇双坝村、彭镇岷江村、永兴街道南新村、新兴街道柏杨村。

郫都区：唐昌镇平乐村、三道堰镇古城村。

新津区：永商镇梨花村、宝墩镇龙马村。

都江堰市：聚源镇三坝社区、天马镇圣寿社区。

彭州市：敖平镇友谊村、丹景山镇新春村、龙门山镇龙源村。

邛崃市：平乐镇关帝村、桑园镇向阳村、大同镇马湖村。

崇州市：隆兴镇青桥村、廖家镇全兴村、元通镇聚源村。

简阳市：青龙镇联合村、云龙镇红坝村、江源镇月湾村、禾丰镇丙灵村、芦葭镇仁里村、海螺镇互利村。

金堂县：金龙镇谢杨坝村、云合镇天元村、五凤镇金箱村。

大邑县：王泗镇尚河村、新场镇头堰村。

蒲江县：西来镇铁牛村、朝阳湖镇仙阁村、甘溪镇箭塔村。

（二）自贡市（12个）

自流井区：仲权镇全胜村。

贡井区：建设镇固胜村、桥头镇永顺村。

大安区：新店镇何院村、新店镇共和村。

沿滩区：沿滩镇人民村、永安镇刘山村。

荣县：乐德镇天宫庙村、新桥镇赶场冲村、河口镇河坝湾村。

富顺县：板桥镇柑竹湾村、代寺镇丰光村。

（三）攀枝花市（7个）

仁和区：布德镇中心社区、仁和镇板桥社区、中坝乡学房社区。

米易县：撒莲镇垭口社区、白马镇高龙村、丙谷镇芭蕉箐村。

盐边县：渔门镇双龙社区。

（四）泸州市（19个）

江阳区：黄舣镇罗湾村、丹林镇建设村。

龙马潭区：金龙镇曹坝村、胡市镇来寺村。

纳溪区：天仙镇银罗村、上马镇黄桷坝村、白节镇竹海村。

泸县：海潮镇小白村、嘉明镇护松村、云锦镇天台寺村。

合江县：尧坝镇团结村、荔江镇甘雨村。

叙永县：水尾镇广木村、合乐苗族乡方元村、摩尼镇联盟村。

古蔺县：二郎镇文明村、永乐街道麻柳滩村、箭竹苗族乡前丰村、大村镇中乐村。

（五）德阳市（17个）

旌阳区：孝泉镇五会村、天元街道楠树村、天元街道新隆村。

罗江区：新盛镇金龙村、鄢家镇星光村。

广汉市：连山镇石梯村、高坪镇园龙村、南丰镇七玉村。

什邡市：师古镇红豆村、南泉镇金桂村。

　　绵竹市：清平镇棋盘村、麓棠镇玫瑰新村。

　　中江县：东北镇觉慧村、集凤镇石垭子村、辑庆镇书房村、玉兴镇凡龙村、永太镇小桥村。

（六）绵阳市（35个）

　　涪城区：丰谷镇字库村、吴家镇戴家林村、青义镇小桥村、永兴镇银花湖村。

　　游仙区：盐泉镇盐井村、信义镇福星村、小枧镇遇仙村、忠兴镇酒店村。

　　安州区：河清镇金花村、睢水镇白河村、黄土镇芋河村。

　　江油市：新安镇天岭村、小溪坝镇鲜花村、河口镇圣马村、大康镇陈塘关村、双河镇桂花村。

　　梓潼县：长卿镇天星村、黎雅镇马安村、双板镇德胜村、金龙镇龙凤村。

　　平武县：锁江羌族乡黄坪村、高村乡福寿村、豆叩羌族乡茶香村。

　　北川羌族自治县：永昌镇高安村、通泉镇双紫村。

　　三台县：乐安镇天马石村、古井镇凯江村、鲁班镇洞湾村、芦溪镇镇江村、景福镇向阳村、西平镇建林驿村。

　　盐亭县：富驿镇雄关村、西陵镇麒麟村、永泰镇天和村、鹅溪镇长寿村。

（七）广元市（27个）

　　利州区：龙潭乡金鼓村、白朝乡白朝村、荣山镇中口村。

　　昭化区：元坝镇拣银岩村、清水镇松梁村、虎跳镇南斗村、红岩镇坪林村。

　　朝天区：羊木镇兰坝村、中子镇校场村、中子镇印坪村、朝天镇三滩村、沙河镇望云村。

　　剑阁县：东宝镇双西村、木马镇井泉村、下寺镇峰垭村、鹤龄镇化林村。

　　旺苍县：东河镇金石村、白水镇卢家坝村、嘉川镇新生村。

　　青川县：姚渡镇汉道河村、乔庄镇孔溪社区、竹园镇河口村。

　　苍溪县：陵江镇笋子沟村、黄猫垭镇黄猫垭社区、元坝镇中梁村、百利镇金陵村、白桥镇白桥社区。

（八）遂宁市（22个）

　　船山区：永兴镇新开村、河沙镇梓桐村、桂花镇桂郡村、唐家乡万福村、新桥镇新羊村。

　　安居区：中兴镇五香庙村、三家镇三门村、拦江镇五琅坝村、聚贤镇木桶井村、西眉镇双山村。

射洪市：瞿河镇板板桥村、金华镇东山村、金家镇老鹤村、青岗镇文化村、太乙镇富强村。

蓬溪县：文井镇梅垭村、群利镇印花村、红江镇部营村、高升乡莲枝村。

大英县：隆盛镇青坪村、蓬莱镇福桥村、卓筒井镇东山村。

（九）内江市（22个）

市中区：全安镇花洞村、凌家镇牛角田村。

东兴区：田家镇火花村、田家镇三元村、富溪镇田溪口村、石子镇七星村、永兴镇团山村。

隆昌市：古湖街道大云村、响石镇黄龙村、界市镇蔡家寺村、普润镇黄荆村。

资中县：银山镇双塘坊村、公民镇感应庵村、归德镇玉皇村、龙江镇全胜村、鱼溪镇红莲村、罗泉镇小桥村、马鞍镇驼柏树村。

威远县：新店镇民富村、越溪镇青宁村、东联镇木瓜村、小河镇开元村。

（十）乐山市（22个）

市中区：青平镇八一村、大佛街道明月村、茅桥镇李家村。

五通桥区：竹根镇翻身村。

沙湾区：踏水镇蜜蜂村、沙湾镇三峨山村。

金口河区：金河镇吉星村。

峨眉山市：绥山镇荷叶村、双福镇安全村。

犍为县：罗城镇铁岭村、寿保镇旺家村、舞雩镇熊马村。

井研县：竹园镇高石坎村、集益镇雨台村、周坡镇石马村。

夹江县：吴场镇三管村、新场镇团结村、华头镇辕门村。

沐川县：富新镇新塘村。

峨边彝族自治县：新林镇茗新村、宜坪乡草坪村。

马边彝族自治县：下溪镇鱼仓山村。

（十一）南充市（39个）

顺庆区：新复乡天生桥村、搬罾街道小河坝村。

高坪区：走马镇姜家祠村、阙家镇溪头村、擦耳镇新拱桥村。

嘉陵区：金宝镇槐树坝村、大通镇麻感坝村、李渡镇枣垭寺村、金凤镇滑石滩村。

阆中市：博树回族乡团结村、江南街道千佛岩村、河溪街道茶房楼社区、洪山镇多宝村。

南部县：升水镇临江坪村、万年镇金山村、永定镇杏垭村、南隆街道海会村、宏观乡岳坪村、碑院镇林坝村、铁佛塘镇贾家店村。

西充县：凤鸣镇历古寺村、太平镇谢侯庙村、多扶镇桂花村、古楼镇桃博园村。

仪陇县：铜鼓乡九龙山村、双胜镇金狮村、赛金镇郑家湾村、福临乡宝瓶村、土门镇文昌农村社区。

营山县：明德乡明渠村、青山镇青山社区、小桥镇老街村、黄渡镇坪上村、安化乡河口村。

蓬安县：新园乡宽敞沟村、相如街道古楼沟村、金溪镇沈家坝村、徐家镇蓬池坝村、锦屏镇西门社区。

（十二）宜宾市（30个）

翠屏区：金秋湖镇沉香社区、白花镇白安社区、宗场镇五粮液村、李端镇板栗社区。

南溪区：裴石镇中坝社区、仙临镇两木村、刘家镇太平村、大观镇八角社区、江南镇登高村。

叙州区：樟海镇红荔社区、樟海镇丰富村、蕨溪镇大坪社区、柏溪街道新联社区。

江安县：夕佳山镇文武社区、四面山镇天泉村、阳春镇金江村。

长宁县：梅白镇联合村、长宁镇龙门村、双河镇合龙村、竹海镇大林社区。

高县：来复镇通书社区、落润镇公益村。

筠连县：筠连镇川丰村、沐爱镇楼坪村。

珙县：珙泉镇鱼竹村、孝儿镇天堂村。

兴文县：共乐镇东阳村、周家镇周家村。

屏山县：大乘镇京坪社区、屏山镇蒋坝社区。

（十三）广安市（28个）

广安区：石笋镇斜石村、石笋镇龙岩村、白马乡石河村、大安镇司马村、大龙镇自力村。

前锋区：龙滩镇许家村、广兴镇寨坪村、虎城镇新风村。

华蓥市：禄市镇月亮坡村、溪口镇袁家坝村、阳和镇祝家坝村。

岳池县：苟角镇小麦山村、苟角镇水浮山村、顾县镇两会桥村、石垭镇云峰村、朝阳街道齐心村、坪滩镇低坑村。

武胜县：飞龙镇卢山村、万隆镇飞来石村、中心镇锡壶沟村、龙女镇青岩村、胜利镇三叉沟村。

邻水县：城北镇金垭村、城南镇芭蕉村、观音桥镇六合寨村、两河镇大桥村、观音桥镇白羊寺村、八耳镇新业寺村。

（十四）达州市（30个）

通川区：北山镇铁佛村、梓桐镇渔河村、安云乡七河村、金石镇月岩村。

达川区：双庙镇二东农村社区、管村镇高寨村、杨柳街道两角村、赵家镇石垭村、万家镇三星村、金垭镇金山村、麻柳镇罗顶寨村。

万源市：太平镇牛卯坪村、固军镇大地坪村、白沙镇青龙嘴村。

宣汉县：普光镇大田村、君塘镇湾桥村、漆树土家族乡杉木村。

开江县：回龙镇盘石村、永兴镇龙头桥村、甘棠镇龙井坝村。

大竹县：庙坝镇寨峰村、月华镇玉皇庙村、团坝镇五星村、童家镇天星寨村、石河镇前锋村、永胜镇茨竹村。

渠县：有庆镇太阳村、土溪镇汉亭村、安北乡南山村、宝城镇连丰村。

（十五）巴中市（25个）

巴州区：大和乡朱垭村、鼎山镇清泉村、梁永镇园堡山村、枣林镇灵山村、清江镇黄包村。

恩阳区：下八庙镇普济宫村、柳林镇桅杆垭村、明阳镇付家寨村、玉山镇春光社区、兴隆镇法华村。

平昌县：邱家镇石龙村、灵山镇元柏社区、板庙镇大石社区、金宝街道五马社区、驷马镇真茂社区。

通江县：青峪镇青龙石村、新场镇红岩村、铁佛镇河西村、民胜镇方山村、诺水河镇临江村。

南江县：沙河镇诸葛寨村、红光镇房岭村、下两镇东垭村、元潭镇字库村、公山镇卫星村。

（十六）雅安市（12个）

雨城区：碧峰峡镇碧峰村、草坝镇桂花村。

名山区：百丈镇解放村。

荥经县：宝峰彝族乡田坝村。

汉源县：九襄镇三强村、皇木镇松坪村。

石棉县：美罗镇山泉村。

天全县：思经镇团结村、新华乡落改村。

芦山县：思延镇草坪村。

宝兴县：蜂桶寨乡民治村、硗碛藏族乡嘎日村。

（十七）眉山市（15个）

东坡区：万胜镇艾光村、富牛镇玉龙村。

彭山区：青龙街道狮子村、公义镇新桥村、观音街道兴崇社区。

仁寿县：方家镇哨楼村、文宫镇太清村、新店镇新店社区、青岗乡瑞云村。

洪雅县：止戈镇止火街社区、中保镇联丰村。

丹棱县：齐乐镇红石村、张场镇廖店村。

青神县：白果乡虎渡社区、汉阳镇文新村。

（十八）资阳市（22个）

雁江区：丰裕镇人民村、丹山镇胡家祠村、保和镇六石包村、保和镇迎龙桥村、老君镇龙星村、东峰镇打铁村、宝台镇凉水井村。

安岳县：文化镇白坪村、龙台镇沙石村、卧佛镇木门村、卧佛镇金线村、岳阳镇陶海村、乾龙镇铁门村、兴隆镇七角村、兴隆镇老林村。

乐至县：宝林镇天台村、宝林镇独柏村、良安镇余家沟村、东山镇东乐村、高寺镇聚贤村、双河场乡两河口村、高寺镇金光村。

（十九）阿坝藏族羌族自治州（15个）

马尔康市：梭磨乡色尔米村、松岗镇洛威村。

汶川县：威州镇布瓦村、漩口镇群益村。

理县：米亚罗镇八角碉村、杂谷脑镇官田村。

茂县：叠溪镇松坪沟村。

松潘县：川主寺镇林坡村。

九寨沟县：漳扎镇龙康村。

金川县：马奈镇八角塘村。

小金县：四姑娘山镇双桥村。

黑水县：沙石多镇昌德村。

壤塘县：蒲西乡斯跃武村。

阿坝县：四洼乡下四洼村。

若尔盖县：求吉乡下黄寨村。

（二十）甘孜藏族自治州（27个）

康定市：姑咱镇羊厂村、金汤镇高碉村。

泸定县：烹坝镇黄草坪村、德威镇海子村、磨西镇柏秧坪村。

丹巴县：甲居镇喀咔村、墨尔多山镇基卡依村。

九龙县：三垭镇郎呷村、呷尔镇华丘村。

雅江县：西俄洛镇康巴汉子村、呷拉镇西地村。

道孚县：甲斯孔乡卡美村。

炉霍县：泥巴乡四季村、旦都乡秋所村。

甘孜县：南多乡俄绒村。

新龙县：博美乡仁乃村。

德格县：马尼干戈镇洞真村。

白玉县：章都乡玉桑村。

石渠县：正科乡许巴村。

色达县：旭日乡旭日村、塔子乡蚌珠村。

理塘县：木拉镇乃沙村。

巴塘县：中咱镇波浪村。

乡城县：然乌乡纳木村、洞松乡热斗村。

稻城县：香格里拉镇亚丁村、噶通镇八美村。

（二十一）凉山彝族自治州（33个）

西昌市：礼州镇田坝村、礼州镇江管村、安宁镇五堡村、阿七镇大田村、太和镇太安村。

会理市：黎溪镇新光社区、小黑箐镇白沙村、彰冠镇魁阁村、益门镇龙泉村、云甸镇云兴村。

德昌县：德州街道角半村、德州街道沙坝村、永郎镇蒲坝村、乐跃镇红星村、巴洞镇松柏村、昌州街道陈所村。

会东县：堵格镇堵格村、铅锌镇岔河村、铁柳镇铁柳村、嘎吉镇嘎吉村、乌东德镇青龙山村、松坪镇刘家坪村。

宁南县：宁远镇码口村、西瑶镇水库村、幸福镇顺河村、俱乐镇红岩村、竹寿镇长征村。

冕宁县：漫水湾镇西河社区、高阳街道大石板社区、若水镇石古村、锦屏镇海泉村、泸沽镇王家祠村、复兴镇巨龙社区。

六、2021年度四川省乡村振兴重点帮扶优秀村（200个）

（一）成都市（3个）

简阳市：石钟镇前锋村、禾丰镇连山村、云龙镇红旗村。

（二）自贡市（4个）

贡井区：莲花镇白仓村。

大安区：大山铺镇伍家村。

荣县：长山镇青龙村。

富顺县：长滩镇胡观村。

（三）攀枝花市（3个）

仁和区：前进镇高峰社区。

米易县：新山傈僳族乡新山村。

盐边县：渔门镇鳡鱼村。

（四）泸州市（5个）

纳溪区：打古镇云回村。

泸县：玉蟾街道白龙塔村。

合江县：甘雨镇瑞丰村。

叙永县：麻城镇寨和村。

古蔺县：彰德街道漆山村。

（五）德阳市（5个）

旌阳区：双东镇金锣桥村。

什邡市：马井镇建设村。

绵竹市：富新镇文永村。

中江县：永太镇石狮村、集凤镇银冯村。

（六）绵阳市（8个）

游仙区：盐泉镇玉溪村。

安州区：黄土镇草溪村。

江油市：重华镇平桥村。

梓潼县：文昌镇飞龙村。

平武县：江油关镇党家沟村。

北川羌族自治县：擂鼓镇南华村。

三台县：新鲁镇望柱村。

盐亭县：云溪镇阳山村。

（七）广元市（12个）

利州区：三堆镇七里村。

昭化区：柏林沟镇赤岚村。

朝天区：李家镇青林村、中子镇高车村。

剑阁县：下寺镇双旗村、姚家镇元宝村。

旺苍县：高阳镇温泉村、三江镇厚坝村。

青川县：三锅镇民兴村。

苍溪县：白鹤乡新店子村、浙水乡山水村、元坝镇芦飞村。

（八）遂宁市（5个）

船山区：永兴镇联盟村。

安居区：白马镇青峰村。

射洪市：广兴镇双江村。

蓬溪县：文井镇高峰山村。

大英县：象山镇凤阳村。

（九）内江市（5个）

市中区：永安镇糖房坳村。

东兴区：郭北镇青台村。

隆昌市：胡家镇双龙村。

资中县：狮子镇李子园村。

威远县：高石镇止马村。

（十）乐山市（10个）

市中区：白马镇光明村。

五通桥区：西坝镇向荣村。

沙湾区：太平镇绿化村。

金口河区：共安彝族乡新河村。

峨眉山市：大为镇楠香村。

犍为县：定文镇方井村。

井研县：东林镇红花村。

夹江县：木城镇修文村。

沐川县：高笋乡边河村。

马边彝族自治县：雪口山镇永兴村。

（十一）南充市（16个）

顺庆区：双桥镇龙归寺村。

高坪区：长乐镇朝阳庵村。

嘉陵区：双桂镇大石沟村、龙蟠镇水堰口村。

阆中市：天宫镇金星村、石滩镇护山梁村。

南部县：万年镇朝阳村、双峰乡龙马镇村。

西充县：仁和镇丹桂垭村。

仪陇县：马鞍镇金山村、柳垭镇白庙子村、双胜镇火井村。

营山县：东升镇桦树村、清水乡水磨村。

蓬安县：巨龙镇羊角嘴村、周口街道牛毛漩村。

（十二）宜宾市（10个）

翠屏区：永兴镇狮子村。

南溪区：南溪街道白合村。

叙州区：安边镇瑞莲村。

江安县：铁清镇七柱村。

长宁县：花滩镇宁春村。

高县：嘉乐镇龙旺村。

筠连县：筠连镇田丰村。

珙县：罗渡苗族乡王武寨村。

兴文县：大河苗族乡落白亮村。

屏山县：龙华镇碳石村。

（十三）广安市（11个）

广安区：龙安乡革新村、兴平镇龙孔村。

前锋区：观阁镇高河村、桂兴镇四方山村。

华蓥市：禄市镇凉水井村。

岳池县：朝阳街道观音庵村、罗渡镇陈家堂村。

武胜县：飞龙镇五家岩村、鸣钟镇小寨村。

邻水县：高滩镇桂花村、梁板镇清水村。

（十四）达州市（14个）

通川区：青宁镇长梯村。

达川区：石桥镇大林沟村、桥湾镇钟山村。

万源市：石窝镇番坝村、井溪镇猫坪村、太平镇老洼坪村。

宣汉县：庙安镇洞子村、南坪镇凤凰村、大成镇锁辖村。

开江县：回龙镇纸厂沟村。

大竹县：高明镇同心村、月华镇井岗村。

渠县：临巴镇文星村、文崇镇台山村。

（十五）巴中市（12个）

巴州区：天马山镇狮子寨村、曾口镇椿树村。

恩阳区：双胜镇万林村、明阳镇鹿台村。

平昌县：元山镇插旗山村、土兴镇福禄村、得胜镇丰收村。

通江县：春在镇棋子顶村、杨柏镇太平场村、陈河镇陈家坝村。

南江县：正直镇福寨村、公山镇石矿村。

（十六）雅安市（4个）

名山区：蒙阳街道上瓦村。

汉源县：富林镇太平村。

石棉县：安顺场镇松林村。

天全县：城厢镇龙尾村。

（十七）眉山市（4个）

东坡区：多悦镇海珠村。

仁寿县：青岗乡盘龙村。

洪雅县：东岳镇桥口村。

青神县：白果乡官厅坝村。

（十八）资阳市（4个）

雁江区：老君镇大溪村。

安岳县：卧佛镇卧佛村、通贤镇三学村。

乐至县：东山镇方广村。

（十九）阿坝藏族羌族自治州（15个）

马尔康市：日部乡色江村。

理县：下孟乡嘉康村。

汶川县：漩口镇集中村。

茂县：赤不苏镇赤不苏村。

松潘县：十里回族乡火烧屯村。

九寨沟县：玉瓦乡四道城村。

金川县：勒乌镇金马坪村。

小金县：美兴镇美兴村。

黑水县：晴朗乡仁恩塘村。

壤塘县：石里乡上大石沟村、吾伊乡修卡村。

阿坝县：贾洛镇日阿洛村。

若尔盖县：求吉乡甲吉村、麦溪乡俄藏村。

红原县：阿木乡卡口村。

（二十）甘孜藏族自治州（25个）

康定市：金汤镇寇家河坝村。

泸定县：兴隆镇和平村。

丹巴县：墨尔多山镇岭垄村。

九龙县：湾坝镇挖金村。

雅江县：八角楼乡维锡村。

道孚县：鲜水镇新江沟村。

炉霍县：仁达乡玉麦比村。

甘孜县：呷拉乡柯多村、甘孜镇贡曲村、生康乡然达底村。

新龙县：拉日马镇扎宗村。

德格县：龚垭镇普西村、错阿镇马达村、柯洛洞乡独木岭村。

白玉县：沙马乡德西村。

石渠县：真达乡真达村、德荣玛乡谷恩村、宜牛乡杜龙村。

色达县：杨各乡下甲斗村。

理塘县：奔戈乡卡灰村、高城镇德西三村。

巴塘县：地巫镇热思村。

乡城县：水洼乡水洼村。

稻城县：俄牙同乡牙垭村。

得荣县：日雨镇绒学村。

（二十一）凉山彝族自治州（25个）

西昌市：巴汝镇甲乌村。

会理市：绿水镇阿拉村。

德昌县：麻栗镇黄家坝村。

会东县：姜州镇民德村。

宁南县：跑马镇四大块村。

冕宁县：里庄镇经营村。

普格县：螺髻山镇德育村、荞窝镇云盘山村。

布拖县：特木里镇洛奎村、拖觉镇老鸠规村。

昭觉县：古里镇悬崖村。

金阳县：百草坡镇热柯觉中心村。

雷波县：金沙镇阳光社区、瓦岗镇瓦曲托村。

美姑县：柳洪乡吉觉古布村。

甘洛县：团结乡瓦姑录村、海棠镇清水村。

越西县：大瑞镇林沟村、大瑞镇友谊村。

喜德县：鲁基乡中坝社区、红莫镇瓦西村。

盐源县：润盐镇龙口河村、泸沽湖镇前所村。

木里藏族自治县：博科乡八科村、西秋乡咪核村。

2021年度四川省星级现代农业园区名单公布

刊播：四川观察（2022年1月26日）
作者：李默　马凯

在今天（1月26日）举行的四川省委农村工作会议上，2021年度四川省星级现代农业园区名单正式出炉，62个园区获授牌。

一、四川省五星级现代农业园区（12个）

大邑县粮油现代农业园区、米易县稻菜现代农业园区、泸县粮油现代农业园区、大竹县粮油现代农业园区、自贡市大安区肉鸡现代农业园区、红原县牦牛现代农业园区、广元市朝天区蔬菜现代农业园区、汉源县花椒现代农业园区、威远县无花果现代农业园区、犍为县茉莉花农旅现代农业园区、宜宾市翠屏区茶叶现代农业园区、巴中市巴州区中药材现代农业园区。

二、四川省四星级现代农业园区（19个）

荣县粮油现代农业园区、德阳市旌阳区粮油现代农业园区、剑阁县粮油现代农业园区、岳池县粮油现代农业园区、仁寿县粮油现代农业园区、宣汉县肉牛现代农业园区、昭觉县肉牛蔬菜现代农业园区、天全县冷水鱼现代农业园区、泸州市江阳区蔬菜现代农业园区、石渠县蔬菜现代农业园区、金堂县食用菌现代农业园区、南部县柑橘现代农业园区、青神县柑橘现代农业园区、华蓥市梨现代农业园区、乐至县葡萄现代农业园区、盐源县苹果现代农业园区、平昌县茶叶现代农业园区、绵阳市涪城区蚕桑现代农业园区、南充市嘉陵区蚕桑现代农业园区。

三、四川省三星级现代农业园区（31个）

彭州市稻菜现代农业园区、成都市新都区稻菜现代农业园区、成都市青白江区稻菜现代农业园区、自贡市贡井区高粱蔬菜现代农业园区、梓潼县粮油现代农业园区、苍溪县粮油现代农业园区、射洪市粮油现代农业园区、内江市东兴区稻菜现代农业园区、营山县稻渔现代农业园区、巴中市恩阳区粮油现代农业园区、会东县粮烟现代农业园区、古蔺县肉牛现代农业园区、盐亭县水产现代农业园区、通江县食用菌现代农业园区、宝兴县食用菌现代农业园区、雅江县食用菌现代农业园区、广元市利州区食用菌现代农业园区、蓬安县花椒现代农业园区、广安市前锋区花椒现代农业园区、邻水县脐橙现代农业园区、丹棱县柑橘现代农业园区、雷波县脐橙现代农业园区、德阳市罗江区枣子现代农业园区、达州市通川区蓝莓现代农业园区、茂县李子苹果现代农业园区、马边县茶叶现代农业园区、宜宾市叙州区茶叶现代农业园区、高县茶叶现代农业园区、雅安市雨城区藏茶现代农业园区、乐山市沙湾区中药材现代农业园区、珙县蚕桑现代农业园区。

加快推进乡村全面振兴　推动农业农村现代化迈上新台阶

刊播：《四川新闻联播》（2022 年 1 月 26 日）

作者：李默　马凯　刘彦君

【导语】

加快推进乡村全面振兴，奋力推动四川由农业大省向农业强省跨越，今天召开的省委农村工作会议为今年四川省"三农"工作指明了方向。

【正文】

与会人员结合各自实际，表示将持续抓好脱贫攻坚成果巩固拓展，加快推进乡村全面振兴，牢牢稳住农业基本盘，确保习近平总书记重要指示要求和党中央关于"三农"工作的决策部署在各地不折不扣落地落实。

【同期】广元市剑阁县委书记　杨祖斌

剑阁县有幸获评省级乡村振兴帮扶优秀县，下一步将结合剑阁实际，在大豆与玉米的混合种植方面取得新的突破，为国家粮食安全战略作出剑阁贡献。

【同期】达州市大竹县委书记　李志超

大竹县粮油糯稻现代农业园区从三星园区直接晋升为五星园区，下一步，大竹县将认真贯彻落实中央和省委农村工作会议精神，真正把现代农业园区作为"农业多贡献"的主抓手、主阵地。

【同期】眉山市副市长、彭山区委书记　黄秀航

彭山区将巩固省级乡村振兴先进县的创建成果，全力以赴推进乡村全面振兴。落实三级书记抓"三农"工作的主体责任，严防规模性返贫，严守耕地红线，奋力实现共同富裕。

【同期】四川省农业科学院党委书记　吕火明

我们将充分发挥农业科研单位的科技力量，在种业翻身仗上，在土壤改良、防治土壤污染等方面，做好相关的工作。

四川省委农村工作会议在成都召开

刊播：四川观察（2022年1月26日）
作者：李默　马凯

1月26日上午9时，四川省委农村工作会议在成都召开。会议坚持以习近平新时代中国特色社会主义思想为指导，深入学习贯彻党的十九届五中、六中全会精神，全面落实中央农村工作会议精神，总结四川省2021年"三农"工作成效，分析当前形势任务，研究部署2022年"三农"工作，严格落实耕地保护责任，全力确保农业稳产增产，持续抓好脱贫攻坚成果巩固拓展，加快推进乡村全面振兴，推动四川省农业农村现代化迈上新台阶。

稳住川粮基本盘　做强振兴"压舱石"

起步乡村全面振兴新征程

刊播：《四川日报》（2022年1月26日）

作者：王成栋　史晓露

"日子越来越红火！"1月24日中午，刚刚在年猪宴上坐稳，凉山州布拖县拉果乡阿布洛哈村"90后"村民阿达么友杂就打开手机，开始当天的直播。去年，阿达么友杂回村办起网店销售农产品，带动村里10多户脱贫户增收10余万元。

人勤地不懒！虎年春节前，眉山市好味稻水稻专业合作社理事长李相德忙着给社员分红。去年，合作社扩种水稻1万亩，增产稻谷600万公斤，增收1600万元。

2021年，"三农"工作重心实现由脱贫攻坚向全面推进乡村振兴的历史性转移。1年来，四川主动顺应"三农"发展客观规律，坚持农业农村优先发展，全面推进乡村振兴，加快推进农业农村现代化，唱响推动农业高质高效、乡村宜居宜业、农民富裕富足的大合唱。

筑牢防贫线，扎紧"粮袋子"

去年12月11日，全省161个核查评估组、2800余名调查员分赴88个脱贫县，以及其他有巩固拓展脱贫攻坚成果任务的73个涉农县开展实地评估工作。

几乎同一时间，四川还派出21个考核组奔赴21个市（州），全面启动全省首次市（州）党委、政府落实粮食安全党政同责考核。

考核，是为了摸清底数。结果令人欣慰，"态势良好！"四川省委农办相关负责人说。

好态势，来自四川省委、省政府的持续高位推动。去年2月19日，四川省委农村工作会议召开，强调要持续用力巩固拓展脱贫攻坚成果、坚决守住粮食安全这条底线。

防返贫，政策要稳。与全国一样，四川明确，脱贫攻坚目标任务完成后，设立5年过渡期。过渡期内，严格落实"四个不摘"，对脱贫地区全覆盖开展"回头看""回头帮"。去年5月，一声令下，全省3.4万名新一轮驻村干部全部到岗履职。随后，全面启动3000余户"掉边掉角"农户搬迁工作，同步动态调整完善农村低收入人口认定办法，努力实现边缘户"早发现""早帮扶"和贫困户动态清零。

稳粮仓，措施要硬。早在去年年初，四川就将年度粮食扩种增产目标任务落实到人、到具体地块。随后，全面启动粮食安全党政同责考核，明确粮食生产纳入市（州）政府年度目标绩效考核并实行"一票否决"。

谷非地不生，如何实现"藏粮于地"？去年，在建成470万亩高标准农田基础上，四川落实最严格的耕地保护制度，采取"长牙齿"的硬措施，坚决遏制耕地"非农化"、防止"非粮化"。

不只施压，更要放活。种粮的含"金"量越来越高——去年，省级层面将种粮大户补贴测算标准提升至80元／亩，是过去的2倍。

成果显而易见。去年，四川省实现脱贫劳动力务工就业226万人；粮食总产量达3582.1万吨，比上年增加54.7万吨；生猪出栏6314.8万头，继续稳居全国第一。

打好"翻身仗"，加快"补短板"

川乡黑猪要走向全国了！虎年春节后，200头川乡黑猪将陆续前往海南、云南等地安家。去年年底，四川自主培育的川乡黑猪通过国家审定，成为我国首个具有自主知识产权的种公猪品种。

川种吹响图强的号角，背后是四川农业的一盘"大棋"——持续在现代农业种业、农业装备和烘干冷链物流上下功夫，加快补齐农业发展短板弱项。

借助本轮事业单位改革，四川农林畜草科研院所资源整合全面推进。剥离四川省农业农村厅等部门经营资产后组建的四川省现代种业发展集团有限公司，一开始就明确目标：领航川种振兴新征程。

加紧强弱项。锁定农业装备和烘干冷链物流，四川以现代农业园区建设为抓手，不断放大政策杠杆效应，强化示范带动作用，提高农业发展质量与效益。去年全省新创建2个国家现代农业产业园，总数达13个，位居全国前列。

"新农具"加速普及。"农民买无人机也能拿补贴！"去年11月，成都邛崃种粮大户周家林购买了3架农用无人机，却只花了2架的钱。"省钱"，是因为去年四川将农机购置补贴力度由30%提升至35%，并且将补贴范围扩大至133个品目，植保无人驾驶航空器正在其中。

"新农舍"正在布建。去年，四川投入3.5亿元，全面启动5个全国农产品产地冷藏保鲜整县推进试点县（市、区）、21个全省现代农业烘干冷链物流试点县建设，不断将"川字号"鲜活农产品的"身价"推向更高点。

在仁寿，光是新建成的晚熟柑橘智慧冷链物流中心，就能将销售半径扩大2 000公里、销售周期延长2个月。

做好"大蛋糕"，推动"加速跑"

临近春节，阆中市天宫镇五龙村愈发热闹，这个过去的贫困村已成为"网红村"，游客来了都要去村里的咖啡屋坐一坐，尝一尝80多岁的王素清婆婆做的手磨咖啡。

随着村里将闲置农房改造成民宿，王素清和五龙村同时"出圈"。靠发展旅游业，五龙村人均年增收2 000元。

这是全面推进乡村振兴跑出的"加速度"。

"指挥棒"更严。去年3月，《四川省市县党政和省直部门（单位）领导班子领导干部推进乡村振兴战略实绩考核办法（试行）》印发，首次厘清各级党委政府、职能部门的权与责。随后，《四川省贯彻〈中国共产党农村工作条例〉实施办法》提出进一步压实各级党委抓"三农"工作的职责任务和奖惩方式，纵横全覆盖的乡村振兴考评体系由此建立。

"动力源"更活。截至去年年底，四川49 061个农村集体经济组织完成登记赋码并取得特别法人资格，实现了村级全覆盖；1 292个村探索开展合并村集体经济融合发展试点，全省农村集体产权制度改革基本完成。在全国率先完成农村集体经济组织省级立法，不断护航农村集体经济健康发展。

"钱袋子"鼓起来——去年，农村居民人均可支配收入17 575元，较上年增长10.3%，2年平均增长9.5%。四川农村居民人均收入连续多年跑赢城镇居民收入和全省GDP增速，全省城乡居民收入差距持续缩小。

乡村美起来——"美丽四川·宜居乡村"建设行动全面启动，逐村配备"乡村规划师"，实现"一张蓝图绘到底"。全省农村卫生厕所普及率、生活垃圾处理体系覆盖率分别达到87%、96%。

春回大地。昭觉县解放沟镇火普村村民吉地尔子又补栏了10头仔猪。

"幸福要靠自己奋斗！"千千万万个四川乡村，正走在振兴的道路上。

奋力推动四川由农业大省向农业强省跨越

刊播：《四川日报》（2022年1月27日）

四川省委农村工作会议以电视电话会议形式开至县一级，动员全省上下胸怀"国之大者"，以高度政治责任感全面落实习近平总书记关于"三农"工作重要指示精神和中央农村工作会议精神，进一步做深、做细、做实"三农"工作，确保农业稳产增产、农民稳步增收、农村稳定安宁，意义重大。

党的十八大以来，习近平总书记从党和国家事业全局出发，对农业农村发展的重大理论和实践问题进行了深刻阐释，为新时代"三农"工作举旗定向、掌舵领航。去年，"三农"工作重心历史性转移，粮食产量再创新高，农业园区蓬勃发展，农民收入持续增加，脱贫成果不断巩固，在全面推进乡村振兴、加快农业农村现代化的新征程上迈出了坚实的第一步。今年我们党将召开党的二十大，四川省也将召开第十二次党代会，同时国际形势并不宽松，做好"三农"工作、稳定宏观经济大盘和社会大局具有重要意义，必须坚持稳住农业基本盘，守好"三农"基础，以稳产保供的确定性来应对外部环境的不确定性，以农业农村稳定发展来应对经济社会面临的不稳定因素。

这些年，四川省委认真贯彻落实习近平总书记关于"三农"工作的重要论述和对四川工作系列重要指示精神，守正创新、谋定后动，打出了一套具有四川特色的"三农"工作组合拳，办成了许多大事要事，破解了许多难点堵点，初步形成了四川省"三农"工作体系，四川农业大省的金字招牌越擦越亮、农业农村发展的蓬勃态势越来越好。在推进农业农村发展的实践中，我们进一步积累了做好四川"三农"工作的规律性认识，即必须坚持以习近平总书记关于"三农"工作的重要论述为根本遵循，必须坚持以人民为中心的发展思想，必须坚持底线思维、红线意识，必须坚持从实际出发、实事求是，必须坚持系统观念、加强统筹协调。这些经验认识是对近年来全省"三农"工作实践的总结，是推进乡村振兴、促进共同富裕的重要方法，要继续坚持、不断完善。

今年，接续奋斗抓好"三农"工作，还要抓实抓好重点工作。抓好粮食等重要农产品生产供给，是今年"三农"工作的头等大事，必须高质量完成目标任务。耕地是粮食生产的命根子，必须加强耕地保护建设，落实"长牙齿"的耕地保护硬措施。巩固拓展脱贫攻坚成果，是一条不容有失的底线，要严格落实"四个不摘"要求，加快脱贫地区产业发展，坚决守住底线。乡镇行政区划和村级建制调整改革是一篇前后相续的大文章，是深化四川省农业农村改革的主抓手，要研究好优化布局、配置资源等问题，做好农村"两项改革"的"后半篇"文章。发展农村集体经济是四川省推进乡村全面振兴、促进农民农村共同富裕的重要抓手，要在贯彻落实《四川省农村集体经济组织条例》过程中，既大胆创新又稳妥审慎。使农村具备基本现代生活条件，既是基本实现农村现代化的重要目标，也是农村吸引和留住发展人才的必然要求，必须继续推进乡村建设，既要"塑形"也要"塑魂"。

乡村振兴，关键在人，关键在干。各级党委要坚决扛起政治责任，层层压紧压实工作责任，创新完善要素保障机制，加强各级党政领导干部培训，抓实抓好作风建设，关心关爱干部人才，确保全省上下统一思想、不懈奋斗，坚决贯彻落实党中央决策部署，更加奋发有为抓好"三农"工作，在加快农业农村现代化、促进共同富裕的新征程上不断取得新胜利，奋力推动四川由农业大省向农业强省跨越。

彭清华在四川省委农村工作会议上强调

始终胸怀"国之大者" 做深做细做实"三农"工作
确保农业稳产增产 农民稳步增收 农村稳定安宁
黄强主持会议

刊播：《四川日报》（2022年1月27日）
作者：张守帅

　　1月26日，四川省委农村工作会议在成都召开，四川省委书记彭清华出席会议并讲话。他强调，要深入学习贯彻习近平总书记关于"三农"工作的重要论述，全面落实中央农村工作会议精神和党中央决策部署，始终胸怀"国之大者"，以高度政治责任感，进一步做深做细做实全省"三农"工作，确保农业稳产增产、农民稳步增收、农村稳定安宁，奋力推动四川由农业大省向农业强省跨越。

　　四川省委副书记、省长黄强主持第一次全体会议。

　　会上，传达了中央农村工作会议精神，宣读了四川省委、省政府《关于表扬2021年度四川省乡村振兴先进市和先进单位的通报》《关于命名2021年度四川省乡村振兴先进县（市、区）、成效显著县（市、区）、重点帮扶优秀县（市、区）和先进乡镇、示范村、重点帮扶优秀村的决定》和省政府《关于命名2021年度四川省星级现代农业园区的决定》。彭清华、黄强等省领导向受表扬和新命名的先进代表授牌。

　　彭清华在讲话中首先代表四川省委、省政府，向受到表扬命名的单位表示祝贺，向奋战在"三农"战线的广大干部群众致以亲切问候。他指出，今年我们党将召开党的二十大，四川省也将召开第十二次党代会，做好"三农"工作、稳定宏观经济大盘和社会大局具有重要意义。要坚决贯彻落实习近平总书记关于"三农"工作的重要论述和党中央决策部署。党的十八大以来，习近平总书记从党和国家事业全局出发，对农业农村发展的重大理论和实践问题进行了深刻阐释，提出了一系列重要思想、重要论述、重大判断、重大举措，指引农业农村发展取得历史性成就、发生历史性变革。在去年年底召开的中央经济工作会议和有关会议上，习近平总书记对保证粮食安全、不发生规模性返贫、加强耕地保护等作出重要指示，提出明确要求；中央农村工作会议对做好今年"三农"工作作出全面部署，今年中央1号文件作出具体安排。全省各级各部门要从坚决拥护"两个确立"、坚决做到"两个维护"的政治高度抓好学习贯彻，严格落实耕地保护责任，全力确保农业稳产增产，持续抓好脱贫攻坚成果巩固拓展，牢牢稳住农业基本盘，确保习近平总书记重要指示要求和党中央决策部署在四川不折不扣落地落实。

彭清华指出，要深刻把握四川省构建"三农"工作体系的实践经验。这些年，四川省委认真贯彻落实习近平总书记关于"三农"工作的重要论述和对四川工作系列重要指示精神，守正创新、谋定后动，打出了一套具有四川特色的"三农"工作组合拳，全面消除了绝对贫困，整体重塑了乡村发展治理格局，巩固提升了产粮大省、生猪大省的优势地位，推动形成了现代农业高质量发展的蓬勃态势，培育壮大了农村集体经济，擘画铺展了美丽乡村的锦绣画卷，四川农业大省的"金字招牌"越擦越亮、农业农村发展的蓬勃态势越来越好。这些具有基础性、开创性的实践，既整体提升了全省农业农村发展水平，又前瞻布局了推进乡村全面振兴、实现农业农村现代化的框架格局，初步形成了四川省"三农"工作体系。在实践中，我们进一步积累了做好四川"三农"工作的规律性认识，即必须坚持以习近平总书记关于"三农"工作的重要论述为根本遵循，必须坚持以人民为中心的发展思想，必须坚持底线思维、红线意识，必须坚持从实际出发、实事求是，必须坚持系统观念、加强统筹协调，要在今后的工作中把这些宝贵经验坚持下去，并不断丰富完善。

彭清华指出，要扎实抓好今年全省"三农"工作的重点任务。要抓好粮食等重要农产品生产供给。把稳定粮食产量和大豆种植扩面摆在突出位置来抓，切实提高粮食综合生产能力，继续落实稳定生猪生产"十条措施"，增强蔬菜生产供应，加强产销对接，确保市场供应基本稳定。鼓励农业园区加强粮食生产，加大奖补和支持力度，形成科学合理的全省现代农业园区类别结构。大力支持粮油产业发展，加快补齐种业、装备和烘干冷链物流等现代农业短板，持续开展粮食生产"丰收杯""稻香杯"评比奖励活动，高水平办好中国农民丰收节活动，让农民种粮有钱可赚，让地方抓粮积极性更高。要加强耕地保护建设。全面落实永久基本农田、生态保护红线、城镇开发边界"三条控制线"，合理控制城镇开发边界规模，坚决遏制耕地"非农化"、严格管控"非粮化"。加强高标准农田建设，抓紧推进引大济岷等重大水利工程建设，增加农田有效灌溉面积。研究制定科学合理的耕地恢复方案，抓紧推进撂荒地复垦，推动农业种植园用地分类优化改造提升。

彭清华指出，要巩固拓展脱贫攻坚成果。严格落实"四个不摘"要求，优化完善防止返贫动态监测和帮扶机制，坚决守住不发生整乡整村规模性返贫的底线。进一步提高衔接资金和涉农资金用于产业的比重，重点发展一批带动能力强的特色产业，强化利益联结机制，更好促进增收致富。用好东西部协作、省内对口帮扶平台，统筹以工代赈、公益性岗位（如生态护林员）等政策，千方百计稳住就业。进一步完善易地搬迁集中安置区产业培育、配套设施和公共服务，继续做好原贫困村"掉边掉角"户易地搬迁和就业帮扶工作，帮助搬迁群众稳得住、有收入、能致富。要做好农村"两项改革"的"后半篇"文章。加快编制以片区为单元的乡村国土空间规划，以规划实施引领生产力优化布局和公共服务有效供给，以中心镇（村）为依托促进县域内城乡融合发展，整体提升片区产业发展水平和公共服务能力。持续深化农业农村改革，进一步激发农业农村发展动力活力。

彭清华指出，要大力发展农村集体经济。认真落实《四川省农村集体经济组织条例》，聚焦关键环节持续发力，积极探索符合本地实际的集体经济有效实现形式，有效防范化解各类风险，不断增强农村集体经济实力。要加快推进乡村建设。持续深化"美丽四川·宜居乡村"建设，开展农村人居环境整治提升五年行动，着力提升基础设施和公共服务水平。切实加强和改进乡村治理，健全党组织领导的自治、法治、德治相结合的乡村治理体系，深入推进平安乡村建设，推动农村移风易俗，持续抓好常态化疫情防控，对返乡农民工多提供一些温情服务，对不能返乡的农民工家庭要逐户开展走访慰问，让乡村社会更加充满活力、和谐有序。

彭清华强调，要加强和改善党对"三农"工作的领导。各级党委要坚决扛起政治责任，强化五级书记抓乡村振兴责任，坚持省负总责、市县乡抓落实，各有关部门各司其职，加快形成"一盘棋"推进乡村振兴工作格局。发挥考核制度导向作用，创新完善要素投入保障机制，更好支持农业农村优先发展。加强各级党政领导干部特别是分管"三农"工作的领导干部培训，大力实施乡村人才振兴行动计划，推动人才向农村基层一线流动。扎实抓好"三农"领域作风建设，坚决反对形式主义、官僚主义，以"钉钉子精神"狠抓工作落实。关心关爱"三农"战线干部人才，帮助改善工作生活条件、解决具体困难，让他们心无旁骛干好本职工作。

会议以电视电话会议形式开至县一级。在第二次会议上，四川省委常委、组织部部长于立军作总结讲话，副省长尧斯丹主持，达州市、凉山州、绵阳市、德阳市旌阳区、成都市崇州市、四川农业大学作交流发言。四川省委、省人大常委会、省政府、省政协有关领导，省直有关部门（单位）负责同志，部分中央在川单位、省属科研院所、高等学校、国有企业负责同志等在主会场参加。

四川"橘园种豆模式"调查

刊播：《农民日报》（2022 年 2 月 14 日）
作者：张艳玲

2021年，四川仁寿县的幼龄柑橘园中套种大豆（仁寿县农业农村局供图）

蔡永胜今年决定赶个早。他早早备齐了大豆种子，准备过了元宵节，就在自家柑橘园里种下。

3年前，蔡永胜回到家乡四川省眉山市青神县青竹街道桥楼村，流转了150亩土地种植晚熟柑橘。虽然是种柑橘的新手，但蔡永胜心眼活、能吃苦，栽下柑橘苗不久，就在园子里套种了大豆。让他没想到的是，第二年这个模式被县政府在全县推广，还专门出台了"林下种豆"的支持政策。

抓好粮食生产，保证播种面积是基础。近年来，四川各地想方设法促使粮食稳面扩面，立足于柑橘主产区的特点，将柑橘园间作套种大豆作为挖掘粮食扩面潜力的重要途径之一，为今年大豆扩面打下了基础。这种模式效果如何？记者进行了调查。

政策精准发力，仅眉山市去年就超10万亩橘园种豆

2021年年初，眉山市人民政府对全年粮食生产工作作出安排，不仅将全市粮食生产目标任务分解到各县（区、市），还首次对多途径增、间种粮食任务进行分解。作为四川晚熟柑橘优势产区，眉山市充分利用果园进行间作套种粮食，而10万亩是该市确定的底线任务。

能养地肥地的大豆，成为眉山各县（区、市）推动果园间作套种的首选作物之一，并纷纷拿出真金白银进行支持。如眉山市彭山区制定农业产业扶持政策，对5亩以上（含）果园间（套）种大豆，行距套种比例达25%以上的，按果园面积每亩补助100元；青神县出台"扶持跟着项目走"实施办法，对在新建、初投产柑橘园内连片种植大豆30亩以上（含）的农业经营主体，按每亩120元给予一次性补助；眉山天府新区推出粮食扩种补贴，对果园套种粮食的每亩补贴60元；仁寿县顺势利用国家轮作休耕项目，对在柑橘园中间作套种大豆的农业经营主体，免费提供种子和有机肥……

在政策鼓励下，眉山市大大小小的柑橘园积极参与其中。2020年8月，四川仁寿喜安农业发展有限公司在仁寿县藕塘镇齐心村的6 000余亩晚熟柑橘基地，有近一半种上了大豆；清明节前后，丹棱县的农户纷纷在自家房前屋后的果园空地里，撒上了大豆种子……

"我们鼓励当地农民在其负责管理的果园内，在两行柑橘苗中间种两行大豆，大豆种子由政府提供，豆子农民自己种、自己收、自己得，公司不分利。"喜安农业相关负责人朱长江告诉记者，最开始当地政府推广这一模式时企业也有一些顾虑，主要是担心影响柑橘树的管护，但经过调查研究后，大伙儿发现这是一件好事情，大豆根瘤菌能固氮，可肥沃果园土壤，还能有效抑制恶性杂草生长。

"这相当于在老板的果园种自己的大豆，划算得很，大伙儿积极性很高。"资深果农、喜安农业的技术员程安全告诉记者，过去2年当地农户把果园能种的地方都种上了大豆，去年种得好的农户1亩果园能收80多斤大豆。

青神县则在2020年就出台了"林下种豆"扶持考核细则，要求大豆实际种植面积占果园面积的60%以上（含），每亩种植窝数在1 600以上，大豆成

活率在80%以上。2020年，青神全县林下种豆面积达1.2万亩；2021年增长到1.6万亩，超额完成眉山市下达的果园间作套种任务。

眉山市农业农村局高级农艺师贾现文表示，按4∶1折算，10万亩果园间作套种大豆相当于多出2.5万亩净作大豆。

眉山市是四川各地积极探索果园间作套种大豆模式的一个缩影。四川省农业技术推广总站副站长、高级农艺师乔善宝告诉记者，最近2年，乐山、南充、内江等柑橘主产区都在积极推进这一模式，为今年大豆扩面打下了良好基础。

专家技术攻关，林下大豆种植机械化作业是关键

"利用柑橘行间空地，冬天种青菜，春天种大豆，不管政府有没有补贴，我都要种，不可能让地白白空着。"蔡永胜说，最近几年鲜食大豆效益不错，生长周期短，2个月左右就可以采摘，亩产鲜豆荚超过900斤，每年最多可种三季，人工栽、人工收，算下来一亩果园种一季豆保守估计有600元的纯利，150亩就是9万元，何乐不为呢？

然而，由于劳动力组织不易，对实力雄厚的超大型果园来说，在柑橘幼龄时套种大豆似乎只是锦上添花的事情。因此，眉山仁寿县以喜安农业为代表的多家柑橘企业把种豆的收益全部让给农户。

在农村劳动力日益稀缺的大背景下，幼果林间作套种大豆能否实现全程机械化十分关键。去年4月，在四川省农业技术推广总站的支持下，四川省农业科学院经济作物育种栽培研究所在成都市青白江区的高标准柑橘幼苗种植基地开展了幼果林大豆复合种植技术的集成与示范。

大豆的机械播种与机械采收技术成为攻关重点，项目组根据柑橘林空地宽度定制了适宜的翻耕播种施肥一体机，其作业效率可达每小时7.5亩，显著提高了播种效率。在机收环节，由于示范点空地宽度不适宜自动鲜荚采摘机进入，项目组示范了半自动鲜荚采摘机，采摘效率可达到每小时300公斤。

从产量看，示范区域示范的4个品种（川鲜豆1号、川鲜豆2号、川鲜豆3号和川豆155）平均产量达每亩675公斤（鲜荚），这让基地业主感到满意，不过仍然对机械化问题忧心忡忡。

"果园投产前几年没有收入，通过复合种植模式有效利用土地，增加收入，是个好办法，但最大的难题还是机械不足，收获季节一到，几千亩地压根收不过来。"项目示范基地、四川杨氏润诚农业有限公司负责人王世光告诉记者。

拓展种植模式，挖掘更多间作套种大豆空间

有数据显示，四川柑橘种植面积在全国排在前列。但并不是所有的柑橘园都适合进行大豆复合种植，必须是稀植的幼龄果园，一般是种下柑橘苗的3～5年，果树还没有长大封行，才有大豆的生存空间。

"接下来几年，眉山可用于间作套种大豆的柑橘园会逐年减少。"贾现文分析。随着2019年前新种的幼龄果园不断成熟，具备间套作条件的果园不断减少。

不过，四川不少地方已经把视野从柑橘拓展到其他经济作物上。如青神县根据自身竹林产业优势，把新植的竹林作为林下种豆的另一增长点。

四川省农业科学院经济作物育种栽培研究所已在多地开展多项大豆复合种植的试验示范，成功将大豆复合种植从果园拓展到栝楼、金银花幼林等中药材基地。如研究所利用鲜食大豆生长周期短的特点，去年在绵阳市安州区白马村开展栝楼套种菜用大豆种植示范，利用栝楼爬藤前期未封林的空闲期，在2月下旬覆膜播种，赶在6月封林前收获。通过测产，川鲜豆8号鲜荚产量达到每亩1 015.2公斤。试验表明，利用栝楼未封林的空闲期套种菜用大豆可以节约肥料、农药、水等成本，同时提高了土壤和空间的利用效率。

"在柑橘园间作套种大豆是根据不同作物的生长特性，最大限度地利用土地和光热资源，幼龄的果园、茶园都可以搞起来。"四川省农业农村厅种植业与农药肥料处处长刘代银说，目前全省正在组织调查，以摸清适合推广间作套种大豆的经济作物究竟有多大面积。

四川农村集体产权制度改革收官
新型农村集体经济壮"筋骨"

刊播：川观新闻（2022年2月15日）

作者：史晓露

自贡市富顺县狮市镇马安村毗邻沱江，近年因发展亲子主题乐园"马安农场"而成为"网红村"，去年村集体收益突破150万元。最近，一些外嫁人员都想回村里分红。

随着历时5年的农村集体产权制度改革完成，四川省新型农村集体经济发展驶入"快车道"，集体经济"蛋糕"越做越大，但一些新问题也随之出现。近日，记者针对改革"后半篇"文章采访了省内多个村社。

自贡市富顺县狮市镇马安村（受访者供图）

回头看

进一步明确资产权属，厘清成员身份

"户口都迁出去了，就不该再回来享受我们村的福利。""我的户口还在农村，可以从外村迁回来……"

最近，马安村集体经济组织成员大会上，村民们争执不下。经过一番激烈讨论，终于找到对策。"外嫁人员要回村里分红，必须出具嫁入村开具的证明，证明你放弃了对方村的所有权利，不能两头占。"村党总支书记伍文轩说。

农村集体产权制度改革是发展农村集体经济的前提和基础。2017年，四川省全面启动改革，通过集体资产清产核资、集体成员身份确认、股份量化、建立农村集体经济组织等，基本摸清了家底，初步构建了农村集体产权制度。截至去年10月底，全省农村清查核实集体资产总额2 292.8亿元，全省所有村均建立了农村集体经济组织。

改革基本完成，但还有很多环节有待完善。"各地改革完成的质量不一，有的地方资产未全面登记到位，有的地方存在成员身份重复登记和错误登记。"四川省农业农村厅合经处（全称农村合作经济指导处）相关负责人介绍，今年四川省将重点开展农村集体产权制度改革"回头看"工作，对清产核资、成员身份确认、集体经济组织规范建立等改革重点工作进行查漏补缺，巩固提升改革质量。

首先将对各类资产分类建立台账。"比如哪些是扶贫中投入的资产，今后要单独标注。此外，集体资产是动态变化的，因此清产核资将是一项长期性工作。"四川省农业农村厅合经处相关负责人介绍。

特殊群体的身份确认是个难点。去年年底，自贡市就展开了"回头看"工作。"外嫁人员、上门女婿、进城落户农民等特殊群体的成员身份确认问题，都是'回头看'的重点，要清查有无'多确''漏确''两头占'或'两头空'问题。"自贡市农业农村局农村改革与合作经济科科长谭雪梅介绍，具有该村户籍的人才能成为该村集体经济组织成员，成员确认方案需要充分征求群众意见，得到大多数人认可。

　　但也有特例。伍文轩身为马安村的党总支书记，户口却在狮市镇花园村。如今不少地区为了选贤任能，实施村干部异地任职，因此村干部不是本村人的情况并非个案。按照相关规定，村支书、村主任和农村集体经济组织的法定代表人要"一肩挑"，该如何解决合法身份问题？

　　马安村提供了一种解决方案。"经过村集体经济组织成员大会讨论，我被确定为村集体经济组织的特别成员，在任期内享有选举权、被选举权和集体资产管理权。"伍文轩说，他不享受马安村的土地承包权、股份量化等权利，拿的是固定工资。他还与花园村签订了权利放弃承诺书，放弃在花园村的选举权和被选举权。不过，为了调动村干部的工作积极性，村集体经济收益的10%可以作为管理人员的报酬奖励。

自贡市富顺县狮市镇马安村（受访者供图）

强管理
设制度"防火墙"，加强各类风险防范

"农村集体经济组织、农村集体经济组织兴办的企业是两类主体，前者是特别法人，后者是企业法人，要区别对待。"在近日召开的四川省委农村工作会议上，"防风险"问题被重点提及。

随着农村集体产权制度改革完成，四川省30 636个村建立了农村集体经济组织，有了特别法人身份。"这就像有了一张进入市场的'身份证'，可以参与市场经营，但又与企业法人不同。"四川省农业农村厅合经处相关负责人介绍，必须将农村集体经济组织作为特殊市场主体来对待，但农村集体经济组织兴办的企业，应当按照一般市场主体运行管理，如经营不善可以依法破产。

然而，主体一旦进入市场，收益和风险并存，该如何加强管理、防范风险？

第一，要从制度上设立"防火墙"。去年10月，《四川省农村集体经济组织条例》正式施行，为农村集体经济组织的建立和运行提供了法律保障。四川省委农办相关负责人介绍，"条例"规定，不能将土地所有权、宅基地等集体所有土地的使用权、学校等公益设施、乡镇村企业的建设用地使用权等5类农村集体资产用于抵押。

第二，要在经营方式上减少风险。"农村集体经济组织要尽量减少高风险直接经营，更多地发挥村集体的平台作用，通过与社会资本合作经营实现共赢。"四川省农业农村厅合经处相关负责人说。

德阳市旌阳区东湖街道高槐村针对农村集体经济组织参与市场活动明确了3条原则。"土地只租不入股、房屋只租不出售、项目只租不经营，虽然收益相对固定，但确保了集体资产安全。"高槐村党支部书记陈波表示。

第三，要在合同中上"一把锁"。"哪怕不直接经营，也还是会有风险，之前我们就吃了亏。"旌阳区孝感街道红伏村党支部书记尹显东说，此前有一个业主来村里投资，因经营不善拖欠了好几年租金，村里直到2020年通过法院判决才追回50多万元欠款。如今，当地在签订合同时，要求投资方按照年租金和保证金1∶3的比例交纳保证金。尹显东说，虽然门槛提高了，但资本下乡的热情依然很高。

此外，还要加强财务管理。"农村集体经济组织普遍缺乏专业财务人员。"谭雪梅介绍，自贡的一些乡镇已经作出探索，村级的账务由乡镇代理，镇政府统一聘请专业会计为集体经济组织做账，从而加强乡镇对集体经济组织的监督管理。

下一步，四川省将对预算决算、收入管理、开支审批、财务公开等制度是否依法依规加强调研和检查。农村集体经济组织负责人离任时，也将接受离任审计，防范出现腐败现象。

宜宾市翠屏区李庄古镇，市民在月亮田景区参观（兰锋摄）

谋发展

探索农村集体经济多种实现形式

春节假期，毗邻城区的红伏村迎来旅游小高峰。近年来该村发展"红光印象"农业主题公园，走农旅融合之路。"我们引进企业投资，盘活了村史馆、红光桥、红光礼堂、红光养殖场旧址等资源，发展旅游观光、特色餐饮、亲子体验等业态，带动特色农产品和手工艺品销售。"尹显东介绍，去年村集体经营性收入达到100万元。

改革的目的是发展。随着全省村级建制调整改革完成，不少村腾出了大量办公用房、活动阵地等闲置资产。"当前已不存在所谓的'空壳村'，关键是如何盘活闲置资源资产，补上人才不足等短板，这也是做好改革'后半篇'文章的重点。"四川省农业农村厅相关负责人表示。

多地已作出探索：在马安村，村集体以闲置房产入股参与经营，每年按"固定30万元＋净收益的10%"进行分红，同时依托狮市古镇旅游资源，引导村民利用闲置房产发展特色餐饮民宿，变"农区"为"景区"；绵阳市游仙区新桥镇以合并后的旧村部、旧学校、旧厂房等15处集体资产入股当地企业，利用率达80%，年创收10万元以上；德阳市旌阳区率先在6个村启动"三变五社"改革试点，各试点村成立集体资产、土地、劳务、置业、旅游五大股份合作社，带动村民以现金、劳动力、房屋等要素入股，实现资源变资产、资金变股金、农民变股东。

针对农村人才缺乏问题，也有地方先行先试。去年6月，广汉市率先为9个农村集体经济组织聘任了首批村级集体经济职业经理人，34岁的广汉市新协和农机作业专业合作社理事长黄刚就成了南丰镇阳关村的村级集体经济职业经理人。"现在村里缺少好的项目，我们的优势是粮油生产和社会化服务，下一步，一方面发展油菜花经济，另一方面拓展农业社会化服务，让入社农民除了获得土地租金外，还能参与二次分红。"黄刚说。

此外，还要强化政策支持，激发发展动力。2019年以来，四川省实施了村级集体经济扶持项目，对每个扶持村给予100万元补助，各地大胆创新，探索发展壮大集体经济的路径，形成了股份合作自主经营、资源合作联合发展、资金入股借力发展、租赁经营稳健发展等多种发展模式。

"下一步，各地要发挥好政府投入资金的撬动作用，对集体资源资产进行分类管理。"四川省农业农村厅相关负责人介绍，对于经营性资产，要探索集体经济的有效实现形式；对于非经营性资产，要加强管护；对于资源性资产，要强化确权保护利用。

为推动责任落实，四川省已将农村集体产权制度改革、发展壮大农村集体经济等工作纳入市（州）党政领导班子和领导干部推进乡村振兴战略实绩考核内容。

仲春时节　蜀乡沃野农事忙

刊播：四川广播电视台《四川新闻联播》（2022年3月13日）

作者：冯天翔　马凯

【导语】

田间地头春耕生产有序展开。多年来，大春粮食生产占四川省粮食总产量的八成以上，春耕成效直接影响粮食收成大局。抢抓时机，蜀乡沃野农事忙，为粮食丰产丰收打牢基础。

【正文】

"秧好一半禾，苗好七分收"。在广安市武胜县万隆镇石栏村的水稻种植基地内，村民正抢抓天气晴好的有利时机，进行水稻育苗播种工作。

【同期】广安市武胜县万隆镇石栏村党总支书记　彭军

今年全村春耕农田播种育秧60余亩，预计插秧600余亩，趁着天气好，我们正在加紧组织人力、物力，进行春耕育苗工作。

【正文】

为加快机械化育插秧技术推广应用，广安区举行了一场水稻机插秧育秧技术现场培训会，来自四川农业大学的专家教授对水稻机械化轻简化育秧技术流程中的关键环节进行了详细讲解。

【同期】 四川农业大学副教授　陈勇

我们这套叠盘暗化催芽无纺布覆盖育秧技术，效率可以比传统人工育秧高70%～80%，比普通的机插育秧高30%以上。目前这套技术已经在成都平原大面积推广。

【同期】广安市广安区水稻种植业主　李小东

这个技术对我们合作社来说很实用。接下来，我将在合作社进行全面推广，实现水稻全程机械化种植。

【正文】

春耕期间，农资储备供应情况如何？在达州渠县有庆农业园区，这两天，一批33吨的大豆种子刚刚入库。渠县是今年全省大豆玉米带状复合种植面积最大的县，计划新增种植20万亩，预计需要种子超过1 000吨，当地采取政府采购、门店经营、种植大户储备等方式积极备种。

【同期】达州市渠县农业综合技术服务中心主任　肖雪莲

我们正在有序地推进大豆种子的储备工作，预计3月上旬完成春大豆的种子储备，4月中旬完成夏大豆的种子储备。

【正文】

根据数据统计，当前全省已储备杂交水稻和杂交玉米种子11 535万公斤。此外，全年共生产化肥863万吨、农药3.1万吨，县级到位率分别达到80%和99%。整体来看，四川省农资储备充足。

抢抓大春作物生产之外，四川还同步全面强化对在田小春作物的管理。惊蛰过后，冬小麦已大面积返青，麦田管护全面展开。在广元市剑阁县，当地的小麦、油菜相继进入拔节孕穗期和初花期，病虫害呈高发态势。这几天，飞防服务队正在进行统防统治。

【同期】飞防服务队机手　王成林

我们这个山区，每天每台机子的作业量在200亩左右，飞防队共有5架植保无人机，1天的作业量在1 000亩以上。

【正文】

作为川北粮食生产重镇，剑阁今年共种植小麦42.13万亩、油菜46.2万亩。为改变以往一家一户分散防治效率低的局面，今年，当地农业部门协调了50余架植保无人机，分成多路深入各乡镇开展飞防服务。

【同期】广元市剑阁县农业农村局植保植检站站长　孙剑峰

我们将继续组建飞防队伍，深入一线开展飞防服务，同时加强技术指导，督促老百姓及时展开防治，做到应防尽防，确保今年小春粮油丰收。

【正文】

四川省委农村工作会议明确，要抓好粮食等重要农产品生产供给，把稳定粮食产量和大豆种植扩面摆在突出位置来抓，切实提高粮食综合生产能力。今年小春，全省小麦和油菜播栽面积分别达875万亩、2 118万亩，均较上一年度明显增长。大春期间，四川备战的重点是稳定农资供应、粮食种植面积和做好春灌准备，以完成全年粮食产量稳定在710亿斤以上、新增推广310万亩玉米大豆带状复合种植技术两大硬任务。

四川省委1号文件突出3件大事：粮食安全、不发生规模性返贫、耕地保护

聚焦2022年四川省委1号文件

刊播：封面新闻（2022年3月14日）

作者：罗田怡　秦怡

近日，《关于做好2022年"三农"重点工作全面推进乡村振兴的意见》正式公布，这份四川省委1号文件透露出哪些重点信号？3月14日，四川省人民政府新闻办公室召开2022年省委1号文件新闻发布会。

"粮食安全、不发生规模性返贫、耕地保护，这是2022年省委1号文件突出的3件大事。"四川省委农办专职副主任、农业农村厅副厅长毛业雄介绍。

在粮食安全方面，文件明确，今年四川省粮食生产的目标任务是播种面积稳定在9 500万亩以上、总产量稳定在710亿斤以上，并针对这些目标任务提出了一系列政策举措。其中，包括全面开展粮食安全责任制考核，实现

水稻、小麦、玉米三大粮食作物完全成本保险和种植收入保险产粮大县全覆盖，组织开展"稻香杯"暨农业丰收奖评选活动，突出抓好粮食园区培育，创新农业社会化服务体系等。

　　针对不发生规模性返贫，文件对完善监测帮扶机制、促进脱贫人口持续增收、加强易地搬迁后续扶持、加大对乡村振兴重点帮扶县支持力度等方面作出了安排，提出了明确要求。

　　在耕地保护方面，文件对耕地保护、利用和用途管制等方面作出了严格、具体的规定。文件还明确，今年四川将新建高标准农田450万亩、高效节水灌溉40万亩，并提出完善现有水利工程渠系配套，整合资金解决好农业生产用水"最后一公里"问题，在新建重大水利工程沿线同步规划、同步建设农田，增加水田面积。

梳理近10年四川省委1号文件，我们发现这两个重大变化

解读2022年四川省委1号文件

刊播： 川观新闻（2022年3月14日）

作者： 史晓露

3月14日，2022年四川省委1号文件《关于做好2022年"三农"重点工作全面推进乡村振兴的意见》正式发布，这是进入21世纪以来，四川省委1号文件连续第19次聚焦"三农"工作。

记者梳理了党的十八大以来的10个四川省委1号文件，从中捕捉到一些重大信号和变化。

变化一：考核更严格，10年来首次将考核任务置顶

今年的四川省委1号文件，第一条就是"落实粮食安全党政同责"，把考核放在第一位，这是首次。

"实行粮食安全党政同责"于2021年首次在中央1号文件中明确提出，同年也被写入四川省委1号文件，不过该内容在第九项工作中出现，其中提到"实行粮食安全党政同责""分类压实粮食生产责任，确保粮食播种面积和产量只增不减""严格开展粮食安全责任制考核。未能完成粮食生产目标任务的县（市、区）不得参加涉农工作评优"。

与2021年相比，今年的要求更细、责任压得更实、考核力度更大。比如，文件明确，"全面开展粮食安全责任制考核，压紧压实各级党委、政府粮食安全主体责任。粮食播种面积和产量目标未完成的市（州）、县（市、区），在推进乡村振兴战略实绩考核和分类考评激励中不得评为先进或优秀"。

同时，对考核机制有更清晰的规定。"强化粮食生产功能区内目标作物种植情况动态监测，建立耕地'非粮化''非农化'情况通报机制，对问题突出的进行约谈。在相关涉农项目安排上将粮食贡献率作为重要考量因素。"

为何会有这些变化？

一是对标中央。今年的中央1号文件将"全面落实粮食安全党政同责，严格粮食安全责任制考核"写入第一项工作。

二是主动作为。四川是全国13个粮食主产区之一，肩负着保障国家粮食安全的重任，强化责任落实自然成为今年四川省委1号文件的一个显著特点。

其实，粮食生产一直是每年四川省委1号文件提出的重点任务，但直到2019年，"粮食安全"一词才开始在四川省委1号文件中出现，并在此后得到强调，此前多表述为"强化粮食保障能力""保障口粮基本自给""稳定粮食产量"等。

在疫情灾情叠加和国际环境复杂多变的当下，粮食安全的重要性与日俱增，四川的粮食生产目标也逐渐提高。

比如，2019年和2020年的粮食生产目标均为"确保粮食播种面积稳定在9 000万亩以上，总产量稳定在700亿斤左右"；2021年则提出"粮食播种面积达到9 500万亩以上，粮食产量达到700亿斤以上"；今年这一目标已变成"确保粮食播种面积稳定在9 500万亩以上、总产量稳定在710亿斤以上"，同时首次对大豆生产提出了要求。

变化二："牙齿"更尖锐，首次提出"一票否决、终身追责"

另一个鲜明变化体现在"耕地保护"方面。

耕地是粮食生产的命根子，今年的四川省委1号文件对"耕地保护"的重视程度前所未有，提法跟中央1号文件一脉相承，要求"落实'长牙齿'的耕地保护硬措施"。

"长牙齿"如何体现？

一是强化保护责任。和往年相比，今年要求"各市（州）签订耕地保护目标责任书，作为刚性指标实行严格考核、一票否决、终身追责"，这些均是新内容。

二是耕地用途更加明确，强调安排要有优先序。"耕地主要用于粮食和油、糖、蔬菜等农产品及饲草饲料生产，永久基本农田重点用于粮食生产，高标准农田原则上全部用于粮食生产，确保'良田粮用'。"

三是强化耕地用途管制。包括落实耕地年度"进出平衡"，"加强耕地和永久基本农田动态监测"，坚决遏制耕地"非农化"、严格管控"非粮化"。

梳理发现，耕地保护是历年四川省委1号文件的一项重要内容。

2013年，耕地和林地保护并举，要求"落实最严格的耕地、林地保护制度和水资源管理制度"，2014—2019年，主要强调对"永久基本农田"进行划定并实施特殊保护，"抓好耕地保护和质量提升"，对重金属污染耕地进行治理和修复等。

稍显例外的是2016年，"抓好耕地保护和质量提升"不仅作为四川省委1号文件的第二十四项工作被单独列出，还有较长篇幅，全段共有298字。内容主要涉及"落实最严格耕地保护制度，全面划定永久基本农田""推进耕地数量、质量、生态'三位一体'保护""落实和完善耕地占补平衡制度""实行建设用地总量和强度双控行动""实施耕地质量保护与提升行动"等。

这一变化有其背景。随着城市化进程加快，城市发展占用优质耕地问题较为突出，2014年11月，国土资源部、农业部联合下发《关于进一步做好永久基本农田划定工作的通知》，要求城市建设需绕道永久基本农田，成都等14个城市率先开展，工作全面完成时间正是2016年年底以前。

2020年以来，粮食安全问题受到高度重视，特别是2021年后，耕地保护更加强调遏制耕地"非农化"、防止"非粮化"，确保"永久基本农田重点用于粮食特别是口粮生产"。

此外，2021年，"采取'长牙齿'的硬措施"首次在四川省委1号文件中出现，并出现了更加严厉的措辞，比如"对有令不行、有禁不止、失职渎职的严肃追究责任""对'非粮化'和耕地撂荒趋势恶化的市县按规定进行通报约谈"。

这种紧迫感在今年的四川省委1号文件中也得到体现，"长牙齿"的硬措施，动真碰硬抓好耕地保护和耕地用途管制，让今年的四川省委1号文件更具震慑力。

2022年四川省委1号文件新闻发布会在成都举行
玉米大豆带状复合种植首次被写入

刊播:《四川日报》(2022年3月15日)
作者: 文莎 史晓露 寇敏芳

日前发布的2022年四川省委1号文件《关于做好2022年"三农"重点工作全面推进乡村振兴的意见》,就做好今年"三农"重点工作、全面推进乡村振兴作出系统安排。3月14日,四川省政府新闻办公室在成都举行2022年四川省委1号文件新闻发布会,对文件进行全面解读。

今年是进入全面建设社会主义现代化国家、向第二个百年奋斗目标进军新征程的重要一年。作为21世纪以来四川指导"三农"工作的第19个1号文件,2022年省委1号文件共9个部分、43条,明确今年"三农"工作要坚持稳中求进工作总基调,坚持和加强党对"三农"工作的全面领导,牢牢守住保障国家粮食安全和不发生规模性返贫两条底线,充分发挥农村基层党组织领导作用,扎实有序做好乡村发展、乡村建设、乡村治理重点工作,推动乡村振兴取得新进展、农业农村现代化迈出新步伐。

发布会透露,今年省委1号文件呈现三大特点:一是突出3件大事,分别是粮食安全、不发生规模性返贫、耕地保护;二是抓好5个重点,分别是农业科技创新、"10+3"现代农业体系建设、"美丽四川·宜居乡村"建设、乡村治理、发展壮大新型农村集体经济;三是强化4项保障,分别是党的领导、投入保障、要素保障、深化农业农村改革。

值得一提的是,玉米大豆带状复合种植首次写入省委1号文件。文件还专门对油料作物和大豆生产提出要求,落实国家大豆振兴计划,开展大豆科技自强县建设和玉米大豆带状复合种植全程机械化试验推广。同时,大力发展油料作物生产，深入实施"天府菜油"行动。支持建设木本油料产业集中发展带。

发布会上，四川省委农办、省农业农村厅、省自然资源厅、省乡村振兴局有关负责人介绍了总体情况并回答记者提问。新华社、四川日报社川观新闻、《光明日报》、农民日报社中国农网等媒体记者，先后就保障粮食安全、乡村国土空间规划、巩固拓展脱贫攻坚成果、大豆生产情况、耕地保护、新型农村集体经济等提问。

"农学博士"的返乡创业路：把酸甜苦辣尝遍

刊播：四川新闻网（2022年3月30日）
作者：何佳欣　罗石芊

"好不容易读了博士，在大城市里当了老板，却要回来和我们一起刨泥巴……"2017年，"85后"农学博士李洪权放弃收入颇丰的事业回乡创业时，村里人都嘲笑他是个"怪人"；几年过去，他在村里建起了2 000余亩青花椒基地、现代化生猪养殖场、400亩鱼塘……李洪权是谁？他是来自达州的一名地地道道、普普通通的农民，是一位具备丰富农业知识的农学博士，是村民眼中"有出息"的孩子。博士毕业后，李洪权顺利进入湖北省农业科学院，端起了"铁饭碗"，2012年，电商热潮涌动，他迅速"下海"，在深圳发展自己的电商外贸事业，年入百万。

为了照顾自己的父亲，李洪权舍弃了多年奋斗的事业，回到家乡，回到田野，在土地上发光发热。

"不走寻常路"！他当起村里的"新农民"

"目前花椒已进入展叶、花蕾抽序的花果管理重要时期。此时倒春寒的影响也尤为严重，为保障花椒产量，各项管理工作一定要落实到位。"阳春三月，正是春耕好时节。在达州市达川区管村镇庞家村，李洪权每天都要到花椒地里查看花椒的长势。

眼前这个斯文腼腆、皮肤黝黑的年轻人可不是一个普通的农民。1985年出生的李洪权，是达川区管村镇庞家村走出的第一个博士。

由于家庭贫困，父亲是视障人士，李洪权从小就十分懂事、勤奋好学。2004年，他考入华中农业大学设施农业专业，读完本科读硕士，读完硕士再读博士。2012年，李洪权博士毕业进入湖北省农业科学院工作，后又辞职到广东创业，经过几年的奋斗，成为一个制衣厂老板。李洪权一直是村里人心中孩子的榜样。

然而，2017年，李洪权的母亲发生车祸，这件事让他陷入无尽的自责中，父亲双目失明，母亲发生意外，自己却因为在大城市打拼，不能陪伴在年迈的父母身边。经过再三考虑，李洪权决定放弃"老板"的身份，回到家乡达川区管村镇创业。"一方面是想照顾父母；一方面从近年发展来看，国家大力实施乡村振兴战略，未来农村的发展机会是很大的，我希望能用自己的专业知识帮助他人，实现自我价值。"

经过市场调查，李洪权首先把"宝"押在青花椒上。"种青花椒，一是有政府扶持，二是劳动力需求大，可以带动更多村民就业。"

2018年，李洪权把所有积蓄投入农业生产中，和村民们一起成立鼎泰种植专业合作社。达州市地理环境独特，青花椒一直是当地农户青睐的种植物，李洪权和当地农民一起逐步种植了2 000余亩青花椒。

近年来，随着政策的调整，青花椒的市场售价受到影响。为了让资金更快地流转起来，2019年，李洪权和村民们开始挖鱼塘，培育了80万株鱼苗。2020年，李洪权又建起年出栏5 000头的现代化养猪场。就这样，鼎泰种植专业合作社的"三驾马车"初具模型，齐头并进。

农学博士的酸甜返乡路

在外人看来，有着丰富理论知识的农学博士回乡种田，是一件很容易的事。但现实并非如此。"这几年算是把酸甜苦辣都尝遍了。"李洪权苦笑道，一个小小的魔芋，便给了他"当头一棒"。

魔芋是产值较高的农作物，1亩的效益可达5 000元，因此，李洪权在创业初期想过通过种植魔芋快速获得收益。一开始，魔芋苗的育种、发酵成功率达到90%以上，但到了6月，酷热的天气把他之前辛苦培育的魔芋苗全部"热死了"。经过不断的摸索，李洪权发现了原因：当地海拔不够，夏季温度太高。这两点足以让大规模种植魔芋的计划搁浅。

"我们最终还是把主业确定为青花椒种植、淡水养殖和生猪养殖。"然而，在创业过程中，李洪权又遇到了其他问题。"土地、资金，还有村民的不配合。"为了解决问题，他不断联系当地政府进行协调，同时改变思路，重新规划，以解决土地不足的问题。此外，采取经济入股、贷款等方式缓解经济压力，让资金快速回笼。

"和村民打交道没那么容易，我最大的感想就是要真诚。"面对村民的不信任，李洪权用行动说话，让村民看到实际的收益，真诚地说服每一户村民，让他们能够放心地将土地交到他手中。

成功之路总是充满坎坷、困难重重。2021年是李洪权最难熬的一年。鱼苗、生猪、青花椒达不到上市的标准，导致1 000余万元的投资难以回转。

面对这样的局面，李洪权陷入迷茫，但他不断给自己打气："只要熬过这段时间，产业就可以活下来。"在他的坚持下，2022年，一切迎来转机。年初，3 000余头生猪出栏，6月，50万斤青花椒即将上市，今年所有产业的销售额预计在3 000万元左右，局面逐渐向好。

致富不忘众乡邻，怀着感恩的心回报家乡

"树高千尺不忘根"。近年来，李洪权不断将先进的技术和理念带回管村镇，目前，合作社在当地先后流转土地近2 000亩，带动168户周边农户、

735名农民脱贫致富，其中包含已脱贫户65户。当地村民每年都可以拿到一笔土地流转费，平时还可以在花椒基地、养猪场打工赚取工资。

此外，合作社还带动新修毛坯公路8千米，其中硬化公路3.5千米，大力改善了乡里的基础设施条件。李洪权获得2020年达州市脱贫攻坚"优秀返乡人才"等荣誉称号，合作社产品获评2020年"四川名优农产品"，合作社获得"绿色生态种养殖优秀示范合作社"称号，申请国家专利1项。

目前，李洪权以循环农业为基础，以零排放、零污染为指导思想，养猪场粪污经过干湿分离，干粪和尿液分别发酵，作为有机肥料用于花椒基地，土壤经过改良后，在花椒树下种植鱼草，便可减少养鱼过程中饲料的投放。李洪权还建了一个小型酒厂，酒糟和鱼草发酵后用来喂鱼，从而形成一个简单的循环系统，实现零排放。"养猪、养鱼、种青花椒，这三大板块目前投资共计约1 500万元。"谈到合作社之后的规划，李洪权希望这三大板块能实现良性循环发展，带动更多的农户和年轻人参与进来，让更多村民看到农村发展的希望。"下一步，我们准备结合村里的情况，打造一个集休闲、科普基地等于一体的，集合一、二、三产业的农业综合体项目，降低村里土地的抛荒率，更好地促进乡村振兴和农业现代化发展。"

川种振兴　四川实施五大行动

刊播：四川广播电视台《四川新闻联播》(2022 年 4 月 7 日)
作者：冯天翔　马凯

【导语】

种业是现代农业的"芯片"，四川作为全国三大农作物育制种基地之一，持续抓好川种振兴工作，力争通过 5 ～ 10 年的努力，建成西部现代种业发展高地。

【正文】

记者从今天举行的四川省种业振兴大会上获悉：为振兴种业，四川省将实施资源保护、育种创新、基地提升、企业扶优和市场净化五大行动。以抓园区、建基地、促创新等为主线，全面提升种源保护利用、自主创新等 5 种能力。力争到 2035 年，实现由种业大省向种业强省的跨越。

【同期】四川省种子站站长　沈丽

围绕资源保护行动，四川省将开展为期 3 年的对整个农林种质资源的全面普查收集和保护。围绕育种创新行动，积极推进以企业为主体的商业化育种体系的建设。围绕企业扶优行动，出台相关的政策措施，积极扶优、扶大种业企业的发展。

【正文】

强化农业科技创新，支撑现代种业发展。作为全省农业科技创新的主力军，四川省农业科学院育成农作物新品种 568 个，占全省的 40%。

【同期】四川省农业科学院党委副书记、院长　牟锦毅

力争3年左右，尽快选育一批高产、优质的农产品品种，抓紧推进四川省种质资源中心库的建设。把我们四川的种质资源利用好、保护好，搭建更高能级的品种创新、研发和繁育推广的创新平台。

乡村不一Young

"海归"硕士回乡创业　带回了流落海外的"土特产"

刊播：四川新闻网（2022年4月7日）
作者：何佳欣

你听说过奇异莓吗？一颗比拇指大不了多少，褪去"毛茸茸的外衣"后，通体光滑诱人，轻轻咬一口便会出汁水，酸甜可口。

奇异莓，是范晋铭的"宝贝"。9年前，他从国外归来，放弃外企薪水优厚的职位，一头扎进雨城的山村，种起了奇异莓。经过多年发展，他和团队开发的奇异莓新品种（学名为软枣猕猴桃）获得6项植物新品种权和多项研发专利，在全国建立种植基地超过10个，面积达3 000亩。

在奇异莓的世界里，范晋铭"种"出了自己的一番天地。

放弃国外优厚待遇，他决定返乡种植奇异莓

范晋铭身上带着很多光环。1988出生的他是云南昆明人，本科就读于荷兰瓦格宁根大学，学习国际农业经济与贸易专业，研究生阶段在瑞典隆德大学深造，是一个名副其实的高才生。毕业后，范晋铭在德国从事农产品咨询，主要研究小浆果项目。

2012年，在德国工作期间，范晋铭在机缘巧合中了解到奇异莓。"奇异莓是一种源自中国的水果，云南、贵州、四川和东北地区，以及湖南、湖北等地的山地、丘陵地区都可以见到野生的奇异莓，被外国人引种后风靡欧美，价格昂贵。"

"那时候，国内的精品超市售有奇异莓，进口自新西兰，每斤售价200元左右，是名副其实的'贵族水果'。"经过市场调查，范晋铭发现进口奇异莓价格很高，再加上市场管控，只在一线城市少量供应。在国内，奇异莓几乎处在市场空白期。"明明是中国本土原生品种，为什么不能做自主品牌的国货呢？"范晋铭萌生了试种的念头。2012年，国内创业大潮兴起，激起了范晋铭归国创业的热情，于是他与有相同想法的友人一起回国创业。

9年探索，他踏上坎坷种植路

"一方水土养一方人。这句话放到水果界也不例外。"对农产品有丰富研究的范晋铭知道，不同区域产出的同一种水果，口感和品质不尽相同，这其中的"水"和"土"便是种植奇异莓需要考虑的重要因素。

经过实地查看以及对土壤、水质等的化验检测，范晋铭和团队同事最后把种植基地定在四川雅安市雨城区上里镇。2013年，范晋铭建起最初的60亩基地。15个奇异莓品种，一共700多株小苗……他开始正式种植从欧洲引进来的奇异莓树苗。

万事开头难。一开始，范晋铭在村里租了个农家院住了下来，开始引种。翻地、施肥，不管大事小情，全都自己动手，当起了地道的农民。

"刚开始只处在论证阶段，没有进行大规模的试验，所以没有投入太多

的人手，只有我和生产队队长两个人守着十几亩的试验田。"范晋铭回忆道，他们一般不会在白天浇水，怕太阳太大，幼苗受不了。于是两个人在十几亩地里拖着水管一行一行手动操作，要劳作接近5～6个小时，浇完水，已经到了半夜。

不幸的是，种植培育进行得如火如荼时，天灾降临。2013年4月20日，雅安芦山发生地震，导致办公地毁坏。8月18日，突然暴发的洪水将基地浸泡了约10个小时才逐渐退去。"当时果苗刚长起来，我们都担心辛苦得来的劳动成果打了'水漂'。"洪水退去后的第二天一大早，范晋铭和团队赶紧开始抢救工作，给田地松土、喷洒消毒水、杀菌剂，最后树苗又长出了新叶，他们悬着的心这才放下。

为了抢占市场先机，2014年，距离第一批小苗刚种下去还不到1年，范晋铭就和股东一起出资，共投入700多万元，将基地扩建了350亩。除了奇异莓，他们还增种了草莓、树莓和蓝莓等。

2016年，奇异莓开始挂果。然而，果子无论形态还是味道，都非常不好。"花费了太多精力和心血，我们不会轻易放弃。"范晋铭坚持投入，在国内国外四处学习调研，不断优化技术，终于在2019年开始大规模投产，产出50多吨，销售额达到600多万元。

如今，基地种植了绿迷一号、红迷一号和紫迷一号3个自有专利品种，分别是绿皮绿肉、红皮绿肉和红皮红肉，口感也各有不同，平均糖度在18度以上。

致富不忘乡邻，小小果子助农增收

目前，范晋铭成立的公司在雅安的自有种植规模为400亩，带动农户种植700多亩。其他几个联合种植基地主要位于云南、四川、湖南、湖北和浙江等南方省份，种植面积共计1700余亩。

承包土地让当地乡亲有了额外的收入。范晋铭介绍道，基地会招聘多名当地农户负责田园管护。同时，有意向种植奇异莓的农户，基地工作人员会提供技术指导。农户种植的奇异莓达到相应标准后，基地就会回购这些产品，这样也能帮助农户解决种植的后顾之忧。不仅如此，每年到了授粉季节，基地还要聘请临时工人。"村民来这里打短工，每年能挣 4 000 元左右。"

如今，每逢结果期，在上里镇杨家坏的益诺仕奇异莓种植基地里，都能看到工人们进行奇异莓的挑选、分装……四处是忙碌的身影。

从偶然间的"相遇"，到幼苗扎进土里，范晋铭和奇异莓结下了不解之缘。一棵奇异莓树苗要经过 3 年培育才能开花结果，而他花了 9 年。在这段漫长的时间里，范晋铭遇到许多大大小小的问题，但他从未想过放弃。谈及以后的发展，范晋铭表示，从事农业生产需要长时间的探索和积累，他将不断完善和拓展供应链，延长供应时间，扩大产能，会继续优化技术，提高产品品质，争取为国内奇异莓种植研究提供更多实践支撑。"我希望这一颗小小的奇异莓，能在原本属于它的土地上被更多人喜爱。"

四川德阳"85后""学霸"返乡创业记：
做不拘一格的"新农人"

刊播：四川新闻网（2022年4月10日）
作者：何佳欣　李奇臻

进入4月，天气开始逐渐升温。4月10日，在四川省德阳市罗江区白马关镇万佛村的田埂上，翠绿的枝叶在风中摇曳，一个戴着黑框眼镜的年轻人行走在土地上，不时抬手检查植物的生长状况。这个充满书生气的年轻人是捌零后家庭农场的老板之一——何骏。

四川德阳"85后""学霸"返乡创业记：做不拘一格的"新农人"

何骏毕业于中南财经政法大学，专业为金融学，拥有金融、市场营销双学位，毕业时已收到8个世界500强企业的录用通知，还考上了公务员，人生选择丰富多彩。然而，2015年，他选择辞去年薪50多万元的工作，回到家乡创办家庭农场。如今，农场共经营土地300余亩，生产的农产品通过互联网畅销全国各地。

从零开始
"85后""学霸"选择返乡创业

何骏生于1986年，是一个土生土长的德阳人。早在大学期间，他就有了创业的理想。

"当时浙江农资集团有一个植物营养水肥一体化项目，我很感兴趣。"为了创业，何骏选择进入公司，从零基础学起，逐渐积累农资和农技推广的经验。工作期间，他利用出差的机会，到全国各地学习农业方面的先进经验、技术，还远赴以色列参观学习了先进的植物营养学和土肥学知识。

"在以色列参观学习的过程中，我看到国内外农业发展的差距，我认为这是一个机会，可以把先进的技术带回国内，促进我国农业的发展。"在外打拼了几年以后，回乡创业的机会来到何骏的面前。"当时和我从小玩到大的两个朋友刚好也有创业的想法。"3个人一拍即合，回到家乡德阳市，开启了创业之路。

新思想助力新起点
"打工人"变身"农家子"

2015年，何骏和团队同事在罗江区白马关镇万佛村承包了400多亩土地，创办了捌零后家庭农场。"家里人不反对我回乡创业，只是不理解我为何选择农业这条赛道。"民以食为天，何骏坚信，农业是朝阳产业，拥有巨大的发展空间。虽然干起了农业，但何骏毕竟不是农业科班出身。他几乎每天都会弓着腰，在田地里学育种、学防治、除杂草，过着面朝黄土黑地、背向烈日骄阳的"苦日子"。"但我不觉得辛苦，成功从来不是一蹴而就的，最重要的是坚持。"

　　创业初期，何骏遇到的第一个问题就是缺少资金。"虽说农业是朝阳产业，但与其他行业相比，投资周期长、见效慢，不懂技术、不懂农业的人势必会被淘汰。"经过前期的市场调研，何骏首先在十几亩地里开始农业项目的尝试。他将自己在大学学到的知识和工作期间积累的经验充分投入实践中。"种植草莓的投资回报期是农业当中最短的，可以作为'试水'项目。"初次"试水"大获成功，绿色生态的种植方式让草莓的品质获得市场的认可，一上市便被抢购一空。随后几年中，胭脂脆桃、黑樱桃和晚熟杂柑相继种植在捌零后家庭农场中。"今年我们还嫁接了李子，现在农场已经可以实现一年四季都有水果产出。"

　　得益于之前的工作经验，何骏不断结合和引进国内外先进的种植理念与技术。如今，农场基地里运用着一种特殊的栽培方式：两株桃树呈"V"字形种在一起。何骏介绍道："这是农场改良的双株'V'字形直立主干分层挂果栽培法，这种技术一方面有利于桃林通风，降低病虫害的发生率，另一方面有利于采摘果实。同时，与传统种植相比，我们把桃树种植间距扩大了好几倍，为将来实行全机械化管育、采摘预留了空间。"

　　此外，近年来何骏还引进了以色列的农资产品和技术，极大地降低了肥料使用量，节约人工成本，降低肥料浪费，避免了传统肥料超量超规使用造成的土壤污染问题。

农业也可以很"潮流"
"新农人"助力乡村振兴

　　如今400多亩的土地已经种上胭脂蜜桃、黑珍珠樱桃、日本红颜草莓和新品种柑橘等多种特色水果，配套开设滑草场乡村旅游景点。2021年，该农场共实现产值200万元，利润40余万元。

　　回忆起创业过程，何骏十分感慨："当初租这块地的时候，很多田是荒的，路都没有。如今，荒地变成了农场，满山遍野飘果香。"捌零后家庭农场的墙上有这样一句标语——"做有情怀的农业人，做有态度的农产品。"何骏正用行动践行这句话。

四川德阳"85后""学霸"返乡创业记：做不拘一格的"新农人"

　　机会往往是为有心人准备的。在何骏心中，创业的"顺风顺水"绝非偶然。"要以科学的精神、理性的态度去从事农业生产。农业其实可以很'潮流'。"何骏将自己称为"新农人"，意思是"新时代的职业农人"。"用心做农业产业，接受农业技能培训，获得国家的新型职业农民认定，就是'新时代的职业农人'。"

　　"在脱贫攻坚时期我们要主动作为，在新时代乡村振兴中更要积极发挥作用。"近年来，何骏积极投身乡村振兴，在罗江区广济村、万佛村探索"农业公司＋村集体经济＋农户"的农村经济发展模式，下乡创业以来，农场通过土地流转、产业园分红、吸纳务工、提供免费技术培训等方式不断壮大集体经济和实现帮贫扶困。目前，农场创造劳动岗位80余个，累计发放农户劳动报酬近300万元，土地流转费近100万元，入园务工农户人均增收1万元以上。

　　"参与务工的周边农户往往年纪偏大、文化程度不高，多采用传统种植技术，粗放种植，让他们成为职业农民，关键就是要提升他们的劳动技能。"何骏介绍道，如今，捌零后家庭农场通过每年4次的免费农业技术培训提高周边农户的农技水平，培养出十几位农业技术"多面手"，为农场的稳步发展奠定了良好的基础。"未来，我们将进一步与相关研究机构开展合作，引进更多技术用于农业生产，生产出更多高品质的农产品。"

振兴种业，四川要做些什么？

刊播：四川在线（2022年4月12日）
作者：史晓露

"听您讲了很多，今后种业的发展还得紧紧依靠科技的力量啊！" 4月7日，四川省种业振兴大会刚结束，四川种业集团董事长兼总经理易飞上前握住四川农业大学校长吴德的手。吴德笑着回应："我们也期待与领军企业有更多合作。"

这是一个生动注脚。种子是我国粮食安全的关键。只有用自己的手攥紧中国种子，才能端稳中国饭碗，才能实现粮食安全。

随着大会的召开，川种振兴号角吹响，瞄准种业"卡脖子"难题，四川将实施种质资源保护利用、种业创新攻关、种业企业扶优、种业基地提升、种业市场净化五大行动，全面推动种业大省加快向种业强省跨越。

创新攻关
加大科研经费支持，建立稳定投入和人才激励机制

4月8日，邛崃天府现代种业园四川省种质资源中心库项目建设现场塔吊林立，工人们正有序施工。

种子是农业的"芯片"，种质资源库就是种业的"诺亚方舟"。"该项目建成后，可以保存农林牧渔草种质资源约180万份（剂），是国内唯一的省级综合性种质资源库。"四川省农业科学院相关负责人介绍，目前项目正加快推进，确保今年年底前完成项目主体工程建设，明年全面建成并投入使用。

四川是农业种质资源大省，但目前种质资源的利用率还不高。"特别是

邛崃天府现代种业园（邛崃天府现代种业园管理委员会供图）

优异基因挖掘和开发利用不够，开展深度鉴定评价和利用的种质资源不足2%。"四川省农业农村厅种业发展处相关负责人介绍，种业振兴的首个任务就是夯实种质资源基础，大力实施种质资源保护利用行动，重点加快种质资源收集鉴定。

资源保护的目的是利用。针对突破性新品种培育能力不足的短板，四川将大力实施种业创新攻关行动。例如在农作物方面，重点攻克水稻重金属低吸附、玉米抗穗腐病、小麦抗赤霉病等一批关键技术，加快培育高产高效、绿色优质、节水节粮、宜机宜饲、专用特用新品种。

"种业科研攻关周期长，需要建立长周期评价体系，引导科技人员沉下心来搞研究。"四川省农业科学院相关负责人介绍，最近该院已启动"1+3"种源攻关和"1+9"揭榜挂帅科技攻关，由首席科学家带领团队，攻克限制产业发展的"卡脖子"技术，四川省农业科学院将对每个首席科学家团队连续给予10年的科研经费支持。

振兴种业，还要建立稳定的种业投入机制。"今年学校将专门拨出3 000万元资金，用于支持农作物、畜禽、林木方面的种业研发。"吴德介绍，力争在高端育种技术研发、种业重大科技成果等方面取得新突破。

为激发人才科技创新活力，下一步，四川将以省属农业科研院所机构改革为契机，深化职务科技成果权属改革，对科技成果主要完成人或为科技成果转化作出重要贡献者实行股权激励。

企业扶优

培育一批专精特新种业企业，力争10家以上企业进入全国种业企业50强

"最快6月就能签约。"四川省种业振兴大会结束后，易飞就马不停蹄地前往大型农作物种业企业仲衍种业股份有限公司对接。

四川种业集团挂牌后，3月中旬，集团决定注资4 000万元控股四川川繁猪生物科技有限公司，后者由四川农业大学联合四川省内7家生猪种业龙头企业注资成立，在种猪培育方面具有突出优势。

作为振兴川种的"种子选手"，四川种业集团被寄予厚望。"要重点扶持四川种业集团，让科研、生产、市场、投资等通过企业顺畅对接。"四川省农业农村厅相关负责人表示。

长期以来，四川种业企业"小、散、弱"，对此，四川将开展种业企业扶优行动。"我们将制定出台全省领军型种业企业培育方案，围绕重点品种、重点领域、重点环节，开展分类指导、精准扶持，加快扶优一批专精特新种业企业。"四川省农业农村厅相关负责人透露，力争到"十四五"末，四川10家以上企业进入全国种业企业50强。

此外，还要建立健全商业化育种体系。对此，德康集团总裁姚海龙颇有感触，该公司在2013年就专门组建了育种公司，通过对引进的外种猪资源进行本土驯化选育，瞄准市场需求，培育出了适合国内养殖和消费的优质种源。他认为，现在最大的瓶颈是很多企业没有实力搞育种，因为畜禽育种周期长、投入大。该公司在自贡布局1 000头生猪核心育种场，2013年以来在设施建设、引种和育种方面已经投入1亿多元。他建议要加大对企业科研创新的支持力度，开展种业科企联合攻关，这样才有望破解国内九成以上种猪依赖进口的困局。

基地提升
2个国家级园区引领，建设10个省级种业园区

近日，农业农村部官网公布国家级制种大县和区域性良种繁育基地认定结果，四川共有12个市（县、区）进入种子基地"国家队"。

四川是全国三大育制种基地之一，但近年来杂交水稻制种面积逐年萎缩，制种基地规模化、机械化、标准化、集约化和信息化水平也有待提升。"要保障好农业用种需求，必须有一大批现代化种业基地。"四川省农业农村厅相关负责人表示，要瞄准制种短板，实施基地提升行动，全面提升供种保障能力。

重点是现代种业园区建设。四川省种业振兴大会提出，围绕十大优势特色产业，今年四川将以邛崃天府现代种业园、三台现代生猪种业园2个国家级园区为引领，在成都平原建设以粮油作物为主、在绵阳建设以生猪为重点、在盆周山区建设以特色产业为重点的10个省级种业园区，逐步形成支撑粮油安全、保障生猪供给的种业基础。

三台现代生猪种业园（三台县农业农村局供图）

作为四川省内首个国家级种业园区，邛崃天府现代种业园九成以上区域是农作物种业基地。"今年我们将加大国家级杂交水稻制种基地建设力度，加快打造西南一流种业基地。"邛崃天府现代种业园管理委员会主任易彪介绍，下一步将重点提升机械化制种水平，培育制种人才，提高优质种子繁育生产能力。

猪粮安天下。作为四川省生猪第一大市，绵阳正以三台现代生猪种业园为引领，打造跨区域生猪产业集群。绵阳市委相关负责人介绍，下一步，园区将完善养殖基地、屠宰及肉品精深加工、冷链物流配送等布局，力争生猪年出栏量达到430万头，通过5年的努力，将绵阳建成全国生猪种业高地和国家优质种猪核心战略保障基地。

今年四川将把农作物种子基地优先纳入高标准农田建设，提高制种保险金额，加大补贴力度，同时把10个国家级制种大县的制种扩面任务纳入粮食安全党政同责考核、乡村振兴实绩考核，确保今年水稻、玉米、油菜种子生产基地面积稳定在60万亩以上，制种面积达到30万亩以上，能繁母猪数量稳定在380万头左右。

一场"改制"救活村集体农资超市

刊播：《农民日报》（2022 年 4 月 15 日）

作者：张艳玲

在近乎白热化的农资销售竞争中，四川省眉山市东坡区多悦镇正山口村的农资超市能起死回生，出乎不少人意料。从2013年诞生之日起，这个由村集体经济组织红月果业专业合作社领办的经营项目就不被看好。经过几年苦心经营，只能勉强保本。

所谓"不破不立"，2019年，合作社将300多户社员缴纳的3万多元会费全部清退，一场酝酿多时的"改制"在村里掀起轩然大波。目前看来，这场摸着石头过河的"改制"，不仅救活了村里的农资超市，还可能改变现有乡村农资销售格局。

"这要能干出名堂，我就拿手板煎鱼给你吃！"

正山口是个老地名，正山口村却是个新村子。2020年，四川省推进村级建制调整改革，临近的一里村、马桥村、红丰村和宋坪村合并，为防止各村因为名字"扯皮"，合并后的村子更名为正山口村。正山口村农资超市是红丰村集体经济组织红月果业专业合作社在2013年领办的。现任正山口村党支部书记张文胜当时在红丰村任村委会主任，他是这个项目的核心发起人之一。

"这要能干出名堂，我就拿手板煎鱼给你吃！"张文胜还记得在当年的动员筹备会上，有村干部激烈反对。"我们一没本钱，二没货源，农资市场竞争这么激烈，想要干好，没那么容易。"村干部的反对不是没有道理，当时红丰村集体经济捉襟见肘，每年只有1 000多元的收入，是典型的"空壳村"，村干部常常感叹："说话没人听，办事没人跟。"

劣势一清二楚，但张文胜仍然认为，村里的优势也很明显。"红丰村全村7 000亩果园，只要把乡亲们团结起来，还怕没市场、没渠道吗？"为了打消大家的顾虑，张文胜以个人家庭资产作为担保，为出资人每年6%的收益兜底，最终说服11个村干部带头出资，每人拿出1万元作为项目启动资金。

思想统一后，张文胜领着村干部很快行动起来。大伙儿一边开着私家车四处联系厂商备货，一边张罗着召开村民大会，给大家宣讲加入合作社享受统一采购农资的好处。几次会开下来，效果不错，全村有300多户申请加入合作社，并按照100元／户的标准缴纳了入社费。

照理来说，300多户社员，按照户均4亩果园算，1 000多亩的果园每年农资需求量也不小。但几年下来，村集体农资超市的生意却始终不见起色，不少社员一场不落地参加合作社年终举行的"九大碗"坝坝宴，却很少光顾村里的农资超市。

问题究竟出在哪儿？一些闲言碎语传到了村"两委"干部的耳朵里。"农资超市的股份都是村干部的，凭啥让他们挣钱？""说是集体经济，还不是鼓了他们干部的腰包……"

听到这些议论，村干部又委屈又沮丧。难道事情就这么泡汤了？张文胜和村"两委"干部经过反复商量讨论后，决定从根本上消除大家的顾虑。

清退所有出资，"改制"后从头再来

2019年7月，合作社将村干部的本金以及300多户社员缴纳的入社费全部清退，酝酿多时的"改制"在村里掀起了轩然大波。

按照"改制"方案，村民入社以货币出资，5 000元为一股，每户最多不超过4股。在收益分配方案上，刨去村集体收入后，剩下的以出资额和社员账户积分按照3∶7分红。社员每次从合作社购买农资，相应账户获得积分，买得越多，相应的积分分红也就越高。

根据测算，合作社作出承诺：入社村民每年保底收益不低于出资额的

6%。但入社的门槛一下子从100元提高到5 000元,而且还有强制退出机制——如果社员1年内从合作社购买的农资达不到相应的出资额,就要在下一年度退出合作社。这样一来,大伙儿能接受吗?张文胜心里也打鼓。

新的章程和分红方案在2019年7月15日召开的合作社社员大会上公布。结果超出张文胜预期——117户村民入社,出资总额超过120万元。自此,每年7月15日定为合作社分红纳新的大日子。

从村干部位置上退下来的宁俊珍如今负责农资超市的日常管理。她告诉记者,农资超市所有农资产品都是定价销售,社员享受9.5折优惠。"那村里的非社员会来农资超市采购吗?"面对记者的提问,宁俊珍笑道,"非社员聪明着呢,找左邻右舍、亲朋好友借一借社员卡,也能享受社员价,借卡的社员又能多一笔积分,自然是巴不得借。"

"每一个社员既是合作社的成员,又是合作社的客户,还是合作社的销售经理。"张文胜说,"你想想,我们有100多个销售经理,还能做不起来吗?"

议价能力更强,社员农资成本下降10%

机制一顺,各方的积极性就被调动起来。合作社"改制"后第一年,销售额同比上涨超过70%,入社社员增加到139户,入社资金达到145万元。随着销售量的提升,农资超市还开起了第二间铺面,村集体以两间铺面入股,去年分红超过7万元。

上一次分红的小本子,宁俊珍还放在随身斜挎的小包里。"去年7月15日分红,我分到2 600多元。"宁俊珍从包里摸出小本子查看后告诉记者,这样算下来,投入合作社的2万元每年能有13%左右的收益,还是很满意的。

几年间,农资厂家态度的大转变颇让合作社理事吴学华感慨。"几年前,我们四处联系厂家,说尽了好话,却发现拿到的农资价格跟镇上农资经销商的零售价格差不多;如今,随着合作社农资销售量稳步上升,不时有厂家销售人员主动上门洽谈,给出的价格也很有诚意。"吴学华说,这样一来,合作社能够做到给社员的价格比市场价格略低,再加上年度分红,社员农资成本至少下降10%。

近期农资价格大幅上涨,正山口村不少农户却说影响不大。原来,去年年底合作社抓住厂家冬促会的优惠力度，把今年社员的用肥一次性囤齐了。"去年11月5日，我们召开社员订货会，公布了进货价及社员价，当天就订出200多吨复合肥。"张文胜说着拿出一份去年年底合作社会议的会议纪要。记者正打算拍照，却被张文胜制止了。"要不得，要不得！"张文胜笑道，这上面清晰记录着每项农资的进价和售价，是商业机密。

"潜力还很大！"张文胜给记者算了一笔账，全村柑橘种植面积超过2万亩，按每亩2 000元的农资成本估算，农资采购金额超过4 000万元。

"正山口村的柑橘园90%以上是小农户种植，如果大伙儿能通过合作社组织起来，不仅集体经济能多一份收入，大家在农资市场上的议价能力也将得到有力提升，为下一步柑橘园引进统一的社会化服务进行标准化生产打下了基础。"张文胜分析道。

四川出台促进生猪稳产保价七条措施

刊播：人民日报客户端（2022年4月21日）

作者：宋豪新

4月20日，记者从四川省农业农村厅生猪稳产保价工作新闻通气会上获悉，中共四川省委农村工作领导小组近日印发《四川省促进生猪稳产保价七条措施》，对相关工作作出安排部署。

针对当前全省生猪养殖面临的形势，"措施"提出，进一步强化稳定生猪产能财政支持力度，按照《四川省生猪产能调控实施方案（暂行）》，应当启动一次性临时救助补贴措施。

"措施"强调，各地要进一步统筹使用衔接推进乡村振兴补助资金，按照"四到县"制度规定，统筹安排衔接资金，支持稳定生猪产能，支持监测对象、脱贫户购买仔猪、母猪。各地尤其是88个脱贫县要加大涉农资金统筹整合力度，可按规定将整合资金用于支持稳定生猪产能，带动脱贫人口就业增收。

在进一步做好生猪生产发展融资需求保障方面，"措施"提出，金融监管部门要督促指导各金融机构，实质性加强生猪养殖信贷支持力度，把各级生猪产能调控基地作为重点，在企业增信、信贷资金投向、投量、期限、利率等方面予以支持，不得随意断贷抽贷。各级农业农村部门要向金融机构开放共享生猪产能调控基地相关必要信息。

在进一步提高保险保障水平方面，"措施"提出，全面落实能繁母猪和生猪养殖保险政策，提升生猪产能调控基地等养殖场（户）政策性保险覆盖率，实现"愿保尽保"。加大财政保费补贴力度，大力推广育肥猪价格保险。鼓励养殖户购买必要的商业险种。各保险公司要进一步做好保险理赔工作，对属于保险责任范围的要及时足额理赔，应赔尽赔、早赔快赔。

"措施"提出，迅速启动猪肉储备收储工作。四川省发展和改革委员会要牵头会同有关部门，快速灵敏跟进、紧密配合中央冻猪肉储备收储工作，立即启动省级冻猪肉临时收储。各市（州）、县（市、区）政府要尽快启动、同步开展猪肉储备收储工作。要充分利用养殖、屠宰、加工等企业储备能力，加大商业储备力度，加强政企协同，形成调控合力。

"措施"还就进一步做好价格监管和市场引导、加强非洲猪瘟等重大动物疫病防控、压实工作责任等方面作出明确部署。

目标产量710亿斤、新建450万亩高标准农田
四川这样保障粮食安全

刊播：封面新闻（2022年4月22日）
作者：杨博

四川是中国13个粮食主产省之一，也是中国三大育种基地之一。四川坚决守住粮食安全底线，确保粮食播种面积和产量只增不减。目前四川省粮食生产进展情况怎么样？为完成目标任务采取了哪些措施？在建设高标准农田、提升粮食生产综合能力方面具体怎么做？

4月22日上午10点，四川省农业农村厅党组成员、副厅长肖小余做客四川省政府网站《在线访谈》栏目，就"多举措稳定粮食生产，筑牢粮食安全屏障"主题与广大网友进行在线交流。

四川省农业农村厅党组成员、副厅长肖小余（左）

今年四川粮食生产情况总体较好，粮食目标产量710亿斤

肖小余介绍，四川省粮食产量始终排在全国前10位，继2020年时隔20年突破700亿斤大关后，去年再创新高，达到716.4亿斤。今年全省粮食播种面积要达到9 502.8万亩，产量达到710亿斤。目前来看，四川省粮食生产情况总体较好。为确保完成全年粮食扩面增产任务，关键是向撂荒地要粮、向科技要粮、向种粮大户要粮。

他说，要落实好国家耕地地力保护补贴、稻谷补贴、稻谷最低收购价和种粮大户补贴等惠农政策，在76个产粮大县开展完全成本保险试点，确保种粮有合理收益。还要严格良田粮用管控，巩固撂荒地治理成果，探索建立"空天地"一体化的耕地"非粮化"和"撂荒"监测信息平台，坚决遏制耕地"非农化"、基本农田"非粮化"。

同时，组织开展好农资、农技、农机和助耕帮扶等"四个服务"，特别是加强农资调剂调运，满足生产所需。组建科技小分队，抓好指导服务和技术培训，开展百亩攻关、千亩展示、万亩示范，建设绿色高产高效示范区200万亩，集成推广区域性、标准化技术模式，促进大面积均衡增产增效。坚持省、市、县各级粮食园区占比不低于30%，今年力争达到35%左右，建立平原、丘陵、盆周山区、攀西地区和高原藏区不同生态类型的现代粮食生产示范区，大力发展"稻香杯"优质稻、青贮饲用玉米、酿酒高粱、高蛋白大豆、加工专用马铃薯等优质粮食生产，着力推动川粮结构优化提升。

"统筹落实5.3亿元财政资金，建设16个'以粮为主、粮经统筹、种养循环、五良融合'的现代农业示范区；建设10个'鱼米之乡'示范县；建设22个'五良融合宜机改造'示范县，实现'千斤粮万元钱''吨粮田5 000元'，促进粮食增产，农民增收。"他说，同时重点做好农作物病虫害防控工作，特别是水稻"两迁"害虫和稻瘟病等病虫害监测防控工作。及早制定完善技术预案，科学有效应对可能出现的干旱、洪涝和低温冻害等自然灾害。

大力建设高标准农田，提升粮食综合生产能力

建设高标准农田，是落实"藏粮于地"战略，巩固和提升粮食综合生产能力的根本举措。四川今年将采取哪些工作举措？

"2022年，四川将完成450万亩高标准农田建设任务，进一步提升粮食综合生产能力。"肖小余说，将今年的高标准农田建设目标任务分解下达到21个市（州）146个县（市、区），以提升粮食产能为首要目标，落实到具体项目，集中打造优势粮油生产基地。确保5月底前完成2021年立项结转任务315.2万亩，不误大春粮食生产。同时，加快2022年立项项目的前期工作，力争5月底前全部完成审批工作，9—12月再完成135万亩以上建设任务。

同时，加强高标准农田管护利用，对建成的高标准农田，应根据土地利用总体规划划为永久基本农田，实行严格保护，推动高标准农田原则上全部用于粮食生产，确保良田粮用。今年的新建项目，对不属于耕地、不用于粮食生产的，坚决不予立项批复。积极开展以粮为主、粮经统筹、种养循环、"五良"融合试点，实现高效率管理、高水平利用、高水平产出，进一步筑牢粮食安全保障基础，把饭碗牢牢端在自己手上。

他还介绍，四川将建立多元化投入机制，确保中、省、市、县财政资金补助每亩共计不低于3 000元。按照高标准农田建设的共同事权属性，健全投入保障机制，今年中央向四川省下达38.1亿元用于高标准农田建设，省级财政将加大投入力度。同时，严格落实高标准农田建设质量管理办法，建立健全质量监管体系。实施耕地质量保护和提升行动，推进7个县退化耕地治理试点，确保耕地土壤生态质量。以2022年高标准农田项目为平台，整合有机肥替代化肥、畜禽粪污资源化利用等项目，推进耕地质量持续提升。

山坡田变好地，全靠这一招

刊播：《半月谈》（2022年4月25日）
作者：高健钧　冯家顺　袁波

长久以来，困扰南方产粮区的一个共同问题是田在坡上山间，地块形态分散，生产难以规模化、集约化，提升效益不易。在四川多个"一平二坡七分山"的农业大县，宜机化改造正在为这个问题提供一种答案。

土地提档，农田升级

在四川盆地北部，3月中下旬还不是冬小麦成熟的时节。但今年3月，中江县永太镇田间已经忙得热火朝天。记者在该镇长河村看到，浅丘环抱间，

中江县永太镇农民操作播种机（王曦摄）

成片规整土地已经翻耕完毕，几台玉米播种机正在作业，新一年玉米大豆带状复合种植拉开帷幕。

"以前这里都是散碎的二台土，效益差，不少地干脆撂荒了。"永太镇镇长林曦说，经宜机化改造后，现在长河村1 500亩土地可实现全程机械化作业，"小麦—玉米—大豆"和"油菜—玉米—大豆"两种种植方案相得益彰，大大提效。今年，永太镇将继续改造5 000余亩土地。

中江县委常委袁海介绍，作为四川产粮第一大县，中江县土地77%为丘陵，17%为山地，只有6%是平坝。2021年中江县完成土地改造1万亩，2022年计划改造5万亩，实现主要农作物耕、种、收综合机械化水平提升1.5个百分点。

四川省农机化技术推广总站站长张小军介绍，在进行宜机化改造的同时，去年以来四川着手在多地探索良种、良法、良制、良田、良机"五良"融合试点，今年将在20多个县投入1亿余元，做好土地"提档升级"的文章。

大户经营，多方受益

宜机化改造实现农田连片化，农业经营主体和方式也随之变化，"村集体自营""村集体＋种植户""村集体＋龙头企业"等新形态层出不穷，有效提升耕地管理、产业联动和资金整合的水平，从经营主体到农户都能尝到甜头。

三台县是典型的丘陵区农业大县。前不久，该县金石镇新安村明康家庭农场负责人周峰整理完毕的70余亩土地上，几台播种机齐齐开动，开始春耕备耕。

"计划种两季大豆、一季小麦，土壤整平质量提升后，预计每亩地每年有1 200元的收益。"周峰说，新整理的土地还解决了50余名村民的务工需求，务工总收入达10万元。

土地提档升级带来的巨大效益，也吸引中化现代农业这样的大型央企。过去两年，中化现代农业四川有限公司在中江县6个乡（镇）流转1.7万余亩土地，与当地政府共同对土地实施"小改大""连片化"改造，辅以土质改良，推广集约化创新经营模式，吸引众多村民回乡种地。

中化农业MAP粮作四川创新业务负责人夏颖说，土地经改造后，每亩收益提升400元，为当地1万多户农民带来流转费1 000余万元，农民务工费近700万元，村集体管理费30余万元。

支持发力，方可持续

四川可进行宜机化改造的土地面积占全省耕地的40% ～ 50%，前景令人期待，但当前土地改造成本仍较大，需多方发力扶持。

张小军说，当前宜机化改造省级财政补贴分为两档。一是水平条田、水平梯田和坡式梯台旱地地块改造，每亩补助不超过2 000元；二是缓坡化旱地改造，每亩补助不超过1 500元。此外其他费用由经营主体承担。

中江县农业农村局相关负责人指出，中江丘陵地区每亩地的宜机化改造投入平均在3 000元左右，经营主体承担费用每亩超过1 000元。由此可见，虽有补助，基层支出缺口仍较明显。

此外，如中江鸿发农机服务专业合作社负责人常滔所言，如今在农地改造中务工的村民年龄几乎都超过50岁，缺乏必要的技术素养，不利于后续规模化、集约化经营的有效推行。"怎样引导更多有一定学历的青年回乡务农？怎样针对农村人口构成现状提供培训？希望有关部门能正视这些难点，让乡村振兴有更坚实的技术推动力。"常滔说。

四川聚焦五大行动促种业振兴

刊播：《农民日报》（2022年5月13日）
作者：张艳玲

记者日前从四川省种业振兴大会上获悉，为加快由种业大省向种业强省跨越，四川省将聚焦种质资源保护利用、种业创新攻关、种业企业扶优、种业基地提升和种业市场净化五大行动。

聚焦夯实种质资源基础，大力实施种质资源保护利用行动。四川省将加快种质资源收集鉴定，加快省级种质资源中心库建设，确保今年10月前完成项目主体工程建设，明年全面建成并投入使用；统筹建设一批农作物、林木及畜禽水产种质资源圃，逐步构建起全省"一库多圃"的种质资源保护体系。

聚焦补齐产业发展短板，大力实施种业创新攻关行动。重点支持四川省农业科学院加快天府种业实验室建设，加大现代生物育种等前沿种业技术攻关力度；深入推进育种联合攻关，重点攻克一批关键技术；加大种业科技成果转化，进一步深化职务科技成果权属改革。

聚焦发挥企业主体作用，大力实施种业企业扶优行动。做大做强四川种业集团；加快扶优一批专精特新种业企业；支持大型企业通过并购、参股等方式进入种业行业；积极引导撬动金融和社会资本投入种业；开展种业科企联合攻关。

聚焦抓好良种供应保障，大力实施基地提升行动。推进种业园区建设，逐步形成支撑粮油安全、保障生猪供给的种业基础；遴选认定一批省级优势种子生产基地县，今年要建成5万亩现代粮油种子生产基地；大力实施畜禽核心种源基地提升行动，支持区域性公猪站建设，打造全国生猪种业高地。

支持开展种子质量预警，建设公共检测中心；搭建四川省南繁生物育种公共试验平台，大力建设四川省海南南繁育种工程中心。

聚焦加强知识产权保护，大力实施种业市场净化行动。严厉打击无证经营、套牌侵权、制假售假等违法行为，严格品种管理，强化市场监管。

李凯：村里的事丢不下

刊播：《光明日报》（2022 年 5 月 16 日）

作者：李晓东　曹正

大雨如瓢泼般倾泻在黑漆漆的山路上，雨刷器怎么也刷不净挡风玻璃上的雨水。

眼前突然出现一个 U 形弯，越野车刹车不及，"嚓"地冲出路面，翻滚着向山下坠去！

万幸的是，车辆在半山腰被一块巨石拦住了。"轰"的一声巨响之后，山谷间只剩下风雨声。

过了好一会儿，车窗里钻出一个人，接着，第二个、第三个。三人冒着大雨，徒手向公路攀爬……

三人中首先钻出车窗的那位，就是时任四川省凉山州昭觉县日哈乡力史以等村第一书记的李凯。

来到大凉山参与扶贫

2018年6月，西南石油大学选派干部到凉山驻村帮扶，"90后"辅导员李凯主动报了名："年轻人就应该到基层去！打赢脱贫攻坚战，我也要出把力！"

不承想，刚到凉山两个多月，他就在从乡政府回村的路上遭遇坠车事故——"翻滚的时间可能有十几秒，当时大脑一片空白，感觉心脏都快被甩出来了……"

三人爬上路面后，准备打电话求救，却发现手机都摔坏了。他们只得相互搀扶，蹒跚着往前走。1个多小时后，终于来到村委会。所幸，三人均无大碍。

"这是我第二次生命的开始。我以后一定要为老百姓多做些事情！"这次死里逃生没有吓住李凯，反而更加坚定了他扎根一线的决心。

第二天，李凯又像往常一样出现在贫困户家中，好像什么都没发生过。

两年后，李凯因工作能力突出，被任命为昭觉县三岔河乡三河村第一书记。此时，脱贫攻坚收官在即，三河村仍有贫困户148户792人，他深感重担在肩，恨不得"一天掰成两天用"。

没想到，李凯在这里又一次遭遇坠车事故。在入户走访的路上，由于坡陡路滑，汽车从路中间斜冲出去，一头扎进路外斜坡上的灌木丛中。也多亏了这些灌木，汽车一阵冲撞之后被死死卡住。李凯从车里爬出来，一看吓坏了："命真大，只差几米，车就掉到悬崖深处了！"

这次事故后，李凯的母亲再也坐不住了，声泪俱下地恳求他回学校工作。李凯说："现在正是脱贫攻坚的最紧要关头，一天24小时都不够用呢。放心吧妈妈，我一定会注意安全。"安慰好母亲，他又一头扎进易地搬迁、产业扶持、基础设施建设等工作中。

辛勤的付出，终于得到回报。2020年，三河村如期退出贫困村行列。2021年2月，全国脱贫攻坚总结表彰大会上，三河村被授予"全国脱贫攻坚楷模"荣誉称号。李凯代表三河村，从习近平总书记手中接过这份至高荣誉。

"我要带领村民把三河村建设得更美，让大家的日子越来越好！"领奖归来，李凯定下新的奋斗目标。2021年5月，李凯3年挂职期满，他主动申请延期1年。

延期这一年里，李凯带领村民进一步探索发展养殖、种植、加工、旅游、劳务输出五大产业，村里还成立了旅游开发公司，将三河村的奋斗史、变迁史变成鲜活的红色旅游资源。2021年年末，全村脱贫户人均可支配收入达到13 000多元，为乡村振兴打下坚实基础。

转眼又是一年。今年4月，李凯再一次递交延期申请。他说："村里的事丢不下。"

村里的事不能丢，李凯丢下的都是自己的事。

来凉山前，李凯体重160斤，白白净净。几年下来，他体重已不到130斤，皮肤也晒黑了。妻子取笑他："都快从'小鲜肉'变成'老腊肉'了。"

今年年初，妻子怀孕了。李凯在高兴的同时，也犹豫起来——村里产业刚起步，扶上马还需送一程，可妻子正需要照顾，怎么办呢？

妻子看出了他的心思，主动支持他再次延期。她说："你忙吧！困难我能克服。"

"选择了就不后悔，我也只能把对家人的愧疚转化成工作的动力。"递交延期申请后，李凯又带领村民投入改造接待酒店、提升游客中心服务水平的工作中去了。做方案、选材料、盯工期，他每天都忙得不可开交。

"五一"前夕，项目终于完工了！

这个小长假期间，来三河村旅游度假的游客络绎不绝。看着跑前跑后接待游客的李凯，村里的彝族群众为他竖起了大拇指："咱三河村，'瓦吉瓦'（好得很）！咱李书记，'瓦吉瓦'！"

习近平在四川考察时强调　深入贯彻新发展理念　主动融入新发展格局　在新的征程上奋力谱写四川发展新篇章

刊播：中央电视台《新闻联播》（2022 年 6 月 9 日）

作者：樊承志　李晓周　马超　李辉　王萌萌　荆伟

中共中央总书记、国家主席、中央军委主席习近平近日在四川考察时强调，要坚决贯彻党中央决策部署，弘扬伟大建党精神，坚持稳中求进工作总基调，完整、准确、全面贯彻新发展理念，主动服务和融入新发展格局，统筹疫情防控和经济社会发展，保持经济稳定发展，保持社会大局稳定，推动治蜀兴川再上新台阶，在全面建设社会主义现代化国家新征程上奋力谱写四川发展新篇章，以实际行动迎接党的二十大胜利召开。

6 月 8 日，习近平在四川省委书记王晓晖、省长黄强陪同下，先后来到眉山、宜宾等地，深入农村、文物保护单位、学校、企业等进行调研。

6 月 1 日，四川雅安发生 6.1 级地震，习近平当即作出重要指示，要求四川省委和省政府全力做好抢险救灾，安抚遇难者家属，及时救治受伤群众，安排好受灾群众生活，注意防范次生灾害，抓好灾后重建，尽快恢复正常生产生活秩序。中央有关部门立即启动国家地震三级应急响应，四川省委和省政府迅速组织开展抗震救灾工作，抢通生命通道，全力以赴做好伤员救治工作，及时转移和安置受灾群众。目前灾区群众绝大多数已返回家园，四川终止了省级地震三级应急响应，转入恢复重建阶段。

考察期间，习近平十分牵挂受伤人员的救治和灾区人民生产生活，详细了解抗震救灾进展情况，叮嘱四川省委和省政府继续做好伤员救治工作，加强受灾群众心理疏导，做好遇难者善后处理及其家属安抚工作，稳妥安置受灾群众，保障基本生活物资供应。要做好恢复重建规划，抓紧实施，帮助受灾群众尽早恢复正常生产生活。

8日上午，习近平来到眉山市东坡区太和镇永丰村考察调研。永丰村依托水稻产业和技术优势，建成了全省规模最大的水稻新品种新技术中试基地。在高标准水稻种植基地，习近平听取村整体情况介绍，对他们坚持粮食种植助力保障国家粮食安全的做法表示肯定。习近平强调，成都平原自古有"天府之国"的美称，要严守耕地红线，保护好这片产粮宝地，把粮食生产抓紧抓牢，在新时代打造更高水平的"天府粮仓"。

习近平走进试验田，察看水稻长势。农技人员向总书记介绍水稻试验育种和种植推广情况。习近平指出，水稻良种育种周期长，需要反复试验筛选，我国广大农业科技工作者付出了艰辛努力，为保障国家粮食安全、确保老百姓丰衣足食作出了重要贡献，功不可没。推进农业现代化，既要靠农业专家，也要靠广大农民。要加强现代农业科技推广应用和技术培训，把种粮大户组织起来，积极发展绿色农业、生态农业、高效农业。我们有信心、有底气把中国人的饭碗牢牢端在自己手中。

习近平十分关心推进乡村振兴情况。他步行察看永丰村污水处理池和村容村貌，考察村卫生站，详细了解该村改善人居环境、做好农村疫情防控等情况。习近平强调，乡亲们吃穿不愁后，最关心的就是医药问题。要加强乡村卫生体系建设，保障好广大农民群众基本医疗。要把党的基层组织建设好，团结带领乡亲们脱贫之后接续推进乡村振兴。

离开村子时，总书记同村民们亲切道别。习近平对乡亲们说，中国共产党执政，就是要把中国特色社会主义事业一步步向前推进，全心全力把老百姓的事一件一件办好，让老百姓过上更加美好的生活。

在眉山市中心城区，坐落着北宋著名文学家苏洵、苏轼、苏辙父子三人的故居三苏祠。习近平来到这里，了解三苏生平、主要文学成就和家训家风，以及三苏祠历史沿革、东坡文化研究传承等。习近平指出，中华民族有着5 000多年的文明史，我们要敬仰中华优秀传统文化，坚定文化自信。要善于从中华优秀传统文化中汲取治国理政的理念和思维，广泛借鉴世界一切优秀文明成果，不能封闭僵化，更不能一切以外国的东西为圭臬，坚定不移走中国特色社会主义道路。家风家教是一个家庭最宝贵的财富，是留给子孙后代最好的遗产。要推动全社会注重家庭家教家风建设，激励子孙后代增强家国情怀，努力成长为对国家、对社会有用之才。党员、干部特别是领导干部要清白做人、勤俭齐家、干净做事、廉洁从政，管好自己和家人，涵养新时代共产党人的良好家风。

8日下午，习近平来到宜宾市考察。长江、金沙江、岷江在宜宾市主城区交汇，形成了三江汇流的壮阔景象。宜宾依水而建，有"万里长江第一城"的美誉，经过多年持续整治，三江六岸的岸线更美了，变成了人民群众喜爱的亲水岸线公园。习近平来到三江口，眺望三江交汇处，听取当地推进长江流域生态修复保护、实施长江水域禁捕退捕等情况介绍。习近平指出，保护好长江流域生态环境，是推动长江经济带高质量发展的前提，也是守护好中华文明摇篮的必然要求。四川地处长江上游，要增强大局意识，牢固树立上游意识，坚定不移贯彻共抓大保护、不搞大开发方针，筑牢长江上游生态屏障，守护好这一江清水。

今年我国高校毕业生预计达1 076万人，同比增加167万人，创历史新高。习近平十分关心高校毕业生就业情况，来到宜宾学院考察调研，察看毕业生创新创业代表作品展示，了解学校开展的就业创业指导服务工作。学校招聘大厅内正在举行企业招聘宣讲会，习近平向教师、学生、企业负责人了解企业招工的需求和毕业生签约率等情况。习近平强调，党中央高度重视高校毕业生就业，采取了一系列政策措施。当前正是高校毕业生就业的关键阶段，要进一步挖掘岗位资源，做实做细就业指导服务，学校、企业和有关部门要抓好学生就业签约落实工作，尤其要把脱贫家庭、低保家庭、零就业家庭以及有残疾的、较长时间未就业的高校毕业生作为重点帮扶对象。习近平对同学们说，幸福生活是靠劳动创造的，大家要保持平实之心，客观看待个人条件和社会需求，从实际出发选择职业和工作岗位，热爱劳动，脚踏实地，在实践中一步步成长起来。他勉励同学们自觉践行社会主义核心价值观，努力做到德智体美劳全面发展。

随后，习近平考察了宜宾市极米光电有限公司。他走进公司展厅和生产车间，了解企业加强自主创新、产品研发销售、带动就业和当地支持民营经济发展、出台纾困帮扶政策等情况。习近平强调，推进科技创新，要在各领域积极培育高精尖特企业，打造更多"隐形冠军"，形成科技创新体集群。

在车间外广场上，习近平同企业员工们亲切交流。习近平强调，我国是制造大国，要努力提高自主创新能力，加快向制造强国转变。中国要强大，各领域各方面都要强起来。全面建设社会主义现代化国家，实现中华民族伟大复兴，前途是光明的，道路是曲折的，还会面临许多激流险滩，要勇于迎接各种风险挑战。天上不会掉馅饼，一切成就都要通过我们共同拼搏来取得。大家都是"80后""90后"，正当其时，要有事业心、责任感，努力奋斗，到21世纪中叶全面建成社会主义现代化强国之时，大家一定会为"强国圆梦、功成有我"而感到自豪。

考察途中，习近平指出，当前，各地区各部门要坚决贯彻党中央决策部署，坚持稳中求进工作总基调，全面做好改革发展稳定各项工作，努力保持平稳健康的经济环境、国泰民安的社会环境、风清气正的政治环境，为党的二十大召开营造良好氛围。要高效做好统筹疫情防控和经济社会发展工作，坚决克服目前经济发展面临的一些困难，做好就业、社会保障、贫困群众帮扶等方面的工作，做好维护社会稳定各项工作，保持人心稳定，保持社会大局稳定。坚持就是胜利，要毫不动摇坚持"动态清零"总方针，坚定信心，排除干扰，克服麻痹思想，抓紧抓实疫情防控重点工作，坚决巩固住来之不易的疫情防控成果。

习近平强调，近期，我国一些地方发生洪涝地质灾害。各有关地区和部门要立足于防大汛、抗大险、救大灾，提前做好各种应急准备，全面提高灾害防御能力，切实保障人民群众生命财产安全。要加强统筹协调，强化灾害隐患巡查排险，加强重要基础设施安全防护，提高降雨、台风、山洪、泥石流等的预警预报水平，加大交通疏导力度，抓细抓实各项防汛救灾措施。灾害发生后，要迅速组织力量抢险救灾，严防次生灾害，最大限度减少人员伤亡和财产损失。要在做好抢险救灾工作的同时尽快恢复生产生活秩序，扎实做好受灾群众帮扶救助和卫生防疫工作，防止因灾返贫和"大灾之后有大疫"。

丁薛祥、刘鹤、陈希、何立峰和中央有关部门负责同志陪同考察。

9日上午，习近平在成都亲切接见驻蓉部队大校以上领导干部和建制团主官，代表党中央和中央军委，向驻蓉部队全体官兵致以诚挚问候，并同大家合影留念。许其亮陪同接见。

巴蜀大地迈步乡村全面振兴新征程

擦亮农业大省金字招牌

刊播：《四川日报》（2022 年 6 月 9 日）

作者：王成栋　史晓露

芒种芒种，连收带种。此刻，天府之国千里沃野上，收割机开足马力驰骋于川东北的金色麦浪中，智能插秧机在成都平原高标准农田里大显身手，无人机盘旋在攀西现代农业园区的果林上空……

"加油"的不仅是田间。刚刚闭幕的四川省第十二次党代会，对做大做强"川字号"农业特色产业、统筹推进乡村振兴和新型城镇化等作出有力部署。6 月 7 日，四川省委办公厅、省政府办公厅发布《关于调整完善土地出让收入使用范围优先支持乡村振兴的实施方案》，明确到"十四五"末，以省为单位核算，土地出让收益用于农业农村比例将达 50% 以上。

不管是四川省委、省政府的有力部署，还是乡间农人的挥汗耕耘，都是对"农业更强、农村更美、农民更富"乡村振兴崭新画卷的增色添彩。

始终牢记习近平总书记殷殷嘱托，四川把"三农"工作作为治蜀兴川的重中之重，高位部署、全力推动、重点突破、创新谋变，将金字招牌越擦越亮，推动农业大省由大图强，带领全省农民迈步乡村全面振兴新征程，奋力把领袖的嘱托和擘画切实转化为美好现实。

心怀"国之大者"

助力保障粮食安全和重要农产品供给

6 月 8 日，成都市邛崃天府现代种业园内，55 个入围"稻香杯"优质米评选的水稻品种同田栽培展示。再等2个多月，它们将接受全国农业专家的田间评价。

"稻香杯"是四川好米的风向标。2018年，中断10余年的"稻香杯"评选重新启动，今年评选规格再次升级，将首次以四川省委、省政府名义对获奖品种进行表彰。种好粮，守好四川"米袋子"，助力中国饭碗装满中国粮，成为川人责无旁贷的追求。

四川是全国13个粮食主产省之一、西部唯一的粮食主产省，也是粮食消费大省。近年来，四川省委1号文件持续重点关注粮食安全，今年更是首次将保障粮食安全置于首位，强力推动。

四川省实施粮食安全党政同责考核，落实"长牙齿"的耕地保护硬措施，对未能完成粮食生产目标任务的，一票否决涉农工作考评和表彰。一手抓肥料等农资保供稳价，一手落实好各项惠农政策，今年全省种粮大户补贴标准继续保持在80元/亩，保证种粮有合理收益。水稻育种取得突破性成效，近年来以宜香优2115、川优6203等为代表的新品种，改写了"蜀中无好米"的历史。2020年全省粮食产量达705.4亿斤，时隔20年再次迈上700亿斤台阶；2021年全省粮食产量达716.4亿斤，再创新高。

5月16日，射洪市仁和镇中房村，麦农脸上洋溢着丰收的喜悦（刘昌松摄）

同时盯紧"肉盘子""油瓶子"，重拳出击，全力保障重要农产品供给。今年，"四川造"的玉米大豆带状复合种植技术被写入中央1号文件，新增的310万亩玉米大豆带状复合种植示范推广眼下正开始播种。作为生猪养殖第一大省，四川省先后出台"猪九条""新八条""猪十条"，去年年底生猪产能恢复至常年水平。

以园区为载体做强产业
擦亮"川字号"农产品金字招牌

"稳！"眉山市一心农机专业合作社负责人王元威对他承担的新品种试验项目结果很有把握。

王元威的信心，来自他所在的四川省首个国家现代农业产业园——眉山市东坡区现代农业产业园。该园区以"中国泡菜城"为主体，所产东坡泡菜市场份额占全国1/3，2021年，一坛小泡菜为园区"发酵"出200亿元产值。

泡菜与园区的"强强联合"，正是四川省着力构建现代农业"10+3"产业体系的缩影。四川省委、省政府专门提出念好"优、绿、特、强、新、实"六字经，推动川猪、川菜等十大优势特色产业融合发展，夯实现代农业种业等三大先导性支撑产业。

产业跑得快，要靠园区带。四川省将现代农业园区作为推进农业高质量发展的重要抓手和培育现代农业"10+3"产业体系的重要载体，印发考评激励方案，每年安排5亿元专项资金对认定的不同省级星级园区给予财政补助。目前，四川省已建立"省领导分产业推进、市抓县、县管园"的推进机制，率先在全国推行县级党政一把手负责的"园长制"。至2021年年末，全省共创建国家现代农业产业园13个，数量居全国前列，建成省级星级园区107个，国家、省、市、县累计梯次建成各类农业园区1 178个。

目前，全省现代农业"10+3"产业体系基本形成，一批优势特色产业强势崛起，品牌不断叫响。

2021年，川茶综合产值首次突破1 000亿元，成为继川猪、川粮油、川菜、川果、川牛羊后又一产值破1 000亿元大关的四川"农字号"。全省竹产业综合产值超800亿元，美丽竹林变成助农增收风景线。"天府菜油"成为全国首个菜油省级区域公共品牌，"全国菜油看四川"已成定局。不仅如此，"丹棱橘橙"品牌多次登上中国品牌价值百强榜，"东坡泡菜"畅销上百个国家和地区，广州米其林指南发布晚宴选用的是四川产的鱼子酱……

全面推进"五个振兴"
让巴蜀乡村颜值更高、内涵更好

4 610个，这是四川省曾经的乡（镇、街道）数量，居全国第1。绵阳市三台县财政每年安排8 000多万元村（社区）运行经费，但分摊到每个村（社区）则不足8万元，推动乡村全面振兴乏力，何处突围？

2019年年初，四川省启动一场涉及面广泛、影响深远的重大基础性改革——全省乡镇行政区划和村级建制调整改革（简称"两项改革"），乡（镇、街道）减至3 101个，建制村从45 447个减至26 369个。去年年底，又把以片区为单元编制的乡村国土空间规划作为推进"两项改革"的"后半篇"文章的总牵引和主抓手，重塑四川乡村经济和治理格局。目前，共划定809个乡（镇）级片区、6 812个村级片区，设置700个中心镇、128个副中心镇。资源要素配置、生产力布局、基础设施和公共服务设施都将以此为基点重新展开。

改革赋能，红利不断释放，乡村振兴的一池春水正被强力激活。

在"两项改革"引领下，四川省在发力产业振兴的基础上，在人才振兴、文化振兴、生态振兴、组织振兴上狠下功夫，推动乡村发展求成色、重质量——乡村人才在汇聚。近年来，全省回引优秀农民工村干部1.4万余人，换届后的村党组织书记大专及以上学历占比超过一半、"一肩挑"比例达97.5%；去年招聘教师、医生、农技人员等各类人才近4万名；新培训3.6万名高素质农民。

美丽乡村更宜居。从去年开始，全省分区分类推进"美丽四川·宜居乡村"建设五年行动。截至去年年底，全省农村卫生厕所普及率达87%，农村生活垃圾收运处置体系覆盖96%的行政村。

乡风文明在提升。四川省在全国率先完成全面推进乡村振兴的省级立法，并先后公布2批农村生产生活遗产名录，全面启动实施传统节日振兴工程和乡村文化振兴"百千万"工程，道德讲堂、建设文化礼堂遍地开花……

有财气也有人气，颜值更高、内涵更好，巴蜀乡村正向着"产业兴旺、生态宜居、乡风文明、治理有效、生活富裕"的奋斗目标阔步前进。

夏粮里的丰收密码

刊播：《四川农村日报》（2022年6月9日）

作者：刘佳

小春生产是全年粮油生产的首战。"在四川，以小麦为代表的夏粮作物虽在全年粮食总产量中占比不高，但对保障口粮绝对安全至关重要。"四川省委农办、农业农村厅相关负责人如是说。

时光回溯到年初，四川省委农村工作会议明确提出，要把稳定粮食产量放到突出位置来抓，要抓紧推进撂荒地复垦，推动农业种植园用地分类优化改造提升。而后，四川省委1号文件进一步明确全年粮食生产目标：粮食播种面积稳定在9 500万亩以上、总产量稳定在710亿斤以上。

为此，四川省全面落实粮食安全党政同责，对未能完成粮食生产目标任务的市（州）、县（市、区），一票否决涉农工作考评和表彰；明确省级星级粮食园区占比不低于30%，进一步释放政策导向；将粮食扩面增产任务下达到市、县、乡，让任务真正落实到田、到户、到人。

各地因地制宜建设高标准农田、整治撂荒地、腾退低效果木、清退商业草坪……通过推进"良田粮用"，让"藏粮于地"落到实处。

为激发农户种粮热情，四川省积极推动耕地地力保护补贴、种粮大户补贴、稻谷目标价格补贴等惠农政策落实到位。

针对农资价格持续居高不下的市场行情，今年惠农政策再加码，由中央财政分两次向实际种粮农民发放一次性种粮补贴。与此同时，四川省种粮大户补贴标准继去年大幅上涨后，今年将继续保持80元／亩。

面积稳了，如何提高单产？先看外因，即天气。

"开花时基本无雨，结穗时阳光充足。所以今年小麦长得好。"广汉市麦浪土地股份合作社理事长杨萍说，由于气温、降水适宜，预计今年合作社的小麦平均亩产可达500公斤以上。

5月26日，收割机在成都市龙泉驿区东安街道现代农业园里收割小麦（洪瑜摄）

"去年的秋季降雨使这一季的油菜、小麦播栽期推迟，但今春以来气温较常年偏高，开花早、灌浆时间长，所以出苗多、籽实饱满。"四川省农业技术推广总站相关负责人表示，适宜的气候是今年小春丰收的首要成因。

天气好，也需"人勤春来早"。

针对小麦条锈病、油菜菌核病、马铃薯晚疫病及蚜虫等病虫害，四川省早谋划早行动，召开全省视频会，举办专业培训班，印发小春田间植保技术要点……全省千余名乡村植保员更是走家串户，将课堂开在田间地头，为种植户把脉问诊，助力粮油生产。

再看内因，则是"藏粮于技"。广汉市连山镇锦花村百亩规模小麦测得亩产突破600公斤，创下西南麦区新纪录。成都市金堂县官仓街道双堰社区1组的马铃薯试验田，测得四川冬作马铃薯的平均亩产最高纪录：11 222.4斤／亩！

今年，一个个测产新纪录的诞生，正是科技助农的生动写照。

其中的原因包括川麦104、希森3号等产量高、抗性强、品质优的新品种的试验、示范和推广，药剂拌种、稻茬小麦免耕带旋播种等新技术的广泛应用，农机化、社会化服务的不断普及。

良种良法，让种粮变得更加绿色高效，进而夯实增产底气。

"与安徽、河南、陕西等夏粮主产区相比，四川的全年粮食生产重头戏在秋粮，尽管夏粮占比小，但对保持口粮绝对自给意义重大。"四川省委农办、农业农村厅相关负责人表示。

四川：提升粮食产量　守好"天府粮仓"

刊播：四川广播电视台《四川新闻联播》(2022年6月18日)
作者：冯天翔

【导语】

习近平总书记来川视察时指出："要加强现代农业科技推广应用和技术培训，把种粮大户组织起来，积极发展绿色农业、生态农业、高效农业。"牢记嘱托，四川省持续推进"藏粮于地、藏粮于技"，把粮食生产抓紧抓牢。

【同期】 *记者　何娟*

眼下正是有芒夏熟作物集中收割时期，也是秋熟作物播种季节，在巴中市平昌县白衣镇柳州社区，当地种植户正抢抓农时，组织多台旋耕机翻耕土地，点播大豆。

【正文】

在旋耕机、播种机的密切配合下，一垄垄新翻耕的土地里播下了大豆。一台播种机每天可以播种80亩大豆，相当于80个人1天的工作量。

【同期】 巴中市平昌县白衣镇柳州社区党总支书记　熊建安

我们这片土地有将近600亩，采用玉米套种大豆模式，争取在3天之内完成种植。

【正文】

大豆玉米带状复合种植技术是由四川省科研团队经过22年科技攻关研发的新技术，能够有效解决农作物争地矛盾，在保证玉米不减产的同时，每亩地还可多收100～150公斤大豆。

【同期】 内江市东兴区高梁镇团结村村民　罗炽伟

以前单独种植玉米，每亩产值1 000多元，现在进行复合种植，每亩增收五六百元。

【正文】

过去5年，全省大豆新增种植面积155万亩，增产近5亿斤，大豆产量跃居全国第3。今年，四川省将整合项目资金2亿元以上，建设30个以上不少于3 000亩的大豆套种示范区，确保完成310万亩大豆扩种任务。

稳定粮油产量，首先要稳定种植面积，四川油菜种植面积占全国的1/5，今年，油菜种植面积继续保持增长态势，多地粮油单产再创新高。

【同期】 德阳市中江县青藕粮食专业合作社理事长　秦晓丽

我们采用大春水稻和小春油菜轮作模式。2021年种了560亩菜籽，亩产突破400斤，今年也算是一个大丰收年。

【正文】

近年来，四川省积极推动高标准农田建设，让"良田"成为提升产量的"控制器"。

【同期】德阳市中江县农业农村局农技站站长　杨云飞

今年的雨水较多，高标准农田的灌排系统能够及时排湿，防止作物被淹，也有利于大中型机械工作。据估算，亩均节本增效可以达到300元以上。

【正文】

藏粮于技，粮油生产能力更稳定。小麦是夏粮的主体，而夏粮是全年粮食生产的第一季，眼下，绵阳市梓潼县20多万亩小麦已全部收获完毕，种粮大户古国洪种植的小麦，产量实现了新突破。

【同期】绵阳市梓潼县长卿镇种粮大户　古国洪

我们头两年种的常规品种，产量一般在800多斤。去年开始选用绵麦902，产量达到950多斤，今年产量更上一层，达到990多斤。

【正文】

目前，"绵阳造"小麦已有15个品种成为国家级推广品种。同时，由四川省农业科学院研发推广的稻茬小麦免耕带旋播种技术，解决了去年秋季持续多雨，小麦播不下、出不齐、长不好的难题。

【同期】绵阳市农业科学研究院副院长　任勇

我们将加大科技支撑力度，特别重要的是加强高产、优质、专用、绿色、高效的突破性新品种的培育和推广应用，为国家粮食安全提供有力的科技支撑。

【正文】

作为全国13个粮食主产省之一，四川省持续打出稳产增产"组合拳"，小麦播栽面积扭转长达15年的下滑态势，出现小幅增长。今年，全省水稻种植面积将稳定在2 900万亩。

发展特色富民产业，扎扎实实把乡村振兴战略实施好

刊播：《人民日报》（2022年6月19日）

作者：王明峰　林小溪

民族要复兴，乡村必振兴。

今年6月8日上午，习近平总书记四川考察第一站，来到眉山市东坡区太和镇永丰村。总书记对乡亲们说："大家收入高了、日子好了，脱贫之后要接续推进乡村振兴，不断发展下去。"

永丰村地处平原沃野，建成了四川省规模最大的水稻新品种新技术中试基地。村民们靠田吃田、"藏粮于技"，和省里的农技专家一起辛勤耕耘，日子越过越红火。

"要把发展现代农业作为实施乡村振兴战略的重中之重，把生活富裕作为实施乡村振兴战略的中心任务，扎扎实实把乡村振兴战略实施好。"习近平总书记2018年在四川考察时的一番叮嘱，战旗村踏踏实实践行。

2018年2月12日，在四川考察的习近平总书记来到率先推行农村集体产权制度改革的成都市郫都区战旗村。在村里，总书记察看特色农副产品和蜀绣等手工艺品展示，观摩人人耘"互联网＋共享农业"互动种养平台操作。

"在总书记指引下，战旗村实现质的飞跃，形成集现代农业、休闲旅游、田园社区于一体的乡村综合发展模式。"村党委书记高德敏说。

在战旗村考察时，总书记自己花钱买下一双当地群众做的布鞋。"唐昌布鞋"非遗传承人赖淑芳说："传统手工艺搭上了乡村振兴快车，布鞋销量不断翻番，还带动村民就业。"

如今，天府农耕文化博物馆、壹里老街、乡村十八坊等成为乡村旅游热门景点，郫县豆瓣、圆根萝卜等特色产品深受消费者喜爱，四川战旗乡村振

兴培训学院招收大量学员……战旗村走出了一条集体经济增值、农业增产、农民增收的振兴路。

以现代农业园区建设为引领，四川培育川粮油、川茶、川竹等十大优势特色产业和现代农业种业、现代农业装备、现代农业冷链物流三大先导性支撑产业，加快构建现代农业产业体系、生产体系、经营体系。

产业旺，生活美，农民腰包也鼓了起来。截至目前，四川共创建15个国家现代农业产业园，加速打造现代农业"10+3"产业体系。2021年，菜、茶、果、药、鱼5个特色产业对第一产业产值增长贡献率达42.1%，农村居民人均可支配收入稳步增长。

继续做大做强"川字号"农业特色产业，持续推动农村一、二、三产业融合发展……一幅"产业兴旺、生态宜居、乡风文明、治理有效、生活富裕"的乡村振兴新画卷，正在巴蜀大地上全面铺展。

香溢"稻香杯" 一粒四川"好米"如何诞生？

刊播：川观新闻（2022年6月20日）
作者：刘佳　袁宇君　洪瑜

夏至将至，水稻进入分蘖—拔节期。四川省第七届"稻香杯"优质米评选活动也临近尾声。

6月17—18日，来自水稻育种、栽培、加工、销售等领域的行业"大咖"齐聚成都市温江区，对本届评选活动前期甄选出的55个稻米品种进行食味鉴评。

从地头到餐台，专家们仔细观察、品鉴打分，只为寻觅一粒"四川好米"。而其背后，是四川省奋力打造"川字号"稻米品牌，重塑川米形象的不懈努力。

大米现场比"好吃"
"优胜者"全省推广

"莹白有光泽，入口润滑有嚼劲。"17日，四川农业大学水稻研究所所长李仕贵拿起一钵米饭，仔细观察一番后，将一小团放进口中细细咀嚼。他身旁不远处，数十个白色电饭煲一字排开，里面蒸煮着新鲜米饭，芳香四溢。

这是四川省第七届"稻香杯"优质米食味鉴评会第一天的场景。

"我们以宜香优2115为对照品种，为每个参评品种打分。"初评阶段的鉴评组组长李仕贵介绍说，选择上届"稻香杯"特等奖品种宜香优2115作为对照品种，是因为其具有优良品质。目前，该品种是长江中上游地区年度种植面积最大的水稻品种。

专家们根据气味、外观结构、适口性、滋味和冷饭质地为参评大米打分。"一个上午品鉴了数十个品种，让我印象深刻的就有五六个，都口感滋润、香气浓郁且米形好，和市面上的优质大米有的一拼。"在四川农业大学水稻研究所教授马均看来，此次参评品种中品质优良的不在少数。

当天专家组的打分结果印证了马均的观点。55个进入食味鉴评会的稻米品种中，35个品种"过关斩将"进入终评环节。以宜香优2115的分值（90分）为对照，所有入围品种中得分最低的也有90.075分，足见好品质。

18日终评，评委由9人增加到11人，由中国工程院院士胡培松领衔。

作为终评环节的专家组组长，胡培松有其鉴评技巧："一闻，米饭有没有香味；二看，米粒外观好不好看，有没有光泽；三吃，米饭有无黏性，最后还要尝冷饭的质地。"

好品质源于优中选优。本届"稻香杯"将首次以四川省委、省政府名义进行表彰。

评选规格升级，含金量也更高。

和过去历届数十个品种参选不同，本届评选活动前期共征集了156个品种，皆为适宜四川种植的国标二级以上优质稻品种。"可以说，汇集了省内外多家科研育种单位、种业企业的最新成果。"四川省农业技术推广总站正高级农艺师周虹说。

除了参选品种优化升级，今年的评选还首次增加了田间评价环节，在宜宾市、泸州市及成都选择五地开展田间集中栽培展示和评价。"在不同区域选点栽培，目的是减少自然灾害等不可控因素影响，同时了解各个品种对不同生态区的适应性。"周虹说。

食味鉴评结果出炉后，下一步将结合田间表现，最终选出本届"稻香杯"优质米品种25个，并面向全省推广，成为各地农技部门、加工销售企业和种粮大户的"优选菜单"。

从"多种粮"到"种好粮"
川米转型正当时

四川是全国13个粮食主产省之一，水稻是四川的第一大粮食作物，常年栽种面积在2 800万亩左右。四川也是水稻消费大省，近70%的人口以大米为主食。

川人爱米，以水稻为主的口粮基本自给，但结构性短缺问题长期存在。究其原因，在于四川水稻产业发展较粗放、生产水平低、科技成果推广慢、商品率低、品牌不响等问题明显。

当下，川人餐桌上的优质高档大米基本为东北粳稻、泰国香米。且由于当地稻谷品质欠佳，全省常年需从外省调入数十亿斤优质稻谷进行品种调剂。

"所以，做强水稻产业意义深远。"四川省农业农村厅相关负责人表示，"稻香杯"优质米评选，上连育种创新，下接生产推广，已成为衡量"四川好米"的风向标。"过去是多种粮，现在是种好粮，我们举办'稻香杯'评选活动就是要找出真正好吃的大米。"

那么，好米如何定义？

洗米、浸泡、蒸煮、搅拌……据悉，此次鉴评流程严格按照中国优质米食味鉴评国家标准进行，所用电饭煲均为同一型号，以保证做出的米饭标准划一。此外，专家们还要考察各个品种的冷饭质地。"不仅吃热饭，也要尝冷饭，这样我们才能对一个大米品种的全程表现进行综合研判。"李仕贵说。

加工不强，是川米的最大短板。此次鉴评会上，不少专家将关注重点放在大米的加工表现上。

"有些米粒上留存少许深色的皮层，说明其未经过度碾磨，有助于保存大米应有的营养和口感。大米加工已从过去的越白越好、越精越好，向适度加工转变，此次参评的不少品种顺应了这种适度加工的导向。"四川省粮油中心监测站高级工程师张涛介绍说，经过度碾磨的大米外表晶莹，却损失了大米表层富含的脂肪、蛋白质、维生素和食用纤维等营养素。

作为大米加工企业的专家代表，成都市花中花农业发展有限责任公司质量督导胡建新表示，目前公司产品虽仍以东北米为主，但也在陆续引入宜香优2115、宜香3003等优质米品种。"以宜香优2115为对照，我重点关注大米的韧性、口感，在这次现场评鉴中，我发现很多品种都不错。"

发展优质稻
扭转"川中无好米"刻板印象

"从全国来看，当前水稻产业发展面临着结构性矛盾突出的问题。"中国工程院院士胡培松表示，大约从2018年起，国家层面开始大力发展优质稻米，"稻香杯"优质米评选正是这一方面的"四川实践"。

"四川温润多雨，适宜籼稻种植。从今天现场品鉴的情况看，四川的籼稻品质较前几年有了很大提升。"胡培松认为，这足以说明"稻香杯"评选活动的开展，很好地推动了四川水稻产业提档升级，有利于打造新时代"天府粮仓"，让粮仓装满粮、装好粮。

好稻如何种出？

四川省农业农村厅相关负责人表示，近年来，以现代农业园区建设为抓手，四川加快建设现代农业"10+3"产业体系，推进以水稻为首的川粮油等十大优势特色产业全产业链融合发展。

通过水稻新品种选育，特别是以"稻香杯"优质米评选为契机，四川省示范推广了一批优质稻品种。2021年通过国家级和省级审定的四川优质稻品种达162个，其中通过省级审定的优质稻109个。通过优质水稻示范县创建，全省共建成优质稻生产基地847个。

"评选结果为农户用种选种提供了重要参考，有利于指导生产。"前述负责人表示，近年来水稻的品种审定呈"井喷式"发展，农户反而面临"选择困难"。所以，随着获奖优质米品种的推广，四川省各稻区可选择适宜当地种植的水稻品种示范推广，对后期的大米加工和产业化开发也大有裨益。

"产量高、米质好、适宜机械化生产，从我们了解的情况看，种粮大户最看重这些要素。"成都市农业农村局副局长姚光贵表示，通过优质水稻示范县建设、"稻香杯"优质米品种推广等举措，目前成都市的优质稻占比已达80%以上。

评选对助农增收的影响也很明显。"宜香优2115、德优4727、川康优6107，这些优质品种我们都有种植，无论是头季稻还是再生稻都有不错的表现。"四川省人大代表、泸县雅龙水稻专业合作社理事长薛世兰告诉记者，优质稻加工成成品大米后销售，单斤价格可比常规稻大米高0.3～0.5元。

记者了解到，下一步，四川省将以开展"稻香杯"优质米评选为重要举措，助力四川水稻产业由数量优势向质量优势转变，促进四川优质稻产业发展再上新台阶，为打造新时代更高水平的"天府粮仓"奠定坚实的品种基础。

开展联合行动2 570次　上半年四川长江"十年禁渔"取得了积极成效

刊播：封面新闻（2022年6月27日）

作者：杨博

6月27日下午，四川省长江流域重点水域禁捕退捕工作情况新闻发布会在成都市青羊区召开。发布会上，四川省水产局党委书记、局长何强通报了2022年上半年四川省长江"十年禁渔"执法监管情况。

"目前，长江'十年禁渔'进入'三年强基础、顶得住'的阶段。"何强说，今年以来，全省农业农村系统共出动执法人员8.4万人次，开展联合行动2 570次，查办违法违规案件987件，开展媒体宣传1 100余次，印发宣传资料10万份，全省长江"十年禁渔"取得了积极成效。

何强介绍，通过印发《2022年四川省长江流域重点水域禁捕退捕工作要点》《四川省长江流域禁捕水域休闲垂钓管理办法（试行）》和《四川省天然水域禁用渔具和禁用捕捞方法名录的通告》等文件，健全禁捕管理机制，从制度上进一步约束非法捕捞和违规垂钓行为。同时，大力开展执法监管，积极开展"中国渔政亮剑2022""护渔百日联合执法""五一专项执法""打击非法捕捞""长江禁捕　打非断链""春雷行动2022""民生领域案件查办铁拳行动"等系列专项执法行动。

除此之外，强化渔政执法队伍建设，提升各地执法能力水平；四川省内各地通过宣讲政策、网络推送、张贴标语、公布典型等方式，广泛宣传《中华人民共和国长江保护法》《中华人民共和国渔业法》《长江水生生物保护管理规定》等相关法律法规和禁捕政策，积极引导全社会自觉保护长江水生生物，全面营造"水上不捕、市场不卖、餐馆不做、群众不吃"的良好氛围。

"在接下来的工作中，我们将加强禁捕执法监管，着力推进实施'亮江亮河工程'，深入开展联合执法，强化行刑衔接，指导各地对暗查暗访发现的问题进行整改，进一步扩大宣传声势。确保长江禁捕执法监管'基础强、顶得住'，为守护一江清水提供强有力的法治保障。"何强说。

四川省新型农村集体经济发展十大优秀案例发布

刊播：四川广播电视台《四川新闻联播》（2022年7月8日）
作者：李默　杨兆

【正文】

今天（8号），四川省新型农村集体经济发展十大优秀案例发布。成都市温江区天乡路社区"两股一改"推动新型农村集体经济提质增效、广元市利州区白朝乡月坝村"融合赋能促发展、农旅结合促共赢"等典型上榜。

【同期】四川省农业农村厅农村合作经济指导处副处长　罗晓和

这些典型为全省探了路子，积累了经验。通过对这些案例的宣传学习，让各地能够在它们的基础上因地制宜地找到自己的路子，促进全省集体经济发展壮大。

【正文】

目前，全省共有5万多个农村集体经济组织，截至去年年底，全省农村集体资产总额已超过2 397亿元，农村集体经济组织总收入达140.87亿元。

打造新时代更高水平"天府粮仓" 眉山正在做什么？

刊播：《四川日报》（2022年8月2日）
作者：王成栋　王青山　张蒙

近日，一辆省内考察团的汽车准时停在眉山市东坡区太和镇永丰村村委会门口。

6月8日，习近平总书记视察永丰村时提出，在新时代打造更高水平的"天府粮仓"。从那时起，永丰村乃至眉山各地的田间地头，挤满了省内外的考察团。

过去10年，眉山全市常年稳定粮食播种面积、粮食产量和单产始终居全省前列。其中，东坡区和仁寿县是全国产粮大县，仁寿县粮食产量稳居全省前5位，连续13年被评为全国粮食生产先进县。

眉山的粮食产量是如何稳住的？为打造新时代更高水平的"天府粮仓"，眉山正在做什么？近日，《四川日报》记者赴眉山寻找答案。

粮食种在哪？

去年，眉山播种粮食297.5万亩，产粮127.5万吨，为近年新高。

眉山毗邻成都这一超大城市，曾被认为是"菜篮子""果盘子"基地。其粮食产量为何不降反增？

当地干部认为，前提是眉山不仅守住了耕地的"量"，而且改善了耕地的"质"。截至去年年底，眉山保有耕地213.95万亩，其中123.59万亩是"旱能灌、涝能排、宜机作业"的高标准农田。两者共同奠定了眉山粮食稳产增产的基石。

"量能稳住，首先要感谢泡菜等产业的兴起。"中国社会科学院农村发展研究所研究员张元红认为，过去很长一段时间里，"种菜也能致富"是眉山能在城镇化持续加速的这些年里"把田留住"的主要原因。

当地人透露，起步于20世纪80年代的眉山泡菜产业，已在当地聚集起20余家规模以上生产企业，位于产业上游的蔬菜种植因此在当地兴起。

"种菜比外出打工强。"东坡区五里村党支部书记彭国起说，2005年前后，当地每亩蔬菜的产值约等于1个壮劳力两三个月的务工收入。

制度是耕地得以保全的另一个原因。这些年，眉山全面压实各级地方党委和政府的耕地保护责任，把耕地保有量和永久基本农田保护目标任务作为县（区）和有关部门考核的刚性指标并明确终身追责。

"传导了压力！"眉山不少县（区）党政"一把手"回忆，上任伊始，就被要求在保持当地耕地保有面积稳定承诺书上签字。眼下，当地县（区）党委、政府几乎每月都要召开专题会议研究耕地保护问题。

7月20日，永丰村党委书记、村主任李雪平正式就任村级"田长"——稍早前，四川出台《关于全面推行田长制的意见》，宣布建立省、市、县、乡、村五级田长制责任体系，在全省实现"横向到边，纵向到底"的耕地保护责任全覆盖。李雪平上任后做的第一件事，就是找来村里刚成立的耕地巡护队核对耕地图斑，确保"一寸都不能少"。

不仅要有田，还要有良田。质怎么提升？高标准农田建设是主要抓手。2020年以来，当地按每亩3 000元标准每年新建高标准农田10万亩以上。到2030年，眉山将在全省率先实现高标准农田全覆盖。

着眼当下，眉山将高标准农田建设项目与撂荒地复垦复耕统筹起来，从改善生产条件入手，破解土地撂荒难题。

在天府新区眉山片区贵平镇升龙村北侧，近60亩集中连片玉米开始扬花。8个月前，这里还是长满了野草的梯田。去年，当地启动打捆宜机化改造等项目，整治该区域撂荒地，逐步完成土地平整并配套完善灌排渠系。最终，这片土地被当地种粮大户"抢下"，在5月完成大春播栽。

今年大春，借助高标准农田建设等契机，眉山完成撂荒地复垦复耕6.1万亩，提前完成年度撂荒地整治任务。

粮食谁来种？

"没有老范，肯定要减产。"7月17日，仁寿县方家镇水池村村民刘华民发现，连日高温后，水稻仍然长势良好。

"老范"是村里的种粮大户范琨。自2019年以来，范琨流转土地4100亩，在全村一半以上人口常年外出务工背景下，实现种植面积和产量"双增"。

水池村是眉山向大户要粮、确保粮食稳产增产的缩影。眉山市农业农村局机关党委书记豆成杰解释，种粮大户连着小农户，不仅有能力种粮，还能带动更多人种粮，是粮食生产的带头人。

效果到底如何？"跟着我种粮的人，大春一季1亩增收七八十元。"眉山市好味稻水稻专业合作社负责人李相德介绍，近年来，合作社带动周边村社逐渐实现农技、农资、农机、质量、销售"五个统一"。今年，合作社流转土地达8万亩，带动农户种粮约20万亩。

去年，眉山种粮面积达30亩以上的种粮大户有667个，常年种粮12.3万亩。这些种粮大户是怎么培养出来的？

抓手是倾斜政策资源。仅今年，眉山就向种粮大户发放3.8亿元补贴，各县（区）还需出台种粮扶持相关政策。洪雅县余坪镇金釜村种粮大户刘国雄介绍，今年洪雅县对种粮大户给予400元／亩补贴，远远高出农资和人力上涨成本。

给了真金白银后，该如何确保种粮大户种粮？关键一招是建立县、乡、村"三级"土地流转服务平台，推广"三级土地预推—资质审查前置—平台公开交易—风险应急处理"土地流转机制，确保每一笔流转交易均在县、乡两级业务主管部门备案，严管流转后的耕地用途。

好粮怎么种？

"要看就看好品种。"7月14日下午，四川农业大学教授马均把农技员培训课堂搬到永丰村的田坎上。因为这里是"中国优质稻米之乡"，拥有全省规模最大的水稻新品种新技术中试基地。

眉山为何能种出好米？四川省农业科学院原副院长任光俊认为，原因在于当地拥有良种和良法。

良种，是眉山近50年磨一剑、经历阵痛后复兴的结果。"授粉时间只有每天中午的两小时，很宝贵。"7月16日11时，顶着烈日，东坡区复兴镇高塔村村民王金荣拿起农具，钻进制种稻田。

王金荣第一次参加水稻制种，是1976年。当时，眉山县（现东坡区）被确定为全省首批杂交水稻推广县。到2009年，全区水稻育制种面积达5万亩，制种量可供300万亩水稻育秧使用。2020年，龙头企业引领的规模化、现代化制种浪潮席卷而来，全区水稻育制种面积只剩下1万亩。东坡区农业农村局党组成员陈小华坦言，当时东坡区的制种模式到了转型升级的当口。

聚焦稳住育制种基本盘，东坡区将种业发展纳入乡镇目标考核，并给予育制种农户每亩每年400元制种补贴。同时，引入先正达集团等行业巨头，提升规模化制种水平。去年，东坡区制种水稻面积增长20%以上，亩产增幅5%，突破200公斤大关。

良法，是在眉山诞生的两个被写进中央1号文件的技术。四川农业大学原副校长杨文钰介绍，这两项技术是诞生于仁寿县珠嘉镇的玉米大豆间作新农艺、玉米大豆带状复合种植技术，它们分别被写入2020年、2022年中央1号文件。技术研发的20年间，眉山市始终大力支持研发团队，"给钱、给地、给政策"。

近年来，眉山共筛选出适宜当地种植的优质高产粮食新品种40个，全市累计遴选发布农业主推技术26项。良法与良种打底，让眉山市2021年的大春粮食亩产达428.6公斤，高于全省平均水平。

好粮怎么卖？

"7元1斤！"7月18日，距水稻收获还有近2个月，永丰村种粮大户王元威就拿到大米销售订单，价格比市场上的普通优质大米高出40%。

能卖出好价，不仅是因为王元威种植的大米品质好，还源于当地成熟的粮食加工销售体系。

但好粮卖出好价并非易事。10年前，刚开始大规模种粮的王元威很不服气：同样的品种和品质，自家和老乡的大米价格却不到东北大米的六成。

眉山大米是如何在市场中突围的？"建平台、配要素，打通优质优价的'最后一公里'。"眉山市农业农村局相关负责人说，平台是种植、加工、销售要素聚集的载体，"连接农户，直面市场"。

作为全省首个"国字号"园区，永丰村所在的东坡区现代农业产业园自2014年起便有针对性地配齐农业生产加工和销售的全产业链要素。随后，中粮集团和成都市花中花农业发展有限责任公司等行业巨头纷至沓来，或递出订单，或直接设厂。

"老百姓为什么愿意种粮？根本在于有效益。"仁寿县农业农村局副局长范敏介绍，监测显示，过去3年，作为省级四星级现代农业园区，仁寿县粮油现代农业园区内的稻米销售价格高出其他地区20%以上，带动农户亩均增收200元。

效益高，农户种粮积极性更高。在仁寿县粮油现代农业园区内，连续3年的大春种植结构中，粮食作物占比都在90%以上。从结果看，园区在稳住当地粮食种植大盘中起到"主力军"作用。

目前，眉山共建成8个粮食类现代农业园区，其中国家级园区1个。数据显示，8个园区常年种植粮食15万亩，配有大米加工、销售企业20余家。同时，经这些企业穿针引线，眉山市与黑龙江省五常市等地签订了粮食产销、加工区域合作等协议。

擦亮农业大省金字招牌

奋进新征程　建功新时代·非凡十年

刊播：《经济日报》（2022年8月2日）
作者：钟华林

2020年，四川粮食产量站上700亿斤台阶；2021年，四川粮食再获丰收，迈上715亿斤台阶，其中油菜籽总产量继续稳居全国第1位，大豆总产量跃居全国第3位，四川一举成为我国大豆生产大省。

四川粮食产量近几年何以"步步高"？农业大省的金字招牌何以越擦越亮？粮食丰收的密码是农村改革的不断深化。

德阳市中江县是人口大县，也是劳动力输出大县，还是产粮大县。中江县黄鹿镇有3.9万多人，与其他地方一样，绝大多数劳动力外出务工。但近年来，黄鹿镇3.8万亩耕地实现应种尽种。黄鹿镇镇长蒋啸表示，这得益于镇里加强了社会化服务组织建设。全镇39个农业专业合作社，有大中型农业机械300余台，耕、种、收、管机械化率超过90%，社会化服务组织的普及使"机械换人"成为现实。

中江县众玉辉稻谷专业合作社理事长陈舰告诉记者，他们合作社有70多台各类机械，从种到收，全过程几乎不需要人工。"前些年合作社管理1 100多亩地需要100多个劳动力，现在管理6 000多亩地只要十几个人就能完成。"陈舰说。

在南充市嘉陵区金宝镇，农业职业经理人把传统的耕作土地变成了经营耕地。来自成都的金尚地农业科技有限公司今年流转承包了金宝镇3 100多亩耕地，该公司负责人包祥作为成都市第一批农业职业经理人，已积累10年经营耕地的经验。他给记者算了笔账：地里的收入加上各级政府政策性补贴，减去土地流转租金、种子、化肥等各项成本，每亩有约900多元的纯收入。

中央和地方各级政府鼓励种粮的各项激励政策对粮食增产发挥了重要作用。四川省农业部门负责人分析，在农村，许多农民和经营主体对国家耕地地力保护补贴、稻谷种植补贴、实际种粮农民一次性补贴等惠农政策如数家珍，对自己种了多少地、打了多少粮、补贴有多少都一清二楚。

据介绍，2021年，四川财政落实种粮大户补贴资金2.49亿元，支持发展粮食适度规模经营，保障农民和经营主体种粮有合理收益。今年，四川财政预计可落实种粮大户补贴资金3亿元，在77个县通过耕地轮作休耕扩种油菜150.4万亩，实施玉米大豆带状复合种植310多万亩，推动粮食综合生产能力不断提升。

川种振兴：打造新时代"天府粮仓"的必由之路

刊播：新华网（2022年8月24日）

四川是全国种业大省、全国三大育制种基地之一，也是国家重要粮仓。四川咬定目标——成为中国西部现代种业发展高地，到2025年年初步实现由种业大省向种业强省转变。

国之大者看担当
——高位布局，筑牢四梁八柱

"巩固提升四川作为全国三大育制种基地的地位。"四川省农业农村厅厅长徐芝文日前表示。

决心更大、谋划更高。早在2019年，四川省委、省政府就出台《关于加快建设现代农业"10+3"产业体系推进农业大省向农业强省跨越的意见》，明确将现代农业种业作为三大先导性产业之首发展。

此后，《四川省农业种质资源保护与利用中长期规划（2021—2035）》《四川省"十四五"现代种业发展规划》《四川省种业振兴行动实施方案》等文件相继印发，形成了全省推动种业发展的政策体系。今年4月，四川省委、省政府高规格召开了四川全省种业振兴大会，安排部署系列重大任务、重大工程、重大举措。

"四梁八柱"建起来，主体结构有了，基础支撑也就稳了。

打好核心攻坚战
——首重科技，培育自主良种

"中国西部现代种业发展高地"——翻开《四川省"十四五"现代种业发展规划》，一幅未来图景跃然纸上。

"从资源、科研、基地等多个方面来看，四川发展种业都有着不可比拟的优势。"四川省农业农村厅种业发展处处长沈丽说。

"家底"厚，还要用好。四川深入开展种质资源普查和保存利用工作，投资9 223万元的四川省种质资源中心库正在加紧建设。

四川省种质资源中心库（效果图）

资源服务育种，核心是要研发出具有重大突破性的新品种。四川持续推进科研平台建设，建成了西南作物基因资源发掘与利用国家重点实验室、5个生猪种业平台、6个省重点实验室、22个省工程技术研究中心，正在打造邛崃农作物、彭州蔬菜、三台生猪三大种业创新中心。

今年3月，四川省农业科学院启动10年科技攻关，10位领衔首席科学家签下了任务书。

"以前的产学研合作都是简单买卖，现在在前期就开始介入，合作越来越深。"四川川种种业有限责任公司总经理李天炬深有感触。

构建种业大格局
——园区引领，基地迈步高地

制种基地一直是四川种业的一抹生动底色。作为全国三大育制种基地之一，四川有10个县（市、区）入选国家级制种大县，有国家级区域良繁基地6个。

近年来，制种成本上升，风险加大，农作物种子生产基地面积萎缩，杂交水稻制种面积下降，成了四川种业发展路上的"拦路虎"。

如何破局？

作为国家级制种大县，邛崃的探索走在前面。"邛崃拥有近50年制种历史。"邛崃市委常委、市总工会主席吕如蓝说，通过构建产业孵化体系、出台系列种业扶持政策、建设种子学校等，邛崃下定决心谋好种业。

制种基地奖励、制种补充保险、水稻制种全程机械化推广、制种技术人才培养……一系列实实在在的动作落地。

邛崃国家级水稻制种基地一隅

"共建"，推动制种大县向制种强县跨越。

在三台县，四川国豪种业股份有限公司正加快推进"银政企"共建国家级油菜种业基地和"十四五"农业农村部学科群重点实验室建设，打造"国豪+N"种粮一体化耦合配套的现代种业力量。

产业园是四川种业的一个新亮点。

依托基地，2020年四川在全国率先公开择优遴选培育10个省级现代种业园区。经过培育，邛崃天府现代种业园通过首批国家现代种业园区认定，三台县被纳入国家现代生猪种业园区培育创建，成为全省种业发展的新动力。

以点带面，今年四川还启动了种业集群建设，先期支持建设3个大豆、3个水稻种业集群，"十四五"将打造水稻、大豆、生猪等6个种业集群，形成辐射、引领全省种业发展的产业体系。

敢做时代弄潮儿
——改革创新，锻造企业强军

"有这么好的资源，为什么没有一个在全国很有影响力的企业？"这是四川种业发展面临的一个问题。

"用军事术语讲，我们四川种业企业现在在反攻，先站稳，再蓄势，成反转。"四川省现代种业发展集团董事长易飞说。

历经长期筹备，3月2日，四川省现代种业发展集团正式揭牌成立，以现有16家企业的经营性国有资产为基础，注册资本15亿元，集全省资源力量，计划打造成为在全国具有竞争力和影响力的种业龙头企业。

"核心是抢占制高点。"易飞计划通过3个"点"打造特色：一是组建研究院，占领制高点；二是联合四川省内头部企业、科研机构、种业人才，构建支撑点；三是按照产业、市场的需求制定育种规划，找准突破点。目前，集团已成功组建农作物、外种猪和牛业三大子公司。

为扛起振兴川种的使命，还有许多种业企业在各自的赛道发挥优势。8月4日，农业农村部公布国家种业阵型企业名单，四川有9家企业登榜。

8月31日至9月3日，第二届天府国际种业博览会在成都邛崃天府现代种业园举办，全方位展现种业产业链建设成果，推进种业振兴，打造新时代更高水平的"天府粮仓"。

第二届天府国际种业博览会

凌晨两点，记者跟随菜市采购经理走了一趟批发市场

刊播：人民日报客户端（2022 年 9 月 4 日）

作者：王永战

跃上新能源装配车，张东海顺势揉了揉惺忪睡眼。拿起手机，一看时间，凌晨两点。将车钥匙轻车熟路地插进钥匙孔，厢式货车发出清脆的声响，随着两道光向前直射，车辆从成都武侯区石羊场驶向白家农产品中心批发市场（简称白家批发市场）。

此刻，十几公里外，成都益民菜市采购经理尹涵正驶向白家批发市场。

城市的运行离不开水、电、气、热和物流、农产品、农副产品、餐饮、环卫、医疗等方方面面的保障，它们关乎城市的基本运行和 2 100 余万人基本需求的满足。疫情防控期间，从事这些行业并依然坚守岗位的人被称为保障人员。白家批发市场最高蔬菜日交易量达 5 000 吨以上，千千万万颗不同种类的蔬菜从四川省内外汇集到此，尹涵和张东海等人接力将菜肉运进距离市民最近的菜市场，保障正常供给。

2：20，张东海驾车驶入白家批发市场 6 号门，找好停泊车位，与尹涵碰了头。

"今天需要往益民菜市的东苑店和跃进店送，东苑送菜，跃进送肉"，尹涵说话字字珠玑，一张口就把需求和盘托出。

这来自他对需求端的了解。成都 61 家益民菜市门店的销售人员每天都会更新菜品供应信息，需要补货时，便是尹涵发挥的时刻。门店销售人员上传需求信息，一条条数据汇总起来，最终传递给相关软件，采购经理便可带着采购清单走进批发市场。

"今天这车需要装菜 2 000 多斤。"走向蔬菜分区，尹涵迎面碰上蔬菜采

购员唐廷松。唐廷松身高超过1.85米，穿一件灰色短袖，零点刚过便从家中赶来。

"没问题，已经找好了商户老邓，他那儿的菜报价2～4元，质量还不错。"唐廷松说。早在尹涵来之前，相关需求信息就已经通过网络发来。很快他就走访了几家商户，经过询问比价，确定老邓为供货商。

跟着唐廷松走向老邓的菜摊，萝卜、苦瓜、白菜、莲藕……新鲜蔬菜早已装箱。拿出采购清单，对比老邓的供货量和价格，尹涵细细瞅了瞅，说："完全匹配！"随后，他走向蔬菜箱翻了又翻。

"待会儿4点多就装货！"唐廷松向老邓招手。

"你先忙着招呼菜商，把需要装箱的菜都装好，我待会儿过来装车。"尹涵向唐廷松交代。阔步一迈，他径直向肉类分区赶去。

3：20，白家批发市场肉类专区人声鼎沸。一块块大腿肉挂在钩上，工人们卖力使刀砍向肉块。从左向右望去，肉品挤满了市场。

来到茂盛肉业，肉类销售采购员杜文文已提前等候。

"检验检疫证在哪里？""大腿肉和下水等都备齐了吗？""平均价格能达到多少？"尹涵仔细提问，随后又拨弄起肉来。

上手一摸，肉弹性十足，仔细一看，肉色新鲜。每个采购夜班他都要这样在批发市场仔细查验，看菜、肉价格与质量如何。

走向其他几个肉摊，都是常合作的供应商，尹涵又细细对比。"跟师傅们很熟，他们需要帮忙，我们就得上手。"关系处久了，肉商总愿意给他交底，所以"肉能拿到最实惠的"。

"今天肉平均批发价19元。"一旁的杜文文说，300多公斤各类肉已齐备。

4：15，一声"装车"响起，早已把货车开进肉类分区的张东海操作平板电脑，按下"一键放箱"。

肉类冷藏箱徐徐放下，随着几人共同使劲，肉品一一装箱入车。车辆驶向蔬菜专区时，菜商早已等候，几人又是一番努力。

喇叭声再响起，已是4：50。张东海又是一个跳跃，驾驶货车向菜市场徐徐驶去。

黎明破晓，天边微微透着鲜红。5：30，货车来到益民菜市跃进店，随车的杜文文率先跳下车。搬货、码货，随后他将肉品分类。

时隔不久，货车来到益民菜市东苑店。尹涵与唐廷松一道下车，一筐筐蔬菜被搬进市场。此时已过6点，尹涵来到菜摊前摆放蔬菜。"可以借这个机会跟市场里的销售人员聊一聊，了解市民喜欢哪些菜！"

忙完收拾的时候，时间已过7点。掸了掸身上的尘土，尹涵与其他人告别，准备迎接下一个黎明。

9月1日，成都益民菜市供应蔬菜1 036吨，供应肉类超120吨，同比增长80%。疫情防控期间，益民菜市每天都有数百名采购人员和司机彻夜忙碌在菜肉保供一线，将新鲜食物运送到市民家门口。而在成都白家和濛阳两大批发市场，每天有超过1.2万吨蔬菜和肉类在商户与菜店间交易，成都全市定点屠宰企业日均屠宰生猪1.8万头，保障居民需求。

现场采购这行，尹涵已干了5年，在黑白之间交替循环，这是他的日常。每天提前到批发市场采购，唐廷松和杜文文也已习以为常。张东海每天最享受的时刻，便是忙了大半个晚上后，重新躺上床的那一刻。

忙碌在一线保障物资供给的人有千千万万。我们所体验的一个夜晚，只是他们经历过的千千万万个日常。

养猪大省如何应对周期波动
四川生猪养殖调查

刊播：《经济日报》（2022年9月5日）
作者：刘畅

四川是全国生猪生产大省，也是国家优质商品猪战略保障基地。2021年，四川出栏生猪6 314.8万头，较上年增加700.4万头，增长12.5%，年出栏量居全国第1。今年以来，猪价的调整对我国生猪生产带来持续影响。四川的养殖户、生猪养殖企业如何看待近期探底回升的猪价行情？产业发展会有哪些新趋势？

生猪是重要性仅次于粮食的农副产品，一头连着消费者，一头连着养殖户。作为全国生猪养殖第一大省，四川近年来沉着应对周期波动，多措并举稳产保供，稳健布局产业转型。

今年上半年，四川生猪出栏3 139.8万头，同比增长7.2%，均价为14.7元／公斤，价格整体呈V形走势，生猪养殖进入微利空间。7月，四川召开研究生猪稳产保供工作专题会议，指出今年上半年四川非洲猪瘟疫情得到较好控制，能繁母猪存栏量处于合理区间，随着猪价回升，行业亏损状态已结束。整体来看，尽管短期内价格尚有波动，但四川生猪市场供应有保障，有望完成生猪生产全年目标任务。

调整心态打好"持久战"

2021年3月6日，绵阳市盐亭县一家农业有限公司总经理袁成（化名）

向4个圈舍入栏首批5 000只猪仔，他和朋友3人合伙投资1 200余万元修建的养猪场正式开始运营。

"我最初的回本预期是3～5年，现在看可能需要7～8年。行情有高低，只要长期坚持下去，肯定会有回报的。"袁成说，此前猪价下跌对企业的生产经营影响不小，面对周期波动，他调整了心理预期并做好了"打持久战"的准备。

2019年年底，年近60岁的袁成响应家乡盐亭县的号召，回乡发展养殖业。当年11月，盐亭县与新希望六和股份有限公司签署了150万头生猪全产业链基地项目投资合作协议。盐亭县是全国生猪调出大县，相关数据显示，在生猪规模养殖方面，盐亭县已匹配建设用地3 000余亩，投入项目支持资金8 000余万元，143个标准化规模养殖场建成投产，年出栏生猪80万头以上。

有的养殖户做好了"打持久战"的准备，有的养殖户则一直在"持久战"里来回博弈。

今年是成都双流凌峰养殖专业合作社负责人帅安伦养猪的第40年，以他对历年来生猪市场价格的分析预测，近期猪价走势看涨。"目前出栏毛猪价格大约是23元／公斤，从前期玉米、豆粕涨价趋势来看，饲料成本上涨了，毛猪价格预计涨到30元／公斤。出栏生猪按120公斤／头测算，每头猪能赚500元左右，后期还有一定的上涨空间。"帅安伦认为，本轮猪价上涨与前期市场价格低迷、养殖业主信心不足导致生猪产能调减及近期消费快速回升有关。

在大部分一线养殖户看来，本轮上涨行情是反弹而非反转，观望情绪仍然比较浓厚。

"最近有不少养殖户想让我牵线购买能繁母猪，但当我找到卖家以后，养殖户往往又说要再观望一下。"新希望六和股份有限公司绵阳希望饲料分公司总经理漆勇军说，因为无法承受上一轮行情下跌带来的损失，川北地区近30%的散户选择减量，有的人干脆退出生猪养殖产业。随着新一轮上涨行情出现，部分散户开始打听后备母猪价格并有补栏的打算。

四川不少养殖户的心态已经从"赌市场"转变为"打持久战"，这样的变化说明经历了数轮猪周期的"洗礼"，人们变得更加客观、理性。采访过程中多位养殖户表示，今时不同往日，进入养猪行业要做好充分准备，经历爬坡过坎的"阵痛期"时要心态稳、有定力，不因价格一时上涨而盲目补栏造成产量过剩，也不因短期亏损而火速离场造成亏损。更重要的是，如今四川规模化养殖趋势越发明显，这或许会成为规避价格波动风险的一剂良药。

规模化养殖是趋势

"去年我和朋友一起养了70多头猪，现在只剩下12头了，散户在应对疫病、价格波动、成本上涨等问题时压力很大，本想着养猪能挣钱，现在发现这是个操心的活。"陈明（化名）是绵阳市安州区桑枣镇的一家饲料经销商，也是有着10多年养殖经验的养殖户。据他观察，桑枣镇及附近村镇的散养户基本都已"洗脚上岸"。

相比陈明，盐亭县一家生猪养殖有限责任公司负责人陶刚（化名）更淡定一些。他与新希望六和盐亭基地签订了代养合同，今年是双方合作的第3年。在陶刚看来，对一家年出栏规模达1万头猪的公司而言，一旦发生非洲猪瘟，背后没有"靠山"，将会遭到致命打击。

"最让我安心的是新希望六和在盐亭县已经建立体系完善的疫病监测实验室，每天有专人到养殖场对相关情况进行抽样检查，数据送检后大约2小时就能出结果，对疫病的响应速度非常快。"陶刚说，除了疫病防疫机制到位外，新希望六和在每批次生猪出栏后会按照每头猪200多元的价格支付代养费，有企业兜底，自己心里踏实。

在眉山市农业农村局副局长苏学文看来，规模化养殖是大势所趋。"中小养殖户对市场风险抵御能力不足是客观存在的问题，这也是眉山近年来持续推进规模化养殖提质扩面增量的主要原因。现在眉山市规模化养殖比重已达60%以上，共有规模化养猪场900余个。"苏学文介绍，眉山坚持"以大带小"强化主体带动，广泛推动"公司+农户"代养寄养模式，龙头企业秉承"助农增收"原则，代养费结算不受市场行情影响，只与养殖成绩挂钩。"在前期出栏每头生猪普遍亏损500元的情况下，代养户头均代养结算费用在130元以上。"

今年6月，国家统计局眉山调查队公布的数据显示，眉山市能繁母猪存栏14.48万头，处于生猪产能调控的绿色区域。

在眉山市东坡区松江镇丁塘村的一处山坳上，一排排蓝顶白色外立面的圈舍次第排开，格外醒目。这里是眉山市唯一的国家级生猪核心育种场——万家好松江种猪场所在地。种猪场按照现代生猪生产7个阶段布局建设，现存栏纯种猪2 800余头，年提供优质种猪3万头、商品猪5万头。

大型养殖企业在应对行情波动时有明显优势。"公司在低谷期对猪群结构进行调整，通过淘汰产能低下的母猪、补充优质高产的母猪来提高生产效率、降低成本。此外，通过提前销售部分断奶仔猪来锁定亏损额度，通过降低出栏重量来减少饲料的消耗以减少亏损。"谈及如何应对猪周期，四川省眉山万家好种猪繁育有限公司经理吴锐很有经验。

四川省农业农村厅前不久印发的《四川省"十四五"生猪产业发展推进方案》提到，2020年年底四川省年出栏500头以上生猪规模养殖场达14 000余家，规模养殖比重超过50%，较"十二五"末期大幅提高超20个百分点，规模养殖成为四川生猪养殖的主要形式，四川作为国家优质商品猪战略保障基地的基础得到进一步稳固。按照规划，到2025年，四川将培育和引进生猪产业化龙头企业产值10亿元级的20家、产值50亿元级的5家，养殖规模化率达65%以上。

稳政策推动产业发展

稳定的猪肉价格既关系生猪生产，又关系百姓生活。然而，生猪养殖是高度市场化的产业，高收益并非常态，微利或亏损时有发生。尤其是在产业遭遇外部冲击时，及时的用地、环保、财政、金融、保险政策支持，既是对市场预期的正向引导，更是行业发展的"定心丸"。

袁成告诉记者，在新希望六和的牵线搭桥帮扶下，公司向银行申请了300多万元贷款用于缴纳代养保证金、建设基础设施，利率为4.6%。如果自己找银行贷款，利率肯定不会低于5%。帅安伦认为，生猪养殖保险保费补贴是看得见的实惠，在政府给予每头猪40多元补贴后，自己只需要缴纳10多元。

四川地理地势条件优越，历来是养猪的重点区域，也相继出台过多项支持生猪生产的政策。结合自身资源禀赋和"十四五"期间城乡统筹发展规划，四川计划建设100个优质商品猪战略保障基地县，开展优势特色生猪产业开发示范；培育"川系"新品种（配套系），提升核心种源自给率；同时鼓励引进优秀种猪，拓宽四川种猪遗传基础；鼓励建设专门化父系场，以改变四川核心种猪长期依赖国外的局面。

政策应具有延续性，更需有针对性。当前，生猪养殖成本持续攀升，疫病防控压力仍存。在采访过程中，不少养殖户提到贷款难问题。

"凡是抵押都涉及确权颁证，确权要求是房地一体进行登记，而养殖场的土地大多是流转而来，无法确权，进而导致土地上的圈舍、设施设备也无法确权。"一位大型养殖企业的负责人建议采用房地分开确权，只要企业取得设施农业用地审批就视为土地来源合法，就可以对地上建筑物进行确权颁证，进而解决大额融资贷款难题。

据记者了解，四川一手抓稳产保供，一手抓产业高质量发展。下一步，四川将推动生猪产业大数据平台建设，积极参与川渝生猪大数据中心建设，整合生猪生产、交易、屠宰、加工等数据资源，实现产业信息现代化。

打造更高水平"天府粮仓"

刊播：《经济日报》（2022年9月22日）

作者：钟华林

又到一年秋收时，稻花香里庆丰年。

党的十八大以来，四川牢记习近平总书记"擦亮农业大省金字招牌""打造更高水平天府粮仓"殷殷嘱托，始终胸怀"国之大者"，坚决扛稳粮食安全政治责任。

四川着力构建现代粮油产业体系，累计建成"旱涝保收、能排能灌、宜机作业"高标准农田近5 000万亩。去年全省粮食产量达716亿斤，时隔24年再上715亿斤台阶，10年增加62亿斤，新增产量可供1 700万人吃1年。今年，小春粮油再获丰收，油菜籽总产量连续12年稳居全国第1。

四川紧紧扭住现代农业园区建设这个"牛鼻子"，着力培育川粮油、川猪、川茶、川菜、川酒、川竹、川果、川药、川牛羊、川鱼十大优势特色产业和现代农业种业、现代农业装备、现代农业冷链物流三大先导性支撑产业。截至目前，建成各类农业园区1 178个，创建国家级优势特色产业集群6个、国家级农业产业强镇83个、全国"一村一品"示范村镇196个。持续夯实生猪养殖第一大省地位，2021年生猪出栏6 314.8万头、同比增长12.5%，居全国第1，今年上半年，生猪出栏同比增长7.2%。

10年来，四川省第一产业增加值由2012年的3 142.6亿元，增长到2021年的5 661.9亿元，年均增速4.1%。2021年，第一产业总量排名全国第2位，农民人均可支配收入由2012年的7 001元，增长到2021年的17 575元。今年上半年，全省农村居民人均可支配收入9 975元、同比增长6.9%，第一产业增加值1 999.42亿元、同比增长5.4%，农业农村经济继续保持稳中加固、稳中向好、稳中提质的积极态势。

位于成都市新津区的中国天府农业博览园灯火璀璨，2022年中国农民丰收节主场活动将于9月23日在此举行。如今这里已成为展示四川农业金字招牌的"博览平台"、领略天府农耕文明的"时代窗口"（高俊忠摄）

达州市大竹县高明镇水稻制种基地，收割机在采收水稻。四川省大力推进丘陵山区宜机化改造，建成31个县（市、区）"五良融合宜机改造"示范县，全省农机总动力突破4 800万千瓦（王巍摄）

俯瞰眉山市东坡区太和镇永丰村水稻基地。近年来，四川先后布局75个优质稻基地县、20个小麦生产重点县和48个油菜大县，以现代农业园区为载体，建设更高水平的"天府粮仓"（侯建明摄）

彭州市濛阳镇天府蔬香现代农业产业园"种子银行",保存着2 000余种蔬菜的种子。四川实施川种振兴行动,建设种质资源中心库和6个地方猪品种资源备份场,建成30万亩现代化农作物种子生产基地、14个国家级核心畜禽育种场(张勇摄)

果农在攀枝花市米易县撒莲镇展示丰收的番石榴。一年四季瓜果飘香的攀枝花市通过打造农产品区域公用品牌"攀果",推动当地水果产业快速发展(吴植根摄)

　　雅安市名山区红星茶叶交易市场热闹非凡，茶农正在争相出售新采摘的茶叶。去年，四川省菜、果、茶等经济作物总产量6 370万吨，肉类664万吨，水产品166.5万吨（盛晓波摄）

　　广元市剑阁县白龙镇粮油现代农业园区。四川深入推进"美丽四川·宜居乡村"建设，农村生产生活条件显著改善，12个乡（镇）和119个村获评"全国乡村治理示范镇村"，数量位居全国第1（谢谦摄）

风吹稻浪美不胜收！带你打卡中国农民丰收节全国主会场

刊播：《四川发布》(2022 年 9 月 22 日)
作者：刘茜　潘阳薇

稻浪翻涌、巨人南瓜、生态集市、"五彩"场馆……

9 月 23 日，2022 年中国农民丰收节全国主会场活动将在中国天府农业博览园（简称天府农博园）举行。

坐拥处处好"丰"景，天府农博园成为新晋"网红"，有啥逛头？一起来"打卡"！

室内：丰富场馆复合多元场景

走进天府农博园，最引人注目的当属主展馆。在大片的稻浪中，5 座巨型木结构的建筑拔地而起，配合变幻的 16 种色彩，远远望去，与自然环境交相辉映。

据了解，整个主展馆占地 202 亩，建筑面积 13.2 万平方米，是亚洲最大木结构项目，也是世界上最大的木结构建筑之一。主展馆由 5 座场馆构成，1

号馆为会议中心，2号、3号馆为国际博览中心，4号馆为农耕文明博物馆，5号馆为农创孵化中心。每座场馆都承载着不同的功能，打造了乡村生活、旅游消费、创新创业等多元场景。

在主展馆，既可以看到以二十四节气命名的会议室、2层楼高的"蔬菜墙"、四川各市（州）的特色农产品、农业相关的新品种和新技术，还可以看到跨越5 000年的四川农业农村演进历程，充分领略"天府粮仓"的魅力。

向主展馆对面望去，则是一抹清新的白，这是天府农博园四季建筑地景"冬季瑞雪"，外形呈现圆弧状异形结构，最高的展馆与最低的展馆高度落差超过9米。投入使用后，可用于举办展会、科技农具发布会、论坛路演，也可开展音乐会、时装秀、宴会、亲子研学等活动。

此外，天府农博园内还有四季建筑地景"春季青苗"、星河农业公园、智慧融媒中心等，包含都市现代农业馆、艺术场馆、异域风情场馆、书画场馆、活动空间场馆等。到了晚上，星河农业公园还将带来惊喜——置身公园内，流线型的建筑和灯光极具未来感与梦境感。

室外：自然风光勾勒田园美景

天府农博园内，除了各式各样的建筑，让人想要"打卡"的还有金秋旖旎的自然风光。风吹稻田，阵阵绿浪翻涌，稻香扑面而来，还有隐匿其中的巨人南瓜，在绿浪中不时见到它们金黄浑圆的身影。

农博大道3 000亩的大田集中展示了五谷丰登、花果飘香的农耕文明景象。田中种有不同品种的水稻，采用的是新品种、新技术、新模式。通过航拍，我们还能看到"庆丰收 迎盛会""中国农民丰收节"等多种稻田字样、图样。

此外，卫星平地机、物联网监测设备、精准播种施肥一体机等智能化农业机械，也在天府农博岛上的无人农场里展示。据悉，从耕地、播种、施肥、灌溉到收获，这里的整个农业生产过程都实现了少人化、无人化和智能化。行走在稻田中，可以沉浸式感受农业技术的发展。

据介绍，今年的中国农民丰收节主场活动举办地天府农博园位于四川省成都市新津区。今年四川主场组织了科技展示、美食推广、产销对接、农事体验、农民运动会等一系列丰富多彩、群众喜闻乐见的活动，农味浓郁、趣味十足。

不一样的新乡村，不一样的田园画卷在这里逐一呈现，2022年中国农民丰收节，一起期待吧！

四川努力打造更高水平"天府粮仓"

刊播：《人民日报》（2022年9月23日）
作者：林治波　王明峰

"开镰啦！"

在四川省眉山市东坡区太和镇永丰村，5台收割机驶入稻田，开足马力，连稻穗带秸秆一股脑"吞"进肚里，切割、脱粒、秸秆粉碎还田等多项作业一气呵成。

看着收割机在稻田里穿梭，金黄的稻谷籽粒饱满，装满一车又一车，种粮大户邵国东喜上眉梢，"'天府粮仓'添新粮了！"

"最高亩产780.2公斤，比去年增加了100公斤。"邵国东今年共承包420亩稻田，种植了两个新品种，与普通品种相比，新品种每亩预计纯收入增加四五百元。

"今年高温干旱，我们还能保持高产，原因之一就是推进高标准农田建设后，农田灌溉条件得到极大改善，水稻需水和排水都能得到满足。"永丰村党委书记、村委会主任李雪平介绍，永丰村目前建有高标准农田3 100亩，抢收水稻后将种上蔬菜和中药材。"稻菜""稻药"轮作模式，不仅可以改良土壤、促进粮食生产，还能大幅提高农民收入。

去年，四川省粮食产量达716亿斤，10年增加62亿斤，新增产量可供1 700万人吃1年。今年上半年，四川夏粮总产量436.7万吨，同比增长1.7%；油菜籽总产量连续10多年稳居全国前列。

"要把边沟挖好，下雨了好排水。趁现在天晴，赶紧把种子播下去，播种时注意密度……"在达州市大竹县月华镇九银村，撂荒地、早熟大春作物空闲地、田边地角及经果林空隙地上，农技人员正进行晚秋作物高产栽培技术培训指导，帮助农户抢抓农时，改善田间管理，实现稳产、高产。全镇晚秋粮食播栽面积2万亩，预计总产量1.7万吨。为确保粮食播面只增不减，大竹县通过"政策引导＋工商资本＋分类治理"模式，对复垦撂荒地、开发"边缘地"加大扶持力度，提高田地综合利用率。在种子、肥料、农药等农资和政策扶持资金的使用上，优先保障在开垦撂荒地发展粮油作物种植的业主，为他们无偿提供农业机械服务，派遣农技人员全程跟踪服务。截至目前，大竹全县已整治撂荒耕地1.84万亩。

打造更高水平"天府粮仓"，良田是基础。四川大力推进丘陵山区宜机化改造，建成31个"五良融合宜机改造"示范县，在大邑建成西南地区首个500亩"无人农场"，全省农机总动力突破4 800万千瓦，累计建成"旱涝保收、能排能灌、宜机作业"的高标准农田约5 000万亩。

打造更高水平"天府粮仓"，特色农业产业是保障。四川着力构建现代粮油产业体系，先后布局75个优质稻基地县、20个小麦生产重点县和48个油菜大县，以现代农业园区为载体，打造一批"川粮油"特色优势区。目前，四川正推进"鱼米之乡"创建，深入实施"优质粮食工程"和"天府菜油"行动。

四川紧紧扭住现代农业园区建设这个"牛鼻子"，着力推动"川字号"优势特色产业提质增效。着力培育川粮油、川茶、川菜、川鱼等十大优势特色产业，现代农业种业、现代农业装备、现代农业烘干冷链物流三大先导性支撑产业。创立"省领导分产业推进、市抓县、县管园"工作机制，积极建设成渝现代高效特色农业带，逐步形成四级园区梯次推进、竞相发展的格局。截至目前，四川建成各类农业园区1 178个，其中创建国家级园区15个，创建国家级优势特色产业集群6个、国家级农业产业强镇83个、全国"一村一品"示范村镇196个，培育"三品一标"农产品6 118个，农产品初加工率达61%，较10年前增加15个百分点。

守好百姓的"米袋子""菜篮子"，就能鼓起农民的"钱袋子"。10年来，四川省第一产业增加值由2012年的3 142.6亿元增长到2021年的5 661.9亿元，年均增速4.1%。农村居民人均可支配收入由2012年的7 001元增长到2021年的17 575元。今年上半年，全省农村居民人均可支配收入9 975元，同比名义增长6.9%，第一产业增加值1 999.42亿元，同比增长5.4%，农业农村经济继续保持稳中加固、稳中向好、稳中提质的积极态势。

四川省委主要负责同志表示，要继续落实最严格的耕地保护制度，深入实施种业振兴行动，着力提高农业综合生产能力，稳定粮油、生猪等重要农产品供给，打造更高水平的"天府粮仓"，把农业大省金字招牌擦得更亮。

擦亮农业大省金字招牌　全面推进乡村振兴

刊播：《四川农村日报》（2022年9月23日）
作者：刘佳

近年来，四川省以全面实施乡村振兴战略为总抓手，不断擦亮农业大省金字招牌。

今年上半年，四川全省农村居民人均可支配收入9 975元，同比增长6.9%。第一产业增加值1 999.42亿元，同比增长5.4%，农业农村经济继续保持稳中加固、稳中向好、稳中提质的积极态势。

牢牢抓好粮猪生产

四川严格落实粮食安全党政同责，狠抓粮食扩面增产，推进粮经统筹、稻渔综合种养，坚决防止耕地"非粮化"。先后布局75个优质稻基地县、20个小麦生产重点县和48个油菜大县，打造一批川粮油特色优势区，累计建成高标准农田近5 000万亩。经过10年努力，全省粮食年产量达716亿斤，时隔24年再上715亿斤台阶。

同时，四川千方百计稳定生猪生产，在全国率先出台"促进恢复生猪生产八条举措""生猪生产十条措施"，探索"集体猪场"等模式，发展"楼房养猪"，鼓励小农户养猪。2021年，全省生猪出栏6 314.8万头，同比增长12.5%，居全国第1；今年1—6月，全省生猪出栏3 139.8万头，同比增长7.2%。

成都崇州市道明镇自动化、标准化养殖生猪（刘湘摄）

推动"川字号"优势特色产业提质增效

四川紧紧扭住现代农业园区建设这个"牛鼻子"，推动川粮油、川猪、川茶、川菜、川果、川药、川牛羊、川鱼等优势特色产业提质增效。

四川在全国首创了"省领导分产业推进、市抓县、县管园"的工作机制，积极建设成渝现代高效特色农业带，逐步形成国家、省、市、县四级园区梯次推进、竞相发展的格局。

截至目前，全省建成各类农业园区1 178个，位居全国前列，创建国家级优势特色产业集群6个、国家级农业产业强镇83个、全国"一村一品"示范村（镇）196个，培育"三品一标"农产品6 118个，农产品初加工率达61%，较10年前增加15个百分点。

成都市新都区石板滩街道土城村农村新貌（陈青春摄）

推进"美丽四川·宜居乡村"建设

四川深入推进农村垃圾治理、污水处理、"厕所革命"、村庄清洁、畜禽粪污资源化利用五大行动，农村卫生厕所普及率达87%，63.3%的行政村生活污水得到有效治理，96%以上行政村生活垃圾得到有效处理，行政村基本配齐保洁员。

同时，通过充分发挥农村基层党组织战斗堡垒作用，四川持续推动乡村治理和乡风文明建设，12个乡（镇）和119个村获评"全国乡村治理示范村镇"，位居全国第1。

三台县双乐乡百盛种植养殖农民专业合作社分红现场（袁成松摄）

大力发展农村新型集体经济

以"两项改革"为契机，四川深入推进农村产权制度改革，全省农村集体产权制度改革基本完成，2021年，全省村集体经济组织总收入140.87亿元，分红4.23亿元，基本消除了集体经济收入空白村。

同时，四川持续培育新型农业经营主体，累计培育高素质农民30万余人，家庭农场20万余家，农民合作社国家级示范社528个和省级示范社3 300个，全省家庭农场经营土地面积突破1 000万亩，实现产值超过420亿元，规模、质量均位居全国前列。

2022年中国农民丰收节主场活动在成都、北京同步举办

刊播：新华社（2022年9月23日）
作者：于文静　丁静

　　23日，四川成都、北京昌平两地同步举办2022年中国农民丰收节庆祝活动，以"庆丰收　迎盛会"为主题，共享丰收喜悦、共赏乡村美景、共尝农特产品、共品农耕文化，形成了两地联动、南北呼应、带动全国的浓厚节日氛围。

　　成都市新津区的中国天府农业博览园，以乡村大田自然景观为背景，设立了"大国粮仓"科技馆，举办了"巩固拓展脱贫攻坚成果同乡村振兴有效衔接成果""国宝与丰收"等主题展览，开展了农产品产销对接、农民艺术周、农民趣味运动赛事等乡风乡趣乡味浓的特色活动，吸引了广大群众积极参与。

　　北京市昌平区的群众庆丰收联欢活动现场与成都主场进行视频连线。现场还举办了农业科技展示、特色农产品展销、乡村美食展示、农民文艺演出等活动。

　　在丰收节主场活动中，现场发布了2022年度"全国十佳农民"、2019—2021年度"全国农牧渔业丰收奖"、2022年度"大国农匠"全国农民技能大赛等获奖名单。丰收节期间还举办了"我眼中的丰收"全国少儿农耕主题绘画作品展评、乡村农民大厨、村歌大赛、"中国新农民"故事会等系列活动。

大国丰收　有声有色

2022年中国农民丰收节全国主场活动侧记

刊播：《农民日报》（2022年9月24日）
作者：张艳玲　黄慧

9月23日，中国农民丰收节全国主场活动在四川省成都市新津区天府农博园和北京市昌平区兴寿镇香屯村草莓博览园同步举行。相隔千里的一南一北通过直播联动，首次实现了两地群众庆祝丰收联欢活动的相互交融、同频共振。

这边秋雨绵绵，那头秋高气爽，不一样的秋天风景，承载着一样的丰收喜悦。在北京现场，农业科技展示、乡村美食品鉴推广、农民文艺演出热闹非凡；在成都主场，巩固拓展脱贫攻坚成果同乡村振兴有效衔接成果展、大国粮仓科技展、"国宝与丰收"暨天府农耕文明主题展、全国农业生产"三品一标"展示发布、中国乡村美食品鉴推广活动、全国农民体育健身大赛精彩纷呈，呈现了一场无与伦比的丰收大戏，喜迎党的二十大胜利召开。

寻丰收色彩

如果要为丰收着色，金黄一定是众望所归。在天府农博园星河农业公园，简约喜庆的群众联欢活动舞台四周，成片的晚稻已经开始由绿转黄，丰收的气息扑面而来。

不远处，5个拱形建筑如同从天而降的飞虹，又像是翻滚的稻浪，无论四季变换，总是丰收的景象。作为天府农博园的主展馆，这里承载了本届丰收节多项重要活动内容。据了解，这是天府农博园主展馆首次与公众见面，标志着其正式启用。

走进主展馆2号馆的巩固拓展脱贫攻坚成果同乡村振兴有效衔接成果展，红色的主基调让人精神为之一振。来自全国各地的成果内容通过实物展示、视频讲解、图片文字介绍等多种方式，多角度、多层次、全方位展示了我国各族各地干部群众按照党中央决策部署，团结一心、携手奋斗的伟大历程。

面积达4 800平方米的大国粮仓科技馆则是简洁大方的风格。这里展示发布了不久前评选出的40个全国农业生产"三品一标"典型案例、农产品"三品一标"典型案例、优质农产品特色品质技术等一批典型案例与绿色生产新技术，运用视频、图片、模型等多种形式，集中展示国家农业绿色发展先行区使用的绿色技术，推介特色品牌，展销绿色优质产品。

在北京昌平区，麦田、风车、谷堆，到处都是丰收的元素，洋溢着热烈的节日氛围。展馆入口处，来自全国各地的360斤红彤彤的苹果组成"丰收墙"向节日献礼，吸引观众驻足"打卡"。

看丰收表情

"红队加油！马上就到终点了！"9月23日上午，在天府农博园举行的全国农民体育健身大赛现场传来热烈的加油助威声。"晒场收谷庆丰年""车轮滚滚向未来""瓜果连连共富裕"……在有趣又紧张的比赛中，种粮大户代表队的万富旭玩得投入，笑得十分开心。他告诉记者，丰收节前夕，他已将秋粮收割完毕全部归仓，水稻亩产达到806公斤。

沉甸甸的丰收来之不易，表彰先进凝聚力量已经成为丰收节的惯例。今年，2022年度"全国十佳农民""全国农牧渔业丰收奖（贡献奖）""大国农匠·农民技能大赛"获奖代表走上舞台，捧回属于自己的荣誉。庄严的颁奖仪式，崇敬的目光聚焦，现场掌声雷鸣。

四川资博农副产品股份有限公司经理伍冬秀带着才下树的苍溪红心猕猴桃来到金秋消费季展销活动。他热情地招揽客户，介绍自家的产品，盼着为公司打开更大销路。

在两地的展示活动中，科技兴农的新成果使众人啧啧惊叹。成都大国粮仓科技馆中，酷炫的无人机、科技感满满的果园巡查机器人引起众人围观；在北京会场，神舟十三号飞船返回舱及太空农业展令人赞叹。中国农业大学与拼多多共同搭建的"小麦展台"上，专家向询问的观众介绍用"高科技"小麦面粉制作的面包与普通面包的不同之处。

此外，在金秋消费季农产品展区，来自各地的优质农特产品琳琅满目，激发不少市民的选购热情；在成都市都市现代农业馆，来自崇州市的农业职业经理人王伶俐年轻靓丽、笑意盈盈，谁能想到这是一个管理着上万亩农田的种田人呢！

听丰收声音

听，农民锣鼓队报丰收来啦！在喧天的锣鼓声中，联欢活动高潮迭起。四川省眉山市东坡区太和镇永丰村党委书记李雪平作为特邀嘉宾，上台将金黄的稻谷倒入象征粮仓的斗碗中。"今年虽然遭遇高温干旱，但我们还是保持了高产，原因之一就是推进高标准农田建设。"李雪平带来了丰收的好消息。

"各位客官慢走。""欢迎再来体验成都田园风光。"在成都市都市现代农业馆门口，身穿长袍的堂官肩上搭着白色毛巾，极具特色的吆喝声吸引了众人的目光。对传统美食的挖掘传承与都市现代农业的突破创新在这里交汇，碰撞出一个更加丰富立体的成都。当天四川省150道乡村名菜的发布，更为本届丰收节增添了温暖的烟火气。

妙峰山玫瑰咯吱、昌平正德春饼宴、延庆柳沟豆腐宴、怀柔汤河甜薯、大兴冻干鸡枞菌……在北京丰收节现场，各式各样的京郊美食让人目不暇接。来自密云金叵罗村的梁晴一边制作贡米打包饭，一边介绍这道美食的历史："我们金叵罗的小米有900年种植历史，清朝时被选为贡米，秋天一收完谷子，马车插着小黄旗就直接送到皇宫。相传古代的士兵们吃了这打包饭，打仗屡战屡胜，打包饭从此被赋予了好的寓意。"

在中华农耕文明馆，来自龙湖智创生活的讲解员易霞生动地为观众讲解着都江堰水利工程。她告诉记者，要做好丰收节的讲解工作并不容易，智慧农业、农耕历史涉及方方面面，就拿水稻品种来说，要做到对160多种水稻如数家珍，必须提前下苦功夫。

成都农业科技职业学院教师万群从事农村科技工作已有16年。"和过去相比，现在的农民有想法、有知识、有水平，幸福感越来越强了。"她感慨道。

丰收时刻

2022年中国农民丰收节启幕

刊播：《光明日报》（2022年9月24日）

作者：周洪双　　陈晨

群众联欢、主题展览、科技展示、产销对接、农事体验、农民运动会……9月23日，随着一系列农味浓郁、趣味十足的活动陆续展开，2022年中国农民丰收节主会场活动在位于四川省成都市新津区的中国天府农业博览园拉开帷幕。

在丰收节主会场的一系列活动中，"天府粮仓"丰收画卷徐徐展开，蜀乡增收致富美景生动呈现。四川农业农村发展成就斐然，"天府粮仓"不仅使川人端牢自己的饭碗得以实现，更为国人端牢中国饭碗贡献了巨大力量。

在中国天府农业博览园大田展区的3 000亩稻田里，20组稻田画强烈震撼视觉，"庆丰收　迎盛会""中国农民丰收节"等图样让人应接不暇。稻田画颜色不同，实为水稻品种多样。大田展区广泛采用新品种、新技术、新模式，寄寓"五谷丰登"美好愿景，体现四川农业创收的大好光景。

在四川的广袤土地上，像中国天府农业博览园大田展区这样的高标准农田有近5 000万亩，年复一年装满"天府粮仓"。去年，四川粮食产量达716亿斤，10年增加62亿斤，新增产量可供1 700万人吃1年。今年，小春粮油再获丰收，油菜籽总产量连续10多年稳居全国前列。

目前，四川建成各类农业园区1 178个，创建国家级优势特色产业集群6个、国家级农业产业强镇83个、全国"一村一品"示范村镇196个。持续夯实生猪养殖第一大省地位，2021年生猪出栏6 314.8万头、同比增长12.5%；今年上半年，生猪出栏同比增长7.2%。

在位于新津区兴义镇波尔村的中国农业科学院立体农场里，工作人员打开启动开关，种植机器人便按照设定的操作参数，将插满生菜苗的定植板准确放进栽培架。

"我们利用智慧农业物联网系统，对植物生长所需的'温、光、湿、水、气、肥'进行选择性控制，运用 AI 机器人种植、管控，实现了农作物立体栽培。"农场农业指导朱同生说，不少这样的新技术正在四川大地广泛应用。

放眼全省，农业新技术、新装备大显身手的场景比比皆是：平移式喷灌机，能够精确控制喷灌时间和灌溉量，满足作物生长需求；作物长势观测站，可以远程分析作物长势、病虫害发生情况等；太阳能风吸式杀虫灯，通过亮起吸引害虫的光谱灯，将害虫吸引过来灭杀，可减少杀虫剂的使用……

近年来，四川积极推动5G、大数据、物联网、人工智能等新基础设施在农业农村领域的应用示范，打造好数字化转型"底座"，发挥现代信息技术在农业产业发展中的作用，推动农业数字化、智能化、专业化发展。

四川大力建设数字"三农"综合信息平台、农业农村基础数据资源平台、农业农村云平台，加快农业农村数据资源的有效整合和开放共享。同时，推动数字技术与农业产业体系、生产体系、经营体系加快融合；发挥"互联网＋"在推进农产品生产、加工、储运、销售各环节高效协同和产业化运营中的作用，保障优质农产品产销顺畅和卖出好价格。

"我们还在建立健全农村各类资产资源的数字化管理，逐步推动惠民服务网络化、'互联网＋'向农村延伸，让农民可以更便捷地享受到各类数字化服务。"四川省农业农村厅相关负责人说。

随着新技术的不断应用，四川大力推动农业供给侧结构性改革，川粮油、川猪、川茶、川菜、川酒、川竹、川果、川药、川牛羊、川鱼十大优势特色产业和现代农业种业、现代农业装备、现代农业冷链物流三大先导性支撑产业迅速崛起。

农村经理人大显身手
神州大地唱响丰收曲

刊播:《经济日报》(2022年9月24日)

作者:刘畅

秋分至,丰收时。9月23日上午,2022年中国农民丰收节在四川省成都市中国天府农业博览园拉开大幕,这是丰收节主会场首次设在成都。今年四川聚焦"庆丰收 迎盛会"主题,举办包括四川省首届"稻香杯"·丰收奖颁奖仪式、"国宝与丰收"和"大国粮仓"主题展、首届"大国农匠"全国农民技能大赛等多项活动,传递多种粮、种好粮的强烈信号。

作为全国13个粮食主产省之一和西部唯一的粮食主产省,四川始终牢记习近平总书记"擦亮农业大省金字招牌""打造更高水平天府粮仓"的殷殷嘱托,严格落实粮食安全党政同责,压紧压实耕地保护责任,坚决遏制耕地"非农化"、严控"非粮化"。

四川拥有耕地面积7 840.75万亩,先后布局75个优质稻基地县、20个小麦生产重点县和48个油菜大县。今年上半年,四川小春粮油喜获丰收,小春粮食总产436.7万吨、同比增加7.9万吨,小麦种植面积时隔23年触底回升;油菜籽总产351万吨、同比增加14.3万吨,连续12年稳居全国第1。同一时期,全省农村居民人均可支配收入9 975元、同比增长6.9%,第一产业增加值1 999.42亿元、同比增长5.4%。

在迎丰收、庆丰收的浓厚氛围中,中国天府农业博览园俨然成为农业生产的热土、农民生活的乐园。园区核心区有3 000亩高标准农田,彩色水稻"绘制"了全省最大规模的稻田画,画中有"庆丰收 迎盛会"等字样。田边5座农博主展馆取"稻浪翻涌"之形,寓意丰收与希望。

9月23日上午，天府农业博览园都市现代农业馆中，四川绿丹至诚种业有限公司展位米香四溢。"这种大米由我们正在推广的优质水稻新品种宜香优2115种植而成，是四川省第七届'稻香杯'优质米评选对照品种，口感极佳。"该公司副总经理王旭说。近年来，四川以"稻香杯"优质米评选为契机，示范推广了一批优质稻品种，2021年全省"稻香杯"优质稻种植面积达713万亩。

"中国天府农业博览园已建成农博主展馆、高标准农田展区、天府田园美食街等支撑性项目17个，还引进一批带团队、带项目、带流量的头部企业相继落户，包括新希望智慧养殖、五八农业全国总部及示范基地等。"中国天府农业博览园管理委员会主任谢留生说。

走进五八农业全国总部及示范基地，5座温室次第排列，温室内绿意盎然，科技感十足。除了现代化农业设施外，基地还设有数字化水肥管理中心，每一株苗都能享受精准的浇水施肥服务。"基地占地面积137亩，建成后可实现年产30万株优质柑橘无病毒苗木、30万株组培蓝莓苗木，预计明年基地将满负荷运转。"五八农业科技有限公司技术主管井光锦告诉记者。

丰收场景处处可见，丰收喜悦处处可感。来到位于崇州市的天府粮仓国家现代农业产业园，3台机身贴有"天府粮仓"字样的收割机来回穿梭，将金灿灿的稻粒揽入"怀中"。今年崇州种植水稻31.82万亩，预计产量17.5万吨。"天府粮仓国家现代农业产业园是成都市唯一以粮油产业为主的国家现代农业产业园，2021年园区总产值37.2亿元。"天府粮仓国家现代农业产业园管理委员会乡村振兴研究部部长刘波告诉记者。

丰收的景象里还闪烁着"智慧"的光芒。"我和父亲管理着3个土地合作社、1个农机合作社和1个烘储合作社，从育秧到烘干，实现了全程机械化作业。"崇州市杨柳农民专业合作社农业职业经理人王伶俐告诉记者，得益于高标准农田建设和智慧农业的发展，父女二人管理的土地面积从10年前的80余亩增加到如今的3 900余亩。2021年，3个合作社小麦干产约238万斤，水稻干产约423万斤，合作社社员亩均实现年分红782元，王伶俐因此获得"全国粮食生产先进个人"称号。

在四川，像王伶俐这样的"新农人"数不胜数。近年来，四川持续培育新型农业经营主体，累计培育高素质农民30万余人、家庭农场20万余家、农民合作社国家级示范社528个、国家级农业产业化龙头企业75家、农业社会化服务组织3.2万余个。全省家庭农场经营土地面积突破1 000万亩，实现产值超420亿元，规模、质量均位居全国前列。

丰收的成绩得来不易。今年四川先后遭遇高温干旱、疫情反弹、地震灾害等超预期因素影响，农业生产面临多重困难挑战。为此，四川积极统筹疫情防控和农业生产，抓好农业防灾减灾，深入实施种业振兴行动，着力提高农业综合生产能力，稳定粮油、生猪等重要农产品供给，力争将农业大省金字招牌擦得更亮。

走进"奋进新时代"主题成就展，聆听新时代四川发展铿锵足音

刊播：川观新闻（2022年9月28日）

作者：余如波　成博

在党的二十大即将召开之际，9月27日，"奋进新时代"主题成就展在北京展览馆开幕。在四川展区，图片、实物、模型、视频、造景、特色展项等丰富多样的展品，全面展现了进入新时代以来，四川经济社会各领域取得的丰硕成果；同时，在中央综合展区的12个单元中，也有不少"四川元素"惊喜亮相，多角度讲述四川发展故事。

奋进新征程，建功新时代。党的十八大以来，四川实现了一个又一个历史跨越，回顾非凡10年，有哪些发展成就值得关注和讲述，又将通过怎样的方式呈现给世人？让我们从一件件展品中寻找答案。

看四川元素

两大展区，奏出新时代治蜀兴川"进行曲"

"奋进新时代"主题成就展分为序厅、中央综合展区、地方展区等6个展区，设在地方展区内的四川展区"麻雀虽小，五脏俱全"：图片117幅、视频4部、沙盘1个、模型6个、文物3件、场景2个、实物52件（套）、互动展项2个，全面立体地展现了新时代治蜀兴川硕果。

四川省筹展办工作人员介绍，四川展区共有五大板块，开篇便是"以成渝地区双城经济圈建设　引领高水平区域协调发展"，可见其重要意义。四川以成渝地区双城经济圈建设为战略引领，强力推动国家战略实施在四川全

面提速、整体成势，深入推进"一干多支、五区协同"战略部署，不断增强区域发展协调性、平衡性和可持续性。

在这一"章节"的开头，也是整个四川展区的"起点"，突出地展示了一张今年6月8日，习近平总书记在宜宾三江口考察，听取当地推进长江流域生态修复保护等情况汇报的照片。四川天府新区成都市兴隆湖片区、渝昆高铁四川段白云洞二号特大桥、四川省泸州港、川渝共建的首批跨省域合作平台之一——高竹新区……一张张精美的照片引人驻足，无声定格了四川深入推进高水平区域协调发展的铿锵步履。

深化川渝合作示范区建设，探索经济区与行政区适度分离改革。图为川渝共建的首批跨省域合作平台之一——高竹新区
（"奋进新时代"主题成就展参展图片）

在经济社会发展各领域，四川都能"雄起"。四川展区还通过"擦亮农业大省金字招牌，在新时代打造更高水平的天府粮仓""提升内陆腹地核心竞争力，打造改革开放新高地""筑牢长江黄河上游生态屏障，绘就美丽四川新画卷"，以及"办好民生实事，不断满足人民群众新期盼"等内容，奏响新时代的"四川强音"。

四川的哪些发展成果为全国瞩目？中央综合展区给出部分答案。

中央综合展区位于展厅中部和西部，占据展览空间的比重约为1/3，据不完全统计，在其12个单元中，有"四川元素"的图片28幅、实物13件（套）、场景2个、慢直播2场：甘孜"雪线邮路"上的邮政车辆、文保人员修复三星堆青铜大面具、从成都安顺廊桥远眺雪山美景、"悬崖村"村民的集中安置点新房房产证和钥匙……定格了四川新时代10年动人瞬间。

看发展硕果
从宏观到微观，四川变化之巨大令人信服

在四川展区第3部分，3张气势不凡的航拍照片令人瞩目，分别为雅康高速泸定大渡河大桥、川藏铁路成都至雅安段、四川成都天府国际机场。

尤其是前者，远处雪山、白云为背景，近处黄色的山、绿色的水、蓝色的天、红色的桥，色彩搭配极具视觉冲击力，生动展现了四川公路建设成果：10年来，公路总里程达39.96万千米，居全国第1；全面提升高速公路覆盖范围、通达深度和运行效率，高速公路总里程从2012年的4 334千米增加至8 727千米，居全国第3。

四川全面提升高速公路覆盖范围、通达深度和运行效率。图为2018年12月建成通车的雅康高速泸定大渡河大桥（"奋进新时代"主题成就展参展图片）

如此全面、宏观的"大"视角，在四川展区随处可见，令人信服地展现了四川发展变化之巨大。同时，新时代的四川发展成果也一次次体现在局部、微观的"小"处，从一个案例、一件物品乃至一个人的命运之变可"见微知著"。

在四川展区第2部分，四川省繁育的14种优质种子集中亮相：水稻种子宜香优2115、川优6203、F优498、品香优桐珍，大豆种子贡秋豆5号、成

渝豆1号、红皮香豆……种子是农业的"芯片"，四川大力实施种业振兴行动，建成国家级制种基地11个，数量居全国第1，进一步夯实全国三大育制种基地之一的地位。

四川是全国三大育制种基地之一。图为位于四川省成都市的邛崃天府现代种业园（"奋进新时代"主题成就展参展图片）

在中央综合展区第2单元，有3张经精心装裱置于展柜中的"纸"——由西南交通大学签署的我国第一份职务科技成果分割确权协议。2016年1月，西南交通大学拉开"职务科技成果权属混合所有制改革"序幕，允许科技成果以协议、挂牌交易、拍卖等市场化方式定价，着手解决成果"转化难"问题。

中央综合展区第5单元的一张照片，主角是凉山州越西县桃园村村民巴木玉布木一家。2010年1月30日拍摄的巴木玉布木身背巨大行囊、怀抱婴儿、手提背包的照片感动无数网友。在帮扶干部的帮助及自身努力下，她家的土地全部种上烤烟，家中经济条件逐步改善；至2020年，家庭年收入达到10万元，成功实现脱贫。

看多元展陈
让白鹤滩"发电"，与"大熊猫"零距离互动

纵览四川展区，除了一张张精美的照片，多元化的展陈方式随处可见，

不仅让逛展更有趣味，还让展区更具贴近性、亲和力，更好地展现了治蜀兴川新气象。

来自脱贫攻坚一线的实物展品，是四川展区的一大亮点：内江市东兴区驻村第一书记的"工作日记本"，详细记录了为群众申请低保和特困补助、推荐就业岗位、争取产业项目支持等帮扶工作的点点滴滴；平昌县的贫困户精准帮扶手册，记录了为贫困户提升家庭收入、落实扶持措施等情况，集中反映脱贫成效；凉山州建档立卡贫困户排查问卷，用以开展"两不愁三保障"大排查，精准摸清脱贫攻坚中存在的问题。

四川省筹展办工作人员介绍，四川展区不光展览内容精挑细选，展品形式也经过仔细斟酌，力求丰富。作为全国清洁能源装备产业体系最完整、技术最先进的研发制造基地之一，四川在该领域屡屡贡献"大国重器"："华龙一号"核岛、F级50兆瓦重型燃气轮机、新一代"人造太阳"聚变实验装置等，都以模型的形式出现在观众面前。

四川是"千河之省"，也是水电大省，位于互动展区的"金沙江流域巨型水电站"互动装置，更将四川清洁能源开发利用进行清晰的可视化呈现。左边控制台上的4个按钮，分别对应乌东德、白鹤滩、溪洛渡、向家坝4座水电站，按下按钮即可观看相应水电站的视频介绍；右边则是一座白鹤滩水电站模型，只要拉下中间的把手，江水便以裸眼3D的方式咆哮下泄，带动水轮机组"发电"并点亮代表长江下游地区的城市模型。

四川是黄河上游重要的水源涵养地、补给地和国家重要湿地生态功能区。图为四川省阿坝州若尔盖县九曲黄河第一湾（"奋进新时代"主题成就展参展图片）

在互动展区，观众还能以别样的方式体验四川自然生态之美、多彩人文之韵。现场设置了一台"看大美四川、学川剧变脸、与熊猫合影"互动装置，循环展示四川丰富的文旅资源，观众也可以扫描二维码进入互动界面"抚摸"大熊猫，"戴上"川剧头饰、"画上"川剧脸谱，录制约10秒的视频，保存一段难忘的记忆。

在新时代打造更高水平的"天府粮仓"

刊播：《四川日报》（2022年10月5日）
作者：张克俊

四川是全国的人口大省、农业大省、粮食主产省，对确保国家粮食安全发挥着重要作用。习近平总书记6月来川视察时强调，成都平原自古有"天府之国"的美称，要严守耕地红线，保护好这片产粮宝地，把粮食生产抓紧抓牢，在新时代打造更高水平的"天府粮仓"。认真落实习近平总书记重要讲话精神，发挥四川的优势和潜力，通过在新时代打造更高水平的"天府粮仓"，建成保障国家重要初级产品供给的战略基地，这是四川落实在全国大局中的地位作用的重要标志和具体体现。

在新时代打造更高水平的"天府粮仓"，必须弄清楚"更高水平"的内涵实质。一是更高水平的粮食综合生产能力，土地生产率在全国处于领先水平。二是更高水平的耕地建设质量，基本建成集中连片、能灌能排、旱涝保收、稳产高产的高标准农田。三是更高水平的科技和物质装备，生物育种水平和粮食品种质量在全国领先，是新品种、新技术、新方法的试验高地，物质装备水平发达，实现全程机械化、数字化、信息化。四是更高水平的绿色低碳发展，土地和水资源高效集约节约利用，化肥、农药的使用量大幅降低，种养业实现良性循环，绿色低碳发展水平位居全国前列。五是更高水平的规模化经营，形成以种粮大户、家庭农场、农民合作社等为主，以发达的社会化、专业化服务体系为支撑，产前、产中、产后紧密联系的一体化经营体系。六是更高水平的产业体系，构建比较完整的产业链、价值链、供应链，粮食产业综合素质、效益和竞争力强。

在新时代打造更高水平的"天府粮仓"，必须统筹谋划平原和丘区山区

"两大战略布局"。成都平原地势平坦、耕地肥沃、水利发达、技术先进、经营发达，要首先发挥好成都平原的引领示范带动作用。然而"天府粮仓"仅以成都平原为支撑是不够的，要高度关注仅次于成都平原的第二大平原——安宁河谷流域。同时，四川广大丘区山区在建设"天府粮仓"中也有十分重要的地位和作用，这是四川最大的特点。因此，必须统筹好成都平原、安宁河谷流域与广大丘区山区粮仓建设的关系，平衡好成都平原、安宁河谷流域与广大丘区山区"两大战略布局"，形成总体构架，共同支撑"天府粮仓"。具体而言，要把成都平原建设成技术装备水平更高、产出能力更强、经营模式更先进、产业体系更发达、资源利用效率更高的天府"第一粮仓"；加快安宁河谷流域现代粮食产业园和水利等基础设施建设，积极推进机械化和品种技术改良，打造天府"第二粮仓"；大力支持广大丘区进行土地平整、农田改造、水利设施建设，开发推广适宜丘区作业的机械，建设"多点多极粮仓"。

在新时代打造更高水平的"天府粮仓"，必须抓好耕地和种子"两个要害"。认真落实"藏粮于地""藏粮于技"战略，核心是抓好耕地保护、提升种业科技水平。习近平总书记多次强调，保障国家粮食安全的根本在耕地，耕地是粮食生产的命根子。要不折不扣落实最严格的耕地保护制度，在加强耕地用途管制、规范耕地占补平衡、强化耕地流转用途监管、推进撂荒地利用等方面狠下功夫。要加强农业面源污染防控，实施耕地修复工程，开展水土流失综合治理，有计划地实施耕地轮作、休耕，增施有机肥等，提升耕地质量。种子是现代农业发展的"芯片"，要发挥四川农业科技和生物育种的优势，整合各方力量，大力实施种业工程，建设一批种业创新中心、现代种业园区、育种创新联合体。要大力开展育种攻关，推进育种制种基地建设，扶持一批领军型种业企业，培育"育繁推"一体化大型种业企业集团。加强种质资源收集、保护和开发利用，建设一批种质资源库，为种源自主可控作出应有贡献。

在新时代打造更高水平的"天府粮仓"，必须扎实推进高标准农田和水利建设"两大基础工程"。大力推进高标准农田建设，是保护耕地、提升耕地质量的重要抓手，是"藏粮于地"、保护粮食产能、建设"天府粮仓"的关键举措。要以提升粮食产能为首要目标，以永久基本农田保护区、粮食生产功能区和重要农产品生产保护区为重点区域，坚持新增建设和改造提升并重、工程建设和建后管护并举、产能提升和绿色发展协调，围绕"田、土、水、路、林、电、技、管"八字，建设旱涝保收、高产稳产的高标准农田。要针对平原、丘陵、山区不同实际和地形地貌特点，采用不同的高标准农田建设模式。水利是农业的根本命脉，四川省广大丘区、山区水利基础设施建设滞后，有效灌溉面积不大、靠天吃饭的现象仍比较突出。建设更高水平的"天府粮仓"，必须以高标准的水利基础设施和发达的灌溉网络为支撑。要加快大中型水利工程建设，推进小型水源工程建设，加快病险水库除险加固，在广大丘陵、山区大力推进农村电力提灌站、太阳能光伏提灌站建设，建立健全农田水利设施管护机制，提高使用效率。

在新时代打造更高水平的"天府粮仓"，必须积极构建现代化的粮食产业和粮食经营"两大体系"。要从加快延伸产业链、着力提升价值链、积极打造供应链等方面着手构建现代化的粮食产业体系。在加快延伸产业链方面，增加绿色优质粮油产品供给，加快发展粮食循环经济，推动粮食全产业链加快发展，建设特色粮食产业集群；在着力提升价值链方面，促进粮食产业结构优化和提档升级，做强做优粮食企业，培育创建知名粮油品牌，培育发展新模式、新业态；在积极打造供应链方面，加快完善粮食现代物流体系，大力建设集仓储、物流、加工、贸易、质检、信息服务等功能于一体的粮食物流园区，全面深化粮食产销合作，健全完善粮食市场供应体系。要大力推进粮食产业链、价值链、供应链"三链协同"，以优质粮食工程、示范市县、特色园区、骨干企业建设为载体，促进粮食"优产、优购、优储、优加、优销"，形成高质量的现代化粮食产业体系。大力支持种粮大户和农业职业经理人，实施家庭农场培育计划，规范提升农业专业合作社，支持粮食储藏、加工企业做大做强，构建家庭经营、合作经营、集体经济、企业经营等共同发展的现代化粮食经营体系。要大力推进公益性与经营性、专业化与综合化相结合的粮食社会化服务体系建设，培育服务联合体和服务联盟，推进以"五良"融合为牵引的全程机械化，积极发展粮食生产托管服务、联耕联种、专业化耕种收服务等模式。

在新时代打造更高水平的"天府粮仓"，必须充分调动农民务农种粮和地方政府重农抓粮"两个积极性"。调动"两个积极性"，就是要让农民种粮有钱赚、多得利；让地方政府抓粮有义务、有责任、有回报。当前种粮比较效益低下问题较为突出，有的种粮大户基本上靠财政补贴维持一定的收入。一方面，要调动农民种粮积极性，继续落实粮食补贴和最低价收购政策，扩大粮食完全成本保险和收入保险范围，特别要注重新增粮食补贴向种粮大户等新型经营主体倾斜，促进粮食适度规模经营的发展，提高种粮的比较效益。另一方面，要充分调动地方政府重农抓粮积极性，完善粮食主产区利益补偿机制，健全产粮大县支持政策体系，完善财政奖补政策，在省级预算内投资、省级统筹的土地出让收益使用、耕地占补平衡指标交易等方面给予倾斜支持，鼓励粮食主产区、主销区之间开展多种形式的产销合作。粮食安全既是经济问题，更是政治问题，地方党委和政府应扛起建设"天府粮仓"的政治责任。只有把各方面的积极性调动起来，压紧压实责任，做好统一规划，搞好基础工程，加大各方投入，完善政策扶持，强化科技支撑，在新时代打造更高水平的"天府粮仓"目标才能实现。

谁家更高产？"粮王"来争霸

刊播：《农民日报》（2022年10月8日）

作者：张艳玲

日前，在四川省广汉市连山镇五一广场上，广汉市首届天府粮仓"粮王"争霸赛结果出炉——12位亩产超过750公斤的种粮大户获得"粮王"称号，其中来自连山镇的种粮大户廖兴华以亩产801.47公斤的好成绩摘冠。

"不容易！"此次争霸赛的技术指导，四川省农业科学院作物研究所研究员郑家国说，近年来，四川种粮大户的种植水平不断提高，成都平原水稻亩产一般能达到650公斤以上，这次比赛中获奖的种粮户获得的产量是非常好的成绩。

在广汉种粮人里，廖兴华可是个人物。他从1989年开始提供农机服务，如今不仅自己种了2 000多亩地，发起成立的合作社每年提供农事服务的面积已经超过10万亩。"比赛的亩产成绩创造了我近10年种粮的单产纪录！"廖兴华说。

广汉市农产品质量安全监督检验中心主任王越是这次"粮王"争霸赛的幕后导演。她告诉记者，种粮大户的参赛热情超出预期。说起测产时大伙儿较真儿的样子，王越的脸上有掩不住的盈盈笑意。

广汉地处成都平原腹心地带核心区，素有"天府粮仓"美誉，粮食播种面积持续稳定在65.5万亩以上，总产稳定在30万吨以上，高标准农田占比达98.3%，主要农作物生产机械化率达85.82%，稻麦优质品种覆盖率达95%以上。"目前广汉粮食播种面积进一步扩大的空间已经不大，要实现粮食增产，关键是要依靠农业科技，在单产上做文章。"广汉市农业农村局机关党委书记赵忠涛道出了举办"粮王"争霸赛的背后考虑。

一线探访　川稻的"再生"秘诀①

行走一线　为四川再生稻发展深度"画像"

刊播：川观新闻（2022年10月20日）
作者：刘佳

进入深秋，蜀乡田野的中稻已收割完毕，再生稻"闪亮登场"。

四川水稻常年种植面积稳定在2 800万亩左右。其中，再生稻蓄留面积约500万亩，占全省水稻总面积的17.7%，全省共有10个市41个县种植。

再生稻指的是中稻收割后，稻桩上存活的休眠芽在适宜的水分、养分和温度、光照等环境条件下再长出的一茬水稻，推广种植再生稻可实现一季两收。

四川再生稻种植历史悠久，川南的泸州、宜宾、自贡、内江以及川东的广安、达州为再生稻种植适宜区，乐山、资阳、南充、遂宁等市为次适宜区。

晚秋粮食生产是四川全年粮食生产的收官之战，再生稻为主力。为打造新时代更高水平"天府粮仓"，今年四川的再生稻发展呈现新变化、新场景和新亮点。

传统优势产区如富顺，从品种优化、产业链延伸上发力，力促再生稻产业提档升级。

过去再生稻"空白区域"如三台、绵竹等，通过创新种植模式、优化品种和技术，发展再生稻种植，进一步夯实粮食安全。

农业专家活跃在田间地头，为破解再生稻技术难题，从农机农艺配套上找出路………

即日起，四川农村日报全媒体推出"一线探访 川稻的'再生'秘诀"系列报道，记者行走一线，遍访种植户、专家、农技推广部门，为四川再生稻发展深度"画像"，助力全省全年粮食丰产丰收。

一线探访　川稻的"再生"秘诀②

打破粗放生产模式　"再生稻之乡"寻觅转型之路

刊播：川观新闻（2022 年 10 月 20 日）
作者：刘佳　洪瑜

　　10 月中下旬，"中国再生稻之乡"自贡市富顺县迎来新一季收获。这里再生稻种植历史悠长，但过去总体发展较为粗放，如何在新时代实现再生稻产业高质量发展？

　　立足品种培优、品质提升、品牌打造。日前，记者在当地走访发现，富顺再生稻产业发展的新思路和新打法，可以从一个水稻品种的推广说起。

富顺县新一季再生稻火热收割中

优质稻种背后的产业链条

10月18日，富顺县古佛镇凤仪村1组，田坎间传来阵阵轰鸣声，两台联合收割机在地里来回作业，成熟的稻穗被卷入机器中打成谷子。

"前两天我们测了一下，再生稻亩收300～400公斤，与前两年150～200公斤／亩相比，翻了一番。"谢勇是现场作业的两名农机手之一，也是当地宏源种植养殖家庭农场负责人。自2016年起，他在古佛镇陆续流转了400多亩地发展水稻、油菜轮作。

"丰产和品种大有关联，晶两优534是我们目前的主栽品种，优势很明显。"矮桩、分蘖力强、再生力强、米质好、产量高、抗性好……谈及晶两优534的好处，谢勇一只手都数不过来。

和谢勇一样，童寺镇西湖村2组村民曾道高也种了20亩晶两优534。而他选择这个品种，皆源于一个订单。

2020年，富顺县与袁隆平农业高科技股份有限公司签订了《四川省富顺县再生稻研发项目战略合作协议》，双方合作的再生稻研发中心设在位于童寺镇的四川雒源俊峰粮油食品有限公司，后者是同期引进的大米深加工企业。曾道高的订单正是来自雒源俊峰。

清杂、去石、砻谷、碾米……10月18日，记者走进雒源俊峰的大米深加工车间，全自动生产线正紧张运行着。截至目前，该公司再生稻年加工量已达4 000吨，公司负责人王登友认为，这既得益于订单的增加，也与高产品种的推广息息相关。

"我们的再生稻订单从3年前的2万亩，增加到今年的4万亩，且全部为晶两优534。"在隆平高科的指导下，雒源俊峰带动了童寺镇、代寺镇、古佛镇农户发展订单农业，推广晶两优534种植，并以高于中稻0.2元／公斤的价格收购 。

"富顺虽发展再生稻多年，但是以小散经营为主，缺乏龙头企业带动。"隆平高科（种业）川南区域负责人蒋志强表示，龙头企业根据加工需求收购优质稻，既促使农户改种新品种，又有利于富顺再生稻品牌的打造。

新品种、新技术的推广，在增加粮食产量的同时，也能有效提升农户种粮收益。蒋志强给记者算了一笔账：通过"中稻＋再生稻"优质高产示范，普通农户种植晶两优534成本大约为300元／亩，中稻可收650～700公斤／亩，产值约1 500～1 600元；再生稻可收300公斤／亩，产值约800～900元，亩均纯收入可到2 000元左右，种粮效益明显。

富顺县新一季再生稻火热收割中

促进再生稻产业提档升级

品种优化只是富顺再生稻产业提档升级的"招式"之一。要实现产业"华丽升级"，还有多种打法。

"今年我县再生稻蓄留面积约45万亩，预计总产可达7.5万吨。"富顺县农业农村局相关负责人表示，富顺县正通过"建基地、搞加工、树品牌、强融合"协同建设现代农业园区，推进"中稻＋再生稻"产业发展。

记者走访的龙贯山稻粱现代农业园区涉及7个乡（镇），常年种植水稻20余万亩、高粱10余万亩，粮食年产量达30万吨以上，高标准农田面积达1.8万亩，标准化稻粱基地面积达5 000余亩。

富顺县积极发展"中稻＋再生稻"的优质高产示范。与隆平高科合作，富顺将统一推广应用以晶两优534、隆两优黄莉占为主的杂交水稻新品种，逐年推广种植隆平高科的2～3个水稻新品种，力争到2025年优质高产高效水稻新品种订单生产面积达10万亩。

针对再生稻生长中的技术点，富顺在农机农艺融合上谋出路。

"中稻收割后，要注意禾桩的高度，一般只保留30～40厘米。"中稻收割时如禾桩受到损坏，将不利于发芽。每逢秋收时节，该县农业农村局农技推广研究员钟顺清在地头调研时，都不忘提醒农户注意保护禾桩。

"总的来说，目前我们这里还是采用传统人工收割和机械收割相结合的方式。"钟顺清说，富顺县地处丘区，水稻机收率约为60%，且以小型机械收割为主。和大型农机相比，小型农机对禾桩的破坏率小很多。

为了高标准生产再生稻，今年富顺县出台了《富顺县再生稻种植技术规范》，通过推出这一地方标准，促进当地再生稻生产规范化、标准化，以确保"中稻＋再生稻"综合亩产量达800公斤以上。"有了前期的优质高产示范，后面的加工和农旅融合才能更好实现。"前述负责人说。

一线探访　川稻的"再生"秘诀③

一季饲草一季水稻　绵竹的再生稻与众不同

刊播：川观新闻（2022年10月20日）

作者：周金泉

10月18日，绵竹市孝德镇金星村诞生了目前四川再生稻的亩产最高纪录——550.8公斤！

受温度和光照条件制约，四川的再生稻主要分布在温度和光照资源较好的南部丘陵区。地处川西平原的绵竹市并非四川再生稻的适宜区，如果"霸王硬上弓"硬要蓄留一季再生稻，几乎就没啥收成。此次绵竹的表现令业界刮目相看。绵竹是如何有此次"超常"发挥的呢？原来，绵竹的秘诀在于示范了一种全新的种植模式——"一季饲草＋再生稻"水稻种植模式。

验收会现场

非适宜区，打破纪录

18日一早，在绵竹市孝德镇金星村，一片片金黄的再生稻田稻浪翻滚、机声隆隆，收割机穿梭田间，将已经成熟的再生稻悉数归仓。

在此，四川省农业农村厅组织有关专家对这里种植的再生稻，也就是对四川省农业科学院作物研究所和四川吉隆达生物科技集团有限公司联合承担的四川省重点研发专项"基于稻—畜种养循环的稻田绿色低碳高效生产技术集成及产业化示范"绵竹示范区进行了田间现场验收，共计5 312.89平方米4个田块的再生稻测得亩产分别为550.8公斤、495.7公斤、528.0公斤、467.7公斤，平均亩产510.3公斤。

"这是目前全省再生稻的最高产量。"专家组成员、四川省农业农村厅农业技术推广总站水稻科科长周虹说，"示范区集成的稻—畜种养循环的稻田绿色低碳高效生产技术，增产增收效果显著，技术先进实用，为当前水稻周年高效生产提供了新模式。"

据了解，基于稻—畜种养循环的稻田绿色生产技术的精髓在于，将川西平原传统的一季水稻改为"一季饲草＋再生稻"，在首季收割水稻灌浆期植株作为原料生产青贮饲料，再生产稻米，这样就可将再生稻的生长期延长20天以上。

一举三得，粮饲兼顾

四川省农业科学院作物研究所助理研究员欧阳裕元说："我们团队2019年就在探讨这种模式，2019—2021年在绵竹、广汉进行试验，主要将头季的水稻当作青贮饲料原料来种，待全株收获之后蓄留再生稻，以此来解决我省个别区域稻田重金属超标、传统一季水稻效益偏低、平原区饲草缺乏，以及凉山、甘孜、阿坝冬季饲草不足等问题。"

据欧阳裕元介绍，四川省农业科学院作物研究所和四川吉隆达生物科技集团有限公司签订战略合作协议，由四川省农业科学院专家团队做"前端"，公司做"后端"，以打通整个产业链。

"川西平原在第一季中稻收获以后，因温度和光照条件不足，蓄留再生稻几乎没有产量。"四川吉隆达生物科技集团有限公司植物营养板块技术总监刘忠义说，"我们采用的'一季饲草＋再生稻'模式，就是在第一季水稻盛花之后7～10天全株收获，将进入乳熟期的水稻作为青贮饲料原料，这样就为第二季蓄留的再生稻腾出了25～30天的生长期，再生稻可以享受到头季稻余下的温度和光照资源，而且立秋之后，川西平原昼夜温差大，有利于再生稻籽粒营养物质的积累，因而再生稻不仅产量高，而且米质好、口感好。"

该公司旗下子公司德阳禾牧智慧农业科技有限公司总经理苏明说："今年在我们在绵竹、广汉示范种植了几百亩。头季水稻每亩可生产3吨左右的青贮饲料，带籽粒的全株青贮饲料营养价值比秸秆青贮饲料更丰富，种植户可卖300元／吨。我们已生产600吨，其中130多吨已卖到理塘县喂养牦牛。

此模式今后一旦推广，就可弥补三州（阿坝、甘孜、凉山）地区冬季饲草的不足。而且在头季收获全株植株，能使障碍性耕地生产的稻谷的镉含量下降约50%，这样就能确保再生稻的重金属含量达到国家安全标准，解决了障碍性耕地难以实现口粮安全生产的问题。另外，此模式还有效解决了农民增收问题，头季饲用稻和再生稻累计亩产值可达3 000元以上，每亩较传统生产模式增收500元以上。"

绵竹市孝德镇金星村种植大户洪棋金，是"一季饲草＋再生稻"模式的第一批示范户。他高兴地说："我过去一年只种一季水稻，因我们这里的耕地是障碍性耕地，种出来的水稻很难卖。今年，我成为示范户，示范种植了100余亩，严格按专家的技术规程操作，头季水稻就每亩收获3吨饲草。我都没有想到今天的再生稻测产还能达到500公斤／亩，而且也符合国家质量标准，等全部收完了我打算自己加工成大米售卖，明年我还要继续示范。"

渠县：一个川东北水稻生产大县的再生稻实践

刊播：川观新闻（2022年10月20日）
作者：阚莹莹

从距离渠县最近的客运火车站土溪站下车，还有30多分钟的车程才能到渠县县城。10月18日，这条客流干线上车来车往，记者乘坐的汽车拐过一个弯，眼前出现一大片刚刚收获的稻田，稻秆还留在田里。"你看，这就是渠县这几年大力发展的再生稻。"同行的渠县农业农村局工作人员告诉记者。

再生稻是头季水稻收割后，稻桩上存活的休眠芽在适宜的水分、养分和温度等环境条件下抽穗、成熟的一茬水稻。自贡、泸州、宜宾等川南区域因具有丰富的光热资源，是再生稻的优质发展区域。

位于川东北地区的渠县，光热条件与川南相比并无优势，为何还能蓄留再生稻？

能蓄留吗？虽是次适宜区，但有独特优势

"实际上，如果气候适宜，即使没有那么丰富的光热资源，川东北局部区域也可以发展再生稻种植，属于次适宜区。"四川省农业科学院水稻高粱研究所专家徐富贤告诉记者，像渠县这样的川东北丘陵地区，低海拔的稻田都可以蓄留再生稻。除了需要选择生育期较短的中熟品种，管理上与目前推广的再生稻技术没有区别。

记者了解到，今年全省下达了500万亩的再生稻蓄留任务，像川东北这样的次适宜区，占全省任务面积的30%。

尽管是次适宜区，渠县蓄留再生稻却有自己独特的优势。

"从20世纪90年代开始，渠县就开始蓄留再生稻了。"渠县农业农村局局长李夏冬介绍。

除了种植习惯，更关键的是渠县蓄留再生稻的面积基础。

今年渠县全县种植62.5万亩水稻，是全省水稻种植面积第一县，这是渠县在全省水稻种植区县中响当当的名号。

如果这62.5万亩稻田中适宜蓄留再生稻的区域全部发展再生稻，一年收两季稻谷，渠县的水稻产量将非常可观。

李夏冬告诉记者，这几年，渠县开始通过区域规划、品种选择、栽培管理来规范发展再生稻蓄留，要求对头季稻收获较早、水源灌溉有保证、地势低洼不能扩种油菜和小麦的区域，坚持"宜蓄则蓄、能蓄尽蓄、蓄满蓄尽"的原则，全部蓄留再生稻。"现在已经规范发展了13万亩，头季稻平均亩产500公斤，再生稻平均亩产150公斤，两季稻一年就有650公斤的亩产。"

渠县国超家庭农场负责人余清国蓄留的再生稻即将收获（受访者供图）

有效益吗？一笔"向未来"算的账

这几天，渠县各地的再生稻正在陆续收割，今年的产量表现如何？李夏冬坦言，虽然近年来技术越来越规范，但相比去年，今年的产量不会更高。原因是今年7月以来，渠县遭遇连续高温干旱天气。

　　对于今年夏天的高温，李夏冬记忆犹新。"今年的旱情，是1961年有气象记录以来最重的一次。"李夏冬说，7月15日11时，渠县温度高达39.0℃。眼看高温天气进一步加码，稻田干裂、玉米受灾，渠县县委农村工作领导小组办公室及时出台了《关于切实抓好2022年晚秋粮食生产的通知》，把突出抓好再生稻生产列为第一项重点工作，在水源有保障的情况下，成熟的水稻要尽早割茬以蓄养再生稻。

　　进入8月，高温进一步加剧，温度持续在40℃以上，最高温一度达到44℃。受高温干旱影响，再生稻没有充足的水源，头季稻收割后稻桩迅速失水，影响发芽出苗。李夏冬说，全县紧急下发通知，要求广蓄水源抗旱保苗。

　　记者了解到，为抗旱催芽保苗，今年渠县全县修建提灌站12座，动用各类小型抗旱设备5 100台（套），提水保灌6.2万亩。

　　"再生稻生育期短，省种、省工、省田，品质优、效益好。我们测算蓄留再生稻成本为每亩310元，按照亩产150公斤，单产每公斤4元计算，亩产值600元，亩纯收益290元。正常年份下，全县13万亩再生稻可产稻谷1.95万吨，新增纯收益3 770万元。"

　　尽管今年的特殊原因让再生稻生产成本增高，但在李夏冬看来，这是一笔"向未来"算的账。

遇极端热害仍稳产　邻水再生稻的"天时地利人和"

刊播：川观新闻（2022年10月20日）
作者：张天文　袁宇君

10月20日，广安市邻水县御临镇种植大户殷举云看着最后一小块再生稻田块收割完毕，脸上露出满意的笑容。今年是他种植再生稻的第9年，在御临镇与九龙镇共蓄留1 400亩再生稻，尽管遭遇极端高温，平均亩产仍在150公斤左右，与往年持平。

种有5亩再生稻的沙石村散户赖兴全的收成也不错："亩产两三百斤，两季可收获1 300～1 400斤谷子。"

"以小见大，个例在一定程度上反映了整体情况。"邻水县农业农村局副局长杜刚介绍，今年邻水县蓄留再生稻17万亩，同比增加3.6万亩，有收面积10万亩，平均亩产120公斤，预计总产量在1.2万吨左右。遭遇极端热害，但产量仍稳定，邻水再生稻产业发展的背后，有着怎样的"天时地利人和"？

天时：种植历史超40年

对生于1975年的邻水县御临镇农业服务中心主任张银锋来说，秋风吹拂着大片再生稻的景象，是从童年起便根植于脑海的难忘记忆。确实如他所忆，位于川东山地丘陵区域、坐拥"三山夹两槽"独特地形的邻水县，于1979年开始蓄留再生稻，1989年前后，面积和单产达到顶峰，全县蓄留面积一度超过26万亩。

邻水县于1979年开始蓄留再生稻

"一般来说，同品种的再生稻米光泽好、腹白小（米粒垩白度和垩白率低），品质及食味均优于头季稻米。在邻水，再生稻更是当地许多农人的记忆与情怀。"张银锋分析，邻水县蓄留再生稻的面积依然保有17万亩的原因之一，是40余载的同生共长，让再生稻成为当地人心中难以割舍的一部分。

地利：水库、堰塘保障灌溉

邻水县为亚热带湿润季风气候，冬暖春早、夏长秋短，水热兼优、雨量充沛。华蓥山、铜锣山、明月山三山背斜平行排列，赋予邻水"三山夹两槽"的特殊地貌。东槽及西槽海拔400米以下的浅丘平坝区水土适宜，春季气温回升快，有利于中稻早播，可确保中稻在8月15日前收获，是再生稻的理想种植区。

"条件再好，没有水，也是种不好水稻的。"殷举云回想起从6月底持续到8月中下旬，贯穿头季稻生长与收获期的极端高温热害，不由得感慨御临镇内鸦雀洞、石龙过江、峡口子、河堰口等水库对全镇再生稻灌溉起了至关重要的作用。

与御临镇一样，邻水县其他地区也在旱期及时协调稻田附近水库、堰塘放抽水，解决了稻田灌溉问题，这才最大程度保证了本年度再生稻的产量。

人和：扬长避短，人勤补拙

相较于川南地区，邻水县所在的川东地区9—10月温度和光照条件略逊。为了弥补不足，邻水县主要提倡增温育秧、适期早播，同时增加栽植窝数及基本苗，缩短分蘖时间，并在水稻九成黄的时候收割，以延长再生稻的生长期。在选种方面，当地主要选择荃优1606等高产、优质、生育期适宜、再生能力强的中稻品种，并逐年更新换代。

邻水县农业农村局相关工作人员蒋明勇介绍，为了指导村民们抓好再生稻的追肥以及强化病、虫、草害防治等田间管理，邻水县派出大量农技人员。在中稻收获前15天左右，农技人员会指导农户亩施10～15公斤尿素催芽，中稻收获后5天内亩施5公斤尿素提苗，中稻收割时留稻桩在40厘米以上，以保障倒2节的腋芽萌发成穗，同时保持稻田有水，防止牲畜践踏。

邻水县农技人员指导再生稻田间管理（邻水县农业农村局供图）

"今年，县委、县政府还在部分地区为再生稻亩产达150公斤以上的田块提供每亩120元的补贴，极大调动了农民的种植热情。邻水县今年的再生稻预计在10月25日前全部收获完毕，产量在1.2万吨左右。"邻水县农业技术推广站站长代旭峰介绍，经过今年的热害，当地将加强提灌站、水渠等灌溉设施建设，为下一季农业生产做好准备。

打造更高水平"天府粮仓" 为农业强国建设贡献力量

刊播:《四川日报》(2022年11月7日)
作者:邓也

党的二十大报告指出,全面建设社会主义现代化国家,最艰巨最繁重的任务仍然在农村;加快建设农业强国,扎实推动乡村产业、人才、文化、生态、组织振兴。一系列重要决策部署,明确了农业强国建设在迈向全面建设社会主义现代化国家新征程中的基础性、关键性地位,为农业农村现代化指明了方向。

农业是立国之本、强国之基。农业强国最关键的内涵是努力实现供给保障强、科技装备强、经营体系强、产业韧性强。当前,我国农业的生产总量、丰富程度、储备供给能力、对外农业贸易份额等,都彰显了农业大国的地位,以及即将向农业强国转型的趋势。但我国农业的农产品质量、资源利用率、科技创新能力等方面与农业强国还存在差距。建设农业强国,必须加快推动高水平农业科技自立自强,用高水平的农业科技、现代化物质装备破解资源禀赋约束,不断提高土地产出率、劳动生产率和资源利用率。这既有赖于相关部门的创新突破,也有赖于全国各地的努力贡献。

四川是我国地位极为重要的人口大省和农业大省,自古就有"天府之国"的美誉,如今是全国13个粮食主产省之一和西部唯一的粮食主产省。四川的农业农村现代化不仅直接影响全省经济发展和社会稳定,对确保全国实现粮食安全目标也具有极其重要的全局性意义。习近平总书记高度重视四川"三农"工作,多次作出重要指示。今年6月习近平总书记来川视察,对保障粮食安全、推进农业现代化、乡村全面振兴、做好农村疫情防控等提出重要要求,赋予四川在新时代打造更高水平的"天府粮仓"的时代重任。为农业强国建设贡献更多四川力量，四川必须以更高的政治站位看"三农"、以更实的工作举措抓"三农"，加快推动全省农业农村现代化建设。

在新时代打造更高水平的"天府粮仓"，是四川助力农业强国建设的重要抓手。四川粮食总产量继2020年时隔20年再次突破700亿斤后，2021年再创新高，达到716.4亿斤，不断巩固提升产粮大省、生猪大省的优势地位，为增强供给保障、增强产业韧性作出了贡献、打下了基础。不断擦亮农业大省金字招牌，四川要坚持以改革创新思维毫不放松抓好粮食生产，多措并举保护耕地良田，强化高标准农田建设，稳定粮油、生猪等重要农产品供给；尤其要加快推进农业关键核心技术攻关，用科技保障"更高水平"的实现，将科技要素贯穿粮油育种、种植、收获的全过程，提高产量与效益；不断推进农业高质量发展，突出绿色本底，大力发展绿色农业、生态农业、高效农业，做强优势特色，大力发展现代农业园区和农业科技园区，拓宽销售市场，进一步打响"川字号"农产品品牌。

面向未来，四川打造更高水平的"天府粮仓"，必须在更高战略层面上打造四川的现代粮食产业体系，包括高水平的粮食产业体系、高标准的粮食生产体系和高效率的粮食经营体系等。在这一过程中，要以四川丰富独特的自然资源、人口资源和科教资源为依托，对标国内外粮食产业发展先进水平，重点围绕高端种业、粮油生产、精深加工、仓储物流、品牌营销多个环节，建设链条健全、联结紧密、业态丰富的粮食产业全产业链，全面提升"天府粮仓"的质量、效益和产业竞争力。

在新时代打造更高水平的"天府粮仓"，事关国之大者，也是省之要事。我们要把农业大省金字招牌擦得更亮，加快推动四川由农业大省向农业强省跨越，从而为加快建设农业强国贡献更多四川力量。

西昌大石板社区：宅改兴村　活权增收

刊播：四川广播电视台《四川乡村新闻》（2022年11月21日）

【正文】

泸山下，邛海旁，我们走进了西昌市大石板社区，虽名社区，其实是地地道道的古老村落，承载着历史的古民居、古树、古寺等，都有着丰富的人文内涵。

2019年年底，这座百年古村落开启涅槃之路，经过乡镇区划和村级建制调整，大石板社区的面积达38平方千米，实现了空间扩容、资源集聚。2020年，围绕宅基地所有权、资格权、使用权"三权"分置，全村1 400多户村民参与改革，盘活闲置宅基地和老屋10万平方米，并在保留原有文化属性基础上进行整村修缮。

【同期】 *记者　李默*

在社区改造过程中，当地通过修旧如旧、翻新如旧的建筑手法，以村落原貌为核心，融入茶马文化和土坯房文化，最大程度还原乡村风貌。

【正文】

明确了宅基地"三权"分置，当地在改造村落的同时，还探索出流转经营、入股经营、委托经营、自主经营、挂靠经营5种方式。渔民们纷纷上岸，农舍变成了民宿，农民变成了股民，沿湖环线变成了景区，形成了独具特色的"古村落＋新民宿"的双轮驱动发展之路。如今，全村有不同档次民宿、客栈上百家。

【同期】凉山州西昌市大石板社区"归心十二间"民宿工作人员　廖艳

"归心十二间"民宿一共有12座建筑，每座建筑都独具特色，风格不一，有的可以观湖，有的可以看星空，每到周末都一房难求。

【正文】

走在古村的青石板小道上，能感受到一砖一瓦、一院落、一回廊都承载了浓浓乡愁，这里也成了游客"来了就不想走的地方"。去年，大石板社区被评为四川首批乡村文化振兴样板村，"大石板模式"入选2022年新型农村集体经济发展十大优秀案例，向全省推介。

【同期】凉山州西昌市海南街道大石板社区党委副书记　尹俊

通过这些年挖掘古村融合发展新模式，2021年，我们的集体经济总收入达到114万元，收益达到28.5万元。接下来大石板社区会再添一个水上乐园、儿童乐园，让集体经济得以壮大。

废弃农药瓶，这样回收处置

四川青神县探索推行"押金制、有偿制、积分制"，农药包装废弃物无害化回收处置率超过85%

刊播：《人民日报》（2022年11月25日）

作者：王永战

图①：张治洪（左）到贺其兵的家庭农场清运农药包装废弃物
图②：转运处置公司员工搬运农药包装废弃物
图③：执法人员在农资经营门店执法
图④：罗建使用操作平台为农户退押金
（王永战摄）

青神县乡村景色（青神县委宣传部供图）

贺其兵少了件烦心事：以前，农药使用后，瓶子常被随手一丢，田间地头不时可见各类废弃农药瓶，"这几年它们'有家可归'了——县里建起了农药包装废弃物回收点。"

四川省眉山市青神县高台镇百家池村，成片的柑橘园果实累累。趁着露水刚消，村里的种植大户贺其兵一早就在他的家庭农场内忙活起来，给果树喷洒农药，"这次喷药是为了杀螨虫，同时预防病虫害。"

喷洒结束，贺其兵将刚用完的几个塑料农药瓶装进包装袋，送到不远处的一间木屋内。进到屋内，只见十几个包装袋鼓鼓囊囊，里面全是废弃农药瓶。"这是县里建的一个农药包装废弃物回收点，使用后的农药瓶先暂存在这里，由清运公司工作人员定期回收。"贺其兵说。

农药包装废弃物回收处置，关系农业绿色发展和生态环境保护。2016年8月，农业部等6部委联合印发《关于推进农业废弃物资源化利用试点的方案》，提出"实施废弃农药包装物押金制度，探索基于市场机制的回收处理机制，对废弃农药包装物实施无害化处理和资源化利用"。2017年9月，中共中央办公厅、国务院办公厅印发《关于创新体制机制推进农业绿色发展的意见》，要求建立农药包装废弃物等回收和集中处理体系，落实使用者妥善收集、生产者和经营者回收处理的责任。2020年8月，农业农村部、生态环境部发布《农药包装废弃物回收处理管理办法》，明确了农业农村部门、生态环境部门的监管职责，以及农药生产者、经营者、使用者应当履行的农药包装废弃物回收处理义务。

2019年以来，作为农业农村部确定的农药包装废弃物回收试点县，青神县全面推进农药包装废弃物回收处理，探索推行"押金制、有偿制、积分制"，搭建农资销售与押金收退终端等平台，规范农药销售使用、农药包装废弃物回收处置和农资经营监管，建立起"市场主体回收、专业机构处置、公共财政扶持"的回收处置模式，实现农药包装废弃物回收处置闭环管理，全县农药包装废弃物无害化回收处置率超过85%。今年2月，农业农村部推介2021年全国51个农业绿色发展典型案例，青神县高效回收处置农药包装废弃物的经验做法榜上有名。

农药包装废弃物如何实现高效回收处置？怎样实现全程有效监管？前不久，记者深入青神县调研。

销售回收

实施押金制，搭建农资销售与押金收退终端平台，建设农药包装废弃物回收点，提升农药使用者收集交回的积极性

在外务工多年的贺其兵于2015年6月回到家乡百家池村，流转来300亩山地种柑橘，成为闻名乡里的种植大户。

"种柑橘，1年要打5次农药。"贺其兵说，每年春天柑橘发芽时打1次，夏季、秋季新枝萌发时各打1次，10月柑橘套袋前为预防病菌滋生再打1次，年底前还要打1次，预防来年的病虫害。

前些年，村里没有农药包装废弃物回收点，贺其兵用过的农药包装废弃物堆放得比较随意。时间久了，瓶子、袋子四散开来，残存的农药有时难免洒到地上。"近些年，县里推行农药减量化使用和绿色防控，农药使用量减少了不少，但使用后的农药瓶子、袋子还是存了一堆。"贺其兵说。

2019年7月，青神县全面启动实施农药包装废弃物回收处理，建设县农业废弃物资源化利用回收站，并在种植大户分布较多的区域以及农资经营门店建了120个农药包装废弃物回收点，以便更好地暂存、回收农药包装废弃物。同时实施押金制，搭建农资销售与押金收退终端平台，推动小农户妥善

收集、交回农药包装废弃物。

拎着一袋子废弃农药瓶，白果乡甘家沟村村民罗志中走进位于青竹街道盐关路的新阳光农业植保专业合作社，冲合作社理事长罗建喊："老罗，收农药瓶子了！"

前段时间，罗志中在合作社经营的农资门店购买了农药，这次来交回农药瓶。罗建接过袋子，在电脑上打开农资销售与押金收退终端平台，点击"退押金"按钮，拿起扫码枪逐一扫描瓶子上的条形码，相关信息便显示在电脑屏幕上。

"回收农药瓶18个，退回押金18元。"罗建边说边向罗志中的手机扫码付款。

"每个农药瓶按1元收取押金。我们门店已经收取押金2.5万余元，退回押金2.2万余元，回收率约89%。"指着电脑页面，罗建解释道，"农户一般不会在使用后立刻退回农药瓶，所以回收率在一段时间内达不到100%。"

青神县农业农村局局长饶舜介绍，全县农资经营门店售卖农药时，以1瓶农药不低于1元的金额向农户收取押金，待农户交回农药包装废弃物后全额退还，以此提升普通农户收集农药包装废弃物并交回的积极性。门店通过销售扫码、在线登记等方式，收集上传农药销售、押金管理数据，实现对农药销售去向、资金、押金等信息的实时记录、监管。

"我们这个门店建有一个农药包装废弃物回收点。晚上我们就把今天回收的包装物统一放到回收点暂存。"罗建一边将刚回收的农药瓶放入店门口的农药包装废弃物回收桶，一边与罗志中聊起农药瓶回收这件事儿。

种了20多年柑橘，尽管规模不大，一年喷洒几次农药，废弃农药瓶也积攒了不少。罗志中说："过去山坡上能看到不少农药包装废弃物，有些被风吹进水塘里，污染了水。"

"不仅污染水、土壤，还危害人体健康。"罗建接过话茬，开了20多年农资经营门店，他知道农药包装废弃物的危害。"一次下乡，我见到村里有小孩子拿着废弃农药瓶玩，惊出一身汗，赶紧上去跟他讲：农药有毒，瓶子不能玩。"

2019年8月，听说县里推行农药包装废弃物回收，罗建打心眼里支持，主动安装农资销售与押金收退终端平台，学习整套操作流程。"只有农户主动收集、交回废弃农药瓶，才能减少对环境的危害。"

几年前，对回收农药包装废弃物这件新鲜事，有人理解，也有人不解。汉阳镇汉阳场社区一家农资经营门店负责人陶鸿莉起初就有意见："卖瓶农药还要收押金，多麻烦。我都快60岁了，还要在电脑上操作这套系统，哪里学得会。"

2019年9月，青神县对全县农资门店经营人员和种植大户开展培训。"培训课上播放的过去废弃农药瓶散落一地的画面看着让人揪心。"陶鸿莉说，培训课既讲为什么要回收，也讲怎么回收，还教如何操作平台系统，让大家能很快上手，"培训班还为学员组建了微信群，有问题就在群里提问，很快会有人解答。"

"政府出资建设平台推广应用，通过培训帮助农资经营门店管理者、种植大户等相关人员解开思想疙瘩，再通过他们向群众宣传推广。"饶舜说，迄今青神县110余家农资经营门店均安装了农资销售与押金收退终端平台软件，实现废弃农药包装物押金制全覆盖。

清运处置
实行有偿制，搭建农药包装废弃物押金回收综合监管平台，规范清运、转运处置工作

午后，青神县一家清运公司的工作人员张治洪驾驶清运车，向贺其兵家庭农场附近的农药包装废弃物回收点驶去。

两年多来，张治洪一直负责清运这一区域回收点的农药包装废弃物。他最看重规范操作：来到回收点，称重，装货，填写清运清单，按每斤0.7元向贺其兵付费并开具票据，一次有偿回收便告完成。"为防止废弃农药瓶袋在运输过程中掉落，我们使用的是全封闭车厢，集中运往县农业废弃物资源化利用回收站。"张治洪说。

同贺其兵告别后，张治洪驾车向罗建的农资经营门店驶去。"在农资经营门店清运农药包装废弃物，清单要在销售终端平台上填写，这样就能实时反馈到监管平台上。"张治洪介绍，收集清运时，称重装货完毕后需登录农资销售与押金收退终端平台，点击"清运"按钮，完成农资经营门店待清运

废弃农药瓶的数量更新。随后，清运公司向农资经营门店支付回收费用。

来到罗建经营门店的农药包装废弃物回收点称重装货，张治洪又是一番忙碌，"你看，342斤，装完就满满当当了。"

自推行农药包装废弃物回收处置以来，青神县积极探索落实举措，全面实施了有偿回收。"清运公司向种植大户、农资经营门店支付费用，县里再以每吨1400元的价格向清运公司支付相关费用，通过实施有偿回收，提高种植大户、农资经营门店等回收农药包装废弃物的积极性。"饶舜说，"县内收集清运是农药包装废弃物处置的关键一环，清运公司定期上门回收。每个回收点需要清运时，也可随时联系清运公司，随叫随到。"

"县里每年通过招投标确定清运公司，县财政每年专列农药包装废弃物无害化处置经费，包括相关平台系统建设维护费用、收集清运费用、有偿回收费用等。"饶舜介绍，2019年以来，全县已累计清运处置农药包装废弃物45.06吨，实现120个回收点定期清运全覆盖。

搭乘张治洪的车，记者来到青神县农业废弃物资源化利用回收站，农药包装废弃物押金回收综合监管平台的大显示屏映入眼帘。屏幕上，全县回收点总数、当日农药包装废弃物产生量、回收量等数据一目了然。

"今天农药包装废弃物产生量是326个，意味着卖出了326瓶农药。"青神县农业农村局农产品质量监管与品牌培育股股长陈艇指着屏幕说，监管平台的数据从全县各个农资经营门店安装的农资销售与押金收退终端平台获取，并实时更新。

"哪个门店的农药卖给了谁、卖出多少，向谁回收了农药包装废弃物、回收多少，都会实时反映。"陈艇说，监管平台可以帮助相关部门统计农药销售去向、农药包装废弃物回收数量和押金收退情况，规范对农资经营门店的管理。

说话间，回收站门前，一辆大货车徐徐驶来。停好车，四川省中明环境治理有限公司工作人员胡先文走下车来。这家公司主要承担青神县农业废弃物资源化利用回收站内农药包装废弃物的转运处置及无害化处理。胡先文每年要来几次回收站，协助转运农药包装废弃物。

指挥工人们装载货物前，胡先文叮嘱道："大家先穿上防护服，戴好口罩……"

装货完毕，胡先文先是绕着车辆转了一圈，仔细检查装运情况，接着展开携带的篷布，覆盖、捆绑在包装好的货物上。随后，胡先文与一同前来的陈艇跟车前往附近的第三方称重站。现场查看、称重后，陈艇填写危险废物转移联单，完成废物处置报备管理。"公司配有焚烧车间，农药包装废弃物运回公司暂存后会进行焚烧处理，确保气体达标后排放，残渣将深埋在经过防渗漏、防扬散处理的安全填埋场。"胡先文说。

"同清运公司一样，县里每年通过招投标程序确定转运处置公司，负责农药包装废弃物的转运处置，费用由县财政安排的专门经费支付。"陈艇介绍，"招投标要'货比多家'，力争用最规范的转运操作、最无害的处置方式，最大限度降低对环境的影响。"

"今年全县已回收农药包装废弃物9.5吨，回收率达87.1%；处置5.8吨，处置率为61%，剩余3.7吨待处置。"饶舜介绍，2019年以来，青神县回收的农药包装废弃物全部实现无害化处置。

执法监管
推行积分制，搭建"十二分制"信用信息平台，推进执法检查常态化

青神县农业农村局执法服务中心主任王鹏查看农药销售台账时发现，今年9月29日至10月12日的销售记录为零——那段时间正是给柑橘树喷洒农药的主要时段，怎么会没有销售记录？在他的追问下，一家农资经营门店负责人说了实话，"嫌麻烦，最近没有录入销售信息。"

"根据积分制管理要求和县农资经营监管扣分细则，你们未如实登记销售的农药名称、规格等信息，第一次违反扣3分，第二次发现要扣6分。"跟随执法的青神县农业农村局农产品质量监管与品牌培育股工作人员张建军，郑重地告知门店负责人。接着，他用手机登录"十二分制"信用信息平台，扫描门店二维码，填写违规行为、积分扣除等内容，录入此次执法信息。

"录入信息后，平台将此次执法情况实时纳入大数据统计，门店也会同步收到执法通报。"张建军话音未落，门店电脑上的农资销售与押金收退终端平台便弹出相关通报。

上面这一幕，是记者跟随王鹏参加执法服务中心牵头组织的农药包装废弃物回收处置情况执法检查时看到的。

"过去存在执法监管难、执行难现象。全县农资经营门店规范经营情况如何，是否按规定履行销售、台账管理责任，是否尽到农药包装废弃物回收责任，我们并不能完全了解。"王鹏介绍。

2020年6月，青神县出台农资经营监管扣分细则，推广实施积分制管理，农资经营门店在一个年度内累计扣1～8分的，予以书面通报；扣9～11分的，给予停业整顿3个月并接受培训的处理；扣12分的，由发证机关吊销农药经营许可证；未扣分的，可以参评年度"明星门店"，获得相应奖励。

健全激励约束机制，促进了规范管理。因所在门店连续获得2020年度、2021年度"明星门店"称号，罗建每年获得2 000元奖励。他把门店打理得更加井井有条，农资销售范围也在逐步扩大。

利用获得的奖励资金等，罗建还组织了多次绿色防控下乡活动。就在今年9月底，他来到瑞峰镇天池村向农户传授绿色防控技术，推动农药减量化使用，同时宣传农药包装废弃物回收理念。

与积分制管理相配合，青神县搭建了"十二分制"信用信息平台，推进数字化管理。在张建军的帮助下，记者点击查看"十二分制"信用信息平台，平台上所有门店按年度内不同扣分情况被分为3级，每个级别对应的门店扣分情况一目了然。"哪个门店，什么时候，因为什么扣分，都一清二楚。"张建军说。

"有了信息监管平台，我们可以掌握门店的规范经营状况，也能实时监督农资经营门店开展相应整改。"王鹏介绍，为更好进行平台管理，执法信息须及时录入并更新至后台，汇总形成执法情况大数据，同时向门店发送执法情况通报和记录，让每一次执法检查都规范、公正、透明。

以这次执法检查为例，执法人员走进一家门店后兵分两路。王鹏负责查看在售农药标签、生产日期、农药登记证等信息，他登录农资销售与押金收退终端平台，一一查看门店销售台账，包括进货、销售、回收记录等。张建军则负责查看农药采购销售和包装废弃物回收情况，检查农药包装废弃物储存是否符合规范。"我们要求在门店显眼位置摆放农药包装废弃物回收桶，农药储存库房与经营场所不能混合使用。"张建军说，积分制管理细化为门店管理、台账管理、进货管理、销售管理、其他管理5方面23项内容，每次都要有针对性地开展执法检查。

"通过推行积分制，执法检查规范化水平得以提高，针对性更强，农资经营门店规范经营程度大幅提升。"王鹏介绍，"今年以来，青神县共开展常态化执法检查61次，检查发现，门店合法合规经营率已达98%以上。2021年，全县有3家农资经营门店被吊销营业执照，今年以来尚未发现相关案例。"

"这两年，全县农药包装废弃物无害化回收处置率始终保持在85%以上，并逐步提高。"饶舜表示，"党的二十大报告提出，'推动绿色发展''加快构建废弃物循环利用体系'。未来，我们将在党的二十大精神指引下，以风险可控、定点定向、全程追溯为原则，探索对符合条件的农药包装废弃物进行资源化利用。同时，大力提倡农药减量化使用，应用生物防治等绿色防控技术，加强安全用药培训指导，助推农业绿色发展。"

擦亮"金字招牌" 筑牢"天府粮仓"

第八届四川农博会着力汇聚全面推进乡村振兴新动能

刊播:《四川日报》(2022年12月9日)

作者:暮冬

12月2日,一组火热的数据从第八届四川农业博览会(简称农博会)传来:开幕第1天,农博会现场签约项目总金额达872.42亿元,创下历届之最。

火热,体现在农博会现场涌动的人潮里。四川省市(州)展馆、农业合作展馆、新型农业经营主体展馆、全国农业科技成果转化展馆、成都农业合作馆五大主题展馆内人声鼎沸,首次设立的接洽区内,参展商与采购商精准对接,达成合作事项。

火热,体现在一个个订单里。广元金弘农林有限公司董事长谢青明卖光了展品;遂宁市安居永丰绿色五二四红苕专业合作社销售部经理周小霞不停地接单、发货。

12月2日,第八届四川农业博览会在成都启幕。当天中午,一位市民拎着刚采购的农产品满载而归

火热，还表现在一处处机遇中。第八届四川农博会开幕第1天，四川省农业农村厅和四川省经济合作局首次在省级层面发布全省农业产业招商地图，向参会客商推介国家现代农业产业园、四川省五星级现代农业园区、省级农产品加工示范园区等农业发展载体，发布四川省农业产业支持政策清单24条、四川省农业产业投资合作项目50个。作为主题市（州），成都在开幕首日完成项目签约25个，发布机会清单80条……

时隔3年举办的第八届四川农博会，在为期4天的展会中，不断刷新着一个个成交纪录，展现着农业大省擦亮金字招牌的雄心壮志，汇聚着在新时代打造更高水平"天府粮仓"的全新动能，驱动着推进四川农业现代化和全面推进乡村振兴的新引擎。

做强平台，为"川字号"出川打通新渠道

"面积大、档次高、元素多、理念新。"12月4日，连续8次参加四川农博会的贵州客商李先生用12个字描述第八届四川农博会。

作为2014年经党中央、国务院批准，由四川省人民政府主办的展会，四川农博会如何在虎年展现"虎虎生威"的新姿态？

数据是客观的记录者。看规模，本届农博会展区面积超10万平方米，展位超4 500个，参展品牌超10 000个，企业超2 000家；京东、抖音等知名电商和网络主播等纷纷参与，开展系列直播带货活动，实现产品、品牌和直播经济的有效嫁接……论数据，规模为历届之最。

看档次，围绕产销对接、消费促进，本届农博会设置市（州）展馆、农业合作展馆、新型农业经营主体展馆、全国农业科技成果转化展馆、成都农业合作馆。参展主体涵盖国内供应链龙头、电商巨头和国外企业，首次设立的主宾国以及以色列国家馆展示了精品农业和现代农业的新图景，主题市（州）成都市全方位推介现代都市农业的进阶之路。论档次，为前所未有。

看元素，联手参展的"天府龙芽""天府菜油""天府乡村"等省级"川字号"区域公共品牌，携川粮油、川猪、川茶、川菜、川果等优势特色产业和特色农产品集体参展，展示过去5年来四川擦亮农业大省金字招牌的新成

果。首次设立的农业合作展馆内，20个"一带一路"沿线国家参展……论元素，本届农博会可谓空前。

12月2日，第八届四川农业博览会开幕当天，来自凉山州会理市的客商正在推销当地特产石榴

看理念，在疫情防控、极端高温天气等超预期因素叠加影响下举行的本届农博会，鲜明亮出"强合作、促消费、拼经济、开新局"的主题，逐馆设立商务接洽区，提前精准邀请参展商，不断运用线上平台掀起农产品选购潮……论理念，本届农博会走在国内同类展会的前列。

连续举办8届的四川农博会，规模不断壮大、档次不断提升、要素持续多元、理念持续创新，通过建强农业交流合作的窗口和平台，传递出鲜明的导向和信号：助力"川字号"优势特色农产品走出省门、国门，做大擦亮四川农业大省金字招牌！

汇聚力量，为蜀乡农业现代化赋能增效

新时代，新使命，新征程。在全面建设社会主义现代化国家新征程上，作为农业大省，四川奋力推进农业现代化。

如何推进？本届农博会积极探索。在新时代打造更高水平的"天府粮仓"，把农业大省的"金字招牌"擦得更亮。聚焦培育天府良农、研发

"天府良种"、探寻"天府良策",本届农博会铺展出未来蜀乡大地的丰收图景。

"天府良农"是打造"天府粮仓"的主力军。本届农博会设置新型农业经营主体展馆,展示四川家庭农场等新型农业经营主体的新形象,回答"谁来种粮"的时代课题。12月2日,四川首次举行四川省高素质农民创新创业先锋颁奖仪式暨家庭农场优质产品推介会,现场为全省30名高素质农民创新创业先锋颁奖授牌。

"天府良种"是筑牢"天府粮仓"的重要支撑。本届农博会上同步启幕的2022(第二届)全国农业科技成果转化大会高级别全体会议引人注目。会上共计发布具有代表性、前沿性、标志性的100项重大农业科技成果及1 000项优秀农业科技成果,回答如何"种好粮"的时代之问。

"天府良策"重在解决如何为种粮农户营造更好环境的难题。2022(第二届)全国农业科技成果转化大会高级别全体会议现场,同步举行了重大科技成果转化项目签约仪式、成果转化典型案例分享,围绕数据赋能"三农"发展、生物育种技术发展、"三创"融合发展模式、农业科技创新及科企融合等议题进行主题报告。

此外,12月4日举行的"加快水稻种业创新,打造新时代更高水平的'天府粮仓'论坛",以"建设更高水平'天府粮仓',擦亮四川农业'金字招牌'"为主题,协同科技力量,围绕水稻育种、粮食安全、智慧育种、生物科技等方面开展研讨交流。

乡村振兴是推进农业农村现代化、推动四川由农业大省加速向农业强省跨越的现实路径。那么,该如何推进?

各市(州)有不同的答案。开幕式之前,成都举行都市现代农业建圈强链重大项目开工活动。

隆冬时节,火热的农博会现场与深思熟虑的活动设计,展示着四川这个农业大省的雄心:在新时代打造更高水平的"天府粮仓",为保障国家粮食安全作出更大贡献!

岁末之际,克服重重困难如约而至的第八届四川农博会传递出鲜明的信号:汇聚八方力量,在全面推进乡村振兴、推动农业农村现代化的新征程上勇毅前行!

四川"擦亮农业大省金字招牌，在新时代打造更高水平的天府粮仓"亮相"奋进新时代"主题成就展

刊播：四川省农业农村厅网站（2022年12月12日）
作者：四川省农业宣传中心

在党的二十大召开之际，"奋进新时代"主题成就展在北京开幕。四川展区共5个篇章，第2篇章为四川省农业农村厅组展的"擦亮农业大省金字招牌，在新时代打造更高水平的天府粮仓"。展出的38件实物和7张图片，集中展示了四川省统筹推进乡村振兴，加快农业农村现代化，努力实现农业水平更高、农村环境更美、农民更幸福的生动场景和实践。其中实物包括"稻香杯"优质米获奖品种、会理石榴、安岳柠檬、汉源花椒等"川字号"

特色农产品，图片包括崇州市10万亩粮食高产稳产基地、邛崃天府现代种业园、特色产业发展、智慧生猪养殖等内容。

截至目前，据不完全统计，四川展区已接待40万人次以上，四川农业农村相关展示内容受到各级领导和观众的广泛关注和好评。

山海之畔的"阳光经济"

刊播：《农民日报》（2022年12月15日）
作者：李忆宁　杜娟

一壶热茶，三两好友，远眺邛海，沐浴着温暖的阳光，哪里还用得着棋牌助兴！入冬不久，成都的李阿姨就约上好友，赶赴四川省凉山州西昌市海南街道大石板社区，迫不及待地来一场阳光浴，晒干周身的阴冷湿气。

西昌是凉山州首府，一座被阳光青睐的高原春城，年均日照时长超过2 400个小时，被幽默的四川人戏称为"三亚分亚"。大石板社区就依偎在西昌城郊的泸山脚下、邛海之畔，凭借着AAAA级旅游景区得天独厚的湖光山色和深厚的历史底蕴，吸引了不少像李阿姨这样的"候鸟"前来越冬栖息。

谁能想到，这座古色古香的村子里竟有200多家民宿，近2 500间客房，80多家餐厅，一个从"阳光经济"中生出的康养民宿产业集群已经初具雏形。然而，就在10年前，大石板人却过着守着青山绿水要饭吃的苦日子。

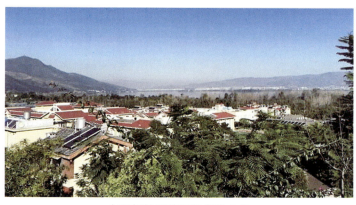

大石板社区美丽的湖光山色

回望来路，大石板人是如何打通绿水青山到"金山银山"的转化通道的？最近，大石板社区掀起了宣传学习党的二十大精神的热潮，村民忆苦思甜，通过3组关系的变化勾勒出10年间的发展历程，进一步坚定了听党话、感党恩、跟党走的决心和信心。

人与海

20世纪80年代，随着人口增加，大石板周边群众不断聚集到邛海之滨，在空地上建起一座座房屋。大房接小房，小房接窝棚，久而久之就形成了密密麻麻的棚户区。大石板社区党委副书记尹俊就是在这片逼仄低矮的棚屋中长大，在这里娶亲成家，在这里迎来了呱呱坠地的新生命。

俗话说，靠山吃山，靠海吃海。一年又一年，一代又一代，人们在这里繁衍生息，邛海这座母亲湖却越发憔悴。21世纪初，邛海面临的生态环境问题逐渐凸显。围海造田、填海造塘、餐饮住宿等无序发展，导致邛海近2/3的湖滨湿地遭到严重破坏，滩涂和原生湿地基本消失，水鸟和本土物种减少，邛海湿地的生态功能日趋降低。邛海水域面积不断缩减，水质从 II 类降至 III 类及以下，市民饮水安全受到严重威胁。

一场邛海生态保护战拉开大幕。在这场轰轰烈烈的大战中，大石板人结束了"人进海退"的旧路子，转入"人退海进"的新轨道。2013年，400余户村民陆续搬离旧居，为邛海休养生息留出足够空间。

"你看，环海路的内侧就是以前村民的棚屋。"站在由村集体粮食加工房改造而来的民宿"归心十二间"的天台上，尹俊抬起手臂指出方向。如今，那里已是一片葱茏。转过身，在一片向阳的缓坡上，一座座二层小楼依山而建，砖红色的屋顶如南红玛瑙般在阳光下熠熠生辉，与蔚蓝如镜的邛海相映，构成一幅绝美的湖光村居图。2016年，等待了3年的村民拿到了安置小区的新房钥匙，陆续搬到这里。

"物理上，人与海的距离比以前远了；心理上，人与海却更近了。"尹俊说，眼看着邛海湿地植被越来越丰富，越来越多以前没见过的鸟儿来到这里安家，湖水变得清亮，村民们越发珍视这失而复得的美丽家园，"绿水青山就是金山银山"的生态理念刻进了每一个大石板人的心中。

村与村

大石板是个老地名,土生土长的西昌人都知道,大石板社区却是个新社区。2021年年初,原钟楼村、核桃村、民主村合并,几番商议,决定改名为大石板社区。

3个村虽然地脉相连,家底却相差很大。山下的钟楼村、核桃村因为具有地理优势,先发展起来,集体积累资金分别达到400万元和1 000万元,山上的民主村集体积累资金仅有6.66万元。

先富带后富、强村带弱村正是四川推动村级建制调整的用意,但各村集体经济实力过于悬殊,如何稳妥推进,让各方都满意,这是一个棘手的新问题。经过一场场坝坝会商议,"AB股"融合发展的方案最终成形落地。A股是指合并前各村已产生收益的资产、资金,仍由原村自主经营管理,收益由原村成员享有;B股则是指新合并的大石板社区股份,收益由大石板社区所有成员共享。

2021年4月,西昌大石板文化旅游开发有限公司成立,大石板社区整合社区闲置晒坝4 050平方米和古树、古寺、古井等生态文旅资源入股,国有资本西昌邛海旅投入场,联手民营企业旅游开发专业团队,对全村进行景区

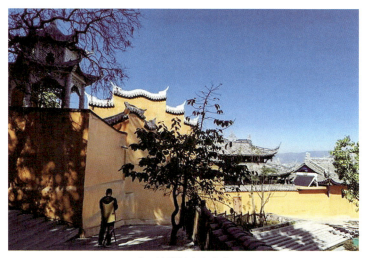

大石板社区灵鹰寺

化提升、专业化运营。不到 1 年，大石板社区集体经济总收入就超过 100 万元。今年 7 月，大石板社区探索实践入选四川省农业农村厅发布的全省新型农村集体经济发展十大优秀案例。

如今，大石板景区化提升一期工程已经完成，二期工程效果初步呈现。山下热闹起来了，山上原民主村的村民要怎么更深入地参与到文旅产业链条中来，这是大石板社区党委近来想得最多的事情。开发生态农产品伴手礼、打造彝寨风情山庄……一个个点子冒出来，让大伙儿兴奋不已。

人与村

肖家的女儿回来了！王家的儿子回来了！

最近 1 年多，年轻人陆续返乡成了大石板社区的高兴事儿。

说起肖家和王家，那都是村里勤劳致富的典型。前者经营一家鱼铺，后者在西昌市知名的美食街经营烧烤摊。虽然都是起早贪黑的小买卖，但都把日子过得有滋有味。

去年国庆节，肖家的小女儿肖文芳从成都返家。一进村，眼前的一切让这个 20 岁出头的姑娘感到熟悉又陌生。村里擎天的古树仍然那般苍翠威严，古老的灵鹰寺仍然那般肃穆平和，不同的是，原本杂乱的村民宅院被收拾得整洁素雅，游人三五成群流连于村里的小巷拍照打卡。一个大胆的想法在她的心中升起。

如今，肖文芳的设想已经成为现实。就在几个月前，肖文芳的父亲利用自家的老院子开了老肖鲜鱼馆。肖文芳辞去了成都的工作，戴上围裙，给父亲老肖打起了下手。

王家的小院烧烤也开门迎客了。父母放手让 26 岁的王宇一手操办，这个斯文清秀的小伙子忙前忙后，更自信稳重了。

肖家从卖鱼到烹鱼，王家从街头烧烤到庭院烧烤，看起来都是老营生，却体现出村民参与家乡发展的深切渴望，标志着大石板社区的蜕变从外表渗透到了内里。

从村容村貌焕然一新，到人气人心快速回归，这中间有何诀窍？四川省农业宣传中心主任戴杰帆多次到大石板社区调研，她的体会是"宅改兴村，活权增收"。确实，西昌作为全国新一轮农村宅基地制度改革试点县，大石板社区率先试水，围绕农村宅基地所有权、资格权、使用权"三权"分置，积极探索农房流转经营、入股经营、委托经营、自主经营、挂靠经营等模式，越来越多的村民被充分调动起来参与其中。

微光成束，涓滴汇海。据粗略统计，如今大石板社区有近2 500间闲置农房变为客房，近80个农家小院变为花园餐厅，盘活闲置宅基地和房屋近10万平方米。

大石板社区居民小院一角

漫步大石板社区青青石阶，阳光明媚，溪水潺潺，路两旁的小院矮墙内花团锦簇，主人迎来送往，好不热闹。究竟是苏醒的古村唤回了外出闯荡的游子，还是游子回归激发了古村的活力？答案不重要，重要的是沿着党的二十大指明的方向，一个全新的故事序章已经开启。

四川11个集体20名个人获表彰
全国农村集体产权制度改革工作表彰先进

刊播：《四川日报》（2022年12月26日）

作者：阙莹莹

近日，农业农村部发文对党的十八大以来在全国农村集体产权制度改革工作中表现突出的先进集体和先进个人进行表彰，四川省11个先进集体、20名先进个人获表彰。

2017年，四川省全面启动农村集体产权制度改革，旨在推动"资源变资产、资金变股金、农民变股东"，让农民分享更多集体发展红利。2021年7月，为规范建立农村集体经济组织，四川省率先出台农村集体经济组织条例，成为《中华人民共和国民法典》实施后全国首个农村集体经济组织地方性法规。截至2021年年底，全省农村集体产权制度改革基本完成，49 643个农村集体经济组织完成登记赋码发证，依法取得市场主体地位，并清查核实集体"家底"达2 292.8亿元。

获全国表彰　隆昌市农村集体产权制度改革的秘诀

刊播：四川经济网（2022年12月26日）
作者：毛春燕　李弘

近日，农业农村部发文对党的十八大以来在全国农村集体产权制度改革工作中表现突出的先进集体和先进个人进行表彰，四川省11个先进集体、20名先进个人获表彰。12月26日，记者从隆昌市获悉，中共隆昌市委农村工作领导小组办公室成功入选全国先进集体。

附件1

全国农村集体产权制度改革工作先进集体
表彰名单

重庆市渝北区农村合作经济发展服务中心
重庆市垫江县农村经济经营管理站
四川省农业农村厅农村改革处
四川省农业农村厅农村合作经济指导处
中共隆昌市委农村工作领导小组办公室
四川省成都市温江区农业农村局
四川省芦县农业农村局
四川省什邡市农业农村局
四川省棉阳市农业农村局
四川省广元市农业农村局
四川省遂宁市农业农村局
四川省雅安市雨城区农业农村局

文件截图

2019年6月，隆昌成功纳入全国第四批整县推进农村集体产权制度改革试点县。1年多的时间里，隆昌市完成村级建制调整改革前361个村、3 969个组的农村集体经济组织登记赋码工作，全面完成试点改革任务。2020年12月后，根据全省开展"两项改革"的"后半篇"工作部署，开展农村集体产权制度改革及合并村集体经济融合发展试点工作。

隆昌市在原有清产核资基础上，对农村集体资产进行再清理、再确认，及时纳入全国农村集体资产监督管理平台，并建立了明晰的集体资产台账，巩固完善清产核资成果。截至2021年年底，清理集体资产15.41亿元，其中村级资产2.73亿元、组级资产12.67亿元；资源性资产114.89万余亩。

隆昌市全面规范成员身份确认，通过制定农村集体经济组织成员身份确认指导意见、召开"四级会议"，指导集体经济组织做好各类人群的成员身份确认工作。截至目前，全面完成成员身份确认工作，共确认村级成员574 524人、207 367户。

隆昌市着力建好农村集体经济组织，全市所有行政村均确定均等量化的收益分配方式，将村级经营性资产全部折股量化到村集体经济组织成员。全市164个村、21个涉农社区都成立了农村集体经济组织，完成了登记赋码颁证，信息确认无误，登记资料齐全，全市185个农村集体经济组织均已挂牌。

同时，隆昌市加强农村集体经济组织规范化管理，出台了《隆昌市农村集体经济组织资金资产资源规范化管理办法》，推动农村集体经济组织全部实现以均等股份量化方式进行收益分配。深入推进农村"三资"平台建设，成立了隆昌市村级财务核算中心，建立"银村直连"云平台，全市所有村的账务都纳入平台处理，全流程线上监管，进一步规范了农村集体"三资"管理。

隆昌市积极发挥政府投入的"资金撬动"作用，立足自身资源禀赋和特色优势，实施中省扶持壮大村级集体经济项目。2019—2022年共扶持29个村，每村补助100万元专门用于发展集体经济。设立乡村振兴农业产业发展风险补偿金，投入财政资金675万元，带动金融资本加大对农村集体经济组织产业发展的信贷投入。

　　隆昌市积极探索新型农村集体经济发展路径，坚持"走出去"，学习新型农村集体经济发展模式。结合实际，推广租赁经营、飞地经济、农旅融合等多种村集体经济发展模式，简化审批流程，鼓励农村集体经济组织积极参与400万元以下的村庄建设项目，带动村集体经济加快发展。目前石燕桥镇三合村正在参与此项目，建设了综合服务中心（科技馆）和园区景观步道。

图书在版编目（CIP）数据

四川三农新闻作品选：2021—2022 / 四川省农业宣

传中心编. -- 北京 ： 中国农业出版社，2023.3.

ISBN 978-7-109-32293-6

Ⅰ.Ⅰ253

中国国家版本馆CIP数据核字第20248C3S29号

中国农业出版社出版

地址：北京市朝阳区麦子店街18号楼

邮编：100125

责任编辑：刁乾超　　文字编辑：孙蕴琪

版式设计：王　怡　　责任校对：张雯婷　　责任印制：王　宏

印刷：中农印务有限公司

版次：2023年3月第1版

印次：2023年3月北京第1次印刷

发行：新华书店北京发行所

开本：700mm×1000mm　1/16

印张：26.25

字数：446千字

定价：128.00元